Hacia las estrellas

HACIA LAS ESTRELLAS

MARY ROBINETTE KOWAL

SERIE LA ASTRONAUTA 1

Traducción de
AITANA VEGA CASIANO

EDITORIAL

Primera edición: marzo de 2020
Título original: *The Calculating Stars*
Publicado originalmente por Gollanz, un sello de Orion Publishing Group (Londres).

© Mary Robinette Kowal, 2018
© de la traducción, Aitana Vega Casiano, 2020
© de esta edición, Futurbox Project, S. L., 2020
Todos los derechos reservados.

Diseño de cubierta: Tor
Imagen de cubierta: Gregory Manchess
Lectura de galeradas: Carla Plumed

Publicado por Oz Editorial
C/ Aragó, 287, 2.º 1.ª
08009, Barcelona
info@ozeditorial.com
www.ozeditorial.com

ISBN: 978-84-17525-48-4
THEMA: FM
Depósito Legal: B 5595-2020
Preimpresión: Taller de los Libros
Impresión y encuadernación: Black Print
Impreso en España – *Printed in Spain*

Para mi sobrina, Emily Harrison,
que pertenece a la generación de Marte.

Se cree que el rey ha muerto. No esperamos más.
Los laureles de esta tierra están marchitos
y los meteoros asustan a los astros.
La pálida Luna nos mira ensangrentada
y flacos videntes murmuran un temible cambio.
El rico está triste y el granuja salta y baila:
el uno teme perder lo que posee;
el otro espera poseer por saña y guerra.
Son anuncios de la muerte o caída de los reyes.

Ricardo II, William Shakespeare

PRIMERA PARTE

CAPÍTULO 1

EL PRESIDENTE DEWEY FELICITA AL NACA POR
EL LANZAMIENTO DEL SATÉLITE

———————

3 de marzo de 1952 (AP) — El Comité Asesor Nacional para la Aeronáutica (NACA) ha puesto en órbita su tercer satélite, que tiene la capacidad de enviar señales de radio a la Tierra y medir la radiación en el espacio. El presidente niega que el satélite tenga fines militares y asegura que su misión es la exploración científica.

¿Recuerdas dónde estabas cuando impactó el meteorito? Nunca he entendido por qué se hace esa pregunta; pues claro que me acuerdo. Yo estaba en la montaña con Nathaniel. Tenía una cabaña que había heredado de su padre y, a veces, íbamos allí a contemplar las estrellas. En la cabaña, contemplar las estrellas significaba sexo. No finjas que te sorprende. Nathaniel y yo éramos una pareja casada, joven y sana, así que la gran mayoría de las estrellas las veía dentro de mis propios párpados.

Si hubiera sabido cuánto tiempo iban a pasar escondidas, habría mirado más a menudo por el telescopio.

Estábamos tumbados en la cama, enrollados en las sábanas. La luz de la mañana se colaba entre la nieve plateada, pero no calentaba la habitación. Llevábamos horas despiertos, aunque no nos habíamos levantado por motivos evidentes. Nathaniel me rodeaba con la pierna y estaba acurrucado a mi lado mientras me recorría con un dedo la forma de la clavícula al ritmo de la música que salía de la pequeña radio a pilas. Me retorcí por sus atenciones y le palmeé el hombro.

—Mi hombre de sesenta minutos.

Resopló y su aliento me hizo cosquillas en el cuello.

—¿Significa eso que me quedan otros quince minutos de besos?

—Si enciendes el fuego.

—Pensaba que ya lo había hecho —respondió, pero se incorporó con el codo y salió de la cama.

Habíamos decidido tomarnos un descanso más que merecido después del esfuerzo titánico que había supuesto prepararnos para el lanzamiento del satélite del Comité Asesor Nacional para la Aeronáutica. Por suerte, yo también trabajaba en el NACA haciendo cálculos; de lo contrario, no habría visto a Nathaniel despierto en los últimos dos meses.

Me tapé con las sábanas y me tumbé de lado para observarlo. Estaba delgado y solo el tiempo que había pasado en el ejército durante la Segunda Guerra Mundial evitaba que estuviera escuálido. Me encantaba ver cómo los músculos se movían bajo su piel mientras sacaba la madera de la pila que había bajo la ventana. La nieve era un fondo perfecto y la luz plateada se le reflejaba en los mechones de pelo rubio.

Entonces, el mundo se iluminó.

Si el 3 de marzo de 1952, a las 9.53 de la mañana, estabas a menos de ochocientos kilómetros de Washington D. C. y tenías una ventana delante, seguro que recuerdas la luz. Primero, durante un instante, roja, y, luego, de un blanco tan intenso que se tragó hasta las sombras. Nathaniel se incorporó de golpe, con el tronco aún en las manos.

—¡Elma, tápate los ojos!

Lo hice. Cuánta luz. Tenía que ser una bomba atómica. Los rusos no estaban muy contentos con nosotros desde que el presidente Dewey había ocupado el cargo. Dios. El centro de la explosión debía de estar en D. C. ¿Cuánto quedaba para que llegase hasta nosotros? Los dos habíamos estado en Trinity en las pruebas de la bomba atómica, pero los números se me escurrían. D. C. se encontraba lo bastante alejado como para que el calor no nos alcanzara, pero aquello desencadenaría la guerra que todos temíamos.

Me quedé sentada con los ojos cerrados hasta que la luz se desvaneció.

No ocurrió nada. La música de la radio siguió sonando. Si la radio funcionaba, entonces no se había producido ningún pulso electromagnético. Abrí los ojos.

—Vale. —Levanté el pulgar hacia la radio—. No es una bomba atómica.

Nathaniel se había alejado de la ventana, pero todavía sujetaba el tronco. Le daba vueltas con las manos mientras miraba al exterior.

—No hemos oído nada todavía. ¿Cuánto tiempo ha pasado?

En la radio aún sonaba «Sixty Minute Man». ¿Qué había sido esa luz?

—No lo he contado. ¿Algo más de un minuto? —Me estremecí mientras calculaba la velocidad del sonido; los segundos pasaron—. Cero coma tres kilómetros por segundo. El epicentro tiene que estar al menos a treinta y dos kilómetros.

Nathaniel se detuvo y agarró el jersey. Los segundos siguieron pasando. Cincuenta kilómetros. Sesenta y cinco. Ochenta.

—Ha tenido que ser una explosión muy grande para brillar de esa manera.

Respiré hondo y negué con la cabeza, más por el deseo de que no fuera cierto que por convencimiento.

—No ha sido una bomba atómica.

—Me encantaría oír otras teorías.

Se puso el jersey y la electricidad estática de la lana le revolvió el pelo. La canción cambió a «Some Enchanted Evening». Salí de la cama y recuperé el sujetador y los vaqueros que me había quitado el día anterior. Fuera, la nieve revoloteaba frente a la ventana.

—No han interrumpido la emisión de la radio, así que ha tenido que ser algo relativamente benigno o, al menos, localizado. A lo mejor ha explotado una fábrica de munición.

—¿Y un meteoro?

—¡Oye! —No era una mala idea y explicaría por qué la radio seguía sonando. Era algo localizado. Suspiré con alivio—. Nos habrá pasado por encima. Si lo que hemos visto ha sido cómo ardía, eso explicaría por qué no ha habido una explosión. Mucha luz y mucho ruido, pero pocas nueces.

Nathaniel me rozó los dedos con los suyos y me apartó la mano del cierre del sujetador. Me colocó el tirante y me acarició

15

desde los omoplatos hasta los brazos, donde dejó reposar las manos. Sentí calor en la piel. Me incliné para apoyarme en él, pero no dejaba de pensar en la luz. Había brillado demasiado. Me abrazó con delicadeza y me soltó.

—Sí.

—¿Sí? ¿Ha sido un meteoro?

—Sí. Deberíamos volver.

Quería creer que solo era casualidad, pero la luz se veía incluso con los ojos cerrados. Mientras nos vestíamos, en la radio sonaba una canción alegre tras otra. Quizá por eso me puse las botas de montaña y no los mocasines, porque una parte de mi cerebro esperaba que las cosas empeorasen. Ninguno de los dos lo mencionó, pero, cada vez que terminaba una canción, miraba a la radio, segura de que por fin alguien nos contaría qué había ocurrido.

El suelo de la cabaña tembló.

Lo primero que pensé fue que un camión muy pesado pasaba cerca, pero estábamos en mitad de la nada. El petirrojo de porcelana de la mesita de noche bailó por toda la superficie y se cayó. Lo lógico sería que, como física, fuera capaz de reconocer un terremoto más rápido, pero estábamos en las Pocono, un punto geológicamente estable.

Nathaniel no le dio tantas vueltas. Me agarró de la mano y tiró de mí hacia el hueco de la puerta. El suelo se inclinó y se balanceó bajo nuestros pies. Nos aferramos el uno al otro como dos borrachos bailando. Las paredes se retorcieron y todo se vino abajo. Estoy bastante segura de que chillé.

Cuando la tierra dejó de moverse, la radio seguía sonando.

Se oía un zumbido de fondo, como si el altavoz estuviera dañado, pero, de alguna manera, el aparato aún funcionaba. Nathaniel y yo estábamos tumbados, apretujados entre los restos del marco de la puerta. El aire frío se arremolinaba a nuestro alrededor. Le limpié el polvo de la cara.

Me temblaban las manos.

—¿Estás bien?

—Muerto de miedo. —Tenía los ojos azules muy abiertos, pero ambas pupilas eran del mismo tamaño. Eso era bueno—. ¿Y tú?

Pensé un momento antes de responder el típico «bien» de cortesía y evalué mi cuerpo mentalmente. Estaba hasta arriba de adrenalina, pero no me había meado encima. Aunque no por falta de ganas.

—Mañana estaré dolorida, pero creo que no es nada grave. Lo mío, al menos.

Asintió y estiró el cuello para estudiar la pequeña cavidad en la que estábamos enterrados. La luz del sol se colaba por un hueco que se había formado al caerse uno de los paneles de madera contrachapada del techo sobre los restos del marco de la puerta. Tardamos un rato, pero conseguimos empujar y apartar los escombros para arrastrarnos fuera del reducido espacio y trepar por lo que quedaba de la cabaña.

Si hubiera estado sola... La verdad, si hubiera estado sola no habría llegado al hueco de la puerta a tiempo. Me rodeé con los brazos y me estremecí a pesar de llevar puesto el jersey.

Nathaniel me vio temblar y observó el desastre con ojos entrecerrados.

—A lo mejor puedo sacar una manta.

—Será mejor que vayamos a por el coche.

Me di la vuelta y recé por que no le hubiera caído nada encima. En parte, porque era la única manera de volver al aeródromo donde estaba el avión, pero también porque era prestado. Por fortuna, lo encontramos en el pequeño aparcamiento sin un rasguño.

—No voy a localizar el bolso ahí dentro, es un desastre. Habrá que hacer un puente.

—¿Cuatro minutos? —Nathaniel avanzó a trompicones por la nieve—. Entre la luz y el terremoto.

—Algo así. —Empecé a calcular números y distancias en silencio, segura de que él hacía lo mismo. El pulso me palpitaba con fuerza en las articulaciones y me aferré a la dulce certeza de las matemáticas—. Así que el centro de la explosión sigue en un rango de unos quinientos kilómetros.

—¿La onda expansiva llegará una media hora más tarde? Más o menos. —A pesar de la calma con la que hablaba, las manos le temblaron cuando me abrió la puerta del pasajero—.

Es decir, que tenemos unos quince minutos antes de que nos alcance.

El aire frío me quemaba los pulmones. Quince minutos. Todos los años que había pasado haciendo cálculos para pruebas de lanzamiento de cohetes adquirieron una claridad aterradora. Era capaz de calcular el radio de explosión de un V2 o el potencial de un combustible. Pero aquello no solo eran números sobre el papel y no tenía información suficiente para determinar un resultado exacto. Lo único que sabía con certeza era que, mientras la radio siguiera sonando, no era una bomba atómica. Sin embargo, lo que fuera que había explotado era enorme.

—Intentemos alejarnos de la montaña todo lo posible antes de que llegue.

La luz había venido desde el sureste. Por fortuna, estábamos en el lado oeste de la montaña, pero al sureste estaban D. C., Filadelfia, Baltimore y cientos de miles de personas.

Incluida mi familia.

Me deslicé sobre el frío asiento de vinilo y me incliné para sacar los cables de debajo del eje de dirección. Era más sencillo concentrarse en algo concreto como puentear un coche que en lo que fuese que estaba pasando.

Fuera del vehículo, el aire silbaba y crujía. Nathaniel se asomó por la ventanilla.

—Mierda.

—¿Qué pasa?

Saqué la cabeza de debajo del salpicadero y miré a través del cristal, más allá de los árboles y la nieve, hacia el cielo. Estelas de humo y llamas surcaban el aire. Un meteoro habría causado algunos daños al explotar sobre la superficie de la Tierra, pero no de esa forma. ¿Sería un meteorito? Habría impactado con el planeta y expulsaba materia por el agujero que había abierto en la atmósfera. Material eyectado. Lo que veíamos eran trozos del planeta que volvían a caer en una lluvia de fuego. Me temblaba la voz, pero intenté aparentar un tono desenfadado.

—Me parece que te equivocas, no ha sido un meteoro.

Arranqué el motor y Nathaniel puso el coche en marcha en dirección al pie de la montaña. Era imposible que llegásemos hasta el avión antes que el impacto de la explosión, pero crucé los dedos por que estuviera lo bastante protegido dentro del granero. Por otro lado, cuanta más montaña pusiéramos de por medio entre la onda expansiva y nosotros, mejor. Con una explosión tan brillante a quinientos kilómetros de distancia, el momento en que nos alcanzase no sería precisamente agradable.

Encendí la radio, casi esperaba no oír nada más que silencio, pero la música sonó de inmediato. Salté de cadena en cadena en busca de cualquier explicación de lo que ocurría, pero solo encontré más y más música. Al estar en marcha, el habitáculo del coche se calentó, pero yo seguía temblando.

Me deslicé por el asiento y me acurruqué contra Nathaniel.

—Creo que estoy conmocionada.

—¿Podrás pilotar?

—Depende de cuánto material eyectado nos encontremos en el aeródromo. —Había volado en condiciones bastante duras en la guerra, aunque, oficialmente, nunca había pilotado en combate. Sin embargo, aquello solo era un tecnicismo para que el público estadounidense se sintiera más seguro con respecto a las mujeres del ejército. No obstante, si imaginaba que el material eyectado era fuego antiaéreo, al menos tendría un marco de referencia para lo que nos esperaba—. Tengo que evitar que la temperatura corporal me baje más.

Me rodeó con un brazo, hizo girar el coche hacia el lado contrario de la carretera y lo aparcó al abrigo de un saliente escarpado. Entre eso y la montaña, estaríamos protegidos de lo peor de la onda expansiva.

—Es el mejor refugio que vamos a encontrar hasta que llegue la explosión.

—Bien pensado.

No era fácil no ponerse nerviosa mientras esperábamos la onda expansiva. Apoyé la cabeza en la áspera lana de la chaqueta de Nathaniel. El pánico no nos ayudaría; a lo mejor nos equivocábamos sobre lo que pasaba.

La canción de la radio se cortó de repente. No recuerdo cuál era, solo el silencio repentino y, después, por fin, la voz del locutor. ¿Por qué habían tardado casi media hora en informar sobre lo que había ocurrido?

Nunca había oído a Edward R. Murrow tan alterado.

—Damas y caballeros, interrumpimos la programación para comunicar una noticia de gran importancia. Poco antes de las diez de la mañana, lo que parece haber sido un meteorito ha entrado en la atmósfera terrestre. Ha impactado en el océano, frente a la costa de Maryland, y ha provocado una bola de fuego gigante, terremotos y gran devastación. Se esperan más maremotos, así que se aconseja a los residentes de toda la costa oriental que evacúen hacia el interior. Al resto de ciudadanos, los instamos a que no salgan a la calle para que los servicios de emergencias trabajen sin obstáculos. —Hizo una pausa y el silbido estático de la radio fue un reflejo de cómo todo el país contenía la respiración—. Damos paso a Phillip Williams, de nuestra filial de Filadelfia, la WCBO, que se encuentra en el lugar de los hechos.

¿Por qué habían recurrido a una filial de Filadelfia en vez de contactar con alguien de D. C.? ¿O de Baltimore?

Al principio, me pareció que la estática había empeorado, pero luego comprendí que era el sonido de un incendio masivo. Tardé unos segundos en entenderlo. El retraso se debía a que habían tenido que buscar a un periodista que siguiera con vida, y el más cercano se encontraba en Filadelfia.

—Estoy en la autopista US-1, a unos cien kilómetros al norte de donde ha caído el meteorito. Es lo más cerca que hemos podido llegar, incluso en avión, debido al intenso calor. Mientras volábamos, hemos sido testigos de una escena de horrenda devastación. Es como si una mano hubiera atrapado la capital y se la hubiera llevado, junto con todos los hombres y mujeres que residían en ella. En este momento, se desconoce el estado del presidente, pero… —Se me encogió el corazón cuando se le quebró la voz. Había escuchado a Williams informar sobre la Segunda Guerra Mundial sin tartamudear ni una vez. Más tarde, cuando vi desde dónde había informado, me sorprendió que hubiera sido capaz de pronunciar ni una sola palabra—. Pero de Washington no queda nada.

CAPÍTULO 2

LOCUTOR: Esta es la BBC World News informando de las noticias el 3 de marzo de 1952. Al habla Robert Robinson. Durante las primeras horas de la mañana, un meteorito ha impactado a las afueras de la capital de los Estados Unidos de América con una fuerza superior a la de las bombas de Hiroshima y Nagasaki. La tormenta de fuego resultante se ha propagado desde Washington D. C. a lo largo de cientos de kilómetros.

Seguí haciendo cálculos mentales después de que la radio, por fin, informase de las noticias. Era más fácil que pensar en la situación. En que vivíamos en D. C. y teníamos amigos allí. En que mis padres residían allí. La onda expansiva tardaría algo menos de veinticuatro minutos en llegar. Toqué el reloj del salpicadero.

—Falta poco.

—Sí. —Mi marido se cubrió la cara con las manos y se apoyó en el volante—. ¿Tus padres estaban…?

—¿En casa? Sí.

No dejaba de temblar. Solo conseguía respirar de forma rápida y superficial. Apreté la mandíbula y contuve el aliento un instante; cerré los ojos con fuerza.

El asiento se movió cuando Nathaniel me abrazó y me acercó a él. Inclinó la cabeza y me encerró en un capullo de *tweed* y lana. Sus padres, mayores que los míos, habían fallecido hacía algunos años, así que sabía lo que necesitaba y se limitó a abrazarme.

—Pensaba… La abuela ha cumplido los ciento tres años. Pensaba que mi padre viviría para siempre.

21

Inhaló con brusquedad, como si lo hubieran apuñalado.

—¿Qué pasa?

Suspiró y me abrazó más fuerte.

—Ha habido alertas de maremotos.

—Dios. —La abuela vivía en Charleston. No tenía la casa frente a la playa, pero la ciudad estaba en la costa y a baja altura. También se encontraban allí mis tías, tíos, primos y Margaret, que acababa de tener un bebé. Intenté incorporarme, pero Nathaniel me sujetó con firmeza—. ¿Cuándo llegará? El meteorito ha impactado un poco antes de las diez, pero ¿de qué tamaño era? Hay que tener en cuenta la profundidad del agua, necesito un mapa y...

—Elma. —Nathaniel me estrujó—. Déjalo. No puedes arreglar esto.

—Pero la abuela...

—Ya lo sé, cariño. Lo sé. Cuando lleguemos al avión, usaremos la radio para...

El impacto de la explosión hizo estallar las ventanillas del coche. Rugió sin parar y el pecho me vibró como un cohete al despegar de una plataforma de lanzamiento. Las oscilaciones me presionaron la piel y me invadieron todos los rincones de la conciencia con ondas atronadoras y explosiones secundarias y terciarias. Me aferré a Nathaniel y él, al volante, mientras el coche se sacudía y se deslizaba por la carretera.

El mundo gritó y tronó; el viento aulló a través de los marcos de las ventanillas. Cuando el ruido hubo terminado, el coche estaba en mitad de la carretera. A nuestro alrededor, los árboles yacían en el suelo en filas ordenadas, como si algún gigante los hubiera colocado así. No todos habían caído, pero los que quedaban en pie ya no tenían ni nieve ni hojas.

El parabrisas había desaparecido. La ventanilla del lado del conductor nos había caído encima como una hoja de cristal de seguridad laminada llena de grietas. La levanté y Nathaniel me ayudó a sacarla por la puerta. Le goteaba sangre de algunos rasguños en la cara y las manos.

Me tocó el rostro.

—Estás sangrando. —Su voz me llegaba como si estuviéramos bajo el agua y frunció el ceño mientras hablaba.

—Tú también. —Oía mi propia voz distorsionada—. ¿Tienes los oídos afectados?

Asintió y se frotó la cara, restregando la sangre en una película escarlata.

—Así, al menos, no oiremos las noticias.

Me reí, a veces hay que hacerlo, aunque la situación no tenga ninguna gracia. Levanté el brazo para apagar la radio, pero me detuve con la mano en el dial.

No se oía nada. No era consecuencia de la sordera por la explosión, la radio estaba en silencio.

—Habrán perdido la torre de transmisión.

—Busca otra emisora. —Puso el coche en marcha y avanzamos algunos metros—. Espera. No. Lo siento. Habrá que andar.

Aunque el coche hubiera estado en perfectas condiciones, había demasiados árboles en la carretera como para llegar muy lejos. Solo estábamos a tres kilómetros del aeródromo y, en verano, a veces hacíamos el recorrido a pie. A lo mejor conseguíamos llegar a Charleston antes que el maremoto. Si el avión estaba bien. Si el camino estaba despejado. Si todavía disponíamos de tiempo. Las probabilidades estaban en contra, pero ¿qué nos quedaba aparte de la esperanza?

Salimos del coche y echamos a andar.

Nathaniel me ayudó a trepar por el tronco de un árbol. Resbalé en la nieve al bajar y, si no me hubiera tenido sujeta por el brazo, habría aterrizado sobre la rabadilla. Intentaba darme prisa, pero no le serviría a nadie si me partía el cuello o incluso solo un brazo.

Hizo una mueca al ver la nieve derretirse.

—La temperatura sube.

—Debería haberme traído el bañador. —Le di una palmada en el brazo y seguimos. Quería ser frívola en un intento por parecer valiente, así Nathaniel se preocuparía menos por mí. En teoría.

Al menos, con el ejercicio había dejado de temblar. No oía cantar a ningún pájaro, pero no tenía claro si se debía al daño auditivo o a que no cantaban. Aunque muchos tramos de la carretera estaban cortados, era más fácil orientarse si la seguíamos que si intentábamos avanzar campo a través; no nos podíamos permitir el lujo de perdernos. Avanzábamos despacio e, incluso con el aire caliente de la onda expansiva, no íbamos vestidos para pasar tanto tiempo a la intemperie.

—¿De verdad crees que el avión seguirá allí?

Los cortes de la cara se le habían secado, pero la sangre y la suciedad le daban el aspecto de un pirata. Si los piratas llevaran *tweed*.

Me las apañé para rodear la copa de un árbol caído.

—Si todos los demás factores son iguales, el aeródromo está más cerca que la ciudad y...

Había un brazo en la carretera. Sin cuerpo, solo un brazo. Terminaba en un corte áspero y sangriento a la altura del hombro. Deduje que había pertenecido a un hombre adulto caucásico de unos treinta años. Los dedos estaban ligeramente doblados hacia el cielo.

—Dios. —Nathaniel se detuvo a mi lado.

Ninguno era aprensivo y las continuas conmociones nos habían sumido en una especie de neblina entumecida. Me acerqué al brazo y levanté la vista hacia la colina. No quedaban muchos árboles en pie, pero sus copas, incluso despojadas de hojas, ocultaban el paisaje detrás de una maraña de ramas.

—¿Hola?

Nathaniel se rodeó la boca con las manos y gritó:

—¿Hay alguien ahí?

La única respuesta fue el viento que agitaba las ramas.

Había visto cosas peores en el frente que una extremidad amputada, mientras corría agachada para subirme a un avión y pilotarlo. Aquello no era una guerra, pero habría muchas muertes. Enterrar el brazo era inútil, pero sentía que dejarlo allí estaba mal.

Busqué la mano de Nathaniel.

—*Baruch dayan ha'emet.*

Se unió a mí con su rudo tono de barítono. No rezábamos por aquel desconocido en concreto, que seguramente ni fuera judío, sino por toda la gente a quien representaba. Por mis padres y las miles de personas, más bien cientos de miles, que habían muerto por culpa del meteorito.

En ese momento por fin empecé a llorar.

Tardamos otras cuatro horas en llegar hasta el aeródromo. Cabe mencionar que, en verano, recorríamos esa ruta en más o menos una hora. Las suaves montañas de Pensilvania eran poco más que colinas.

El camino fue complicado.

El brazo no fue lo peor que vimos. No nos cruzamos con ningún ser vivo en todo el trayecto hasta llegar al aeródromo. Allí había más árboles, pero todo lo que había tenido raíces poco profundas había caído. Sin embargo, sentí un resquicio de esperanza por primera vez desde que habíamos visto la luz de la explosión cuando oímos un coche.

El ronroneo de un motor al ralentí se deslizó entre los árboles hasta alcanzarnos. Nathaniel y yo cruzamos una mirada y echamos a correr por la carretera, por encima de ramas y troncos caídos, bordeando escombros y animales muertos y patinando sobre nieve y ceniza. Al acercarnos, el ruido se hizo más fuerte.

Cuando dejamos atrás el último obstáculo, nos encontrábamos enfrente del aeródromo. En realidad, no era más que un campo, pero el señor Goldman conocía a Nathaniel desde que era niño y mantenía una franja segada para nosotros. El granero estaba torcido en un ángulo extraño, pero en pie. Habíamos tenido una suerte increíble.

La pista no era más que césped cortado, situado entre los árboles en una meseta. Iba más o menos de este a oeste y discurría lo bastante paralela a la dirección de la onda expansiva, así que la mayoría de los troncos habían caído a ambos laterales y estaba despejada.

La carretera recorría el extremo este de la pista y se curvaba para seguirla por el lado norte. Allí, medio escondido por los árboles que quedaban en pie, estaba el vehículo que habíamos oído.

Era la camioneta Ford roja del señor Goldman. Nathaniel y yo corrimos por la carretera y giramos en la curva. Un árbol bloqueaba el camino y la camioneta lo empujaba, como si el señor Goldman intentara apartarlo.

—¡Señor Goldman! —gritó Nathaniel, y agitó los brazos.

Las ventanillas de la camioneta se habían esfumado y el señor Goldman estaba desplomado sobre la puerta. Corrí hacia el vehículo con la esperanza de que solo estuviera inconsciente. Nathaniel y yo al menos habíamos tenido la suerte de saber que la onda expansiva llegaría, por lo que nos habíamos preparado y estábamos relativamente protegidos cuando nos había alcanzado.

Pero el señor Goldman...

Aminoré el paso cuando alcancé la camioneta. Nathaniel solía contarme historias de su infancia en las que acudía a la cabaña y el señor Goldman siempre le daba caramelos de menta.

Estaba muerto. No me hizo falta tocarlo ni buscarle el pulso. La rama de árbol que le atravesaba el cuello lo dejaba claro.

CAPÍTULO 3

LOCUTOR: Esta es la BBC World News informando de las noticias el 3 de marzo de 1952. Al habla Raymond Baxter. Mientras los incendios siguen asolando la costa este de Estados Unidos, otros países han comenzado a sufrir los primeros efectos del impacto del meteorito de esta mañana. Se ha informado de maremotos en Marruecos, Portugal e Irlanda.

Como piloto del Servicio Aéreo Femenino (WASP) en la Segunda Guerra Mundial, a menudo había tenido que pilotar en misiones de transporte cacharros que apenas se mantenían en el aire. Mi Cessna volaba mucho mejor que algunos de los aviones que había hecho despegar en el WASP.

Estaba polvoriento y magullado, sí, pero, después de la comprobación previa al vuelo más cuidadosa de la historia de la aviación, conseguí que volara. En cuanto nos elevamos, maniobré a la izquierda para girar en dirección sur hacia Charleston. Los dos sabíamos que era muy probable que resultara inútil, pero tenía que intentarlo. Mientras el avión viraba, lo que me quedaba de esperanza irracional se consumió. Al este, el cielo era una larga y oscura pared de polvo y humo, iluminada desde abajo por un infierno. Si alguna vez has visto un incendio forestal, te harás una idea del aspecto que ofrecía. El fuego se extendía hasta la curvatura de la Tierra, como si alguien hubiera despegado el suelo y abierto una puerta de entrada al mismo infierno. Rayos de fuego iluminaban el cielo mientras el material eyectado caía a la superficie. Volar en esa dirección sería una locura.

Todo lo que se encontraba al este de las montañas había quedado aplastado. La onda expansiva había tumbado los árboles en hileras extrañamente ordenadas. En el asiento de al lado, apenas audible por encima del rugido del motor, Nathaniel gimió.

Tragué saliva y viré el avión hacia el oeste.

—Nos quedan unas dos horas de combustible. ¿Alguna sugerencia?

Igual que yo, pensaba mejor si tenía algo en lo que concentrarse. Cuando su madre murió, construyó una terraza en el patio trasero, aunque mi marido no es el más hábil del mundo con el martillo.

Se frotó la cara y se enderezó.

—Comprobemos si hay alguien por ahí. —Agarró la radio, que seguía sintonizada con la Torre Langley—. Aquí Cessna 4-1-6 Baker a torre Langley, solicitamos información del tráfico aéreo. Cambio.

La única respuesta fue la estática.

—Aquí Cessna 4-1-6 Baker a cualquier radio, solicitamos información del tráfico aéreo. Cambio.

Marcó todas las frecuencias en busca de una transmisión. Repitió la llamada en cada una mientras yo pilotaba.

—Prueba con ultrafrecuencia.

Como piloto civil, solo debería tener una radio de alta frecuencia, pero, dado que Nathaniel trabajaba con el NACA, también contábamos con una de ultrafrecuencia instalada para que se comunicase directamente con los pilotos que realizaban vuelos de prueba. En circunstancias normales, evitábamos las transmisiones en los canales militares para no saturarlos, pero ese día era diferente. Necesitaba que alguien respondiera. A medida que avanzábamos hacia el oeste, la devastación se reducía, aunque solo en comparación con lo que dejábamos atrás. La explosión había derribado árboles y edificios. Algunos ardían sin que nadie pudiera apagarlos. ¿Cómo habría sido ignorar lo que se avecinaba?

—Aquí Sabre 2-1 a Cessna no identificado, todo el tráfico aéreo no esencial debe volver a tierra.

Al oír la voz de un ser humano, empecé a llorar otra vez, pero en ese momento no podía arriesgarme a perder visibilidad. Parpadeé para aplacar las lágrimas y me concentré en el horizonte.

—Recibido, Sabre 2-1, aquí Cessna 4-1-6 Baker, solicitamos información sobre áreas de aterrizaje despejadas. Rumbo dos siete cero.

—Recibido, 1-6 Baker. Los tengo justo debajo. ¿De dónde narices han salido?

Advertí en su voz el silbido y el traqueteo reveladores de una máscara de oxígeno y, de fondo, la vibración sorda de un motor a reacción. Levantamos la vista, miramos hacia atrás y vimos el F-86 y a su escolta algo más lejos, acercándose. Tendrían que dar la vuelta, porque su velocidad mínima era más rápida que la que mi Cessna alcanzaba.

—Del infierno. —Nathaniel se frotó la frente con la mano libre—. Estábamos en las Pocono cuando cayó el meteorito.

—Joder, 1-6 Baker. Acabamos de pasar por allí. ¿Cómo han sobrevivido?

—No tengo ni idea. En fin, ¿dónde deberíamos aterrizar?

—Deme un segundo. Comprobaré si puedo escoltarlos hasta Wright-Patterson.

—Recibido. ¿Ayudaría mencionar que soy un capitán retirado del ejército y que sigo trabajando para el gobierno?

—¿Para el gobierno? Por favor, dígame que es senador.

Nathaniel rio.

—No. Ingeniero aeronáutico del NACA. Nathaniel York.

—¡Los satélites! Por eso me resultaba familiar. Lo he escuchado en la radio. Mayor Eugene Lindholm, a su servicio. —El hombre al otro lado de la línea se quedó en silencio un par de minutos. Cuando regresó, dijo—: ¿Tienen combustible para llegar a Wright-Patterson?

Había volado a aquella base muchas veces, trasladando aviones durante la guerra. Estaba a unos doscientos cincuenta kilómetros de nuestra posición. Asentí mientras ajustaba el rumbo para dirigirnos hacia allí.

Nathaniel asintió también y levantó el micrófono de la radio.

—Sí.

—Perfecto. Llegarán a tiempo para la cena. Tampoco se hagan ilusiones.

Me rugió el estómago al oír hablar de comida. No habíamos probado bocado desde la noche anterior y, de pronto, me entró un hambre voraz. Agradecería incluso un trago de agua.

Cuando Nathaniel colgó, se recostó en el asiento y suspiró.

—Parece que tienes un admirador.

Soltó un bufido.

—Deberíamos haberlo visto.

—¿El qué?

—El meteorito. Deberíamos haberlo visto venir.

—No era tu trabajo.

—Pero buscábamos todo lo que interfiriera con los satélites. Lo lógico sería que hubiéramos visto un dichoso asteroide tan cerca.

—Con albedo bajo y una trayectoria paralela al sol…

—¡Deberíamos haberlo visto!

—¿Y de qué habría servido?

El ruido del motor hacía vibrar el asiento y acentuaba el silbido del aire. Nathaniel movía la rodilla con energía. Se inclinó hacia delante y extendió los mapas.

—Tienes que dirigirte al suroeste.

Ya había hecho aquel recorrido y llevaba una escolta, pero si darme indicaciones lo hacía sentir mejor, que me diera todas las que quisiera. Cada objeto que caía del cielo demostraba lo indefensos que estábamos. Los veía, pero no a tiempo para hacer algo al respecto, así que mantuve las manos en los mandos y seguí volando.

Lo bueno del constante pinchazo del hambre era que contrarrestaba el zumbido relajante del avión y me mantenía despierta. La terrible voz de barítono de Nathaniel también ayudaba. Mi marido tenía muchas cualidades, aunque cantar no era una de ellas. Sabía seguir una melodía, pero sonaba como agitar un cubo lleno de grava.

Por suerte, era consciente de ello y optó por un repertorio cómico para tratar de mantenerme alerta. Berreó con un vibrato similar al de una cabra en celo y dio un pisotón en el suelo del avión.

¿Recuerdas el jabón de lejía de la abuela?
Servía para todo, para todo servía.
Para las tazas y teteras, las manos y la cara.

A nuestros pies, por fin apareció la gloriosa visión de la pista de aterrizaje de Wright-Patterson. Las luces de identificación parpadearon en verde y, después, con el blanco doble de un campo militar.

La señora O'Malley sufría de úlceras
donde no alumbra el sol.

—¡Salvados! —Ajusté la altitud—. ¿Los avisamos de que llegamos?

Nathaniel sonrió y agarró el micrófono.

—1-6 Baker a Sabre 1-2. ¿Qué tal es la comida de la base?

La radio crujió y el mayor Lindholm se rio.

—Justo como esperaría.

—¿Tan mala?

—No he dicho eso. Pero, si se portan bien, tal vez comparta el paquete de emergencia de mi mujer.

Nathaniel y yo nos reímos, mucho más de lo que la broma merecía.

Cambió la radio a la frecuencia de la torre, pero, antes de que le diera tiempo a acercarse el micrófono a los labios, crujió otra voz.

—Aeronave con rumbo dos seis cero, a dos mil quinientos pies, aquí torre Wright-Patterson. Identifíquese.

—Aquí Cessna 4-1-6 Baker a dos mil quinientos pies a torre Wright-Patterson. Solicitamos permiso para aterrizar. —Nathaniel había volado conmigo tantas veces que se conocía la rutina al dedillo. Apartó el micrófono un momento, sonrió y volvió a acercárselo a la boca—. Torre, llevamos a Sabre 2-1 a la cola.

—Sabre 2-1 a torre. Escoltamos a 1-6 Baker, solicitan permiso para aterrizar.

Carraspeé. Seguro que a un piloto de caza no le hacía ninguna gracia perseguir a un avioncito como mi Cessna.

—Recibido, Sabre 2-1 y 1-6 Baker. Permiso para aterrizar concedido. Manténgase a distancia de 1-6 Baker. Tengan en cuenta que hemos recibido informes de...

Un rayo de luz atravesó el morro del avión y se oyó un chasquido similar al de una bomba. Toda la aeronave se tambaleó y luché por volver a enderezarla.

Entonces, vi la hélice. Lo que antes era un borrón invisible se convirtió en una barra irregular y balbuceante. Una parte había desaparecido. Tardé unos segundos en comprender lo sucedido. El rayo de luz era un fragmento de material eyectado que había golpeado el morro del avión y desprendido parte de la hélice.

La vibración del motor me arrancó los mandos de las manos y me estampó la base de la columna contra el asiento. Solo iría a peor. Podría arrancar el motor. Lo puse al ralentí e inicié la secuencia para asegurarlo, la cual consistía únicamente en apagarlo.

Mierda. No llegaría hasta la base.

—Necesito un lugar para aterrizar. Ya.

Por lo menos, estábamos en una zona de campo, aunque la nieve enmascaraba el terreno. Tiré de la palanca del acelerador con todas mis fuerzas para ralentizar el motor hasta apagarlo, de manera que solo el silbido del viento movía lo que quedaba de las aspas de la hélice.

—¿Qué...?

—Vuelo sin motor.

Si nos hubiera dado en un ala, la situación sería mucho peor, pero el Cessna planeaba bastante bien. Aun así, no tendría una segunda oportunidad para aterrizar.

Una carretera atravesaba el campo. Sería una buena opción si no fuera por las cercas que la rodeaban. Tendría que hacerlo en la hierba. Ladeé el avión para iniciar la aproximación.

Por el rabillo del ojo, vi que Nathaniel se aferraba al micrófono. En el servicio militar, me había enfrentado más de una vez a motores apagados en pleno vuelo, pero para él era la primera vez. Se acercó la radio a los labios y me sentí orgullosa de lo calmado que parecía.

—Cessna 4-1-6 Baker a torre Wright. Tenemos una emergencia. El motor ha fallado, vamos a aterrizar en mitad del campo.

Buscó a tientas el mapa.

—Torre Wright a Cessna 4-1-6 Baker. Los tenemos localizados. Concéntrense en aterrizar. Sabre 1-2, aquí torre Wright. Manténgase cerca para ayudar y localizar el lugar del aterrizaje.

—Sabre 1-2 a torre Wright. Recibido. Yo me encargo.

El rugido de los cazas nos pasó por encima cuando el mayor Lindholm y su compañero nos adelantaron.

El pulso se me aceleró y sustituyó al ruido del motor en mis oídos. No era la primera vez que aterrizaba con el motor apagado, pero sí la primera en que mi marido iba conmigo en el avión. Después de todo lo que había pasado aquel día, me negaba a ser la causante de su muerte. No era una opción.

—Abróchate el cinturón.

—Ya lo sé. —Aun así, se lo puso en ese momento, así que me alegré de habérselo recordado—. ¿Hago algo?

—Sujétate.

Encogí la barbilla y miré el altímetro.

—¿Algo más?

—No hables.

Solo quería ayudar, pero no tenía tiempo para distracciones. Debía reducir la velocidad del avión lo máximo posible antes de aterrizar, pero no tanto como para tomar tierra antes de llegar al campo. A medida que el suelo se acercaba, pasaba de ser una extensión blanca y uniforme a una maqueta a escala de un campo nevado y, después, a un campo de tamaño real justo bajo nuestros pies. Mantuve el morro elevado para que las ruedas tocasen el suelo primero.

La nieve se enganchó en las ruedas y nos ralentizó más. Mantuve el morro levantado todo lo que pude. Cuando las ruedas de las alas por fin tocaron tierra, una se trabó con el terreno desigual que ocultaba la nieve. El avión dio una sacudida. Me aferré a los mandos para mantener las alas niveladas y pisé los pedales del timón para intentar virar en la dirección del viento.

Giramos hasta quedar de cara al punto desde el que habíamos venido. El avión se detuvo. A nuestro alrededor, el mundo se quedó quieto y en silencio.

Expulsé todo el aire de los pulmones con un siseo y me derrumbé en el asiento.

El motor de un caza rugió sobre nosotros y la radio crujió. La voz del mayor Lindholm inundó la cabina.

—¡Bien hecho, 1-6 Baker! ¿Están los dos bien?

Nathaniel se incorporó en el asiento y agarró el micrófono. Le temblaba la mano.

—No estamos muertos, así que diría que sí.

La masa congelada de judías y el pastel de carne más que cuestionable fueron, seguramente, lo mejor que he probado nunca. Las judías tenían un sabor dulce y me hacían fruncir la boca porque llevaban demasiada sal, pero cerré los ojos y me relajé sobre el duro banco del comedor de la base de las Fuerzas Aéreas. Era raro verla tan vacía. La mayor parte de las tropas se había desplegado para ocuparse de las operaciones de rescate. Oí cómo dejaban algo en la mesa y me llegó un glorioso aroma a chocolate.

Cuando abrí los ojos, el mayor Lindholm tomaba asiento en el banco frente a mí. La imagen mental que me había formado de él no se parecía en nada a la realidad. Me había imaginado a un hombre mayor, rubio y fornido.

El auténtico mayor Lindholm era negro y más joven de lo que su voz me había dado a entender. Tendría unos treinta años y llevaba el pelo oscuro todavía aplastado por el casco. La máscara le había dejado una línea roja en forma de triángulo alrededor de la barbilla y la nariz. Traía chocolate caliente.

Nathaniel soltó el tenedor y miró las tres tazas humeantes de la mesa. Tragó saliva.

—¿Es chocolate?

—Sí, pero no me dé las gracias. Es un soborno para que me deje hacerle preguntas sobre cohetes. —Lindholm empujó dos de las tazas a través de la mesa—. Es del alijo que mi mujer me envía, no del almacén de la base.

—Ojalá no estuviera casado. —Rodeé la taza caliente con la mano y me di cuenta de lo que acababa de decir. Esperaba no haberlo ofendido.

Gracias al cielo, se rio.

—Tengo un hermano.

34

Se me encogió el corazón. Había conseguido no pensar en mi familia para seguir adelante, pero mi hermano vivía en California. Hershel debía de darme por muerta. Me tembló la respiración al tomar aire, pero encontré las fuerzas necesarias para esbozar una sonrisa y levantar la vista.

—¿Hay algún teléfono que pueda usar?

Nathaniel me puso la mano en la espalda.

—Su familia estaba en D. C.

—Vaya, lo siento mucho, señora.

—Pero mi hermano vive en California.

—Venga conmigo. —Miró a Nathaniel—. ¿Necesita llamar a alguien?

Negó con la cabeza.

—Nada urgente.

Seguí al mayor Lindholm junto a Nathaniel por una serie de pasillos en los que apenas me fijé. Menuda niñata egoísta había sido. Me había consolado pensando que Hershel y su familia vivían en California sin pararme a pensar en que posiblemente creyera que estaba muerta. No tenía motivos para suponer que no me encontraba en D. C. cuando había caído el meteorito.

El mayor Lindholm me llevó a un despacho pequeño y ordenado al estilo militar. Lo único que perturbaba la rectitud de la sala era una foto enmarcada de unos gemelos y un mapa de los Estados Unidos dibujado con lápices de colores y clavado en la pared. Nathaniel cerró la puerta y se quedó fuera con Lindholm.

En la mesa había un teléfono negro que, por suerte, tenía un dial de rueda, así que no tendría que hablar con una operadora. El auricular era cálido y pesado. Marqué el número de la casa de Hershel y me concentré en el traqueteo de la rueda mientras hacía girar los números. Cada señal enviaba un pulso por la línea y me daba tiempo para recuperar la calma.

No recibí más que el zumbido alto y frenético de una línea ocupada. No me sorprendió que estuvieran saturadas, pero colgué y lo volví a intentar. El corazón me latía, intranquilo, al ritmo de los pitidos de la línea.

Acababa de colgar cuando Nathaniel abrió la puerta.

—Vengo a hacerte compañía. ¿Estás bien?

—Las líneas están ocupadas. —Me froté la cara, con lo que probablemente solo conseguí extender más la suciedad. Les pediría que me dejasen mandar un telegrama, pero seguro que los emisores estaban saturados—. Lo intentaré más tarde.

Tenía mucho que agradecer por seguir viva y en pie. Estaba cubierta de grasa, humo y sangre, pero viva. Mi marido estaba vivo. Mi hermano y su familia estaban vivos. Si necesitaba que algo me recordase por qué aquello era una bendición, solo tenía que pensar en toda la gente que había muerto.

Sin embargo, cuando un coronel de las Fuerzas Aéreas entró en la habitación, me sorprendí a mí misma tratando de arreglarme el pelo y cuadrando los hombros, como si eso fuera a servir de algo. Entonces, me fijé en el hombre que llevaba la insignia. Stetson Parker. Menos mal que tenía la cara tan sucia que no era necesario que me preocupara por mantener una expresión neutra.

Al muy capullo lo habían ascendido. No me sorprendió lo más mínimo, ya que siempre se mostraba encantador con cualquiera que ostentara un rango superior al suyo o que necesitase para algo, como procedió a demostrar. Le ofreció la mano a Nathaniel.

—Doctor York, no sabe el alivio que supone que esté a salvo.

Incluso con el entusiasmo de Lindholm por los cohetes, era fácil olvidar que Nathaniel se había convertido en una celebridad gracias al lanzamiento de los satélites. Habíamos superado a los rusos al poner en órbita un satélite no solo una vez, sino en tres lanzamientos distintos. Mi marido, que era atractivo y encantador hasta el exceso, una opinión totalmente objetiva por mi parte, era la cara visible del programa espacial del NACA.

—El mayor Lindholm nos ha tratado muy bien. Le agradecemos la bienvenida, ¿coronel...? —El hombre llevaba una placa con su nombre, pero aun así lo adecuado era presentarse.

—¡Qué modales los míos! Ha sido la impresión de tenerlo aquí. —Parker esbozó una sonrisa de lameculos—. Coronel Stetson Parker, comandante de la base. Aunque, con todo lo que ha pasado, es posible que ahora esté a cargo de mucho más que este lugar.

Por supuesto que lo había dejado caer para demostrar lo importante que era. Di un paso al frente y extendí la mano.

—Me alegro de volver a verlo, coronel Parker.

Arqueó una ceja, sorprendido.

—Disculpe, señora, me ha pillado desprevenido.

—Cuando nos conocimos, todavía era Elma Wexler. Piloto del WASP.

Endureció ligeramente la expresión.

—La hija del general. La recuerdo.

—Enhorabuena por el ascenso. —Esbocé la sonrisa más encantadora que pude—. Habrá trabajado muy duro para lograrlo.

—Gracias, señora. —Sonrió de nuevo y le palmeó el hombro a Nathaniel—. Parece que la dama también ha conseguido un ascenso al convertirse en la señora York.

Me dolían los dientes de apretarlos, pero mantuve la sonrisa.

—Ha mencionado que no tiene claro quién es su superior ahora mismo. ¿Qué puede decirnos de la situación actual?

Se puso serio, y diría que el cambio de ánimo fue sincero. Señaló las sillas al otro lado de la mesa.

—Siéntense, por favor.

Parker tomó asiento detrás de la mesa y, entonces, advertí que su nombre estaba en la placa de identificación del centro. Me sorprendió que tuviera gemelos. Me pregunté quién se habría casado con él. Juntó los dedos y suspiró.

—Una explosión...

—Un meteorito.

—Eso dicen en las noticias. Pero ha borrado Washington del mapa... Yo apuesto por los rusos.

Nathaniel ladeó la cabeza.

—¿Hay indicios de radioactividad?

—Nadie ha podido acercarse lo suficiente a la zona de la explosión como para comprobarlo.

Imbécil. Se lo expliqué despacio.

—Cae material eyectado por todas partes, lo cual, para empezar, podría usarse para comprobar la radioactividad. De todas maneras, algo así no sucede con una bomba atómica. Ocurre cuando un meteorito hace un agujero en la atmósfera, el material de la explosión es absorbido por el espacio y, después, cae de nuevo a la Tierra.

Entrecerró los ojos.

—Pues tenga esto en cuenta. El Congreso de los Estados Unidos estaba reunido, tanto la Cámara como el Senado. El Gobierno federal ha sido eliminado casi por completo. El Pentágono, Langley... Aunque haya sido un acto de Dios, ¿cree que los rusos no intentarán aprovecharse de la situación?

Era una buena observación y resultaba aterradora. Me recosté en la silla y crucé los brazos sobre el pecho para protegerme del frío repentino que sentí.

Nathaniel rompió el silencio.

—¿El ejército pondrá en marcha un plan de defensa?

No hizo énfasis en la palabra «ejército», pero dejó bastante claro que, pasara lo que pasara, no sería un coronel quien dirigiera todo el operativo.

—Es lo más prudente. Doctor York. —Hizo una pausa, pero la duda estaba ensayada de manera tan descarada que casi oí cómo contaba los segundos—. Participó en el Proyecto Manhattan, ¿no es así?

Nathaniel se puso rígido a mi lado. El Proyecto Manhattan había sido emocionante desde el punto de vista científico, pero horrendo en todos los demás aspectos.

—Así es, pero ahora trabajo en la exploración espacial.

Parker ignoró la aclaración.

—Siento hacerle esto después de la mañana que ha pasado, pero ¿le importaría acompañarme a una reunión?

—No creo que tenga nada que ofrecer.

—Es el mejor ingeniero espacial que tenemos ahora mismo.

No necesitábamos que nos recordasen cuánta gente del NACA había muerto. Le puse a Nathaniel la mano en la rodilla para calmarlo, igual que él había hecho conmigo. Sin embargo, el NACA no era el único programa espacial.

—No quiero menospreciar el trabajo de mi marido, pero Wernher von Braun trabaja en el Proyecto Sunflower en Kansas.

Parker resopló y me sonrió sin ganas. No le había hecho ninguna gracia tener que ser amable conmigo por mi padre durante la guerra y tampoco le gustaba tener que serlo ahora por ser la mujer del doctor York.

—Señora, le agradezco que quiera ayudar, pero entenderá que no voy a involucrar a un antiguo nazi como von Braun en cuestiones de seguridad nacional. —Después, miró a Nathaniel y me ignoró por completo—. ¿Y bien, doctor York? Solo queremos valorar qué opciones tenemos para mantener el país a salvo.

Nathaniel suspiró y se quitó un hilo suelto del pantalón.

—De acuerdo, pero no prometo estar al cien por cien.

Cuando se levantó, estiré las piernas para seguirlo, pero Parker alzó la mano y negó con la cabeza.

—No se preocupe, señora. Descanse en mi despacho mientras el mayor Lindholm les busca un lugar donde alojarse.

—Si quieren evitar las IET, tenemos habitaciones vacías en casa.

Me sentí halagada, no porque nos ofreciera quedarnos en su casa, sino porque usó las siglas de «instalaciones de estancia temporal» en lugar de explicármelas como a una civil.

—Es muy amable por su parte. Si a su mujer no le importa, claro.

—Seguro que no, señora.

La sonrisa de Parker fue inesperadamente cálida.

—Está en buenas manos. Su mujer hace una empanada para morirse.

Reconozco que me sorprendió ver lo que parecía camaradería sincera entre los dos hombres. Mi experiencia con Parker no había sido la ideal. Esperaba que aquello no significara que el mayor Lindholm también terminaría siendo encantador pero desagradable.

—Gracias. Como este tema ya está resuelto, vayamos a la reunión.

No es que me apeteciera meterme en una reunión, pero sí habría dado lo que fuera por sentirme útil.

—Disculpe, señora. —Parker se ajustó la corbata—. Debería haber aclarado que solo el doctor York cuenta con los niveles de autorización necesarios, debido al proyecto Manhattan. Seguro que lo entiende.

Autorización. Y una mierda. Por lo que nos había dicho, ya no había jerarquías, mucho menos credenciales de autorización. Pero no me serviría de nada decirlo, así que volví a sentarme.

—No se preocupe, por supuesto que lo entiendo. Esperaré aquí.

Nathaniel arqueó las cejas. Me conocía lo bastante como para advertir que estaba enfadada, aunque no supiera por qué. Lo miré y negué con la cabeza para asegurarle que estaba bien. Sonreí, apoyé las manos en el regazo y me recosté en la silla. Me sentaría a esperar como una niña buena, dejaría que mi marido se ocupase de todo y rezaría a Dios para que aquel cabeza de chorlito no iniciase una guerra nuclear.

CAPÍTULO 4

90 MUERTOS POR UN TERREMOTO EN IRÁN

Teherán, Irán, 3 de marzo de 1952 (Reuters) — Un total de 90 muertos y 180 heridos en los terremotos de Laristan y Bastak, en el sur de Irán. La radio de Teherán ha informado hoy de que es posible que los seísmos hayan sido provocados por el impacto del meteorito en América del Norte.

La puesta de sol había teñido el cielo de un vívido color bermellón, atravesado por vetas de cobre y oro oscuro. Casi parecía que nos hubiéramos trasladado a Marte, a tenor del cielo rojo que se arqueaba ante nosotros. La luz rojiza lo cubría todo; incluso la valla blanca que rodeaba la casa del mayor Lindholm parecía bañada en sangre.

Por lo general, no me gustaba ser una molestia, pero Parker me había sacado de quicio. Estaba demasiado cansada para pensar y agradecía que alguien me dijera qué hacer. Además, necesitaban las IET para acoger a los refugiados.

Nathaniel seguía reunido. Había salido unos minutos para animarme a que me fuera y ya no tenía ningún motivo para quedarme en la base, más allá de la certeza irracional de que, si me iba, no volvería a verlo. No era algo que fuera a mencionar en voz alta, y menos en un día así.

Al salir del *jeep,* me pareció que las manchas de mi ropa habían empeorado. Imaginé lo que me diría mi madre: «¡Elma! ¿Qué pensará la gente?».

Me agarré a la puerta del *jeep* y me tragué la tristeza. Al menos, me lavaría la cara. Me enderecé, crucé la valla detrás del mayor Lindholm y avancé por el camino que llevaba hasta el porche delantero. La puerta se abrió mientras subíamos los escalones y apareció una mujer regordeta con un vestido azul.

Su piel no era más oscura que la de Nathaniel en verano y sus rasgos eran suaves y redondeados. Advertí con sorpresa que nunca había estado en casa de una persona negra. La señora Lindholm llevaba el pelo recogido en un moño que enmarcaba la curva de sus mejillas de color marrón claro. Tras las gafas, tenía los ojos enrojecidos y tensos por la preocupación.

Abrió la puerta del todo y se llevó la mano al pecho.

—Pobrecita. Pase.

—Gracias, señora.

El suelo del interior era un linóleo de ladrillo falso impoluto. Yo tenía los zapatos tan sucios que ni siquiera se distinguía de qué color habían sido.

—Deje que me quite las botas.

—No se preocupe por eso.

Me senté en los escalones para quitármelas. A mi madre le habría dado un síncope si hubiera llenado de mugre la casa de otra persona.

—Seguro que mi marido traerá tierra suficiente por los dos cuando llegue.

Se rio.

—Todos los maridos son iguales, ¿verdad?

—Estoy aquí. —El mayor Lindholm se detuvo en los escalones, a mi lado—. Si necesita cualquier cosa, lo que sea, díganoslo. Me aseguraré de que el doctor York llega sano y salvo.

—Gracias.

Si alguien más me miraba con benevolencia, me desmoronaría por completo. Me concentré en la otra bota. Tenía sucios hasta los calcetines, y los pies no estaban mucho mejor.

La señora Lindholm salió al porche.

—He criado a tres hijos. Créame, estoy más que acostumbrada a la suciedad.

No iba a llorar. Todavía no. Respiré de manera superficial y evité que lo peor se desbordase. Me tragué el sabor salado. Me agarré a la barandilla para levantarme con los pies descalzos.

—No sé cómo darle las gracias.

—Querida, todavía no he hecho nada. —Me puso la mano en la parte baja de la espalda, sin apenas tocarme, y me guio al interior—. Sospecho que lo primero que querrá es darse un baño caliente.

—A estas alturas, me conformaría con una ducha fría.

La puerta de entrada daba directamente al salón. Todos los muebles estaban colocados en ángulo recto, hasta los cachivaches estaban alineados con los bordes de los estantes y las mesas en los que se encontraban. El aire olía a limpiamuebles de limón y canela.

—Para una ducha fría, podría haberse quedado en el cuartel. —La señora Lindholm salió del salón y abrió la primera puerta a la derecha. La mayor parte del suelo del baño lo ocupaba una bañera con patas—. Tengo jabón de burbujas. De lavanda y rosas.

—Debería ducharme antes.

Se ajustó las gafas y observó la suciedad que me cubría la ropa y la piel expuesta.

—Bueno, de acuerdo, pero después, un baño largo, ¿entendido? De lo contrario, mañana le dolerá todo el cuerpo.

—Sí, señora.

No se equivocaba. Con todo lo que había pasado, me sorprendería si al día siguiente conseguía salir de la cama.

—Tenga, unas toallas y un pijama de mi hijo mayor. —Apoyó la mano en la prenda de franela roja—. Mis camisones le quedarían grandes. Deje la ropa en la mesita y la lavaré.

Asentí mientras salía de la habitación, esperando que lo interpretara como un agradecimiento.

No le quedaba otro remedio que lavarme la ropa, porque, de lo contrario, no tendría nada que ponerme. Y no en el sentido en el que protestaría una debutante caprichosa, sino de manera literal. Éramos refugiados. Nuestra casa, nuestros trabajos, nuestro banco, nuestros amigos, el meteorito lo había destruido todo.

Si Nathaniel no hubiera sido ingeniero aeronáutico y Parker no lo hubiera necesitado, ¿dónde estaríamos? Había pensado en las personas como el señor Goldman, pero no en los supervivientes. ¿Qué iban a hacer los cientos y miles de personas que se habían quedado al otro lado de la destrucción?

Una nube de vapor me acompañó al salir del baño. Me arrastré por el pasillo con el pijama de franela prestado. Los pantalones me quedaban bien porque tenía las piernas largas, pero las mangas me colgaban hasta los dedos. Las enrollé mientras caminaba, y las innumerables heridas de las manos se me engancharon en la suave tela. Tenía la mente en blanco.

Seguía conmocionada, lo cual no era de extrañar, claro, pero al menos ya no temblaba. Solo tenía la sensación de que todo a mi alrededor parecía envuelto en algodones.

En el salón, el televisor estaba encendido, pero con el volumen muy bajo. La señora Lindholm se había sentado muy cerca de la pantalla, encorvada hacia delante para ver las noticias y apretaba un pañuelo entre los puños.

En la imagen parpadeante en blanco y negro, Edward R. Murrow hablaba de los acontecimientos del día desde su mesa del noticiero, con un cigarrillo en la mano.

«La última estimación de fallecidos a consecuencia del meteoro que ha caído esta mañana es de unas setenta mil personas, aunque se espera que el número aumente. Se han declarado quinientas mil personas sin hogar en los estados de Maryland, Delaware, Pensilvania, Nueva York, Nueva Jersey y Virginia, en Canadá e incluso tan lejos en la costa este como Florida. Las siguientes imágenes se han grabado desde el aire cinco horas después del desastre. Señoras y señores, lo que tienen ante sus ojos era la capital de nuestra nación».

La pantalla mostraba un charco de agua que burbujeaba como un géiser. Jadeé cuando la cámara se alejó para mostrar el horizonte y dejar clara la escala del desastre. El borde de suelo oscuro era un anillo de tierra quemada de cientos de kilómetros de diámetro. En la costa, la bahía de Chesapeake no solo se había inundado: había dejado de existir. Solo se veía mar.

Y humeaba.

Me sentí como si me hubieran dado un puñetazo en el pecho.

La señora Lindholm se dio la vuelta. Era evidente que contenía su propio dolor y conmoción para mostrarse como una buena anfitriona.

—Parece que ya se encuentra mejor.

—Sí. —Di un paso hacia la televisión, horrorizada y fascinada a la vez.

«Se ha declarado el estado de emergencia en toda la costa este. El Ejército, la Marina, las Fuerzas Aéreas y la Cruz Roja se han movilizado para proporcionar ayuda a los refugiados que la necesiten».

La cámara mostró a los trabajadores de ayuda humanitaria que reunían a refugiados. Al fondo, una niña con quemaduras en los brazos se acurrucaba junto a su madre. La imagen volvió a cambiar y mostró un colegio de primaria. Los cuerpos de los niños... Sería la hora del recreo cuando impactó el meteorito. Me había convencido de que cualquier cosa que imaginase sería peor que la realidad. Pero me había equivocado. La señora Lindholm apagó el televisor.

—Ya basta. No necesita ver eso. Lo que necesita es cenar.

—No quiero molestar.

—Tonterías. Si fuera una molestia, no le habría dicho a Eugene que los trajera. —Se guardó el pañuelo en la cintura de la falda al levantarse—. Venga conmigo a la cocina y deje que le prepare algo.

—Gracias.

Las normas de etiqueta sobre cómo ser un buen huésped imprevisto chocaban con la incuestionable realidad de que debía comer, incluso si no tenía hambre. Además, si se parecía a mi madre... Me froté los ojos con la mano al pensar en ella. Si se le parecía en algo, rechazar la comida sería de muy mala educación.

Sentí frío al pisar el suelo de linóleo de la cocina con los pies descalzos. Las paredes estaban pintadas de verde menta y había armarios de color blanco impoluto sobre las impecables encimeras. ¿Había limpiado al enterarse de que vendríamos o siempre tenía la casa tan ordenada? Al abrir la nevera, sospeché lo segundo.

Debía de tener una amiga que vendía Tupperware, quizá ella misma los vendiera. La comida estaba almacenada en recipientes de colores pastel a juego. Si no le hubiera observado en el rostro la conmoción y el dolor mientras veía la televisión, parecería salida de un anuncio de General Electric.

—¿Qué tal un sándwich de jamón y queso?

—Mejor solo queso.

—¿Con el día que ha tenido? Necesita proteínas.

Mi madre siempre decía que lo mejor era soltarlo cuanto antes.

—Somos judíos.

Se puso rígida y arqueó las cejas.

—¿De verdad? Vaya, no lo parece.

Lo decía con buena intención. Lo sabía. Tenía que creerlo, porque era una invitada en su casa y no contaba con otro lugar adonde ir. Tragué saliva y sonreí.

—Solo con queso estará bien.

—¿Y atún?

—Me encantaría, si no es molestia.

Ninguno de los dos veníamos de familias que respetasen el *kosher,* pero, cuando empezó la guerra, dejé de comer cerdo y marisco. Al menos, la disciplina me había ayudado a recordar quién era y por qué era importante.

—Para nada. —Sacó un recipiente rosa palo de la nevera—. Eugene siempre se lleva atún para comer, así que suelo tenerlo preparado.

—¿La ayudo en algo?

—Siéntese. —Sacó otro recipiente, esta vez, verde—. Tardaría más en explicarle dónde está todo que en hacerlo yo misma.

Colgado en la pared junto a la nevera había un teléfono marrón. Al verlo, la culpa me golpeó como un ladrillo.

—Disculpe, odio pedirlo, pero ¿podría usar el teléfono? Sería una llamada de larga distancia, pero... —Me callé, pues no sabía cuándo podría pagarle.

—Pues claro. ¿Quiere que salga?

—No es necesario. —Era mentira. Me habría encantado tener privacidad, pero no quería abusar más de su amabilidad—. Gracias.

Colocó los ingredientes del sándwich en la encimera y señaló el teléfono.

—La línea es individual, así que no tiene que preocuparse por si hay alguien escuchando. Es una de las ventajas de alojarse en casa de un mayor.

Me levanté para acercarme al teléfono y deseé que estuviera en otra habitación o haber tenido agallas para decirle lo que sentía de verdad. Oí el odioso pitido de línea ocupada y me las apañé para no maldecir; al menos, no en voz alta.

Volví a intentarlo y dio tono.

Sentí tal alivio que me quedé sin fuerzas y tuve que apoyarme en la pared. Con cada pitido, recé: «Por favor, que estén en casa. Por favor, que estén en casa».

—Residencia de los Wexler. ¿Quién es? —La voz de mi hermano sonaba tranquila y profesional.

La mía se rompió.

—¿Hershel? Soy Elma.

Se oyó un jadeo y, después, solo el crujido de la línea.

—¿Hershel?

Nunca había oído llorar a mi hermano. Ni siquiera cuando se rompió la rodilla y se le salió el hueso.

De fondo, Doris, su mujer, le hizo una pregunta. «¿Va todo bien?», probablemente.

—Es Elma. Sí. Está viva. Gracias a Dios. Está viva. —Se acercó al altavoz—. Hemos visto las noticias. ¿Y mamá y papá?

—No. —Me presioné los ojos con las manos y apoyé la frente en la pared. Detrás de mí, la señora Lindholm preparaba el sándwich en un silencio antinatural. Tuve que esforzarme mucho para pronunciar las palabras—. Nathaniel y yo estábamos fuera de la ciudad. Mamá y papá estaban en casa.

Le tembló la respiración.

—Pero Nathaniel y tú estáis vivos.

—¿Sabes cómo están las cosas en Charleston?

—Hubo maremotos en la ciudad, pero muchas personas consiguieron evacuar. —Después, respondió a la pregunta que no había pronunciado—. No he sabido nada de la abuela ni de las tías.

—A mí me ha costado mucho encontrar una línea disponible.

Doris dijo algo y la voz de Hershel sonó amortiguada un segundo.

—¿Qué? Sí, le preguntaré.

Su esposa siempre había sido la más organizada de los dos, incluso cuando salían. Sonreí e imaginé la lista mental que estaría redactando en ese momento.

—¿Dónde estás? ¿Necesitas algo? ¿Estás herida?

—Estamos en la base Wright-Patterson de Ohio. De hecho, estamos en casa de los Lindholm, que nos han acogido esta noche. No te preocupes, me cuidan muy bien. —Eché un vistazo por encima del hombro. La señora Lindholm había cortado el sándwich en cuatro triángulos perfectos y le había quitado la corteza—. Lo cierto es que debería colgar, estoy usando su teléfono.

—La próxima vez, llama a cobro revertido.

—Llamaré mañana si las líneas no están ocupadas. Dile a Doris y a los niños que los quiero.

Después de colgar, me quedé con la cabeza apoyada en la pared, como si la pintura verde menta fuera a calmarme los pensamientos. Me pareció que solo transcurría un instante.

Una de las sillas crujió cuando la señora Lindholm se sentó, así que me recompuse y me enderecé. Mi padre siempre decía que la conducta era muy importante tanto para los oficiales como para las damas.

—Gracias. Mi hermano estaba muy preocupado.

—Yo también lo habría estado.

Había dejado el sándwich en un plato verde azulado brillante en el centro de un mantel individual. Junto al plato había un vaso de agua con gotas de condensación a un lado.

La cotidianidad de la cocina, el tictac del reloj de pared, el zumbido de la nevera y aquella amable mujer con sus sándwiches, sus manteles y sus pijamas de franela no parecían existir en la misma realidad que había vivido el resto del día. Las imágenes de los niños quemados en la televisión bien podrían haberse grabado en Marte, dada la falta de conexión con aquel lugar.

La silla crujió cuando me senté y me dolieron las articulaciones. Me puse la servilleta en el regazo, como me habían enseñado, y cogí el primer triángulo de sándwich. Había tenido suerte. Contábamos con un avión y una vía de escape.

—¿El sándwich está bueno?

Me había terminado una cuarta parte sin apenas darme cuenta. La boca me sabía a pescado muerto y pepinillos podridos. Sonreí a mi anfitriona.

—Delicioso.

CAPÍTULO 5

MAREMOTO EN VENEZUELA

Caracas, Venezuela, 4 de marzo de 1952 (AP) — El Gobierno ha recibido hoy informes de que un maremoto, que se cree que ha sido consecuencia del meteorito que impactó frente a las costas de América del Norte, ha azotado el puerto de Vela de Coro y provocado graves daños. Según la información recibida, los barcos anclados en el puerto occidental de Venezuela han quedado destruidos y muchas casas a lo largo de la costa han sido arrasadas. Se desconoce el número de víctimas mortales.

En el sofá en algún momento, debí de quedarme dormida. Desperté cuando Nathaniel me tocó la frente. La luz de la cocina se filtraba hacia el oscuro salón y se reflejaba en la camisa de vestir blanca que llevaba. Estaba limpio y se había duchado y, en un momento de confusión, creí que lo había soñado todo.

—Hola. —Sonrió y me apartó el pelo de la frente—. ¿Quieres dormir aquí o prefieres ir a la habitación?

—¿Cuándo has vuelto?

Me incorporé y estiré el cuello entumecido. Tenía una de las mantas de la señora Lindholm sobre los hombros y la televisión era un fantasma silencioso en la esquina.

—Ahora mismo. El mayor Lindholm me ha traído. —Señaló la cocina con la cabeza—. Está preparando un sándwich.

—¿Has comido algo?

Asintió.

—Nos dieron de cenar en la reunión.

Me tendió la mano y me ayudó a levantarme. Sentí de golpe todos los cortes, los dolores y los moratones que había acumulado durante el día. Hasta los brazos protestaron cuando doblé la manta. ¿Era demasiado pronto para tomarme otra aspirina?

—¿Qué hora es?

—Casi medianoche.

Si acababa de volver, la situación no pintaba bien. No había suficiente luz para verle la expresión. En la cocina, el mayor Lindholm arañó un plato con el cuchillo. Dejé la manta en el sillón.

—Vamos a la habitación.

Me siguió por el pasillo en penumbra hacia el dormitorio que la señora Lindholm nos había asignado. Era el de su hijo mayor, Alfred, que estudiaba Ingeniería en Caltech. Había un banderín de los «Leopardos» de su instituto, y el juego de Erector a medio montar y la colección de obras de Julio Verne podían haberse sacado perfectamente de la habitación de mi infancia. Todo lo demás era a cuadros o de color rojo, lo que sospeché que era cosa de su madre.

Después de cerrar la puerta, Nathaniel buscó el interruptor de la luz, pero lo detuve. Quería permanecer arropada por la seguridad de la noche un poco más. Allí, los dos solos y sin radios que nos recordasen lo que pasaba, podíamos fingir que estábamos visitando a unos amigos. Mi marido me abrazó y me apoyé en él, y enterré la mejilla en su pecho.

Nathaniel descansó la barbilla en mi cabeza y me pasó las manos por el pelo, que seguía húmedo. Olía a un jabón mentolado desconocido.

Me acurruqué en él.

—¿Te has duchado en la base?

Me acarició la cabeza con la barbilla al asentir.

—Me he quedado dormido en la mesa, así que nos hemos tomado un descanso. Me he duchado para despejarme.

Me aparté para mirarlo. Las sombras se oscurecían bajo sus ojos. Qué desgraciados. Después del día que había tenido, ¿lo obligaban a seguir despierto?

—¿No te han dejado irte?

—Sí, me lo han ofrecido. —Me dio un apretón en el hombro antes de soltarme. Se acercó a la cama mientras se desabrochaba la camisa—. Tenía miedo de que, si me iba, el coronel Parker hiciera alguna estupidez. Aún lo temo.

—Es un imbécil.

Nathaniel dejó de desnudarse, con la camisa a medio sacar.

—Comentaste que ya lo conocías.

—Fue piloto durante la guerra, comandante de un escuadrón, y no soportaba que las mujeres pilotasen. Lo odiaba. Además, tenía las manos largas.

Visto en perspectiva, no debería haberle dicho esto último. Sobre todo, con lo agotado que estaba. Se puso tan rígido que pensé que iba a rasgar la camisa.

—Perdona.

Levanté las manos para intentar tranquilizarlo.

—No conmigo. Ni con las mujeres de mi escuadrón. —Al menos, después de que tuviera una charla con mi padre. Me encogí de hombros—. Ventajas de ser la hija de un general.

Bufó y siguió quitándose la camisa.

—Eso explica muchas cosas. —Tenía la espalda llena de heridas y moratones—. Creo que lo he convencido de que no ha sido una bomba atómica, pero está seguro de que los rusos lanzaron el meteorito.

—Si ni siquiera han salido del planeta.

—Eso mismo le he dicho. —Suspiró—. La buena noticia es que la cadena de mando no está tan rota como quiso hacernos creer. El general Eisenhower vuela mañana desde Europa. De hecho, debería llegar a primera hora.

Le quité la camisa de las manos y la colgué en el respaldo de una silla.

—¿Llegar adónde? ¿A Estados Unidos o a Wright-Patterson?

—A Wright-Patterson. Es la base ilesa más cercana.

Procesamos los números en silencio. Estábamos a más de ochocientos kilómetros del lugar del impacto.

Por la mañana, me hice una idea bastante clara de cómo seríamos de mayores. Nathaniel casi no podía levantarse de la cama.

Durante el terremoto, la mayoría de los escombros le habían caído encima a él. Tenía la espalda tan cubierta de hematomas y contusiones que parecía sacada de uno de los libros de medicina de mi madre en vez de pertenecer a un hombre vivo.

Yo no estaba mucho mejor. Solo recordaba haberme sentido peor el verano que tuve la gripe. Aun así, conseguí levantarme. Estaba bastante segura de que, una vez empezara a moverme, me encontraría mejor.

A Nathaniel le costó tres intentos incorporarse para sentarse al borde de la cama.

—Deberías descansar.

Negó con la cabeza.

—No puedo. No quiero que el general Eisenhower se deje influenciar por Parker.

El tontito de mi marido me tendió la mano y lo ayudé a levantarse.

—No me parece que el general Eisenhower sea de los que se dejan engatusar por patanes.

—Hasta los genios pueden ser ingenuos cuando tienen miedo.

Gruñó al ponerse de pie, lo que no me dio mucha confianza. Pero lo conozco bien y es el tipo de hombre que trabajará hasta la muerte. Se estiró para coger la camisa y se estremeció.

Fui a buscar el albornoz que le habían prestado y se lo mostré.

—¿Quieres ducharte antes? A lo mejor te relaja los músculos.

Asintió y permitió que lo ayudase a ponérselo. Después, se arrastró por el pasillo. Me marché a la cocina para hablar con la señora Lindholm. Antes de entrar, percibí el inconfundible olor del beicon.

Me preparé para tener la misma conversación en cada comida. Eran gente amable y, de no ser por ellos, habríamos dormido en medio del campo. Bueno, tal vez exageraba un poco. Habríamos dormido en el avión, pero, aun así... Entonces, escuché la conversación y lo del beicon me pareció una tontería.

—No dejo de pensar en las chicas con las que fui al instituto. Pearl vivía en Baltimore. —A la señora Lindholm se le quebró la voz.

—Tranquila.

—Perdona, estoy siendo ridícula. ¿Quieres mermelada de fresa o de frambuesa con la tostada?

Doblé la esquina aprovechando la conversación inocua. La señora Lindholm trabajaba en la encimera, de espaldas a mí. Se frotó los ojos con una mano.

El mayor Lindholm estaba sentado a la mesa con una taza de café humeante en la mano derecha y un periódico en la izquierda, pero observaba a su mujer con el ceño fruncido.

Cuando entré, me miró y esbozó una sonrisa.

—Espero que no la despertásemos anoche.

—Me despertó Nathaniel, pero me alegro. Si no, me habría levantado con un calambre horrible en el cuello.

Pasamos por las formalidades habituales mientras me servía una taza de café.

¿Es necesario que explique las maravillas del café recién hecho? El intenso olor que emanaba de la taza me despertó antes de que la primera gota gloriosamente amarga me rozara los labios. No era solo la amargura, sino la delicia de la agudeza mental. Suspiré y me relajé en la silla.

—Gracias.

—¿Quiere desayunar algo? ¿Huevos? ¿Beicon? ¿Una tostada? —La señora Lindholm sacó un plato del armario. Tenía los ojos un poco enrojecidos—. Hay pomelos.

¿Cuán lejos de la costa habían estado las plantaciones de cítricos de Florida?

—Me encantarían unos huevos y una tostada, gracias.

El mayor Lindholm dobló el periódico y lo apartó.

—Es verdad. Myrtle me comentó que son judíos. ¿Vinieron durante la guerra?

—No. —Levanté la vista mientras la señora Lindholm dejaba un plato con los huevos y la tostada delante de mí. Los huevos estaban fritos con el mismo aceite que el beicon. Olían de maravilla. Mierda. Unté mantequilla en la tostada para ganar tiempo y aclararme las ideas—. Mi familia vino en el año 1700 y se instaló en Charleston.

—¡No me diga! —Dio un sorbo de café—. Nunca había conocido a ningún judío antes de la guerra.

—Seguramente sí, pero disimulaban los cuernos.

—¡Ja! —Se palmeó la rodilla—. Bien visto.

—De hecho, mi abuela... —Me concentré en la mantequilla y en la tostada—. Mi abuela y sus hermanas todavía hablaban yidis en casa.

La señora Lindholm se sentó en la silla a mi lado y me observó como si fuera una pieza de un museo.

—¿Quién lo hubiera imaginado? —Frunció ligeramente el ceño—. Ha dicho que vivían en Charleston, ¿tenían acento sureño?

Forcé el acento, el cual había aprendido a disimular en Washington.

—¿Les gustaría venir en Rosh Hashaná? ¡Pues, *mazel tov!*

Lloraron de la risa mientras repasaba todas las palabras en yidis que conocía, forzando el acento de Charleston. De pequeña, nunca me había parecido que sonase raro. Pensaba que así se pronunciaba el yidis, hasta que empezamos a ir a la sinagoga en D. C.

Nathaniel entró por la puerta; se movía un poco mejor.

—Qué bien huele.

La señora Lindholm se levantó como un resorte y le preparó un plato. El mayor empezó a hablar de banalidades. Todos nos esforzábamos por aparentar que no pasaba nada. Pero el periódico que había sobre la mesa mostraba una imagen de la ciudad de Nueva York convertida en una Venecia deforme, donde las calles eran canales acuáticos enmarcados por rascacielos sin ventanas.

Al cabo de un rato, el mayor miró el reloj de la pared, que marcaba las nueve menos diez, y se levantó de la mesa.

—Deberíamos irnos ya.

Nathaniel se levantó también.

—Gracias por el desayuno, señora Lindholm.

—Ha sido un placer. —Besó a su marido en la mejilla—. Es agradable hablar con alguien más que con la contraportada de un periódico.

El mayor se rio y entendí por qué se había enamorado de él.

—¿Qué vais a hacer las damas?

La señora Lindholm recogió su plato y el de Nathaniel.

—Había pensado llevar a la señora York de compras.

—¿De compras? —Recogí el resto de los platos y la seguí hasta la encimera—. Iba a acompañar a Nathaniel.

Ladeó la cabeza y me miró como si me hubiera puesto a hablar en griego.

—Los dos necesitan ropa nueva. He lavado lo que llevaba ayer, pero no había demasiado que salvar. Como mucho, serviría para trabajar en el campo.

Seguro que Nathaniel se fijó en mi expresión de derrota, pero no la entendió. No me preocupaba el dinero. El mundo acababa de terminar y a mí me mandaban de compras.

—No pasa nada, Elma. El coronel Parker nos ha asignado un subsidio para ropa hasta que solucionemos mi situación laboral. Tómate el día libre y ve de compras. De todas maneras, no ibas a hacer nada en la base.

Ese era el problema. No había nada que pudiera hacer.

La señora Lindholm aparcó el Oldsmobile delante de una tienda en el centro de Dayton. El toldo de la fachada estaba rasgado y una fina capa de arena cubría los escaparates de la tienda, en los que se veían elegantes vestidos de vívidos tonos metálicos. Me bajé del coche y observé a la gente que seguía con su vida, como si nada hubiera pasado.

No, no era del todo cierto. Los grupos de personas que conversaban estaban más cerca unos de otros de lo habitual. La bandera de la barbería de al lado estaba a media asta. Además, la misma arenilla de los escaparates de la tienda lo cubría todo. Me estremecí y levanté la vista hacia la extraña neblina ocre del cielo.

La señora Lindholm me vio temblar y lo malinterpretó.

—Entremos antes de que se muera de frío.

—Tranquila, se me empieza a dar bien escapar de la muerte.

Se puso pálida.

—¡Cuánto lo siento! Olvidaba lo que ha tenido que pasar.

Algunas veces no se me daba muy bien usar el humor para suavizar el ambiente. Esta era una de esas ocasiones.

—No, tranquila. No pasa nada. Soy yo quien debería disculparse. Ha sido una broma de mal gusto.

—No, ha sido culpa mía.

—De verdad que no. No tiene que pedir perdón por nada.

—He sido muy desconsiderada.

Hice una pausa y entrecerré los ojos.

—Le recuerdo que soy sureña y que nunca me ganará en un concurso de cortesía.

Se rio y la gente de la calle se volvió a mirarla como si hubiera soltado una blasfemia en público.

—¿Tregua?

—Por supuesto. —Señalé la puerta—. ¿Entramos?

Todavía entre risas, abrió la puerta y sonó una campanilla. La dependienta, una mujer negra de unos sesenta años con pelo blanco inmaculado, escuchaba la radio con atención.

«Los incendios provocados por el impacto del meteoro de ayer se han extendido hasta cubrir más de quinientos cincuenta kilómetros cuadrados».

Sonrió como si acabase de recordar cómo hacerlo.

—¿Qué desean?

Entonces me miró. No frunció el ceño de forma evidente, pero tensó la sonrisa.

Me sentí cubierta por la suciedad del jersey, que no se iría ni con un millón de lavados. Debía de parecer una indigente. Mi madre se avergonzaría al verme. Tragué saliva. Quise volver al coche, pero eso habría incomodado a la señora Lindholm, así que me quedé paralizada junto a la puerta.

La señora Lindholm me señaló.

—Mi amiga estaba ayer en el este.

«En el este». Al escuchar el eufemismo, los ojos de la dependienta se abrieron de par en par y arqueó las cejas con lástima.

—Pobrecilla. —Entonces, la asaltó la curiosidad, como un depredador atraído por la sangre—. ¿Dónde estaba?

—En las Pocono.

La señora Lindholm sacó un vestido azul marino de una percha y lo sostuvo en alto.

—No tiene nada más que lo que lleva puesto.

Una mujer blanca de mediana edad surgió de entre los percheros de ropa.

—¿De verdad estuvo allí? ¿Vio el meteoro?

—Meteorito. Un meteoro se descompone antes de impactar.

—Como si a alguien le importase la precisión científica. Creo que fue la última vez que lo corregí. Por rarezas del idioma, «meteorito» sonaba hasta adorable—. No, estábamos a unos quinientos kilómetros.

Me estudió la cara como si los cortes y los moratones le sirvieran de mapa para deducir mi ubicación específica.

—Tengo familia en el este.

—Yo también la tenía.

Saqué un vestido del perchero y hui al probador. La puerta de persiana se cerró detrás de mí y me protegió de las miradas, pero todavía me oían. Me dejé caer en el banquito acolchado y me cubrí la boca con las manos.

Me dolía respirar e intentar no hacer ruido.

«3,14159265...».

—Su marido y ella llegaron anoche en avión. Creo que han perdido a todo el mundo excepto a un hermano.

—Qué horror.

«... 35897932384...».

Todo el mundo conocía a alguien en el este. No era la única que había perdido a su familia.

—He oído en las noticias que es posible que vengan muchos más refugiados del meteoro, debido a Wright-Patterson —dijo la dependienta.

Refugiados del meteoro. Es lo que era. Era la primera refugiada que veían allí. Con todos los momentos que había tenido para llorar, ¿tenía que hacerlo en una tienda de ropa?

—Eso me ha dicho mi marido. —La señora Lindholm estaba justo al otro lado de la puerta del probador—. Después me pasaré por el hospital de la base para trabajar como voluntaria.

—Es muy amable por su parte.

Ser voluntaria. Podía hacer eso. Podía ofrecerme para traer en avión a refugiados desde el este o vendar heridas o lo que fuera. Ya lo había hecho en la guerra, no había razones que me impidieran volver a hacerlo.

—¿La emisora que tiene puesta es la CBS?

Me froté los ojos y me levanté para alcanzar el vestido que había traído. Era un vestidito de lunares de una talla más adecuada para un lápiz que para mí.

—Sí. Han dicho que han encontrado a un miembro del Gobierno que ha sobrevivido. Voy a subir el volumen, si no les importa.

En el espejo, era como un espectro que se había ido de compras. Pensaba que asemejaba a una indigente, pero, en realidad, parecía que no hubiera sobrevivido del todo al meteorito. Tenía los ojos morados y cortes pequeños por toda la cara y los brazos. Algo me había golpeado justo debajo de la línea del pelo y había dejado un arañazo. Pero estaba viva.

«Los maremotos han inundado también el Caribe y han dejado a muchas naciones sin agua corriente ni electricidad. Se dice que la devastación asciende a cientos de miles de...».

Abrí la puerta del probador e intenté ignorar la radio.

—Seré tonta. Me he equivocado de talla.

La dependienta se acercó para ayudarme y hablamos sobre tallas y últimas tendencias con las noticias en segundo plano. Era como tocar el violín mientras Roma ardía a nuestro alrededor.

CAPÍTULO 6

**LA INDIA OFRECE AYUDA
A LA SEÑORA ROOSEVELT**

---

*Las preguntas de la prensa resaltan
la creciente amistad con los Estados Unidos.*

The Times

Nueva Delhi, India, 4 de marzo de 1952 — Las preguntas que los periodistas indios han formulado a la señora de Franklin D. Roosevelt en una comida de la asociación de prensa de Delhi celebrada en honor de la viuda del expresidente han puesto de manifiesto la importante y creciente devastación en los Estados Unidos tras el impacto de un meteorito a principios de semana. Aunque el encuentro estaba concebido como una mera reunión hospitalaria, las conversaciones se han centrado en las ofertas de ayuda a los Estados Unidos.

El cielo estaba cubierto por nubes plateadas cuando la señora Lindholm me dejó en el cuartel general.

—¿Seguro que no quiere ir a casa a descansar?

—No, gracias, me sentiré mejor si hago algo.

Frunció los labios con decepción, pero no discutió más conmigo, lo que habló a su favor.

—De acuerdo. Estaré en el hospital de la base si me necesita. No se olvide de comer.

—Sí, señora. —La despedí con la mano mientras se iba.

Las compras habían estado bien, y debo reconocer que me sentía mejor con ropa limpia y maquillaje para ocultar los peores moratones, pero durante todo el tiempo que habíamos pasado fuera me había sentido como si jugáramos a las casitas. En todas las tiendas había una radio o un televisor encendidos. Delaware había dejado de existir y el único miembro superviviente del Gobierno que habían encontrado hasta la fecha era el ministro de Agricultura.

Quedaban muchos refugiados por transportar y yo sabía pilotar, así que me estiré el vestido marinero de lunares nuevo, me recoloqué el cinturón rojo brillante y entré en la base para buscar al coronel Parker. No habría sido mi primera opción, pero al menos conocía mi historial como piloto.

Llamé a la puerta de su despacho, que estaba abierta. Se encontraba sentado a la mesa, leyendo un informe. Estoy segura de que movía los labios al leer. Le había salido una calva en la parte posterior de la cabeza del tamaño de una moneda de medio dólar. ¿Lo sabría?

Levantó la vista, pero no se movió de la silla.

—¿Señora York?

—He visto en las noticias que las Fuerzas Aéreas van a movilizarse para atender a los refugiados. —Entré y me senté sin preguntar. No quería que quedase en mal lugar por dejar a una dama de pie en la puerta.

—Sí, es cierto. Pero no se preocupe, no enviarán a su marido.

—Dado que no está en servicio activo y nunca estuvo en las Fuerzas Aéreas, no me sorprende. —Respiré despacio para calmar el enfado—. Soy yo quien quiere ayudar. Muchas de nuestras tropas siguen en Corea, así que me pareció que les vendría bien otra piloto.

—Es muy amable por su parte, pero este no es lugar para una dama.

—Hay muchas mujeres refugiadas. Además, tengo experiencia personal...

Levantó la mano para callarme.

—Le agradezco el entusiasmo, pero no es necesario. El general Eisenhower ha convocado a las tropas y hemos recibido mucha ayuda de la ONU.

—¿Y Corea?

—Se ha declarado un alto el fuego. —Recolocó los papeles de la mesa—. Ahora, si me disculpa.

—Aun así, habrá escasez de pilotos hasta que vuelvan.

—¿Acaso pretende alistarse en las Fuerzas Aéreas? De lo contrario, no puedo dejarle pilotar nuestros aviones —dijo con fingido arrepentimiento—. Y dado que su avión está averiado, me temo que no hay nada que pueda hacer.

—De acuerdo. —Me levanté. Él no—. Gracias por su tiempo.

—Por supuesto. —Volvió a mirar el informe—. ¿Por qué no prueba a ser enfermera? Tengo entendido que es una ocupación adecuada para las mujeres.

—Qué inteligente es usted. Muchas gracias, coronel Parker.

Lo que más me molestaba era que tenía razón. Quería ayudar, pero mis habilidades no servían de nada en aquel momento. ¿Qué iba a hacer sin un avión? ¿Solucionar el cataclismo con cálculos?

Llegué al hospital de la base en el peor momento, o en el mejor, según cómo se mire. Acababa de aterrizar un avión de refugiados y el hospital estaba saturado. Se habían instalado tiendas de campaña como zonas de espera y estaban abarrotadas de gente que llevaba los dos últimos días a la intemperie. Quemaduras, deshidratación, laceraciones, huesos rotos y personas conmocionadas.

Me entregaron una bandeja llena de vasos de papel con electrolitos y me dijeron que los repartiera. No era mucho, pero al menos haría algo útil.

—Gracias, señora. —La mujer rubia tomó un vaso de papel y miró las filas de sillas que iban hasta las consultas—. ¿Sabe qué nos va a pasar?

El anciano de su lado se removió en el asiento. Tenía los ojos morados e hinchados, casi cerrados, y sangre seca alrededor de la nariz que indicaba que la hemorragia era reciente.

—Supongo que nos mandarán a campos de refugiados. Habría sido mejor quedarme donde estaba que esperar aquí sentado —comentó.

Los campos tenían una connotación espeluznante, y hablar de ello no ayudaría a nadie. Le acerqué la bandeja de vasos de papel al anciano.

—¿Quiere beber algo? Le ayudará a recuperar fuerzas.

Dios. Había usado la voz de médico de mi madre. Amable y enérgica.

Resopló y se cruzó de brazos, pero hizo una mueca de dolor.

—No es enfermera. No con esa ropa.

No se equivocaba. Aun así, le sonreí.

—Tiene razón. He venido a echar una mano.

Carraspeó y le burbujeó algo de sangre en uno de los agujeros de la nariz. Después, empezó a chorrear.

—Mierda.

—Eche la cabeza hacia atrás. —Busqué algo para detener la hemorragia. La mujer sujetó la bandeja de agua—. Pellizque el puente y...

—Lo sé. No es la primera vez. —Aun así, hizo lo que le decía.

Un hombre pálido sentado al otro lado del pasillo y vestido con un traje de negocios andrajoso se quitó la corbata y me la pasó. Tenía roto un cristal de las gafas y los ojos muy vidriosos.

—Gracias. —Presioné la nariz del anciano con la seda—. Es el vendaje más elegante que he usado.

El anciano me lo quitó y miró al techo.

—Intenta distraerme.

—Es cierto. —Me acerqué para mirarle los ojos—. ¿De qué quiere hablar?

Apretó los labios.

—Si está aquí, se habrá enterado. ¿Es muy malo?

Miré a todas las personas maltrechas que nos rodeaban.

—No creo que sea el mejor momento para hablar de eso. Diría que ha tenido más suerte que muchos. ¿Cambiamos de tema?

—De acuerdo. —Sonrió un poco y me dio la sensación de que disfrutaba del papel de cascarrabias—. ¿Qué opina de Charles F. Brannan?

—¿Quién?

—El ministro de Agricultura. —Le dio la vuelta a la corbata para buscar un trozo de tela limpio—. Por lo que he oído, estaba visitando una granja de Kansas cuando cayó el meteoro. Salvo que encuentren a alguien con un rango más alto, será el nuevo presidente.

—Presidente en funciones —apostilló el hombre que me había dado la corbata.

—Es un gran tema de debate. —El anciano clavó la vista en el techo—. Los expertos constitucionales pasan un montón de tiempo discutiendo qué implica eso exactamente.

Debajo de toda la mugre, el anciano llevaba una chaqueta de *tweed* con parches de cuero en los codos.

—¿Dónde daba clase?

—En la Ciudadela.

—¿En Charleston? —Subí demasiado la voz y la gente me miró. Tragué saliva y volví a intentarlo—. ¿Estaba en Charleston?

El anciano bajó la cabeza y me miró con el ojo bueno.

—¿Conocía a alguien allí?

—En el centro.

—Lo siento. —Negó con la cabeza—. Había salido de excursión con unos cadetes. Estábamos tierra adentro. Cuando volvimos... Lo siento mucho.

Asentí y apreté la mandíbula al confirmar lo que ya sabía. El radio de explosión del meteorito, seguido por los maremotos, dejaba pocas posibilidades. Sin embargo, si no lo sabía, aún conservaría la esperanza. Y la esperanza me mataría.

Al subir por las escaleras de la sinagoga, comprendí que cruzar la puerta significaría reconocer que mi familia había muerto.

Pensarlo hizo que me quedase paralizada a medio camino y tuviera que agarrarme a la polvorienta barandilla de metal. Mi familia había muerto. Había ido a la sinagoga para comenzar los ritos del duelo.

Mi padre nunca volvería a tocar la trompeta. Mi madre nunca terminaría aquella gigantesca colcha de punto de cruz, que había quedado reducida a cenizas.

Cerré los ojos de manera automática para dejar de ver la fachada de ladrillo y los pequeños y desolados tejos que flanqueaban las escaleras. Detrás del escudo negro de los párpados, los ojos me ardían. La arenilla que me cubría las manos era la misma ceniza que envolvía casi toda la ciudad. Los restos de D. C.

—¿Se encuentra bien? —preguntó la voz de un hombre mayor, con cierto acento alemán, detrás de mí.

Abrí los ojos y me volví con una sonrisa, aunque debía de tenerlos rojos.

—Lo siento. No pretendía bloquear el paso.

El hombre, que estaba un escalón más abajo, no era mayor que yo, o no por mucho. Sin embargo, en la cara tenía una sombra de devastación que reconocí. Un superviviente del Holocausto.

—¿Tenía familia?

Dios. Lo último que necesitaba era la piedad de los desconocidos. Miré al horizonte, una neblina ámbar cubría las llanuras de Ohio.

—Sí. Por eso vengo a hablar con el rabino.

Asintió y pasó a mi lado para sujetar la puerta.

—Vengo por lo mismo.

—Lo siento mucho.

Era una boba egocéntrica. No era la única con familia judía en Charleston. Nueva York también había sufrido grandes daños, por no hablar de D. C. ¿Cuántos habrían muerto sin dejar a nadie vivo que encendiera las velas del *yahrzeit* y recitase la oración del *kadish*?

Se encogió de hombros con tristeza y me indicó con un gesto que pasase. Entré en el vestíbulo. A través de las puertas abiertas, se veía la reconfortante luz de la llama eterna colgada delante del arca, como un recordatorio.

Aquel hombre había escapado de Alemania para que le ocurriese esto cuando creía que ya estaba a salvo. Aun así, había sobrevivido. Igual que yo.

Es lo que hacíamos. Sobrevivir.

Y recordar.

Es difícil guardar el *Shiva* en casa de otra persona. Al final, decidí claudicar y reconocer como «hogar» solo nuestra habitación, ya que no me apetecía explicar a la señora Lindholm por qué quería sentarme en taburetes bajos y cubrir los espejos.

Nathaniel entró y me halló sentada en el suelo, mientras me enganchaba un lazo roto a la camisa. No había sido capaz de rasgar la prenda, y no porque el dolor no estuviera presente, sino para evitar la conversación sobre por qué había roto algo que acabábamos de comprar.

Se detuvo y miró la rasgadura del lazo. Hundió los hombros, como si ver que había hecho la *kria* sola hubiera abierto las compuertas de su dolor.

Se sentó junto a mí en el suelo y me atrajo para abrazarme. La costumbre de no hablar con alguien que esté de luto hasta que esa persona haya hablado primero cobró más sentido que nunca. Aunque lo hubiera intentado, no habría podido decir nada. Sospecho que a él le pasaba lo mismo.

Cuando la semana de *Shiva* terminó, llamé a todos los mecánicos de la guía telefónica. Ninguno disponía de las piezas ni el tiempo necesarios para reparar el avión. Pero yo tenía que hacer algo.

Había sobrevivido y necesitaba que existiera una razón para ello. Un propósito, un significado, cualquier cosa. Empecé a ir al hospital con la señora Lindholm todos los días para enrollar vendas, limpiar cacerolas y servir sopa a cada avión de refugiados que llegaba.

No dejaban de venir. Llamé a todos los mecánicos de nuevo. Una y otra vez.

Uno me hizo vagas promesas sobre la posibilidad de encargar una hélice, si tenía tiempo. Si Nathaniel hubiese estado en casa durante el día, le habría pedido que hiciera la llamada por mí.

Sin embargo, regresaba todas las noches incluso más tarde que yo. Un viernes, dos semanas después del meteorito, llegó mucho después de que anocheciera.

Nunca habíamos sido muy concienzudos a la hora de respetar el *sabbat*, pero, después del meteorito, necesitaba algo a lo que aferrarme. Algo que me diera continuidad.

Me encontré con Nathaniel en la puerta y le quité el abrigo. El mayor Lindholm, Eugene, y Myrtle habían ido a una misa en su iglesia, así que teníamos la casa para nosotros.

—No deberías trabajar después del anochecer.

—Soy un mal judío. —Se inclinó para besarme—. Estaba ocupado intentando convencer a los generales de que los rusos no nos han lanzado el meteorito.

—¿Todavía? —Colgué el abrigo en el perchero junto a la puerta.

—El problema es que Parker se lo ha mencionado a alguien, a más de uno, probablemente, y ahora el rumor de que todo ha sido un ataque ruso se extiende por el cuerpo militar.

—Uf. —Señalé la cocina, donde los Lindholm nos habían dejado la luz encendida—. Hay pollo con patatas. Tienes que comer.

—Eres una diosa.

—Sí que eres un judío horrible. —Me reí y lo empujé dentro de la cocina.

Se dejó caer en una de las sillas con un gruñido y se deslizó hacia delante para apoyar la cabeza en la mesa.

—Elma, no sé cuánto tiempo más voy a aguantar estas reuniones. No dejo de repetir lo mismo una y otra vez. Gracias a Dios que han llamado a la ONU, si no, no sé lo que habría pasado.

—¿Hay algo que pueda hacer?

Abrí la nevera y saqué el plato que le había preparado. Se enderezó.

—Lo cierto es que sí. Si tienes tiempo.

—Me sobra.

—¿Podrías calcular el tamaño del meteorito? —Se le quebró la voz al preguntar e hizo una pausa para mirar la mesa.

En circunstancias normales, una pregunta así se la habría hecho a sus colegas de Langley. Fingí estar ocupada con el plato y dejarle tiempo para que se recuperase. Ambos tendíamos a rompernos en momentos extraños, y las lágrimas eran agotadoras. A veces, lo mejor era fingir que no pasaba nada.

Nathaniel esbozó una mueca que trató de disimular como una sonrisa y se aclaró la garganta.

—Es posible que, con ese dato, consiga demostrarles que es imposible que los rusos hayan tenido nada que ver.

Le dejé el plato delante y le di un beso en la nuca.

—Sí, si me consigues los gráficos del Gobierno.

—Dime qué necesitas.

Tenía gracia. Había ayudado a Myrtle con los refugiados toda la semana, pero, como no dejaban de llegar y cada grupo estaba peor que el anterior, me sentía como si nada hubiera cambiado, como si yo no hubiera provocado ningún cambio en el mundo. No dejaba de preguntarme por qué había sobrevivido. ¿Por qué yo? ¿Por qué no alguien más útil?

Lo sé. No es lógico ni razonable y era evidente que ayudaba a la gente, pero lo que hacía era algo que podía hacer cualquiera. Solo era un engranaje intercambiable.

Los cálculos, en cambio, eran otra historia. La abstracción pura de los números me pertenecía. En eso sí podía ayudar.

CAPÍTULO 7

DEFENSA CIVIL USARÁ
EQUIPOS DE RADIOAFICIONADOS

Filadelfia, Pensilvania, 17 de marzo de 1952 — Para coordinar los esfuerzos de ayuda tras el impacto del meteoro, las agencias de defensa civil están utilizando diferentes equipos de comunicaciones de emergencia que transmitan mensajes en la zona del desastre. Además del teléfono tradicional, los oficiales emplean aparatos de radio portátiles, *walkie-talkies,* equipos telefónicos de campo del ejército y estaciones de radioaficionados. Se transportarán en coches conducidos por operarios voluntarios, que establecerán una vía de comunicación secundaria.

Trabajaba en los cálculos para Nathaniel por las noches. Refugiarme en los números me ayudaba después de asistir a los refugiados durante las horas de luz. Aquel día, había servido sopa a un grupo de Girl Scouts y a sus monitoras. Estaban de acampada cuando cayó el meteorito y, por pura suerte, en ese preciso momento se encontraban dentro de las cuevas de Crystal Cave. Sintieron el terremoto y les pareció un gran desastre. Después, cuando salieron, todo había desaparecido.

Así que los números suponían un consuelo. Los cálculos eran lógicos y tenían un orden. Con ellos daba sentido a hechos disparatados.

La cocina era otro lugar en el que encontraba algo de orden en medio del caos. Pasó una semana antes de que Myrtle confiase en mí para ayudarla y otro par de días antes de que me dejase preparar la cena. Después nos turnábamos.

Pero la cocina no era *kosher*. Ni por asomo. Pregúntame si me importaba. Abrí el cajón junto al fregadero y rebusqué hasta encontrar las tazas de medir. Esa noche iba a preparar pastel de pollo.

El relleno se cocía a fuego lento en el fogón e impregnaba el aire con el sabroso aroma de la mantequilla y el tomillo. En cierto modo, cocinar se parecía a las matemáticas. Todo debía estar en la proporción adecuada para que la masa saliera bien.

Me acerqué a la nevera y eché un vistazo al salón. Myrtle estaba en el sofá, con los pies en el regazo de Eugene, que se los masajeaba mientras ella bebía una copa de vino.

—¿... nada que puedas hacer?

—Lo siento, cariño, lo he intentado. —Le sonrió y le frotó el hueco de la planta del pie con el pulgar—. No puedo ir adonde no me mandan.

—En todos los aviones que llegan solo hay blancos. ¿Dónde están los nuestros? ¿Quién los rescata?

¿Cómo no me había dado cuenta?

Me quedé con la mano dentro de la nevera y repasé las caras de los refugiados en busca de una mancha de color entre las masas.

—Ya sabes lo que pasaría, incluso si los jefes nos enviaran a los barrios de nuestra gente. Digamos que los rescatamos, ¿y luego qué? Los mandarían a campos diferentes.

Ella suspiró.

—Ya lo sé. Lo comentaré en la iglesia. A lo mejor podemos enviar ayuda nosotros mismos.

Con la taza de medir aún en la mano, me acerqué a la puerta de la cocina.

—Perdonad.

Myrtle levantó la vista y, como si se pusiera una máscara, sonrió.

—¿Necesitas ayuda para encontrar algo?

—No, verás, os he oído sin querer. ¿Necesitáis que pida a Nathaniel que hable con alguien?

Eugene y Myrtle intercambiaron una mirada que no comprendí y él negó con la cabeza.

—No, gracias. Ya nos encargamos nosotros.

Después de la cena, me retiré al estudio de los Lindholm. Tenía papeles esparcidos por todo el escritorio e intentaba agrupar los datos en el orden que los necesitaba. Abrí el cajón, saqué el bloc de notas que usábamos como cuaderno de bitácora y anoté la hora para devolverles el dinero por la llamada de larga distancia. Descolgué el teléfono y marqué el número del trabajo de mi hermano.

—Ha contactado con la Oficina Meteorológica de los Estados Unidos, le atiende Hershel Wexler.

—Hola, soy Elma. ¿Tienes un minuto para una pregunta de meteorología?

—Es a lo que me dedico. Dispara. —Oí crujir un papel al otro lado de la línea—. ¿Planeáis un pícnic?

—No exactamente. —Acerqué las ecuaciones en las que había trabajado—. Le estoy echando una mano a Nathaniel para calcular el tamaño y la composición del meteorito. La bahía de Chesapeake estuvo tres días hirviendo. Podría resolverlo sola, pero me pregunto si ya existe alguna ecuación para calcular la temperatura necesaria para que un cuerpo de agua tan grande se convierta en vapor.

—Interesante. Dame un segundo. —De fondo, oí el teletipo que recibía información de las estaciones meteorológicas de todo el mundo—. ¿Sabes la profundidad y el volumen del agua?

—Profundidad media de 6,5 metros. Volumen de 68 billones de litros.

—Veamos, en marzo, la bahía de Chesapeake está a unos 6,6 grados centígrados. Haría falta un cambio de temperatura de 93 grados. —Abrió un cajón y el timbre de su voz cambió. Me lo imaginé sujetando el teléfono entre la mejilla y el hombro y frunciendo el ceño mientras trabajaba con la regla de cálculo. Seguro que tenía las muletas apoyadas en el borde de la mesa y las gafas en la punta de la nariz para ver mejor. Se mordería el labio inferior mientras farfullaba frases entre murmullos—. Dividido por la masa molar del agua. Eso me da 1,54E20 julios de energía. Vale. Sumamos las dos energías. 1,84E20 julios. Veamos. Se necesitarían unos 270 grados.

—Gracias. —Tragué saliva al escuchar el número e intenté fingir que no me aterrorizaba—. Habría bastado con que me dieras la fórmula.

—¿Y reconocer que a mi hermanita se le dan mejor las matemáticas que a mí? —Resopló—. Tengo dignidad.

Ahora podía usar la temperatura en una ecuación que tuviera en cuenta el ángulo aproximado de entrada, lo que debería indicarme a grandes rasgos el tipo de composición, en base a qué se calentaría a 270 grados tras atravesar el aire. No sería exacto, pero sí lo bastante aproximado para ayudar a Nathaniel.

—¿Has dicho que investigabas qué es el meteoro? —El timbre cambió de nuevo cuando se acercó el auricular a la boca.

—Sí. Según el tamaño del cráter, 29 kilómetros, y el desplazamiento inicial del agua, tengo una estimación bastante exacta del tamaño. —Improvisé con las cifras que me había dado—. En algún momento, enviarán buzos para averiguar su composición real, pero, de momento, todos los esfuerzos se centran en los refugiados y en los rescates.

Pensé en Eugene y Myrtle.

—¿Puedo hacerte una pregunta? —dijo.

—No voy a hacerte los deberes de mates.

Bufó.

—¿Qué tal Nathaniel?

—Ah. —Suspiré y eché un vistazo a la puerta para asegurarme de que estaba cerrada—. Está agotado, frustrado y casi todo lo que hace es confidencial. No dejo de pensar que las cosas mejorarán cuando todo termine, pero...

—Pero no va a terminar.

—No. —Me froté la frente—. ¿Cómo va todo por allí?

—Han empezado a llegar refugiados, pero, en general, todo está como siempre. —Suspiró—. Eso va a cambiar cuando los patrones climáticos empiecen a alterarse.

—¿Alterarse de qué manera?

—No estoy seguro, pero trabajo en ello. Con tanto sedimento y humo en el aire... —Me lo imaginé empujando las gafas por el puente de la nariz mientras suspiraba—. ¿Me respondes a otra pregunta?

—Sigo sin querer hacerte los deberes de mates.

—Los harás. ¿Cuál fue el desplazamiento del agua?

—Te daré un valor aproximado cuando sepa lo grande que ha sido. ¿Por qué?

—Porque si lanzas tal cantidad de agua al aire, el clima se verá afectado. Quiero saber si es posible predecir el efecto en la temporada de huracanes.

Sonreí a la pared, como si Hershel estuviera sentado delante de mí.

—Vale. De acuerdo. Te haré los deberes, pero ya conoces el trato.

—Sí. —Se rio—. Te dejo leer mis cómics, pero, para eso, tendréis que venir a vernos.

—En cuanto terminemos aquí.

Cuando las reuniones de Nathaniel acabasen, le propondría mudarnos a California.

Aparté las hojas con los cálculos y apoyé la cabeza en las manos. Mierda. Había tardado dos noches en despejar todas las variables. ¿Y ahora qué? Había repasado los números tres veces; si había cometido algún error, no lo veía. Habría llamado a Hershel, pero su turno había terminado y habían salido a cenar. A saber qué entendería la niñera si le dejaba un mensaje.

Me alejé de la mesa, me levanté y di vueltas por el despacho. Había un guiso frío en la mesa que tenía al lado. Myrtle me lo había traído en algún momento. Faltaba parte de la comida y el tenedor estaba sucio, pero no recordaba haber comido nada.

Sentí un dolor que iba desde detrás del ojo derecho hasta la parte superior de la cabeza. Necesitaba a Nathaniel. Recogí los folios, tanto en los que había hecho los cálculos originales sobre el impacto del meteorito como los más ordenados, donde había repetido las cuentas. Seguiría en el cuartel general. ¿Qué iba a hacer? ¿Sacarlo de una reunión? Lo que decían aquellas páginas no iba a cambiar si esperaba a que volviera.

Pero necesitaba a mi marido y lo necesitaba ya. Me froté el ojo para aliviar un poco el dolor. Si no me había equivocado con los cálculos, seguro que algunos de los datos originales estaban mal. Tal vez los informes exageraban los números. Tenía que equivocarme.

Recogí el plato de la mesa y lo llevé a la cocina. La casa estaba a oscuras, excepto por la luz sobre la estufa. Nathaniel tenía que volver. Seguramente lo hiciera pronto. Solo tenía que ser paciente.

Raspé los restos del guiso para tirarlos a la basura y fui al fregadero para lavar el plato. Los Lindholm tenían un lavaplatos nuevo y brillante, pero el agua corriente sobre las manos me calmaba. Después de colocar el plato en el estante, me quedé quieta un momento y dejé que el agua me cayera entre los dedos.

La puerta principal se abrió. Gracias a Dios. Me sequé las manos en un paño y corrí en busca de Nathaniel. Sonrió cuando me vio y se inclinó para darme un beso.

—Hola, preciosa.

—Tengo que enseñarte algo. —Hice una mueca—. Perdona. ¿Qué tal el día? ¿Los has convencido de que los rusos no vienen a por nosotros?

—No del todo. Ahora, el presidente Brannan quiere volver a poner en marcha el NACA para que busquemos otros asteroides. —Se aflojó la corbata—. ¿Qué querías enseñarme?

—Podemos dejarlo para mañana.

Intenté ser una buena esposa a pesar de la ansiedad, porque enseñárselo aquella noche solo serviría para que él tampoco pegara ojo.

—Elma, no. No quiero que me des patadas toda la noche.

—¿Patadas?

—Sí. Cuando estás tan alterada, das vueltas y patadas mientras duermes.

—Yo no... —¿Cómo rebates lo que haces cuando estás dormida?—. ¿Te hago daño?

—Digamos que prefiero que me enseñes lo que sea que quieras enseñarme.

La verdad es que no necesitaba que me convenciera. Lo tomé de la mano y lo llevé al despacho.

—Trataba de calcular la energía necesaria para mover el meteorito y, así, demostrar que era imposible que los rusos lo hubieran hecho.

Se detuvo en la puerta.

—Por favor, no me digas que es posible.

—No. —En cierto modo, eso habría sido mejor. Me detuve junto a la mesa y miré las páginas llenas de cálculos—. Pero creo que esto podría causar una extinción.

CAPÍTULO 8

LOS PRECIOS DE LOS CEREALES
SE ESTRELLAN

Chicago, 26 de marzo de 1952 (AP) — El precio de los cereales forrajeros ha caído considerablemente en la Junta de Comercio de hoy, continuando con el desplome de la sesión anterior. Los corredores opinan que la recesión, tanto de hoy como de ayer, radica en gran medida en el hecho de que las exportaciones de maíz y avena hayan quedado bloqueadas debido a los daños portuarios en la costa este.

Por Dios, quería equivocarme. Nathaniel se sentó a la mesa del despacho de los Lindholm y comprobó mis resultados con la regla de cálculo. La mesa estaba cubierta de enciclopedias, almanaques, atlas y periódicos de la última semana con informes sobre los lugares donde aparecían daños.

Me apoyé en la pared junto a la ventana y me mordí el interior del labio. Fuera, la noche se tornaba plateada y, como me tomase otro café, iba a atravesar el techo.

Nathaniel llevaba una hora sin hacerme preguntas. Cada vez que el lápiz rayaba el papel, esperaba que hubiera encontrado un error, que se me hubiera olvidado invertir una diferencial o calcular una raíz cuadrada. Cualquier cosa.

Al final, dejó la regla en la mesa y apoyó la cabeza en las manos. Se quedó mirando la última página.

—Joder, tenemos que salir del planeta.

—¡Nathaniel! —A saber por qué me preocupaban los tacos en aquel momento.

—Perdona. —Suspiró, se pasó las manos por el pelo y enterró la cara en los brazos. La mesa le amortiguó la voz—. Quería que te equivocaras.

—A lo mejor las cifras de base están mal.

—Si están tan mal, alguien de la Encyclopedia Americana merece que lo despidan. —Se incorporó, se frotó la cara y entrecerró los ojos—. Y yo que pensaba que había sido una suerte que el meteorito cayera en el agua.

—El problema es el vapor. —Crucé la habitación para sentarme en la mesa, pero Nathaniel me agarró por la muñeca y tiró de mí hacia su regazo. Apoyé el peso en él y reposé la cabeza en la suya—. Hará mucho frío una temporada y, después, todo ese vapor de agua en la atmósfera...

Asintió.

—Intentaré organizarte una reunión con el presidente.

—¿El presidente? —Se me aceleró el corazón y me erguí de golpe—. Bueno... A ver, muchos de los cálculos implican materias que no entran en mi campo de estudio, quizá antes deberíamos hablar con otros científicos.

—Por supuesto. Pero ahora quieren que Wernher von Braun y yo nos pongamos a trabajar en un programa para detectar otros asteroides potenciales y volarlos en pedazos con cohetes. —Se recostó en la silla y se rascó una de las costras de la barbilla—. Sabes igual de bien que yo cómo funciona la burocracia militar.

—Una vez se empieza un proyecto, es difícil pararlo.

Asintió otra vez.

—Y nos hemos centrado en el problema equivocado.

Me quedé delante del armario mientras observaba la escasa ropa. Cada vez que intentaba sacar un vestido, sentía retortijones. Todo el mundo me miraría. ¿Y si elegía el vestido equivocado? ¿Y si había errado con los cálculos? Lo mejor para Nathaniel sería que me quedase en casa mientras él se reunía con el general.

—Elma, ¿qué corbata me...? ¿No te has vestido todavía? —Se detuvo en el umbral de la puerta—. Hemos quedado con el general Eisenhower en media hora.

—Ponte la azul. Te resalta los ojos.

Cerré la puerta del armario y el nudo del estómago desapareció.

—¿Estás bien? —Soltó las corbatas y se acercó para tocarme la frente.

—Un poco indispuesta. —Tenía la regla, pero no era el problema. Sin embargo, lo aprovecharía si así me libraba de la reunión—. No te preocupes, te he redactado el informe y entiendes las ecuaciones tan bien como yo.

—Esa es una grandísima exageración. —Dejó la corbata verde en la mesa—. Si me hacen preguntas, no sé si sabré responderlas.

«Hacen». Por supuesto que habría público. Una cosa era acompañar a Nathaniel a una reunión para darle apoyo o discutir con Parker, pero que hubiera más de seis hombres mirándome en una sala... Me asaltaban un montón de recuerdos. Me limpié las palmas de las manos en la bata; seguía nerviosa a pesar de que no pensaba ir.

—No creo que el general entienda las ecuaciones, así que bastará con que expliques las conclusiones.

Suspiró y se pasó la corbata por la nuca.

—Ese era el plan. Quería que estuvieras para responder las preguntas que yo no sepa contestar. Como la correlación entre el vapor en el aire y la subida de las temperaturas globales.

Agarré uno de los informes que había mecanografiado y pasé las páginas.

—Está en la página cuatro, y por detrás hay un gráfico que muestra la subida de la temperatura en los próximos cincuenta años.

—Ya lo sé.

—Lo creerán si se lo explicas tú. A mí no me creerán.

—Venga ya. —Se volvió hacia el espejo—. ¿Quién de aquí impartía clases particulares de matemáticas en la universidad? Se te da muy bien dar explicaciones.

Mi marido era un buen hombre. Creía en mí. Pero también estaba medio ciego, porque no se daba cuenta de cómo la gente ignoraba lo que yo decía hasta que él lo repetía.

—Da igual. No me encuentro bien.

Nathaniel se hizo un nudo Windsor en la corbata y se lo ajustó al cuello.

—Perdona. Contaba con que estuvieras conmigo. Pero si no te encuentras bien, no hay más que hablar.

Me encogí dentro de la bata.

—Es que no es un buen día.

—¿Cuándo lo es? No hemos tenido un buen día desde que impactó el meteorito.

—Son cosas de mujeres.

—Entendido. —Frunció el ceño y se frotó la frente. Negó con la cabeza y levantó la chaqueta del respaldo de la silla—. En fin, lo de hoy no es más que un ensayo de la reunión con el presidente. Estarás mejor para entonces.

El problema es que no iba a ser así. Reunirme con el presidente sería infinitamente peor, pero, al menos, no iba a suceder ese día. Tal vez no me necesitasen, no consiguiese una acreditación de seguridad lo bastante alta o algo me salvase de estar en el punto de mira de una sala llena de hombres.

Soy una mujer inteligente. Era consciente de que no había ningún peligro. De verdad que sí.

Sin embargo, ingresé en el instituto con once años, fui la única chica en clase de matemáticas, accedí a la universidad a los catorce, todo el mundo me miraba porque hacía los cálculos de cabeza, todos los chicos me odiaban porque nunca respondía mal a las preguntas y todos los profesores me usaban como herramienta. «¡Mirad! Hasta una chiquilla sabe la respuesta».

Cuando terminé la universidad, estaba dispuesta a lo que fuera por evitar hablar en público. Me aclaré la garganta.

—¿Lo has visto antes? —pregunté.

—¿Al presidente o a Eisenhower? A los dos, sí, pero solo de pasada.

—Mi madre jugaba al golf con el general.

—¡Lo ves! Por eso te quiero conmigo.

—¿Por quién es… era mi padre? Da igual. —Dejé el informe en la mesa—. No voy a ir.

Suspiró y miró al suelo.

—Lo siento. Me comporto con egoísmo porque estoy nervioso. —Se acercó para abrazarme—. ¿Necesitas algo? ¿Una bolsa de agua caliente? ¿Chocolate?

—Promesas vacías. ¿De dónde vas a sacar chocolate?

—Se lo pediré al general Eisenhower.

—¿Con qué excusa?

—Que el destino del mundo depende de que mi mujer esté sana y feliz. —Me besó la frente—. Ni siquiera estoy seguro de que sea una exageración.

Cuando mientes sobre estar enferma, se produce un efecto dominó. Se suponía que iría a ayudar al hospital después de la reunión con Eisenhower. Cuando Nathaniel se marchó, Myrtle llamó a la puerta.

Terminé de abrocharme la camisa.

—Adelante.

Abrió la puerta con el pie. Llevaba una bandeja con galletitas saladas y un vaso de *ginger ale.*

—Nathaniel me ha dicho que no te encuentras bien.

—Cosas de mujeres, ya sabes. —Me centré en remeterme la camisa para no mirarla—. Pero creo que lo peor ya ha pasado.

—Sé que para cada una es distinto, pero a mí me deja fuera de combate un día entero. —Dejó la bandeja en la mesita—. Te he traído algunas cosas que te ayudarán a serenar el estómago. ¿Quieres una bolsa de agua caliente? También tengo *bourbon,* si te sirve.

¿Cómo habíamos tenido la suerte de acabar en esta casa? Se me llenaron los ojos de lágrimas, prueba de que la regla sí me afectaba.

—Eres la amabilidad personificada. —Me restregué los ojos con los dedos—. Ya me siento mejor. No suele darme muchos problemas, pero... —Agité la mano con la esperanza de que se creara su propia historia a partir de la ambigüedad.

—Será el estrés. Las últimas semanas has pasado por mucho. —Me ofreció el vaso de *ginger ale*—. No me sorprende que estés derrotada.

—Estoy bien. —Pero acepté el vaso, y sentir el frío del cristal me relajó—. De verdad. ¿Y tú? ¿Algún progreso en la iglesia con los refugiados?

Myrtle dudó y se humedeció los labios.

—La verdad es que sí. Tal vez. Tenemos una idea, pero nos haría falta pedirte un favor.

Dios. ¿Una oportunidad de ser útil?

—Por supuesto. Lo que sea. Después de todo lo que habéis hecho por nosotros, cualquier cosa que necesites está hecha.

—Tranquila, no tienes que hacer nada. —Recolocó la bandeja para dejarla alineada con los bordes de la mesa—. Eugene me ha dicho que tienes un avión.

—Sí, aunque está averiado.

Asintió como si ya lo supiera.

—Si consiguiéramos arreglarlo, ¿se lo prestarías?

—Por supuesto. —Era mezquino, pero me decepcionó que no hubiera nada más—. Pero he llamado a todos los mecánicos y no he conseguido nada.

Esbozó una sonrisilla.

—Has llamado a todos los mecánicos blancos. No todo el mundo que sabe de aviones aparece en la guía. Eugene se encargará.

¿Sabía desde el principio que había otros mecánicos y no me lo había dicho o es que no lo había pensado hasta entonces? Fuera como fuese, no tenía derecho a molestarme. Estaba en deuda con ella. No me debía nada.

—Solo entran cuatro personas. No servirá para llevar a muchos refugiados.

—Lo sé. Tenemos otra idea. —Se irguió y dio una palmada—. ¡Cómo se me ocurre! Aquí estoy, dándote la lata cuando no te encuentras bien. Tómate el día con calma, aunque te sientas mejor. Te dejaré un poco de sopa de pollo, sin beicon, en el fuego para después.

—Gracias, pero...

—Ya, estás bien. Finges tan mal como Eugene. Si no te conociera, pensaría que eres un hombre.

—Será cosa de pilotos, supongo. —Me encogí de hombros—. Nos castigan si nos ponemos enfermos.

—Pues no tengo hijas, pero estás castigada, jovencita. Será la única manera de que te relajes y te cuides.

¿Relajarme? Si no había hecho nada desde el meteorito. Debería haber ido con Nathaniel. Tal vez allí habría sido mínimamente útil.

—¿Qué haces en la cocina? —Myrtle apareció en el salón con el sombrero y los guantes todavía puestos.

Mientras metía un puñado de lechuga en un cuenco, de pronto me sentí culpable.

—¿La cena?

—Se suponía que ibas a descansar. —En ocasiones, su dicción de ama de casa del Atlántico central desaparecía, sobre todo cuando estaba irritada. Me pareció que aquella era una versión más honesta de sí misma—. Venga, a la cama.

—Estoy bien. Tenía algunos calambres, pero ya no, de verdad. —Metí el resto de la lechuga en el cuenco y la troceé con más fuerza de la necesaria. Debería haberme portado como una adulta y haber ido con Nathaniel—. Estaba inquieta, y tú has trabajado todo el día.

Fuera, el rugido del *jeep* del mayor Lindholm nos avisó de que al menos uno de los hombres había vuelto. Eché un vistazo por la ventana, pero no vi bien el coche. ¿Nathaniel se habría quedado en alguna reunión? ¿Otra vez? Debería haber ido con él. Era una idiota.

Myrtle abrió la puerta de la despensa y sacó un delantal.

—Dime qué hago.

—Vigila los tallarines para ver si hay que quitar el papel de aluminio.

La puerta principal se abrió y oímos las voces de Eugene y Nathaniel. Cada vez que se le presentaba la oportunidad, el mayor acosaba a Nathaniel con preguntas sobre cohetes.

—... en la base de la Fuerza Aérea Edwards.

—Por Dios, otra vez no. —Myrtle salió a zancadas hacia el salón—. No vas a ser piloto de pruebas. Ya he tenido bastante con los cazas, pero al menos entonces había una guerra.

—Cariño, solo hablábamos del proyecto aeroespacial en el que trabajan.

Nathaniel se rio, incómodo.

—Comparamos las instalaciones de Sunflower en Kansas con las de Edwards. Eso es todo. Voy a ver cómo está Elma.

—Está en la cocina.

Se asomó por la puerta mientras yo rallaba una zanahoria para la ensalada. Dejó la carpeta en la mesa.

—Hola. ¿Ya estás mejor?

—Sí, gracias. —Necesitaba un maletín nuevo, pero no estaba en lo más alto de la lista de prioridades. Agarré el rallador y deslicé la zanahoria por la superficie rugosa—. ¿Cómo ha ido?

—Bien. Menos mal. —Se aflojó la corbata y se apoyó en la encimera—. ¿Te ayudo?

—¿Me preparas una copa?

—Será un placer. —Habíamos contribuido al minibar de los Lindholm en cuanto Nathaniel había recibido el primer cheque del ejército. También almacenábamos algo debajo de la cama de nuestra habitación, por si las cosas se derrumbaban del todo—. ¿Qué tal un Martini?

—Perfecto. —Aparté el rallador y volqué la zanahoria en el cuenco con la lechuga. Desde que había hecho los cálculos, cada vez que cocinaba me preguntaba si sería el último año que probaría ese ingrediente. Aunque las zanahorias y la lechuga sobrevivirían a los años invernales que causaría el meteorito. Eso pensaba—. Bueno, ¿qué ha dicho Eisenhower? Cuéntame cómo te has lucido.

Nathaniel resopló mientras sacaba la ginebra del congelador.

—Pues tu brillantísimo marido... Un segundo. —Salió por la puerta hacia el salón y me dieron ganas de gritarle. Provocador—. ¿Os apetece un Martini?

Abandonaron la conversación que mantenían entre susurros y Eugene respondió:

—Sí, por Dios. Si mi mujer me lo permite... ¡Ay!

—Gracias, Nathaniel. Me encantaría. Que sea doble, por favor. —La voz de Myrtle sonó más dulce que la miel.

Contuve una risita mientras aclaraba el rallador en el fregadero. Al menos, no teníamos escasez de agua corriente. Algunos de los refugiados habían pasado días sin ella antes de ser alojados en la base. Por supuesto, las lluvias ácidas no habían llegado todavía al Medio Oeste.

—Lo de doble suena de maravilla.

Nathaniel se dio la vuelta con las cejas arqueadas.

—Menos mal que soy yo el que ha tenido una reunión.

—Es medicinal. Deberías tomarte uno también. —El aderezo ya estaba listo, pero no lo añadiría hasta que nos sentáramos a comer. Solo quedaba vigilar los tallarines—. Me contabas lo de Eisenhower y lo brillante que eres.

—Cierto. —Sacó una jarra del armario—. Después de deslumbrarlos con mi retórica y mi asombrosa elocuencia, dejé a Eisenhower sin palabras cuando le entregué tu excelentísimo y detallado informe. No es que entendiera los cálculos, pero...

—¿Ves como no me necesitabas? —Cuando abrí la puerta del horno, el calor me golpeó la cara. Doscientos treinta grados. Era más frío que el aire de Washington cuando recibió la onda expansiva.

—Sí que me fui por las ramas para esquivar un par de preguntas. —Nathaniel midió la ginebra en la jarra—. Pero tiene conocimientos suficientes de ingeniería aeroespacial, desde un punto de vista militar, para entender que habría sido imposible mover el meteorito con la tecnología soviética actual.

—Gracias a Dios. —Quité el papel de aluminio que cubría los tallarines para que el queso se dorase y cerré la puerta del horno—. ¿Y lo del tiempo?

—Hoy ha hecho un día estupendo.

—Sabes a qué me refiero.

—Lo sé. Y es relevante. Es difícil convencer a alguien de que se avecinan cambios climáticos catastróficos cuando hace sol. —Dejó la botella de vermú en la encimera—. Además, no tiene «importancia militar», así que no lo consideró urgente.

—¡Era la parte fundamental del informe! —Tendría que haber ido con él. La próxima vez. La próxima vez, tendría que ir—. ¿Vas a hablar con el presidente? ¿Es el siguiente paso?

Se encogió de hombros y sacó el hielo del congelador.

—Lo intentaré. Eisenhower me ha dicho que hará lo posible por acelerarlo, pero, sin la amenaza soviética, no ve la urgencia de la situación. Como es evidente, el presidente interino Brannan está ocupado restaurando el Gobierno de los Estados Unidos.

—¡Aj!

Me llevé las manos a la cintura y me odié aún más por la mentira de aquella mañana. Si hubiera ido con él... ¿qué? ¿De verdad creía que el general Eisenhower habría escuchado a una chiquilla hablar de números y del tiempo? Por respeto a mi padre, tal vez me habría dejado hablar, pero dudo que lo hubiera hecho cambiar de opinión.

—Me alegro de habértelo pedido doble, porque si no empiezan a hacer planes...

—Lo sé. —Levantó la palanca para romper el hielo con tanta fuerza que un trozo salió disparado y resbaló por el suelo—. Vayamos paso a paso. De momento, no van a atacar a los rusos, lo cual habría sido mucho peor.

No habría sido peor. Solo más inmediato.

CAPÍTULO 9

LA CONTAMINACIÓN ATRAVIESA
LAS FRONTERAS EUROPEAS

*Noruega considera un problema la contaminación
atmosférica procedente del extranjero*

Por JOHN M. LEE

Oslo, Noruega, 3 de abril de 1952 — Esta semana, un destacado científico noruego ha declarado que «la población de peces de agua dulce y los bosques noruegos morirán si los acontecimientos continúan avanzando sin control», dando así voz a la creciente preocupación europea por la contaminación atmosférica derivada del impacto del meteoro el mes pasado.

Después de una gloriosa semana enterrada en cálculos, mi vida volvió a consistir en ser voluntaria en el hospital mientras esperábamos una respuesta del presidente. 3 de abril. Había pasado un mes desde el impacto del meteorito y, como cada día, llegó un avión de refugiados. Cabía imaginar que, en algún momento, dejarían de venir, pero siempre había más. Los supervivientes de la devastación inicial habían aguantado hasta que había resultado evidente que las infraestructuras no se recuperarían en un futuro próximo.

Esperé a la sombra de una de las tiendas de lona para el triaje a que el avión se detuviera. Un grupo de hombres uniformados corrió por la pasarela hasta la aeronave, y los médicos y enfermeras esperaron, listos para actuar. El sistema funcionaba.

La puerta se abrió y el primer refugiado salió, delgado como un palo. Y negro. Contuve la respiración y me volví como un resorte para buscar a Myrtle. Aquel era el primer hombre negro que salía de un avión de refugiados en todo el mes.

La encontré de espaldas al avión, colocando vendas en una mesa.

—¿Myrtle? —Detrás de mí, oí a los médicos y las enfermeras murmurar con sorpresa.

—¿Sí? —Miró por encima del hombro. Le temblaron las rodillas, pero se sujetó a la mesa—. Gracias a Dios. Ha funcionado. Gracias, Señor.

Cuando me di la vuelta, una fila de hombres, mujeres y niños negros bajaban las escaleras. También había personas blancas, y salieron más a medida que se vaciaba el avión. Los primeros en entrar eran los últimos en salir. La gente negra había sido la última en subir al avión.

Cuando se acercaron, sus rasgos fueron más fáciles de distinguir. Estaban delgados, sí. También estaban cubiertos de llagas rosadas. Alguien gimió, tal vez fuera yo. Ya habíamos visto los efectos de la lluvia ácida, pero los daños eran mucho más evidentes en la piel oscura.

Espabilé y levanté mi bandeja de vasos de papel con electrolitos. Hidratación. Alguien se acercaría con sándwiches. Miré a Myrtle y le pregunté:

—Entonces, ¿Eugene convenció a alguien para que cambiasen los destinos de las misiones de rescate?

—No. —Se le borró la sonrisa—. No. Usamos el avión para lanzar folletos en los barrios negros, indicando dónde ir para que los aviones de refugiados los recogieran. Ahora están aquí y vendrán más, doy las gracias por ello.

Tomó una caja de bastoncillos y se preparó para atender a la oleada de recién llegados.

Dos semanas más tarde, había tenido muchas oportunidades de sentirme culpable por haber huido de la primera reunión sobre el problema climático como si fuera un avión en llamas. Así que, con la sensación de saltar al vacío sin paracaídas, acompañé a Nathaniel a la reunión con el presidente, su equipo, algunos miembros del gabinete y media docena de otros hombres que sabe Dios qué cargo tendrían.

Intenté concentrarme en los detalles triviales para olvidar el miedo. Por ejemplo, quienquiera que hubiera decorado la sala de conferencias se había esforzado mucho por ocultar que era un búnker subterráneo. Las paredes revestidas de madera y la alfombra verde evocaban el claro de un bosque. Había cortinas colgadas en las ventanas falsas, que se iluminaban desde detrás con una cálida luz dorada.

Apreté la carpeta contra el pecho y entré en la sala detrás de Nathaniel. Había hombres con corbatas y trajes oscuros, sentados y de pie, por todas partes, hablando en grupos pequeños. Algunos miraban una pizarra en la que habían escrito mis cálculos. Dejaron de hablar y se volvieron a mirar cuando el presidente en funciones Brannan se levantó para saludarnos.

Estaba quemado por el sol y tenía arrugas en las comisuras de los ojos, como si sonriera a menudo. Aunque aquel día no era el caso. Tenía una mueca de tensión en la boca y las cejas grises fruncidas por la preocupación.

—Doctor York. Señora York. —Señaló al hombre que estaba a su lado, que era corpulento y calvo pero que llevaba un traje confeccionado a la perfección—. Les presento al señor Scherzinger de las Naciones Unidas. Le he pedido que asistiera a la reunión.

—Encantado. —Se inclinó sobre mi mano con un chasquido de los talones, pero desvió la mirada a la pequeña cicatriz que tenía en el nacimiento del pelo.

Al menos, eso me pareció. Es posible que estuviera algo obsesionada con mi aspecto. Había intentado encontrar un equilibrio entre profesional y desaliñada, aunque seguramente daba igual. Era la única mujer en la sala.

Otro hombre, pelirrojo y sin barbilla, se adelantó y preguntó:

—¿Empezamos ya, señor presidente? No hagamos perder el tiempo al doctor York. —Lo cual se traducía en que el presidente estaba muy ocupado.

—Por supuesto. Gracias, señor O'Neill. —El presidente Brannan nos indicó con un gesto que pasáramos a la parte delantera de la sala de conferencias.

Me centré en las pizarras y repasé los números para asegurarme de que lo habían transferido todo bien. Era más fácil que pensar en que estaba a punto de hacer una presentación para el presidente. O, al menos, para el presidente en funciones.

Los hombres de la habitación se sentaron y miraron al frente, expectantes. El corazón me latía acelerado y las palmas de las manos se me pegaron a la carpeta por el sudor. Al mirarme, era difícil imaginar que fuera estaba nevando.

Por suerte, solo me encontraba allí como apoyo, por si Nathaniel necesitaba que hiciera cálculos adicionales para explicar la situación. ¿Aterrizar sin motor? Sin problema. ¿Hablar delante de una sala llena de gente? No, gracias.

En aquel momento, mi único objetivo era sobrevivir a la tarde sin vomitar. Además, existía una tendencia preocupante en la manera en que se trataban los datos presentados por mujeres jóvenes y atractivas. Lo mejor era que Nathaniel se encargase de hablar.

Dejé la carpeta en la mesita que había junto a las pizarras. Una estaba en blanco y tenía debajo un puñado de tizas de colores diferentes, que me esperaban. Tomé una para tener algo que hacer con las manos. El frío cilindro blanco me absorbió el sudor de la piel.

Mi marido observó la sala y esperó a que todos le prestasen atención.

—Caballeros. En las semanas transcurridas desde el meteorito, nos hemos centrado en las actividades de rescate. Cientos de miles de personas de países a ambos lados del Atlántico lo han perdido todo. En algunos lugares, el orden social se ha derrumbado y ha dado lugar a disturbios, saqueos y otras atrocidades mientras la gente pelea por los escasos recursos. Hoy vengo a explicarles por qué esto no es el mayor problema.

Al escucharlo hablar con tono claro y autoritario, fue fácil recordar por qué se había convertido casi en una celebridad desde el lanzamiento de los satélites.

—Muchas personas temen que caigan más meteoritos. Es un miedo lógico y el motivo por el que estamos encerrados en este búnker. Sin embargo, las probabilidades de un segundo impacto son casi inexistentes. El peligro que representan estas ecuaciones no solo es mucho mayor, sino que es real. —Esbozó una sonrisa triste y se encogió de hombros—. Durante décadas, los científicos se han preguntado qué les ocurrió a los dinosaurios. Por qué se extinguieron. Esto lo explicaría.

Se acercó a la pizarra con mis ecuaciones.

—No espero que comprendan los cálculos, pero les aseguro que los han revisado los mayores expertos del país en geología, climatología y matemáticas.

En el último caso, se refería solo a mí, pero no lo interrumpí. Hizo una pausa y observó la sala para captar la atención de los presentes. La luz dorada de la ventana falsa se le reflejaba en las mejillas y le resaltaba las pequeñas cicatrices. Debajo del traje gris oscuro, los moratones ya habían desaparecido. Se irguió con seguridad, como si nunca hubiera sufrido ni un rasguño.

Respiró hondo y tocó la pizarra.

—Caballeros, el problema es que la Tierra va a calentarse. El polvo que levantó el meteorito terminará por despejarse del cielo. Pero lo peor es el vapor de agua. Atrapará el calor, lo que provocará la evaporación, que arrojará más vapor de agua al aire, lo que, a su vez, hará que la Tierra se caliente. Comenzará un círculo vicioso que al final provocará que el planeta deje de ser apto para la supervivencia humana.

Un hombre regordete y pálido a la derecha de la mesa bufó.

—Hoy ha nevado en Los Ángeles.

Nathaniel asintió y lo señaló.

—Exacto. La nieve tiene relación con el meteorito. El polvo y el humo que se expulsaron a la atmósfera harán que la Tierra se enfríe durante varios años. Es probable que perdamos cosechas en los próximos meses, no solo en Estados Unidos, sino en todo el mundo.

El presidente Brannan, que Dios lo bendiga, levantó la mano antes de hablar.

—¿Cuánto bajarán las temperaturas?

—¿Elma? —Nathaniel me miró.

Sentí un nudo en la garganta. Ojeé las páginas de la carpeta para encontrar lo que buscaba.

—Entre veinte y cuarenta grados a nivel global.

Alguien habló desde el fondo de la sala.

—No se oye.

Tragué saliva, levanté la vista de los papeles y me enfrenté a la habitación. No era distinto a gritar para hacerme oír por encima del rugido del motor de un avión.

—Entre veinte y cuarenta grados a nivel global.

—No parece posible. —El hombre del fondo se cruzó de brazos.

—Serán solo los primeros meses. —Se centraban en el tema equivocado. La bajada de la temperatura sería incómoda, pero temporal—. Después, pasarán tres o cuatro años con un clima global unos dos grados por debajo de la media habitual, antes de que la temperatura empiece a subir.

—¿Dos grados? ¿Y por qué tanto alboroto?

—Es más que suficiente para que afecte gravemente a las cosechas —dijo el presidente Brannan—. Las temporadas de cultivo se acortarán entre diez y treinta días, por lo que habrá que convencer a los agricultores de que planten cultivos diferentes en épocas distintas. No será fácil.

Como antiguo ministro de Agricultura, no fue inesperado que comprendiera al momento el problema del cambio climático. Sin embargo, seguía obcecado en la cuestión equivocada. Sí, tendríamos que enfrentarnos a una mini Edad de Hielo, pero ninguno de los presentes tenía en cuenta la posterior subida de las temperaturas.

—Subsidios agrícolas —sugirió otro hombre, tal vez el que antes se había quejado de que no me oía, mientras se inclinaba sobre la mesa—. Hizo que los granjeros cambiasen los cultivos durante la Gran Depresión.

—Hay que destinar todos los recursos a la reconstrucción.

Mientras discutían, Nathaniel se me acercó y murmuró:

—Por favor, haz un gráfico de la subida de la temperatura.

Asentí y me volví hacia la pizarra, agradecida por tener algo concreto que hacer. La tiza se deslizó por la superficie y expulsó nubes de polvo con cada pincelada. Tenía las notas de la carpeta por si me perdía, pero había mirado tanto aquel gráfico durante las últimas dos semanas que lo tenía grabado en el interior de los párpados.

Un frío intempestivo durante los próximos años, después, una breve vuelta a la «normalidad» y, por último, la temperatura empezaría a subir y subir. La línea era gradual al principio, hasta que llegaba al punto de inflexión y se elevaba de golpe.

Cuando tracé esa parte en la pizarra, Nathaniel se adelantó hasta el borde de la mesa de conferencias y entrelazó las manos delante de él. Todos callaron.

—En 1824, Joseph Fourier describió un efecto que, más tarde, Alexander Bell bautizaría como «efecto invernadero». Explica cómo las partículas del aire hacen que la atmósfera retenga el calor. Si el meteorito hubiera impactado en la tierra, el invierno habría sido más largo. La bola de fuego habría sido más grande. Pensábamos que había sido una suerte que cayera en el agua, pero es peor. El invierno terminará y la Tierra empezará a calentarse. Al cabo de cincuenta años, ya no nevará en América del Norte.

El gordinflón que se había quejado de que nevaba en California se rio.

—Soy de Chicago; no me parece un problema.

—¿Qué le parecería una humedad del cien por cien y veranos con temperaturas mínimas de cuarenta y ocho grados?

—Aun así. Los meteorólogos no saben ni predecir si va a llover mañana. Cincuenta años es mucho tiempo.

El presidente Brannan levantó la mano otra vez. Me miraba fijamente. No, a mí no. A la pizarra. Me aparté para que la viera mejor.

—Doctor York. ¿Qué representa el repunte del gráfico?

—Es… cuando los océanos empezarán a hervir.

Fue como si un motor a reacción hubiera aspirado todo el aire de la sala.

—Tiene que estar de broma —dijo alguien—. Es…

Brannan dio un golpe en la mesa.

—Espero que sean capaces de reconocer que sé algunas cosas sobre el planeta y cómo funciona. Celebramos esta reunión porque ya he revisado las cifras del doctor York y considero que el problema es serio. No hemos venido a discutirlo, caballeros. Hemos venido a decidir qué hacer con ello.

Gracias a Dios. Brannan solo era el presidente en funciones, hasta que el Congreso lo ratificase, lo que requería un Congreso y, asimismo, unas elecciones. Aun así, en aquel momento ostentaba todos los poderes del presidente.

Recorrió la sala con la mirada y luego le hizo un gesto al señor Scherzinger.

—¿Quiere tomar la palabra?

—Por supuesto. —Se levantó y se colocó junto a Nathaniel—. Caballeros. Señora York. En Suiza tenemos un dicho: *Ne pas mettre tous ses œufs dans le même panier.* Se traduciría a su idioma como «no poner todos los huevos en la misma cesta». Las Naciones Unidas consideran que, además de reducir los daños aquí en la Tierra, también debemos apuntar fuera del planeta. Caballeros, ha llegado la hora de colonizar el espacio.

SEGUNDA PARTE

CAPÍTULO 10

LA ONU INSTA A AYUDAR A UCRANIA

Boletín especial para *The National Times*
Roma, 20 de febrero de 1956 — La Organización de las
Naciones Unidas para la Alimentación y la Agricultura
ha instado hoy a todos los gobiernos miembros a considerar de inmediato sus posibilidades de prestar ayuda a
Ucrania, parte de la antigua Unión Soviética, que se ve
amenazada por la hambruna tras la destrucción de las
cosechas durante los inviernos del meteoro. La ONU ha
encomendado a su director general que siga prestando, a
petición del gobierno de Ucrania, toda la asistencia per-
tinente, técnica o de otro tipo, que recaiga dentro de su
autoridad y competencia.

¿Recuerdas dónde estabas cuando enviamos al primer hombre
al espacio? Yo era una de las dos calculadoras sentadas en el
«cuarto oscuro» de la Coalición Aeroespacial Internacional en
el Centro de Control de la misión Sunflower, en Kansas, y con la
mano sujetaba papel cuadriculado y un portaminas. Antes, los
lanzamientos se efectuaban desde Florida, pero las cosas habían
cambiado después de que el meteorito cayera y el NACA pasase
a formar parte de la CAI. Sunflower contaba con una instalación
aeroespacial desde la guerra, así que era lógico reubicarse tierra
adentro, lejos de la costa arrasada. A cinco kilómetros de distancia, el fruto de nuestro trabajo esperaba en la plataforma de lanzamiento: un cohete Júpiter con Stetson Parker sujeto en una pequeña vaina encima de 113 toneladas métricas de combustible.

Aunque fuera encantador solo cuando le apetecía, incluso yo tenía que reconocer que era un piloto excelente. A menos que hubiéramos metido la pata, sería el primer ser humano en el espacio. Si habíamos metido la pata, moriría. De los astronautas del Artemisa Siete, era el que peor me caía, pero quería que sobreviviera.

Los paneles de los cuadros de mandos conferían a la habitación una iluminación tenue, mientras que los tableros de amortiguación de sonido que habían añadido a las paredes mantenían las voces a un nivel bajo. Al menos, todo lo bajo que era posible, dado que había 123 trabajadores en la sala. El ambiente estaba cargado. Algunos hombres daban vueltas, impacientes. Como ingeniero jefe, el pobre Nathaniel estaba atrapado en la nueva Casa Blanca, esperando con el presidente Brannan para hablar con la prensa. Habían preparado dos discursos. Por si acaso.

Al otro lado de la mesita iluminada, Huilang «Helen» Liu jugaba al ajedrez con Reynard Carmouche, uno de los ingenieros franceses, mientras esperábamos. Helen era la otra calculadora, se había unido a la Coalición Aeroespacial Internacional como parte del equipo de Taiwán. Al parecer, había sido campeona de ajedrez en su país, algo que el señor Carmouche no terminaba de entender.

Después del despegue, se encargaría de extraer los números del teletipo y pasármelos para que hiciera los cálculos necesarios para confirmar que el cohete había entrado en órbita. Llevábamos dieciséis horas despiertas, pero no habría logrado pegar ojo aunque la vida me fuera en ello. Necesitaba encontrar algo que hacer con las manos. Myrtle había intentado enseñarme a tejer, pero había sido en vano.

El director de lanzamiento habló desde la pequeña plataforma elevada del fondo de la sala:

—Todas las posiciones listas para iniciar el lanzamiento.

Solté el aire. A esas alturas, la secuencia de lanzamiento resultaba conocida y aterradora a la vez. Sin embargo, daba igual cuántas cosas hubiéramos lanzado, esta era la primera que transportaba una vida humana. Costaba no pensar en los cohetes que habían explotado nada más despegar o en los que habían llegado al espacio con un mono en su interior pero habían regresado con la criatura muerta. Parker no me caía bien, pero tenía que reconocer que era valiente.

Y que sentía muchísima envidia.

—Recibido, equipo de lanzamiento —respondió el director de misión—. Listos para el despegue.

Helen dio la espalda al tablero de ajedrez y deslizó la silla para acercarse al teletipo. Estiré el papel cuadriculado que tenía delante.

—Preparados para la cuenta atrás de la terminal. Diez, nueve, ocho, siete, seis, cinco, cuatro, ignición.

La voz de Parker crujió por el altavoz envuelta en el rugido del cohete.

—Ignición confirmada.

—Dos, uno, ¡despegue! Hemos despegado.

Segundos después, el estruendoso rugido de la ignición del cohete azotó la habitación como una ola. Me atravesó el pecho incluso a cinco kilómetros, dentro de un búnker de hormigón con paneles aislantes en las paredes.

Empecé a sudar. Lo único más potente era el impacto de un meteorito. Si estuvieras demasiado cerca del cohete durante el despegue, las ondas sonoras te harían pedazos, literalmente.

—Despegue confirmado. Empieza el registro manual.

Tomé el boli y lo acerqué al papel cuadriculado.

—Aquí Hércules 7. Combustible, sí. 1,2 g. Presión de cabina a 14 psi. Oxígeno, sí.

Mientras el cohete rugía en el aire, el teletipo empezó a recibir información de las estaciones de seguimiento de todo el mundo. Helen rodeaba los números cuando el texto salía de la máquina. Arrancó el primer trozo de papel y lo deslizó por la mesa.

Me sumergí en los cálculos. Los números brutos contaban la historia de la posición y el rumbo; mi trabajo consistía en usarlos para determinar la velocidad del cohete al salir de la Tierra.

Visualicé el ascenso suave y grácil de la nave, pero lo dibujé en un pedazo de papel cuadriculado para los hombres que tenía en pie detrás de mí.

—Algunas vibraciones. El cielo se oscurece.

Eso significaba que Parker estaba a punto de abandonar la atmósfera. A cada trozo de papel que Helen me entregaba, la línea del arco que iba trazando seguía hacia arriba conforme a los parámetros de la misión. El rugido del cohete se había desvanecido y nos sumió en un silencio escalofriante. A nuestro alrededor, las voces de los ingenieros murmuraban preguntas y respuestas, tranquilas pero intensas.

—Orientación, ¿informe?

Helen leyó los números de la página con un leve acento taiwanés debido a la emoción.

—Velocidad: 2350 metros por segundo. Ángulo de elevación: 4 minutos de arco. Altitud: 101,98 kilómetros. —Su voz aguda contrastaba con los tenores y barítonos de la sala de control.

Eugene Lindholm le repitió los números a Parker por radio.

—Recibido —respondió—. Ya es más fluido.

El teletipo no dejaba de sonar y Helen me pasó otra hoja. Me mordí el labio inferior mientras el lápiz volaba por el papel. 6420 metros por segundo. Quedaba poco para el apagado del motor de la primera etapa.

—Motor apagado.

—Apagado del motor confirmado.

—Veo caer el propulsor.

Miré el reloj y conté los segundos, igual que todos los demás. Medio minuto después de la caída del propulsor, el módulo de escape debería desacoplarse. Entonces, el piloto estaría a su suerte.

—Listo para el desprendimiento del módulo.

—Desprendimiento del módulo confirmado.

El impulso mandó a Parker más arriba y, cuando Helen me pasó la siguiente hoja, sonreí. 8260 metros por segundo. ¡Toma ya, velocidad orbital! Hice los cálculos sobre el papel de todas maneras para mostrárselo a los demás.

—Salida del periscopio en curso. Iniciando cambio de rumbo.

—Cambio de rumbo confirmado.

—¿Por qué sonríe? —me preguntó el señor Carmouche desde atrás.

Negué con la cabeza y dibujé otro punto en el gráfico a 280 kilómetros sobre la superficie. Llevar a Parker al espacio era el primer paso. Para entrar en órbita había que alterar la trayectoria, y eso tenía que hacerlo él solo.

—Cambio a control manual. —Dejó el canal abierto y la radio crujía—. La vista es... Ojalá lo vierais.

—Recibido, deseo de verlo confirmado.

¿No es lo que todos deseábamos? Si conseguía entrar en órbita, estaríamos un paso más cerca de una estación espacial, lo que nos aproximaría a una base lunar. Después, Marte, Venus y el resto del sistema solar.

Helen me pasó otra hoja del teletipo. Rastreé la posición de Parker a través de los cambios en la frecuencia Doppler. La frecuencia de las ondas indicaba la trayectoria del cohete sobre la Tierra. Introduje los números en la cadena de cálculos y los repasé para asegurarme.

Di la vuelta al asiento y levanté el papel por encima de la cabeza.

—¡Lo ha conseguido! Está en órbita.

Los hombres se levantaron de un salto, gritando como niños que juegan a pelota. Un tipo lanzó unos papeles al aire, que cayeron a nuestro alrededor. Alguien me palmeó el hombro y sentí un calor húmedo en la mejilla. Me aparté y miré al señor Carmouche, que seguía con los labios fruncidos por el beso.

—Aún tenemos que traerlo de vuelta. —Me limpié la mejilla y llevé el lápiz a la página. Al otro lado de la mesa, Helen me miró y asintió. Me pasó otra hoja.

La luz del rellano del piso alquilado iluminó la cama. Me di la vuelta cuando la silueta de Nathaniel entró, suavizada por el abrigo. La luz del baño solo se reflejaba en sus zapatos; todavía llevaba nieve atrapada en los puños de los pantalones.

—No estoy dormida. —Casi era verdad. Había abierto la cama abatible antes de ir al Control de Misión aquella mañana porque sabía que ambos estaríamos demasiado cansados para hacerlo después del lanzamiento—. Enhorabuena.

—Lo mismo digo. —Se quitó el abrigo y lo colgó en el perchero de la puerta.

Los precios de la vivienda en Kansas City se habían disparado después de que el presidente Brannan reubicara la capital en el centro del país. Entre eso y todos los refugiados que necesitaban alojamiento, lo único que podíamos pagar, incluso con un salario del gobierno, era un estudio de un solo ambiente. La verdad es que era un alivio no tener una casa grande que mantener.

Encendí la luz de la mesita y me incorporé.

—Lo has hecho de maravilla en la rueda de prensa.

—Si «de maravilla» significa que he esquivado al reportero idiota que piensa que el programa no tiene sentido, entonces sí, así es. —Se encogió de hombros mientras se quitaba la corbata—. Habría preferido estar en la sala de control. Te he oído por la radio cuando han recogido a Parker después del amerizaje. Menos mal que no te caía bien.

—¿Cómo sabes que era yo?

—Para empezar, llevamos cinco años casados. Además... —Se quitó los zapatos de una patada—. Solo había dos mujeres en la sala y no creo que fueras la que hablaba taiwanés.

—*Li ki si.* —Helen me había enseñado un par de tacos que me venían muy bien para lidiar con algunos de los ingenieros y, de vez en cuando, con mi marido—. En fin. Tengo derecho a alegrarme de que la misión haya salido bien y no soy malvada. Al menos, no tanto como para desearle la muerte de verdad. Casi nunca.

—Claro. —Cruzó la habitación y se inclinó para besarme. Sabía a whisky caro—. ¿Casi nunca eres malvada? No sé yo si... ¡ay! Nada más que añadir.

Me estiré para soltarle el botón del cuello.

—Para mí... —Pasé al siguiente, dejando a la vista su clavícula y la parte superior de su camiseta interior—. Depende de lo que entiendas por malvada.

Nathaniel recorrió con el dedo el escote de mi camisón.

—Me encantaría escuchar tu definición.

—Veamos... —Me encargué del último botón y le saqué la camisa de los pantalones—. Por ejemplo, digamos que una se entera durante una conferencia de prensa de algo que debería haberle contado su marido.

102

Nathaniel detuvo la mano en el tirante de mi camisón.

—Un ejemplo interesante. —Apartó el tirante y se inclinó para besarme el hombro desnudo—. Voy a necesitar más información.

Respiré hondo e inhalé el almizcle de la loción de afeitado y el olor a tierra de un buen puro.

—Por ejemplo, el hecho de que van a ampliar el cuerpo de astronautas y eliminar el requisito de haber sido piloto de pruebas.

Con la cara enterrada en su pelo, encontré su cinturón con las manos. La tela que había debajo ya estaba deformada.

Cómo me gustaba que los lanzamientos de cohetes salieran bien. Nathaniel me mordisqueó desde el hombro hasta la base del cuello, lo que me provocó suaves corrientes en los dedos de los pies.

—Supongamos que la ampliación del cuerpo de astronautas estaba supeditada a la consecución de cierta misión. ¿Se consideraría malvado ocultar información sobre la ampliación si la motivación era evitar que alguien se hiciera demasiadas ilusiones?

—Bonitas ilusiones. —Le bajé la cremallera del pantalón y las manos de Nathaniel se tensaron en mis brazos.

—¿La maldad sería todavía menor si, por ejemplo, hubiera una solicitud en un determinado maletín? ¿Para alguien que haya sido, veamos, piloto de la Segunda Guerra Mundial, que haya registrado el tiempo de vuelo necesario y que cumpla los requisitos de altura y peso? Dios. —Se aclaró la garganta y sentí el calor de su aliento en el cuello—. Lo tomaré como un sí.

—Confirmado: maldad perdonada. —Me tumbé en la cama y me deshice del camisón en el proceso. Con los brazos sobre la cabeza y el aire fresco de la noche haciendo de mis pechos el centro de atención, también me aseguré de captar el interés de mi marido—. Pero es lo que se haría para proteger a una niña. ¿Soy una niña?

—Dios. No. —Se libró de la camisa y de la camiseta interior. La luz de la lámpara de la mesita le acarició la curva y la flexión del abdomen. Después del meteorito, había empezado a hacer ejercicio. No era el único que había sentido la necesidad de estar preparado por lo que pudiera pasar, pero, madre mía, no iba a quejarme del resultado.

Tiré el camisón a un lado. No me quitó los ojos de encima y entreabrió la boca, como si buscase llevar más oxígeno al cerebro para compensar la redirección del flujo sanguíneo.

—Tengo que preguntar, ¿por qué no contárselo a una mujer adulta?

Me arrepentí de hacer la pregunta casi al instante, porque a continuación se quedó inmóvil. Por otro lado, se había detenido mientras se deslizaba el pantalón y la ropa interior hacia abajo en un solo movimiento, de modo que dejó a la vista la V donde el abdomen y la pelvis se encontraban y el vello oscuro de la base.

—Porque iban a cancelar todo el programa si el lanzamiento fallaba. —Es decir, si Parker hubiera muerto. Nathaniel terminó de quitarse los pantalones—. Con la nieve, a la gente le cuesta creer lo del calentamiento.

Tiré de él y se deslizó entre mis piernas a la vez que me empujaba hacia atrás para que me tumbase en la cama con el calor de su cuerpo sobre mí. Le rodeé una pierna con el muslo, me apreté contra Nathaniel y cerró los ojos.

—No hay duda de que habrá calentamiento.

—Sí.

Se movió para meter la mano entre los dos. Con los dedos, encontró el bulto de placer entre mis piernas y activó la secuencia de lanzamiento. Todo lo demás tendría que esperar.

—Dios. Listos para el despegue.

CAPÍTULO 11

LA CAI IMPULSA EL PROGRAMA ESPACIAL

---

*El director afirma que se lanzarán de 75 a 105
vehículos en un plazo de tres años.*

Por BILL BECKER

Especial para el *The National Times*
Kansas City, Kansas, 3 de marzo de 1956 — La Coalición Aeroespacial Internacional planea lanzar entre 75 y 105 cohetes de gran tamaño en los próximos tres años, con la expectativa de establecer una colonia en la Luna en 1960.

—¿Recuerdan dónde estaban cuando impactó el meteoro? —El rabino miró a la congregación desde el frente de la sinagoga.

No sé los demás, pero a mí se me llenaron los ojos de lágrimas al instante. Claro que me acordaba.

Detrás, otra mujer sollozó. Me pregunté dónde habría estado el 3 de marzo de 1952, hacía cuatro años. ¿Se encontraría en la cama con su marido? ¿Preparando el desayuno para sus hijos? ¿Sería una de las miles de personas que no se enteraron hasta después?

—Estaba aconsejando a una joven pareja que acababa de prometerse y que afrontaba todas las alegrías de su próximo matrimonio. Mi secretaria llamó a la puerta, algo que nunca hacía. La abrió y estaba llorando. Ya conocen a la señora Schwab. ¿Alguna vez la han visto sin sonreír? Me dijo que encendiera la radio.

El rabino Neuberger se estremeció, pero sacó fuerzas para seguir contando todo el dolor que venía después.

—Siempre recordaré aquel momento como el umbral entre el antes y el después. —Levantó un dedo—. Si aquella joven pareja no hubiera estado en el despacho, habría sucumbido a la pena. Pero me preguntaron si aún debían casarse. Parecía que el mundo fuera a terminar. ¿Debían contraer matrimonio?

Se inclinó hacia delante y todo el mundo contuvo la respiración en un tenso silencio.

—Sí. El matrimonio también es un umbral entre el antes y el después. Pasamos por muchos, a diario, sin reconocerlos. El umbral no es la pregunta. Siempre habrá un antes y un después. La cuestión es: ¿qué hacemos después de cruzar el umbral?

Me froté los ojos con el pulgar del guante, que quedó manchado de rímel negro.

—Vivimos. Recordamos. Es lo que siempre hemos hecho.

Fuera de la sinagoga, las campanas repicaron en toda la ciudad. Probablemente, por todo el país; tal vez, por todo el planeta. No me hizo falta mirar el reloj. Eran las 9.53 de la mañana.

Cerré los ojos. En la oscuridad e incluso cuatro años después, aún veía la luz. Sí. Recordaba dónde estaba cuando impactó el meteorito.

Ni siquiera pasé la primera ronda de selección.

Me consolaba con un trozo de pastel de zanahoria en la cafetería de la CAI. Como apunte, quisiera comentar que la mayor ventaja del componente internacional de la Coalición Aeroespacial Internacional era que la cafetería tenía un chef pastelero francés. Me estoy yendo por las ramas. Estaba sentada a una mesa con el pastel de zanahoria, acompañada por Helen, Basira y Myrtle. Cuando vivíamos con Myrtle, no tenía ni idea de que había trabajado de calculadora durante la guerra. No lo supe hasta que se había unido a la CAI hacía dos años.

Basira, que había venido desde Argel, hizo una mueca.

—Entonces quiso explicarme cómo usar una regla de cálculo.

—¿Para una ecuación diferencial? —Myrtle, que era la única otra estadounidense del grupo, se tapó la boca y se rio hasta que se le enrojecieron las mejillas—. Menudo bufón.

—¡Ya lo sé! —Basira fingió un acento estadounidense malísimo—. «Verá, señorita, este es un instrumento muy delicado».

Helen sacudía las manos sobre la boca y se carcajeaba como una *banshee* taiwanesa, si es que existía tal cosa.

—¡Cuéntales dónde la puso!

Basira resopló y echó un vistazo a la cafetería; era el final del turno de día, así que estaba casi vacía. Bajé el tenedor, temiéndome lo que iba a hacer. Exacto. Se llevó la mano al regazo, como si la regla estuviera, en fin, lista para despegar.

—«Deja que te enseñe cómo funciona».

Me reí al imaginarme a Leroy Pluckett, con sus patillas finas y sus corbatas anchas, intentando seducir a Basira. Con lo alta que era y su tez morena y suave, había ganado de calle el premio Miss Espacio Exterior en la fiesta de Navidad de la empresa el invierno pasado. Además, tenía un acento que hacía que te derritieras.

La compañía de aquellas mujeres era una nueva alegría. El departamento de informática del NACA había estado formado por mujeres, sí, pero, debido a las leyes de segregación de D.C., todas eran blancas. Si hace cuatro años me hubieran dicho que sería una de las dos únicas mujeres blancas de mi grupo de amigas más cercanas, me habría reído. Me avergüenzo de aquello.

La Coalición Aeroespacial Internacional, que se había formado gracias a que el presidente Brannan había convencido a la ONU para ello, lo había cambiado todo. En realidad, el meteorito lo había cambiado todo. Tener a un cuáquero de presidente había contribuido en gran medida a alterar las prácticas de contratación de cabo a rabo. En consecuencia, había tenido la suerte de encontrar a aquellas amigas.

Helen se frotó las lágrimas y miró detrás de mí.

—Hola, doctor York.

—Buenas tardes, señoritas. —Me apoyó la mano en el hombro un segundo, en lugar de darme un beso en público—. ¿De qué os reís?

—Las reglas de cálculo. —Helen dobló las manos con recato sobre el regazo—. Y sus usos.

Estallamos otra vez. El pobre Nathaniel nos miró con una sonrisa mientras nos reíamos, pero sin tener ni idea de lo que pasaba. Eso me recordó que tenía que hablar con él de Leroy Pluckett. Era una historia divertida, pero no me gustaba que entrara en nuestro departamento y alterase el ambiente. Se suponía que el señor Rogers se encargaba de los temas de personal, pero, puesto que compartía la cama con el ingeniero jefe, lo tenía más fácil para solucionarlo que las demás mujeres.

Me restregué los ojos y, todavía riendo, aparté la silla.

—Ha llegado mi chófer.

—¿No te acabas la tarta? —Myrtle estiró la mano para alcanzarla.

—Toda tuya.

Nathaniel recogió mi abrigo del respaldo de la silla y me lo tendió. Julio había sido tan caluroso que casi no me hacía falta, pero solo casi. El verano se acercaba antes de lo que nos habría gustado. Me despedí de las demás con la mano.

—Hasta mañana.

Un coro de despedidas nos siguió al salir de la cafetería, además de varias risotadas. Nathaniel me dio la mano.

—Se te ve de mejor humor.

—La tarta ayuda. La rosa también.

—Me alegro de que te gustara. —Saludó a otro ingeniero mientras caminábamos por el pasillo hacia la salida de la CAI—. Me he enterado de algo que quizá te anime.

—¿Sí? —Me detuve frente a la puerta para dejar que la abriese—. Cuéntame.

El sol de última hora bañaba el aparcamiento, pero no servía para paliar el aire frío. Me envolví mejor en el abrigo, salí y caminé con Nathaniel hasta la parada del autobús. Más allá de la verja que rodeaba el campus de la CAI, los niños esperaban con libretas de autógrafos, con la esperanza de ver a alguno de los astronautas. Reconocieron a Nathaniel y, de nuevo, se conformaron con el ingeniero jefe del programa espacial.

Le solté la mano y me aparté mientras los niños se arremolinaban a su alrededor. Por suerte, no tenían ningún interés en la mujer del ingeniero. Era como presenciar un ataque de tiburones, con libretas de autógrafos en lugar de dientes. Le ocurría casi todos los días; sospechaba que era una de las razones por las que solía trabajar hasta tarde.

Eso y que era así por naturaleza. Los niños no eran los únicos entusiastas de los cohetes.

Después de librarse de ellos, Nathaniel esperó hasta que llegamos a la parada del autobús para darme las noticias.

—Verás... —Miró detrás de nosotros—. Técnicamente, no es información confidencial, dado que se verá en la lista final de astronautas, pero...

—No mencionaré nada hasta que se publique la lista.

Ni siquiera la primera selección. No esperaba formar parte del equipo final, en realidad no, pero, con el tiempo de vuelo que tenía registrado, pensaba que al menos pasaría la primera fase.

—El director Clemons no ha seleccionado a ninguna mujer. Cero.

Me detuve de golpe y lo miré. El director de la CAI, Norman Clemons, un hombre con el que había trabajado durante años y alguien a quien respetaba, no había seleccionado a ninguna mujer.

Me quedé con la boca abierta y mi aliento formó nubes de vapor.

—¿Por qué debería sentirme mejor por eso?

—Bueno, porque sabes que no ha sido por ti. ¿Entiendes?

—En los requisitos no decía nada de que solo pudieran presentarse hombres.

Nathaniel asintió.

—Clemons ha dicho que pensaba que era evidente, dados los peligros.

—Por favor. Ya me tragué esas sandeces patriarcales para los vuelos de pruebas. Pero ¿ahora? Intentamos fundar una colonia. ¿Cómo esperan hacerlo sin mujeres?

—Pues...

Dudó y bajó la mirada. Entrecerró los ojos por el viento. A veces, Nathaniel no podía contarme cosas porque eran confidenciales y, cuando chocaba con uno de esos muros, siempre parecía estreñido. En aquel momento, daba la sensación de estar guardándose algo enorme.

—Dímelo.

Se humedeció los labios y cambió el peso de un pie al otro.

—Se expresó cierta preocupación por el estrés del espacio.

—Estrés. Las mujeres soportan las fuerzas *g* mejor que los hombres. Las WASP lo demostraron durante la guerra. Además... —Me callé de golpe cuando se mordió el labio, como si no quisiera decir algo, y lo entendí—. Me tomas el pelo. ¿Temen que nos pongamos histéricas en el espacio?

Nathaniel negó con la cabeza y señaló la parada.

—¿Qué tal si vamos a bailar?

Rechiné los dientes y metí las manos en los bolsillos del abrigo.

—¿Por qué no vemos algún espectáculo? Ya que estamos.

Si tuviera que apostar por quién había objetado contra la idoneidad de las mujeres para el programa espacial, lo tendría claro: Stetson Parker.

Reconozco que Nathaniel tenía razón, ya no estaba triste. Pero no creo que el enfado fuera el estado que buscaba. Cuando llegó el fin de semana, seguía furiosa. Habría sido distinto si me hubiera esforzado al máximo y hubiera fallado. Me habría levantado y me habría esforzado más la próxima vez.

Aquello me sacaba de quicio, porque no podía hacer nada para cambiarlo. Por si todavía no lo habíais adivinado, no soporto sentirme impotente. Así que me dirigí al aeródromo privado donde se reunía el grupo local del Club de Vuelo de las 99. La primera regla del club de vuelo era... Bueno, en realidad, la primera era la seguridad, pero, después, la segunda establecía que «en el suelo, todo queda, pero en el aire, todo vuela». Las conversaciones en pleno vuelo no se llevaban de vuelta a tierra.

Por eso, empecé la conversación en el suelo. Quería provocar cotilleos. Miré al círculo de mujeres. Cuando se formaron las 99 originales, eligieron el nombre porque solo había noventa y nueve mujeres piloto en los Estados Unidos. Ahora éramos miles en diferentes clubes a lo largo y ancho de la nación, y estaba segura de que todas teníamos las mismas ambiciones.

—¿Quién más se ha presentado para el cuerpo de astronautas?

Todas levantaron la mano, excepto Pearl, que seguía recuperándose de un parto de trillizos, y Helen, que aún no tenía licencia. (La había hecho adicta a volar en la fiesta del 4 de julio del año pasado. Su padre todavía no me había perdonado).

Le tocaba a Betty llevar el picoteo para antes del vuelo y había traído galletitas de limón y remolacha. Dudé la primera vez que las había traído, pero eran fáciles de preparar a pesar de la escasez de azúcar y tenían un sabor agrio, dulce y delicioso. Dejó el plato en la mesa de pícnic de madera rugosa de la esquina del hangar. Hizo un mohín con los labios pintados de rojo como una estrella de cine.

—No he pasado la selección.

Tomé una galleta rosa brillante del plato.

—Ninguna la hemos pasado.

Las demás mujeres se giraron y me miraron con expresiones que iban de la sorpresa a la sospecha. Pearl arrugó la naricita.

—¿Cómo lo sabes?

—Porque —Partí la galleta por la mitad—, no han elegido a ninguna mujer.

—¿Por qué? ¿En base a qué?

Betty resopló y se agarró los pechos, que eran magníficos.

—Es evidente que esto nos impide llegar a los controles.

—Habla por ti. —Helen se pasó las manos por el traje de vuelo, que acentuaba su figura infantil—. Ahora en serio, ¿no se supone que intentan establecer colonias?

Asentí y evité mencionar todo lo que Nathaniel me había insinuado.

—Anunciarán la lista de manera oficial en una rueda de prensa la semana que viene.

Betty se animó y agarró su bolso.

—No me digas. —Sacó su bloc de notas de periodista.

Me aclaré la garganta.

—Por supuesto, yo no he dicho nada, pero es muy probable que hayan invitado a alguien relacionado con un periódico importante y...

—Idiotas. —Se quedó mirando el bloc—. Seguro que se lo darán a Hart. Le dan todas las noticias internacionales jugosas. Juro por Dios que, si tengo que escribir sobre otro club de jardinería...

—Lo harás y darás las gracias por tener trabajo. —Pearl retorció los guantes con las manos.

Betty suspiró.

—Podrías haberme dejado despotricar un poco más antes de darme un baño de realidad.

—Lo que me pregunto... —las interrumpí, y señalé con la galleta a Betty—. ¿Crees que se dará cuenta de que en la lista solo hay hombres?

Entrecerró los ojos. Ya me la imaginaba presentándole la idea del artículo a su editor.

—¿Puedo citarte como fuente de la CAI? Sin poner tu nombre.

—No quiero causar problemas a mi fuente.

Betty me arrancó la galleta de la mano.

—¿Tan inútil te parezco?

Recuperé la galleta y las migajas salieron volando. Con una risita, me metí el trocito de dulce en la boca.

—Sólo quiero asegurarme de que los parámetros están claros.

—Parámetros confirmados. —Agarró su chaqueta de piloto y se levantó—. ¿Volamos?

—Por supuesto. —Me metí otra galleta en el bolsillo y miré a Helen—. ¿Quieres venir conmigo o con alguna de las chicas?

—No me lo perdería.

En el Cessna 170b cabían cuatro personas. Betty tenía un Texan, pero no era la mejor opción para seguir la conversación, así que decidió que, dada la importancia del tema, volaría un rato con nosotras, para no tener que hablar por radio. Nos apretujamos en la cabina de mando e interrumpimos la charla un momento mientras repasaba la lista de comprobación previa al vuelo.

Los despegues tienen algo mágico. Conozco a gente con miedo a volar que dice que los despegues y los aterrizajes son las partes difíciles, tal vez porque es el momento en que resulta más evidente que están volando. Me encanta cómo te empujan contra el asiento. El peso y la sensación de impulso te aplastan al mismo tiempo que las vibraciones del asfalto zumban a través de los mandos hasta las manos y las piernas. Entonces, de repente, todo se detiene y el suelo se cae.

Nunca siento que me elevo, sino que el suelo se aleja de mí, como si fuera ligera como el aire. ¿Será eso lo que asusta a la gente? A lo mejor a mí no me ocurre lo mismo porque mi padre era piloto de las Fuerzas Aéreas cuando todavía formaba parte del Ejército y me había llevado en mi primer viaje en avión cuando tenía dos años. Me contaron que me reí durante todo el trayecto. Evidentemente, no lo recuerdo. Sí recuerdo suplicarle que hiciera toneles volados cuando era un poco mayor.

A la mayoría de gente, sus padres les enseñan a conducir. El mío me enseñó a volar.

En fin. Una vez en el aire, nos alejé del aeródromo con una ligera espiral, solo porque me apetecía disfrutar del aire. Betty se sentó en el asiento del copiloto y Helen se quedó detrás.

Betty se dio la vuelta para mirarnos a las dos y levantó la voz por encima del motor.

—Vale. Se aplican las reglas del Club de Vuelo. ¿Tengo razón al pensar que quieren convertir la Luna en una base militar?

—Por lo que Nathaniel no me cuenta, creo que más bien se debe a que las mujeres son demasiado emocionales para ir al espacio.

Betty negó con la cabeza y estoy bastante segura de que soltó una maldición que el ruido del avión amortiguó.

—Bien. Es una memez y tenemos que cambiarlo.

—¿Cómo? —Helen se inclinó hacia delante en el asiento.

—Puedo presentarle la idea a mi editor como discriminación, pero no va a colar si no hablo también de algunas de las mujeres a las que han ignorado. —Me miró—. Lo puedo hacer sin revelar la identidad de mis fuentes y, además, puedo engatusar a Hart para que haga la pregunta en medio de la rueda de prensa.

La miré de reojo.

—¿Cómo? O sea, parece muy directo.

—Señor presidente, con un cuerpo de astronautas compuesto solo por hombres, ¿hay peligro de que el bloque comunista lo perciba como un puesto militar en lugar de una colonia?

Helen levantó la mano, como para recordarnos que era de Taiwán.

—Se escudará en la cooperación internacional.

Asentí.

—En la CAI hay gente de Taiwán, Argelia, España, Brasil, Francia, Alemania, Serbia, Haití, el Congo...

—Bélgica, Canadá, Dinamarca, Islandia, Italia, Luxemburgo, Países Bajos, Noruega, Portugal, Reino Unido... —añadió Helen.

—Y Estados Unidos.

Betty negó con la cabeza.

—Ningún país comunista.

—Vale. Aunque sigue sin mencionar la cuestión de la histeria.

—No, pero hace hincapié en el cuerpo de astronautas solo de hombres, lo que nos da la oportunidad de hacer un seguimiento de por qué no hay mujeres. —Resopló—. Además, es año de elecciones. Eisenhower se presenta contra Brannan, así que apuesto lo que sea a que la vuelta a la «normalidad», con las mujeres relegadas a ser amas de casa, será un tema electoral clave.

Sentí un escalofrío por todo el cuerpo.

—Pero el director de la CAI no responde ante el presidente. —En cuanto pronuncié las palabras, me di cuenta de lo ingenua que era. Tal vez la CAI fuera un organismo internacional, pero, dado que el centro de lanzamiento estaba en suelo estadounidense, teníamos más influencia en el programa que otros países, incluso con un director británico. Había visto la lista de astronautas. Tres cuartas partes la formaban estadounidenses o británicos. Todos blancos.

—¿Lleváis puesto el cinturón?

Ambas dijeron que sí, pero no me preguntaron por qué. Me conocían bien. Elevé el avión para ganar altitud y empecé un rizo. La fuerza centrífuga nos mantuvo pegadas a los asientos. La Tierra se extendía debajo como un manto verde y marrón. Había suficiente niebla en el cielo como para que la línea entre el suelo y el aire fuera borrosa y los bordes se desdibujaran en el blanco plateado del cielo. Había visto imágenes desde la órbita en las que la Tierra se convertía en un globo verde azulado. Quería flotar ingrávida en el espacio y ver las estrellas en toda su asombrosa claridad. Si los hombres con su constante lucha por el dominio pretendían arrastrarnos de vuelta a la edad oscura, tenía que... ¿qué?

Terminé la maniobra con un tonel volado. La plata y el verde giraban alrededor, y nosotras éramos el centro del molinillo. Detrás de mí, Helen se rio y aplaudió.

Terminé el tonel y consideré la siguiente opción. La gente empezaba a olvidarse de la llegada del efecto invernadero, porque se trataba de un desastre de avance lento. Era necesario establecer colonias en la Luna y en otros planetas mientras tuviéramos los recursos necesarios. Si la excusa era que establecer una colonia no era seguro para las mujeres, tendríamos que demostrar que éramos tan capaces como los hombres.

—¿Al periódico en el que trabajas le interesaría cubrir un espectáculo aéreo solo de mujeres?

—Sin duda. —Betty me señaló con el dedo—. Pero solo si uso tu nombre.

—No soy nadie.

—Estás casada con el ingeniero jefe de la CAI. ¿La historia de cómo pilotaste el avión después del meteoro? Es oro puro.

Tragué saliva. Ser el centro de atención era necesario. Solo tendría que hablar con Betty.

—De acuerdo. Hazlo.

CAPÍTULO 12

LOS HOMBRES DE LA ERA ESPACIAL

Fotografías del *National Times* de Sam Falk
26 de marzo de 1956 — Los especialistas en aeronáutica,
los que idean, diseñan, ingenian y encienden los podero-
sos motores que llevan los instrumentos científicos a las
alturas, son los hombres que el país espera que triunfen
en la era espacial. Trabajan en muchos campos, desde los
combustibles hasta los sistemas informáticos, así como
las aleaciones e incluso las técnicas de comunicación. El
más conocido es el doctor Nathaniel York, el ingeniero
jefe de la Coalición Aeroespacial Internacional.

La rueda de prensa fue tal y como Betty había predicho. Cuando le preguntaron por la lista solo de hombres, Norman Clemons, el director de la CAI, respondió que se debía a «cuestiones
de seguridad». Dijo que era «igual que cuando Colón descubrió
el Nuevo Mundo». O que el viaje de Shackleton al Polo Norte.
A nadie le había importado que no hubiera mujeres en aquellas expediciones. Afirmó estar seguro de que la «colaboración
internacional» dejaba claro que se trataba de una expedición
totalmente pacífica y científica.

Algunas de las revistas femeninas, que se habían creado
para luchar por el sufragio, se hicieron eco de la historia de Betty y se unieron a ella en la movilización para que se incluyera a
mujeres en la fundación de la colonia. Ningún hombre prestó
atención a las revistas para mujeres. Inaudito, lo sé.

Basira se sentó al otro lado de la mesa que compartíamos
en la CAI.

—Ha vuelto.

Eché un vistazo alrededor para comprobar si alguien la había oído. No es que importara mucho, pero las demás mujeres del departamento de informática estaban ocupadas con sus cálculos. Por encima del rasgar de los lápices sobre el papel y el siseo de los cursores de vidrio al deslizarse por las reglas de baquelita solo destacaba el traqueteo de la calculadora mecánica Friden. Además, aunque alguien nos hubiera prestado atención, no había nada malo en que Basira me informara de que el director Clemons había regresado del campo de pruebas.

Por otra parte, la mayoría estaba al tanto de lo que pretendía hacer. Asentí, cerré el cuaderno y lo dejé a un lado de la mesa, con el lápiz bien alineado. Al abrir el cajón, saqué otra libreta, con una etiqueta en la que ponía «WASP» y que recogía las cifras que había recopilado sobre el Servicio Aéreo Femenino de la Segunda Guerra Mundial.

Me levanté y abracé el cuaderno contra el pecho. Basira me sonrió.

—Comienza la operación Damas Primero.

Me hacía mucha falta reírme. Helen levantó la vista de la mesa que compartía con Myrtle y le dio un codazo; esta se giró y levantó un pulgar. Asentí, salí de la habitación y recorrí los pasillos hasta la oficina del director Clemons.

No había razón para tenerle miedo. Habíamos charlado muchas veces en las fiestas de Navidad o en los pícnics de la empresa. Su presencia en el «cuarto oscuro» era tranquilizadora en los días de lanzamiento. Pero Nathaniel o mi trabajo siempre habían estado ahí como un escudo.

Dejé huellas húmedas en la cubierta del cuaderno con las palmas de las manos. Me detuve antes de llegar a la puerta del despacho de Clemons, que siempre estaba abierta, para limpiarme las manos en la falda. Había optado por ponerme una falda gris sencilla y una blusa blanca, que esperaba que me hiciera parecer más profesional. Cualquier armadura era bienvenida.

Tragué saliva y me acerqué a la puerta, donde la señora Kare, su secretaria, me miró con una sonrisa.

—Señora York. ¿Qué puedo hacer por usted?

—Quería concertar una cita para hablar con el director Clemons. —Me estaba acobardando. Tenía el cuaderno y él estaba justo delante.

Leía con los pies sobre la mesa y un puro entre los dientes. El humo flotaba a su alrededor como el de un motor averiado. La portada del libro que sostenía mostraba un cohete frente a un polvoriento paisaje rojo y parecía más una novela que un artículo técnico.

—Déjeme comprobar su agenda.

Bajó el libro.

—Hazla pasar.

—Eh... —Tragué. Su nítida pronunciación británica siempre me hacía sentir como si viniera del campo sin ducharme—. Gracias, señor.

Levantó el libro cuando me acerqué a la mesa.

—¿Lo ha leído?

—No, señor.

—Sale un capitán York que me recuerda mucho a su marido. —Señaló una silla—. Siéntese. ¿Ha conocido alguna vez al tal Bradbury?

—No, señor.

—Diría que es un admirador. La idea de una antigua civilización en Marte es una patraña, pero aceptaré con gusto cualquier publicidad que haga que la gente se emocione con el espacio. —Dejó el libro en la mesa—. El Congreso estadounidense vuelve a estar molesto por las apropiaciones. ¿Por eso has venido? ¿Necesitas otra IBM para el departamento de informática? Nos las han ofrecido.

Negué con la cabeza.

—Eso es cosa de la señora Rogers, aunque, en mi opinión, no son muy fiables.

—Eso me han comentado los ingenieros. Se sobrecalientan —gruñó y asintió—. ¿Por qué ha venido, entonces?

—Pues, verá. Lo cierto es que tiene que ver con hacer que la gente se entusiasme con Marte, señor. Quería hablarle de tener en cuenta a las mujeres para futuras misiones.

—¿A mujeres? —Se inclinó hacia delante y me prestó toda su atención—. No, ni hablar. Si queremos que la gente se emocione, necesitamos a los pilotos más cualificados en las misiones o el público pedirá nuestras cabezas.

—Lo comprendo, pero si queremos fundar colonias viables, harán falta familias, lo que implica convencer a las mujeres de que es seguro. —Abrí el cuaderno con la tabla de estadísticas que había elaborado—. Por supuesto, no va a mandar a mujeres comunes al espacio, al igual que los hombres de a pie no serían buenos candidatos. Pero, por ejemplo, creo que debería considerar a las pilotos del WASP. Solo en los Estados Unidos, 1027 mujeres pilotaron durante la guerra y reunieron una media de setecientas horas de vuelo cada una, mientras que 792 superaron con creces las mil horas. Por otro lado, un piloto de caza promedio...

—No.

—¿Disculpe?

—No enviaré a mujeres al espacio. Si un hombre muere, es trágico, pero la gente lo aceptará. ¿Una mujer? Ni pensarlo. Cancelarían el programa de inmediato.

Me levanté, dejé el cuaderno en la mesa y le di la vuelta para que lo viera.

—Pero creo que es posible cambiar la percepción del público. Si mira estas cifras...

—No. Me habla de mujeres que pilotaban aviones por ahí como si hubieran entrado en combate.

Presioné las manos sobre las reconfortantes líneas de la cuadrícula y respiré hondo. Había mencionado la experiencia en combate como si fuera algo a tener en cuenta para las misiones espaciales, pero no sería necesario en una colonia. Me acobardé, como siempre hago, y no le eché en cara el desliz.

—Vamos a organizar un espectáculo aéreo. Quizá le apetezca venir a verlo. Será un ejemplo de cómo cambiar la percepción que se tiene de las mujeres pilotos. El entrenamiento que recibieron las pilotos del WASP fue más riguroso que el de los hombres, debido a la variedad de aviones que pilotamos.

—Le agradezco el esfuerzo, pero debo mantener el proyecto en marcha. No tengo tiempo para obras de caridad. —Levantó el libro y retomó la lectura—. Buenas tardes, señora York.

Cerré el cuaderno y me mordí el interior del labio. No sabría decir si evitaba gritar o llorar. Puede que ambas cosas.

Las semanas pasaron y empecé a perder interés en la idea del espectáculo aéreo, en parte debido a la desesperación, pero sobre todo porque la CAI trabajaba sin descanso de cara a un alunizaje. Mientras la división estadounidense se dedicaba a ello, nuestros homólogos europeos se preparaban para establecer una estación espacial en órbita. Los teletipos echaban humo a ambos lados del Atlántico al tiempo que los ingenieros aeroespaciales compartían notas.

Todos hacíamos horas extras. Aun así, Nathaniel y yo intentábamos irnos antes del anochecer los viernes para respetar el *sabbat*. No es que alguno de los dos fuera un practicante estricto, pero era una buena disciplina.

Me apoyé en el marco de la puerta de su despacho mientras las pesadas sombras grises del atardecer oscurecían el aparcamiento. Nathaniel llevaba las mangas de la camisa remangadas y no apartó la mirada de algo que tenía en la mesa.

Con un solo nudillo, llamé a la puerta.

—¿Listo para irnos?

—¿Qué? —Levantó la mirada y se frotó los ojos—. Todavía no he terminado. ¿Te importa esperar?

—Pensaba que se nos daría mejor lo de marcharnos al atardecer en verano.

Nathaniel giró en la silla para mirar el aparcamiento.

—¿Qué hora es?

—Casi las nueve. —Entré en el despacho y dejé el bolso y el abrigo en una de las sillas—. ¿Has descansado en algún momento?

—Sí. Me he reunido con Clemons para comer. —Se volvió de nuevo hacia la mesa y levantó el papel que estaba leyendo—. Elma, si estuvieras en órbita, ¿qué considerarías que tendría más sentido, un encuentro V o R?

—En primer lugar, una comida de trabajo no cuenta como descanso. —Me asomé por encima del respaldo de la silla para mirar el papel que tanto lo obsesionaba. Se trataba de un informe titulado *Técnicas de guía de línea de visión para encuentros en órbita tripulados*, que parecía incluir más preguntas que respuestas—. En segundo lugar, ¿cuál es la órbita estimada?

Pasó las páginas.

—Un segundo. Digamos que 6500 kilómetros.

Le puse las manos en la base del cuello e hice presión con los pulgares mientras meditaba la pregunta. Uno de los retos de la mecánica orbital era que, cuanto más rápido se iba, más alto se orbitaba y, por tanto, más lenta era la órbita. Resultaba completamente ilógico sin ecuaciones o un modelo. Así que mi instinto de piloto que señalaba el encuentro V no era de fiar.

La «V» se refería a «velocidad», la cual se utiliza para alcanzar el objetivo mientras se vuela en la misma dirección en la que este acelera. Apreté con el dedo los músculos de la nuca de Nathaniel. Dejó caer la cabeza hacia delante hasta apoyar la barbilla en el pecho.

Por otra parte, un encuentro R podría funcionar si bajásemos a una órbita inferior a la del objetivo. Eso haría que la nave se moviera más rápido que este y que lo alcanzase. Una vez estuviéramos lo bastante cerca, se podrían encender los propulsores para subir hasta el objetivo, lo que gastaría menos combustible.

Ya tenía una posible respuesta, pero, dados los gruñiditos de placer de mi marido, no estaba segura de que fuese a escucharme. Tenía una sólida masa de nudos desde el trapecio hasta el centro de los omóplatos.

—Me inclinaría por un encuentro R. Menos combustible, y la mecánica orbital supondría una acción natural de frenado si los propulsores fallasen.

Levantó la cabeza y se inclinó para mirar la página.

—He pensado lo mismo, pero Parker prefiere la velocidad.

Dejé de mover las manos y, después, le alisé la camisa.

—Bueno. Él ha estado en el espacio y yo no. Como piloto, le daría más importancia a su opinión que a la mía.

—Es parte de mi problema. Todo el mundo da más importancia a su opinión porque es uno de los miembros originales del Artemisa Siete. —Tiró el papel a la mesa—. Incluso en cosas que no tienen nada que ver con pilotar. Todavía sigue empeñado con los soviéticos... No, perdona, con la «Amenaza Comunista».

—El largo invierno fue peor allí. La Unión Soviética se ha disuelto, por el amor de Dios. ¿Qué tiene en la cabeza?

Nathaniel se frotó la frente.

—La Unión Soviética ya no existe, pero Rusia es tan grande como siempre.

—Y se muere de hambre. —El largo invierno había afectado a las naciones cercanas a los polos más que a las otras—. China no está en mejores condiciones.

—Creo que intenta ganarse el favor de Eisenhower por medio de... Yo qué sé, solo especulo.

Con las elecciones a la vuelta de la esquina, la gente empezaba a olvidarse de la razón para ir al espacio. Por lo menos, no habían negado la importancia del programa espacial. Todavía.

No siempre era Nathaniel quien nos hacía permanecer hasta tarde en el trabajo. El lunes siguiente me quedé atrapada en una serie de ecuaciones para las trayectorias translunares. Era fascinante, porque intentaba aclarar el cambio en la atracción gravitatoria a medida que la nave espacial pasaba de la esfera de influencia de la Tierra a la de la Luna. Afectaba a todo, incluida la cantidad de combustible necesaria. Cuando Nathaniel y yo volvimos al piso, tenía el cerebro hecho puré.

Tiré el correo del día en la mesa y me desplomé en la silla más cercana. Mis dedos estaban manchados de tinta, pero, aun así, apoyé la cabeza en las manos con un suspiro.

—El espacio parecía tan bonito.

Nathaniel soltó una risotada detrás de mí y se inclinó para besarme la nuca.

—Creía que hoy iba a ser imposible sacarte de la oficina.

—Es que Sánchez necesita los cálculos del combustible para mañana para ajustar los parámetros de la carga útil. —Me masajeé las sienes, tratando de aliviar parte de la tensión que me había producido mirar números todo el día—. Becky se encargaba de ello, pero alguien le dijo al director Clemons que estaba embarazada y... Apenas se le notaba. Si lo único que hacemos es estar sentadas frente a una mesa.

—También os pasáis el día corriendo a los laboratorios. Y asistís a las pruebas de motores experimentales, de propulsores, de...

—Eres igual que él. —Me enderecé y lo fulminé con la mirada.

Estaba apoyado en la encimera de la cocina sin el abrigo y con la corbata a medio aflojar.

—De eso nada, yo habría dejado que siguiera trabajando, aunque tal vez la habría mantenido alejada de los ensayos. Pero entiendo la decisión del director.

—¿Porque, cito, «el embarazo afecta al cerebro de las mujeres»?

Bufó.

—Es político, no científico. Si le pasara algo a una mujer embarazada mientras trabaja en la CAI, las relaciones públicas se resentirían.

Abrí la boca para contestar y la cerré de inmediato. Maldita sea, tenía razón. La gente ya intentaba quitar la financiación al programa espacial porque no comprendían la magnitud del desastre que se avecinaba. Volví a la mesa y recogí un sobre.

—Voy a mirar el correo.

—Ya pagarás las facturas mañana.

—No voy a estar menos cansada.

Parte de nuestro acuerdo matrimonial era que yo me encargaba de las facturas y de cuadrar las cuentas. A los dos se nos daban bien las matemáticas, pero yo hacía los cálculos de cabeza y Nathaniel necesitaba escribirlos, por lo que yo era más rápida.

Detrás de mí, se abrió un armario y, luego, oí el traqueteo de la vajilla.

—Patatas asadas y queda algo de carne picada. ¿Te apetece chile?

Sí. Tengo un marido que cocina. No prepara una gran variedad de platos, pero los que sabe cocinar encajan muy bien con las cartillas de racionamiento. El chile llevaría sobre todo frijoles, pero sería delicioso.

—Me encantaría.

Había una carta de Hershel que dejé a un lado para responderla el fin de semana. Si lo intentara en aquel momento, le escribiría una cadena de números y símbolos. La factura de la luz. La factura del teléfono. Las puse en otro montón para pagarlas esa misma noche.

Me llamó la atención un pesado sobre blanco que tenía pinta de ser una invitación. Recibíamos muchas de diferentes personas que querían que el doctor York asistiera a sus veladas. Estaba al frente de todas las ruedas de prensa, explicando las trayectorias y los parámetros de la misión de manera que cualquiera lo entendiese. Hacer lo mismo durante una fiesta era agotador.

No obstante, aquella invitación tenía el remitente del senador Wargin. Conocía a su mujer: Nicole Wargin había sido piloto del WASP durante la guerra. Además, el senador Wargin era un partidario vocal del doctor Martin Luther King, Jr. Esperaba que la combinación de su política progresista y los intereses de su mujer le hicieran simpatizar con mi propio objetivo.

Abrí el sobre y saqué la pesada tarjeta blanca.

EL SENADOR KENNETH T. WARGIN Y LA SEÑORA
WARGIN SOLICITAN EL PLACER DE LA COMPAÑÍA
DEL DOCTOR YORK Y LA SEÑORA YORK PARA
CENAR A LAS SEIS EN PUNTO DEL 7 DE AGOSTO.

—¿Nathaniel? —Me di la vuelta en la silla.

Se había remangado la camisa y frotaba una patata con aceite.

—¿Sí?

—El senador Wargin y su esposa nos invitan a cenar el día 7. ¿Deberíamos aceptar?

Negó con la cabeza y dejó la patata en la encimera.

—Es una semana antes del próximo lanzamiento. Estaré agotado.

Me levanté y me apoyé en la encimera a su lado.

—Siempre lo estás.

—Igual que tú. —Agarró otra patata y la cubrió de aceite. Los músculos de sus antebrazos se flexionaron con el movimiento. El aceite le había salpicado justo encima de la muñeca izquierda y brillaba cuando se movía.

—Cierto. —Puse el dedo sobre la mancha de aceite y la deslicé hacia el interior del brazo—. Así, alguien más nos preparará la cena.

—Y tendré que mantener una conversación ingeniosa.

—Cariño, nadie espera que seas ingenioso.

Se rio y se inclinó para besarme.

—¿Por qué esta cena sí?

—He volado con Nicole Wargin. —Me escabullí para ponerme detrás de Nathaniel. Le pasé las manos por la caja torácica y me incliné hacia él—. Además, espero que el senador tenga en cuenta la necesidad de que haya mujeres en la colonia.

—¡Ajá! —Se giró entre mis brazos, todavía con la patata sujeta entre los dedos. Mantuvo las manos aceitosas lejos de mi ropa, me besó en la mejilla, después en la base de mi mandíbula y luego me mordisqueó hasta el cuello.

Entre jadeos, me las arreglé para añadir:

—Tú también podrías aprovechar para explicar la necesidad de salir del planeta.

—Aun así, estaré agotado.

—¿Puedo hacer algo para que valga la pena?

—Todavía tengo que meter las patatas en el horno.

Con una risita, aparté las manos de su cintura y di un paso atrás.

—Vale. No quiero distraerte.

Se agachó para abrir la puerta del horno y me concedió un vistazo de sus pantalones a medida. ¿He mencionado lo afortunada que soy de estar casada con Nathaniel? El aire caliente del horno le removió un mechón de pelo y la luz hizo destellar la mancha de aceite mientras colocaba las dos patatas directamente en la bandeja de rejilla. Se puso de pie y cerró la puerta del horno con el talón.

El calor del horno había calentado todo el apartamento. Nathaniel levantó una mano que todavía brillaba por el aceite.

—Diría que… —Me acarició la línea de la garganta—. Queda una hora hasta que estén listas.

—No me digas. —Se me aceleró la respiración—. ¿Me da tiempo a presentar mis argumentos para ir a la cena?

Deslizó el dedo a lo largo del cuello de mi camisa hasta llegar al primer botón.

—Siempre que me dejes presentar los míos para quedarme en casa.

—Permiso concedido.

CAPÍTULO 13

LEBOURGEOIS BATE UN RÉCORD ESPACIAL

Las colonias en el espacio ayudarán a la humanidad
Por Henry Tanner

Edición especial de *The National Times*
Kansas City, Kansas, 13 de abril de 1956 — El teniente coronel Jean-Paul Lebourgeois ha concedido a la Coalición Aeroespacial Internacional otro récord espacial al permanecer en órbita más de cuatro días. Con este avance, la CAI ha demostrado que es posible trabajar y dormir en el espacio, un paso necesario para el programa espacial.

Nicole Wargin se sentó en el brazo del sofá de su salón, con una copa llena de champán de antes del meteorito. Llevaba un collar de diamantes que brillaba sobre un glorioso vestido verde. A nuestro alrededor, el salón estaba lleno de la flor y nata de la sociedad, ataviados con esmóquines y elegantes vestidos de noche y disfrutando del tipo de comida que no se consigue con una cartilla de racionamiento. Si no la oyeras hablar, Nicole parecería otra más del uno por ciento.

Menos mal que era mucho más interesante.

—Así que el mecánico me había jurado que el Hellcat estaba bien para volar, pero, entonces, a mil ochocientos metros, el indicador de combustible se vació de repente.

—¿Sobre el océano?

La señora Hieber se llevó una mano al pecho con consternación. Antes nos había contado cómo había salvado sus preciadas rosas del invierno del meteorito con un heroico uso del cristal y el vapor. Qué pena que no le interesase cultivar verduras. Nos salvé animando a Nicole a contar alguna anécdota de la guerra. No estaba para nada relacionado con que tuviera otro objetivo oculto. Solo quería dejar de oír hablar sobre plagas de pulgones.

Ya había escuchado la historia de Nicole, así que me bebí la copa y disfruté del espectáculo mientras ella apuntaba a la señora Hieber con una uña bien cuidada.

—Sí. Sobre el océano. En fin, no había más remedio. Di la vuelta en dirección al aeródromo y les avisé de que me dirigía hacia allí.

—¡No! ¿Sin motor?

—Era eso o aterrizar en el agua. Cuando aterricé, resultó que al mecánico se le había pasado una línea de combustible dañada. Deberíais haber visto al jefe echarle la bronca. —Los aterrizajes sin motor eran parte del entrenamiento, pero hacerlo dentro de un aeródromo era harina de otro costal. Nicole me pilló mirándola y me guiñó un ojo—. Cuéntales lo de los Messerschmitt, Elma.

Habría preferido sentarme a escuchar las historias de Nicole con las demás mujeres, pero, si la anfitriona te invita a tomar la palabra...

—Eh, claro. Se supone que las mujeres no volábamos en misiones de combate porque era demasiado «peligroso».

Nicole resopló y negó con la cabeza.

—Como si los alemanes supieran quién está a los mandos.

—Exacto. Iba a entregar un Mustang en la base aérea de Ambérieu-en-Bugey cuando un trío de Messerschmitt apareció de la nada. —Se habían unido varios hombres al grupo que nos rodeaba, justo lo que esperaba que pasase al sacar el tema, pero, de pronto, había demasiada gente escuchándome. Bebí un sorbo de champán—. Tengan en cuenta que pilotaba un avión de combate, pero sin munición.

—Dios, no. —El senador Wargin se había unido a su mujer. Era un hombre robusto con el peso bien repartido y una cabeza llena de pelo que apenas empezaba a encanecer.

—Dios, sí. Tuve el tiempo justo para pedir ayuda por radio antes de que empezaran a disparar. No me quedó otra que esquivarlos y rezar por ser mejor que ellos maniobrando. Por supuesto, no había ni una nube, pero me acordé de un valle fluvial que llegaba hasta la base y se me ocurrió despistarlos allí.

Nicole se inclinó hacia delante.

—Lo cual supone sus propios problemas, porque vuelas bajo y no hay margen de error.

—Pero era mejor a que me disparasen. Así que bajo por el valle, con el pu... puntilloso alemán pisándome los talones y con otro escolta detrás de él. —Intenté escenificar dónde se encontraban los aviones respecto a mí sin derramar la bebida—. No tengo ni idea de dónde está el tercero. Me limito a usar las curvas del río para asegurarme de que no pueden dispararme directamente y rezo porque nuestros muchachos me encuentren a tiempo.

—Y, evidentemente, lo hicieron.

Ah, el sonido de la petulancia masculina.

Me volví.

—De hecho, coronel Parker, no.

Por supuesto que lo habían invitado a la cena. Al senador Wargin le entusiasmaba el programa espacial y era normal que quisiera que el primer hombre que había estado en el espacio fuera otro de sus invitados estrella, igual que Nathaniel.

Nicole se rio de la expresión de sorpresa de Parker.

—Consiguió que un avión disparase al otro e hizo que el segundo se estrellase contra un acantilado. ¿Qué pasó con el tercero?

—No volví a verlo. Supongo que los muchachos llegaron por fin y lo hicieron huir.

—Un momento. —Parker levantó una mano—. ¿Dice que derribó a dos Messerschmitt sin munición?

Lo bueno de la ira es que anula la ansiedad por ser el centro de atención.

—Tenía la ventaja de conocer el terreno. Llevaba meses transportando aviones y sabía dónde se bifurcaba el río. Evidentemente, ellos no.

—No me lo creo.

—¿Llama mentirosa a mi mujer?

Cuando se enfada, Nathaniel hace algo con la voz que me recuerda a mi padre. Se vuelve muy grave y contenida. En aquel momento, estaba tan tenso que serviría para estabilizar un cohete. Se colocó detrás de mí, a pocos metros de Parker.

—No, claro que no, doctor York. Solo me preguntaba si serían Messerschmitt de verdad. —Esbozó una sonrisa encantadora y le guiñó un ojo al senador Wargin—. Ya sabe cómo se emocionan las damas; de pronto, un avión se convierte en tres. Un biplano se convierte en un Messerschmitt. ¿A lo mejor el sol la cegó, ya que «no había ni una nube»? Estoy seguro de que no miente, pero tal vez esté algo confundida. Nada más.

Dejé la copa en la mesa más cercana para no romper el tallo de tanto apretarlo.

—¡Vaya, coronel Parker, qué inteligente es! Debió de ser como dice. —Me llevé la mano al pecho y me volví hacia Nicole—. ¿No crees?

Se me unió, como la mejor compinche del mundo.

—Seguro que está en lo cierto. Y pensar que llevamos tantos años confundidas. El prisionero mentiría sobre el tipo de avión que pilotaba para quedar bien.

—¡Pues claro! Tienes toda la razón. —Volví a mirar a Parker y me dirigí a él—. Muchas gracias por aclarármelo. Qué tonta soy.

Tal vez fuera un error táctico. Tenía la cara enrojecida y no era por vergüenza. Inclinó la cabeza.

—Aun así. El peligro que vivió demuestra por qué dejar que las mujeres se acercasen a zonas de combate fue un error.

—Tengo curiosidad, coronel Parker. ¿Cómo habría manejado la situación desarmado? ¿Siendo un hombre? —Error táctico o no, me acercaba a la cuestión de los astronautas.

Levantó las manos.

—Es evidente que tuvo mucha suerte. Solo digo que nunca debió verse en una situación así.

—Estoy de acuerdo. Debería haber ido armada. Como mujer, soy más pequeña y ligera, lo cual significa que el avión necesita menos combustible, y soporto las fuerzas *g* mejor que un hombre. —Lo último era distorsionar un poco la verdad, porque era alta para ser mujer y la capacidad de manejar las fuerzas *g* estaba más relacionada con la altura y la presión sanguínea—. De hecho, diría que las mujeres deberían entrar en el cuerpo de astronautas justo por esas mismas razones. Por no hablar de que intentamos fundar una colonia.

—Un trabajo para el que los hombres están mejor cualificados. —Echó un vistazo a la sala y repitió como un loro lo que Clemons había dicho durante la rueda de prensa—. Cristóbal Colón no llevó mujeres en su viaje, ¿verdad?

—Aquello era una conquista. —El sudor se me acumulaba bajo el sujetador—. Por otra parte, los peregrinos sí llevaron mujeres. Para fundar una colonia, hacen falta mujeres en el espacio.

—No veo ninguna razón de peso para ello.

—Yo le daré una. —Nicole rio y alzó la copa por encima de la cabeza—. ¡Bebés!

Se oyeron risas alrededor que rompieron la tensión. El senador Wargin se adelantó y se llevó a Parker mientras iniciaba una amigable charla sobre golf. Las pequeñas muestras de amabilidad a veces son las mejores. Nicole se incorporó y se acercó a Nathaniel y a mí.

Me levanté, tomé la copa y la alcé en su dirección.

—Perdona.

—Por favor. Todavía me acuerdo de Parker Manos Largas de la guerra. —Dio un sorbo al champán—. ¿Conoces a su mujer?

Negué con la cabeza.

—No nos relacionamos fuera del trabajo —respondí.

—Te habrás dado cuenta de que no está aquí esta noche. No quiero decir nada con eso, solo señalo que invitamos a la señora Parker.

—Hablando de invitaciones. —Eché un vistazo a Nathaniel, que parecía contento de quedarse conmigo en vez de mezclarse con la gente—. Intento organizar un espectáculo aéreo con mujeres pilotos. No sé sí...

—Sí. Si vas a pedirme que vuele, la respuesta es sí. —Levantó la mano, con un brazalete de diamantes—. Bueno, espera. Maldita sea. Tengo que hablarlo con Kenneth para asegurarme de que no hay problema. Cosas de política. Aunque, por lo general, se me da bien engatusarlo. Así que, si no hay ningún conflicto, cuenta conmigo. «Tal vez esté algo confundida», tócate las narices.

—¡Estupendo! —El alma periodística de Betty se retorcería del gusto. Tener a la mujer de un senador en la lista facilitaría mucho convencer a su editor del *National Times* de hacer un artículo sobre el espectáculo aéreo. Además, significaría que no tendría que ser el centro de atención.

Pasaba una cantidad de tiempo muy notable en búnkeres de hormigón. El olor a queroseno llenaba el aire del campo de pruebas, incluso dentro del búnker de control. Que el campo estuviera a cinco kilómetros de distancia de 770 000 litros de queroseno aún me parecía demasiado cerca. Le di vueltas a un lápiz entre los dedos, esperando a que empezase la prueba de lanzamiento estático del nuevo cohete Atlas.

Era una tarea fácil. Solo tenía que calcular el empuje y comprobar si era suficiente para poner un cohete en órbita. Podría haberlo hecho cualquiera de las calculadoras, pero era el proyecto de Leroy Pluckett, un gran ingeniero a quien le costaba tener las manos quietas con las calculadoras. Como yo era la mujer del jefe, casi no tenía problemas con él.

Casi. Se inclinó sobre mi silla y me pasó una mano por los hombros para apoyarse en el respaldo.

—¿Cómo va todo, Elma?

Me incorporé hacia delante para que no me tocara.

—No hay mucho que hacer hasta el lanzamiento.

En el extremo contrario de la sala, otro de los ingenieros levantó la cabeza.

—Doctor Pluckett, vamos a añadir el oxígeno líquido.

—Magnífico. —Me sonrió y, por «me», quiero decir a mis pechos—. Avísame si necesitas algo.

—Por supuesto. —Di golpecitos en la mesa con el lápiz en un intento de que apartara la mirada—. Debería terminar los preparativos.

—¿Te ayudo con...?

Una explosión sacudió la habitación.

El ruido y el calor llenaron el búnker, acompañados del hedor del carbón ardiente. No era la primera vez que perdíamos un cohete, ni mucho menos, pero no por ello se volvía más silencioso.

Los ingenieros se estremecieron y levantaron las manos para taparse los oídos. Me sacudí y casi me caí de la silla cuando el estruendo se apagó y no quedó más que el lejano crepitar de un fuego. Las sirenas se unieron a la cacofonía. Pluckett se acercó a mí, como si tratara de ayudarme, pero su mano regordeta, de alguna manera, aterrizó en mi pecho.

Me levanté, me enderecé la falda y me alejé de él. Me temblaba el pulso, tanto por el cabreo con Pluckett como por la explosión.

—Será mejor que se ocupe de su cohete. ¿O necesita que calcule el tamaño del error?

El peso de la bola me presionaba la palma mientras estudiaba la pista de bolos. Respiré hondo, avancé, balanceé la bola hacia atrás y la solté. Se alejó en una línea perfecta por un instante, pero luego se desvió hacia un lado, lo justo para no dar en el centro.

Un *split*. Porras. Otra vez.

—¡Tú puedes, Elma! —Myrtle aplaudió detrás de mí—. Tú puedes.

Me di la vuelta y la falda ondeó a mi alrededor mientras esperaba a que el recogebolos despejara los que había derribado.

—Soy física, debería dárseme mejor.

Con un brazo rodeando a su mujer, Eugene negó con la cabeza.

—Teoría y práctica. Dos cosas distintas. Es como decir que por ser física tendrías que saber volar.

—Sé volar, gracias.

La bola chocó con el final del canal de retorno y me agaché para recogerla. Di las gracias con un gesto al recogebolos que me la había devuelto. Tendríamos que dejarle una buena propina.

—Hablando de volar —dijo Eugene.

Myrtle le dio un pisotón.

—Déjala jugar a los bolos. Quiero ver los fuegos artificiales.

—Saldremos a tiempo para que disfrutes del 4 de julio. —Eugene negó con la cabeza y señaló el carril con la cerveza—. Esperaré a que termine el turno de Elma para preguntarle.

—Me muero por saberlo.

Sugerí jugar a los bolos porque era el 4 de julio. Después del meteorito, la idea de ver fuego llover del cielo me resultaba bastante menos atractiva. Me giré hacia la pista; el recogebolos había terminado de quitar los caídos y estaba a salvo en su taburete alto. Tenía un cómic en la mano e incluso desde su posición reconocí el distintivo traje rojo y azul de Superman.

Volviendo a los bolos: para derribar los dos, tendría que golpear uno en el ángulo exacto para que saliera disparado y tumbara el otro. Visualicé la trayectoria. Si me dieran un papel, lo describiría con precisión matemática. Hice retroceder la bola, su peso me tiró del brazo como una fuerza g adicional y la balanceé hacia delante, apuntando al bolo de la derecha. La bola se soltó y, durante un instante, se arqueó ingrávida en el aire antes de estrellarse contra el liso suelo de álamo. Retumbó por la pista y me quedé donde estaba, con los brazos extendidos, como si así lo obligara a darle al bolo correctamente.

Rozó el de la derecha, que se tambaleó y luego se inclinó para aterrizar con un giro en el suelo. El otro bolo ni se movió.

El pequeño grupo que me acompañaba soltó un gemido de compasión.

Riendo, me di la vuelta e hice una reverencia.

—¡La próxima vez! —Nathaniel me dio una palmadita en el hombro mientras me relevaba en la pista.

Myrtle se rio.

—La próxima vez. Aún sigo esperando a que nos echen esta vez.

—No juego tan mal.

Eugene y Myrtle se miraron como si acabara de decir algo adorable. Entonces, demasiado tarde, mi cerebro conectó con mi boca. Myrtle no hablaba de nuestro grupo de bolos, sino de Eugene y ella.

Antes del meteorito, no les habrían permitido entrar allí. El lugar habría estado lleno de gente blanca y no me habría dado ni cuenta. Ahora que la capital estaba en Kansas City,

Myrtle y Eugene no eran las únicas personas de color que estaban allí. Todavía eran una minoría, pero al menos nadie nos miraba con desprecio.

Avergonzada por no haber notado el desequilibrio hasta que ella lo había señalado, escribí la puntuación en la hoja y me senté en el banco junto a Eugene. Me pasó una cerveza y enarcó una ceja.

—¿De qué va eso de un espectáculo aéreo?

—No sé si lo haremos. —La cerveza estaba fría y tenía una acidez deliciosa—. La idea era demostrar que las mujeres pilotos tienen la habilidad necesaria para ser astronautas.

—¿Pero...?

La bola de Nathaniel se deslizó por la pista, se estrelló contra los bolos y los despejó todos de un solo golpe.

—¡Bien! —Levanté la cerveza para celebrar el triunfo de mi marido—. Pero solo tenemos naves de recreo. Cuanto más lo pienso, más me doy cuenta de que, por increíble que sea el espectáculo, no será tan llamativo como uno con aviones militares.

—Es una pena. Los pilotos entenderían que es una gran hazaña, pero el público general se fija en las acrobacias. —Eugene negó con la cabeza mientras se levantaba para su turno. Le dio una palmadita en la espalda a Nathaniel—. Bien hecho, York.

Nathaniel cogió la cerveza y se apoyó en el fondo del banco.

—¿Habláis del espectáculo aéreo?

—Sí.

Myrtle lo miró por encima de las gafas.

—Más te vale hacer que tu mujer siga adelante con ello. Es una buena idea.

Nathaniel levantó las manos y se rio.

—Tienes una idea de nuestro matrimonio muy diferente a la mía. Yo no hago que Elma haga nada.

Los bolos crujieron y rebotaron, pero quedó uno en pie.

—No sé por qué cree que un marido tiene poder para conseguir que su mujer haga algo. Con nosotros no ha funcionado nunca.

—Tú a callar. —Myrtle le tiró una servilleta arrugada a la espalda.

Entre risas, Eugene esperó a que el recogebolos despejara la pista y le devolviera la bola.

—Entonces, ¿necesitas un Mustang?

—Eso sería maravilloso. —Suspiré y di un trago largo de cerveza. No había pilotado un Mustang desde la guerra, pero habían sido, de lejos, los aviones que más me gustaba transportar. Unas máquinas rápidas, ágiles y con una excelente capacidad de reacción. Ahora tal vez ya no eran lo más novedoso, pero en aquella época habían sido gloriosos.

Eugene derribó el último bolo en la siguiente tirada. Lanzó un grito y levantó el puño.

—¡Quién se ríe ahora!

Myrtle puso los ojos en blanco y se levantó.

—Qué fácil se distrae.

Le dio un beso en la mejilla a su mujer mientras se intercambiaban y sonrió.

—De eso nada. —Se inclinó para levantar la cerveza—. ¿Qué te parecen seis Mustang?

Me quedé con la cerveza en el aire.

—¿Seis? ¿Seis Mustang? ¿De dónde…?

Eugene sonrió.

—Mi club de vuelo tiene seis.

Abrí la boca, alucinada.

—¿Lo dices de verdad? He llamado a todos los… No. Espera. —Me pellizqué la nariz—. Juro por Dios que algún día aprenderé. He llamado a todos los clubes de vuelo blancos.

—¡Ja! ¡Toma ya! —Myrtle brincó en el aire. Había tirado todos los bolos de un golpe. Se dio la vuelta—. Ninguno lo habéis visto, ¿a que no?

Me encogí de hombros.

—Seis Mustang.

Myrtle intercambió una mirada con Nathaniel y negó con la cabeza despacio.

—Pilotos.

Mi marido suspiró y levantó la cerveza.

—No sé cómo lo haces.

Dejé que se rieran y sonreí a Eugene. Seis Mustang. Con eso, podríamos hacer formaciones de verdad e incluso trucos de humo.

—¿Hay alguna mujer piloto en el club?

—Sí. Pásate por allí y te la presentaré. —Me guiñó el ojo—. Iremos a dar una vuelta mientras estos dos se quedan en tierra.

CAPÍTULO 14

LA CAI LANZA UN PUERTO ESPACIAL TRIPULADO HECHO DE TEJIDO INFLABLE

Por Bill Becker

Edición especial de *The National Times*

Kansas City, Kansas, 21 de abril de 1956 — La primera estación espacial del mundo es una enorme rueda giratoria con cuatro eslabones en forma de salchicha.

El Club Aeronáutico Negro de Kansas City tenía unas instalaciones más bonitas que las de nuestro club de mujeres. Había una casita junto al hangar, y ambas construcciones estaban pintadas de un blanco cegador, con persianas y letras rojas.

En cuanto entramos en la sala común de la casa, me sentí cohibida y agradecida por la presencia de Eugene como escudo. Era la única persona blanca de la habitación. Las caras oscuras iban desde un bronceado fuerte hasta un negro azulado profundo; no había nadie tan claro como Myrtle.

Destacaba como un pañuelo sucio sobre una mesa impoluta. Me aferré al bolso con más fuerza y me planté en la puerta para no retroceder. Todos me miraban. Traté de sonreír. Después, advertí que, por cómo agarraba el bolso, debía de parecer que me preocupaba que alguien me lo robara. Lo solté, lo cual probablemente quedaría igual de mal.

Eugene se volvió con una sonrisa y me indicó por señas que lo siguiera hasta una mesa con tres mujeres. Las conversaciones se retomaron por toda la sala, aunque escuché algunos fragmentos como «qué hace esta aquí», «blanca» y «no pinta nada». Me pareció que algunos ni siquiera intentaban bajar la voz.

Dos de las mujeres se levantaron cuando nos acercamos a la mesa. La tercera se quedó sentada y me miró con una expresión neutra, aunque la nariz ligeramente arrugada indicaba cierto desdén.

—Esta es la señorita Ida Peaks. —Eugene señaló a la más joven de las dos mujeres que estaban de pie. Era bajita, con curvas generosas y las mejillas marrones y rojizas. La otra mujer llevaba el pelo recogido en un elegante moño francés, sujeto con horquillas de baquelita verde—. La señorita Imogene Braggs y... —Señaló a la mujer sentada. El vestido naranja con el cuello blanco y estrecho que llevaba le daba un aspecto cálido que contrastaba con su expresión—. la señorita Sarah Coleman. Algunas de las mejores pilotos que he conocido.

—Gracias por reunirse conmigo. —Me quité los guantes y, ante el gesto de la señorita Braggs, me senté—. Creo que el mayor Lindholm les ha explicado lo que pretendemos.

La señorita Coleman asintió.

—Quiere ser astronauta.

—Bueno, sí. Pero el principal objetivo es conseguir que la CAI tenga en cuenta a las mujeres para el programa. El grupo actual está compuesto únicamente por hombres. —Me volví para sonreír a las dos mujeres más amigables—. Esperaba que estudiasen la posibilidad de volar con nosotras.

La señorita Peaks inclinó la cabeza para estudiarme.

—¿Para usar, de este modo, nuestros aviones?

Algo en esa conversación estaba fuera de lugar. Eché un vistazo a Eugene, pero él había dado un paso atrás.

—Esa sería una conversación diferente.

—Y si nos negásemos a prestarle los Mustang, ¿aún querría que las mujeres negras participasen? —El tono de la señorita Braggs era suave y tenía cierto dejo de curiosidad, pero las palabras suponían un desafío.

—Dependería de las razones de la negativa. —La respuesta hizo que la señorita Coleman bufase—. Si fuera porque dudan de mi habilidad como piloto, entonces no creo que resultase una buena colaboración. Por lo demás, sí, me gustaría que volaran con nosotras. El mayor Lindholm me ha hablado muy bien de sus actuaciones en los espectáculos de su club y necesito pilotos con experiencia.

—¡Perfecto! Me apunto, entonces. —La señorita Peaks me sonrió—. Aprovecharía cualquier oportunidad de volar en formación. Habrá vuelos en formación, ¿verdad?

—Por supuesto. Es parte del plan. —Habría que ensayar un montón de horas, pero el vuelo de precisión era una misión crítica si queríamos convencer a la gente de que las mujeres pilotos eran tan buenas como los hombres.

La señorita Coleman negó con la cabeza.

—Es inútil.

—Sarah.

—No. No me hagas callar. Sabes muy bien que, por muy cualificadas que estemos y aunque la treta del espectáculo aéreo funcione, no se nos permitiría entrar en el cuerpo de astronautas. —Miró a Eugene—. ¿No es así, mayor?

Se aclaró la garganta.

—Bueno, ahora mismo solo han elegido a siete hombres de diferentes países y…

—Y ninguno de los países ha seleccionado a nadie que no fuera un hombre blanco.

—La composición de la lista también me molesta. Por eso queremos cambiar las cosas con el espectáculo. Cuando vean lo cualificadas que están…

La señorita Coleman se inclinó sobre la mesa, muy seria.

—Me aceptaron en el WASP durante la guerra. Hasta que se dieron cuenta de que era negra. Entonces me pidieron que retirara la solicitud. ¿Qué le hace pensar que la CAI será diferente?

—Eh, bueno, porque se trata de establecer una colonia, y… —Recordé lo que había sucedido en los días posteriores al impacto del meteorito, cuando se había dado por muerta a la gente de los barrios negros hasta que Eugene y Myrtle habían repartido los panfletos—. Haremos que lo sea. Pero, para eso, antes tenemos que demostrar que sabemos volar.

La señorita Peaks se encogió de hombros.

—Ya he dicho que me apunto. Discutid todo lo que queráis, pero aquí sentadas no cambiaremos nada.

La señorita Braggs asintió, despacio.

—Al menos, será divertido.

La señorita Coleman se levantó.

—Tengo mejores cosas que hacer con mi tiempo que ayudar a que otra mujer blanca nos explote.

—¿Explotarlas? —También me levanté—. Por favor. Las he invitado a volar conmigo, no a fregar el suelo ni a servir la cena.

Sonrió.

—¿Lo ve? Es la única situación en la que nos imagina. Soy matemática y química, trabajo en la industria farmacéutica, pero solo ha sido capaz de imaginarme en puestos de sirvienta. Así que no, gracias, señora. Convénzase a sí misma de que ha venido a salvarnos. Lo hará sin mí.

Se marchó. Me quedé boquiabierta y con la piel demasiado caliente. Supongo que me había puesto roja por la ira y la vergüenza. Debería haberlo sabido. Había cometido el mismo error con Myrtle cuando nos mudamos con ella y Eugene al asumir que solo era ama de casa. Trabajaba como calculadora para un negocio que fabricaba productos químicos para alisar el cabello. Ni siquiera era consciente de que algo así existía.

—Soy una idiota. ¿Podrían transmitirle mis disculpas? Tiene toda la razón. —Recogí el bolso y empecé a ponerme los guantes—. Gracias por su tiempo.

—¿Ha dicho que habría vuelo en formación? —La señorita Peaks miró a la señorita Coleman.

Me detuve con un guante a medio poner.

—Sí. —No añadí que solo si conseguíamos los aviones, pero lo pensé.

—¿Cuándo es el primer ensayo?

—¿Quiere decir que todavía están dispuestas a volar con nosotras?

Me miró y curvó una de las comisuras de los labios.

—Ya he dicho que sí. —Luego guiñó un ojo—. Además, ha ido mejor de lo que esperaba.

Me reí, tal vez demasiado fuerte, por el alivio.

—Me cuesta creerlo.

Ladeó la cabeza sin alterar la sonrisa, pero su significado sí cambió.

—Se ha disculpado.

¿Alguna vez has conseguido justo lo que querías y entonces te has dado cuenta de que tenía consecuencias no deseadas? Fue lo que me pasó con el espectáculo aéreo. Además de Nicole Wargin, también se habían comprometido a participar Anne Spencer Lindbergh (sí, la mismísima Anne Lindbergh), Sabiha Gökçen, una piloto de combate turca durante la Segunda Guerra Mundial, y la princesa Shakhovaskaya, que había combatido en la Primera Guerra Mundial antes de tener que huir de Rusia.

Esperaba que el hecho de que fuera una auténtica piloto de combate y, además, una princesa, llamara la atención. Betty estaba eufórica; la princesa era una mina de oro publicitaria.

Nicole, bendita sea, había aprovechado sus contactos políticos para conseguir una lista de invitados impresionante. Al menos, a mí me impresionaba: la mujer del vicepresidente Eglin, Charlie Chaplin o Eleanor Roosevelt.

Así fue como terminé en un Mustang prestado en un aeródromo rodeado de gradas y cámaras. Muchas cámaras. Solo pensaba en una cosa: «Gracias a Dios por las princesas», incluso por las ancianas que ya no tenían país. Al parecer, a la hora de elegir entre entrevistar a una física ama de casa y a una princesa que vuela con una tiara, optaban por la tiara.

Me parecía bien.

Estuve incluso más feliz cuando me tocó volar. Nicole, Betty y yo íbamos a hacer una actuación de vuelo en formación con las señoritas Peaks y Braggs del Club de Aeronáutica Negro de Kansas City. Nos habían prestado los Mustang y, como Eugene había prometido, eran muy buenas pilotos. Además, convencieron al doctor Martin Luther King, Jr. para que asistiera.

¿He mencionado que el público era inmenso?

Despegamos en fila, siguiendo a la señorita Peaks con disciplina militar. La primera parte de la rutina era una simple formación en V, que hizo zumbar el aeródromo. En realidad, aunque haya dicho «simple», durante el segundo pase sobre el campo, giramos en una hilera vertical de 180 grados mientras manteníamos la formación en V perfecta. Después de años dando vueltas por ahí con el Cessna, volar a la velocidad de un Mustang con un grupo de pilotos increíbles despertó algo dentro de mí que llevaba tiempo dormido. Una parte que se había marchitado y muerto incluso antes de que cayera el meteorito.

El asiento me presionaba la columna vertebral con la fuerza *g* de los giros, y los pequeños soplos de turbulencias procedentes de los aviones que me rodeaban volvían tangible la presencia de las demás pilotos. Aquellas mujeres me hacían sentir viva.

¿Las personas de las gradas de abajo? En aquel momento, me habría dado igual que estuvieran dormidas. Pasamos rugiendo por encima, nos ladeamos para subir en un arco empinado y luego nos separamos.

La siguiente parte había sido idea del senador Wargin. Era lo más cursi del mundo y me moría de ganas de hacerlo. Seis aviones que parecían volar fuera de la formación, pero que en realidad iban en perfecta sincronía.

—A mi señal, señoras —indicó la señorita Peaks por radio.

Sin embargo, solo fue una formalidad, porque cuando exclamó «¡ya!» unos segundos después, todas estábamos en nuestros puestos. Pulsé el botón para liberar un chorro de humo de color a la vez que las demás. Cada una se sumergió en un arco individual, esquivando los otros aviones en una intrincada coreografía diseñada para evitar la estela de turbulencias de las corrientes de aire de los demás aviones.

Detrás de nosotras, con humo rojo sobre un cielo plateado, escribimos la palabra «Marte».

Terminé el último trazo de la M y miré por encima del hombro. El suelo quedaba a mi espalda, más allá de la niebla roja.

Estaba en el ángulo equivocado para leerlo, pero era suficiente para ver cómo los trazos individuales se conectaban. Joder, qué buenas éramos.

Me volví hacia delante otra vez y choqué con un pájaro.

Después me golpearon tres más. Las plumas y la sangre salpicaron el avión con golpes secos. Tuve que inclinar la cabeza hacia un lado y hacia abajo para ver algo a través de la carnicería en el parabrisas, pero, por suerte, me las arreglé para mantenerme alineada con mis compañeras de equipo.

Es probable que esa posición fuera lo que me impidió ver caer los niveles de refrigerante, el aumento en la temperatura del motor y el humo espeso y oscuro que salía de la parte trasera del avión y se mezclaba con el rojo.

Estaba segura de que había salido ilesa del impacto de los pájaros cuando las hélices chisporrotearon y fallaron. El radiador debía de haber aspirado uno de los bichos y se había cortado una línea de refrigerante. No es que la causa importara en aquel momento. No tenía motor.

El avión apuntaba directamente hacia arriba. Sin motor. Sin elevación de las alas.

El suelo giraba por encima de mi cabeza en la primera vuelta de la espiral incipiente. Transcurrió un momento sin ninguna fuerza g en el que el avión se detuvo y todo pareció flotar.

Entonces, la espiral empezó de verdad.

El impulso de tirar de la palanca de mano era muy fuerte, pero me habría matado. El avión giró de nuevo, apuntando al cielo y luego a la tierra; después, solo vi el recinto ferial dando vueltas como un tiovivo debajo de mí. El humo rojo y negro cubrió el parabrisas y se mezcló con la sangre de los pájaros.

Las fuerzas g me aplastaron contra el lado derecho del avión y me sacaron el aire de los pulmones. Giro a la derecha. Mantuve las manos sobre la palanca y empujé el acelerador hasta el fondo. Empecé a perder visión periférica a causa de la fuerza g mientras luchaba por detener el bucle. Palanca, giro repentino a la izquierda, giro hacia el lado opuesto.

Me quemaban los músculos del brazo de intentar resistir el impulso y me sujeté con más fuerza, empujando. Mierda. Sabía cómo salir de una espiral, solo tenía que recuperar el control. Perdía altitud. El timón se me resistía a cada centímetro, pero conseguí moverlo a la izquierda.

El giro se ralentizó, pero todavía apuntaba al suelo en picado. La cubierta estaba manchada de sangre y plumas. Solo tenía los instrumentos de vuelo.

Según los instrumentos, me quedaba altura suficiente para levantar la cubierta y saltar, pero no pensaba estrellar un avión prestado mientras tuviera margen de maniobra. Tomé aire a pesar de las fuerzas *g* y tiré de la palanca para sacar el avión del descenso en picado. La visión de túnel empeoró cuando las fuerzas *g* subieron al menos tres puntos, pero era eso o dar por perdido el avión. No pensaba abandonarlo.

Apreté las piernas y los músculos abdominales para intentar que la sangre volviera a mi cerebro a medida que la fuerza *g* aumentaba. Desmayarse no era una opción. No aparté la vista del panel de instrumentos, confiaba en que me avisara cuando por fin recuperase la posición vertical y nivelada.

Se me aclaró la visión y respiré hondo antes de buscar la pista de aterrizaje. Todavía me faltaba aterrizar, pero esa era la parte fácil, incluso con la visión limitada. El Mustang era un planeador muy bueno y contaba con altura suficiente para ladearme y llegar a la pista. Pasé por encima una vez para obtener una sensación de alcance y, después, hice otro giro de 360 grados para aproximarme y por fin tocar tierra. Y para intentar perder algo de velocidad. Los alerones estaban inutilizados a causa del daño que habían provocado los pájaros, así que sería una aproximación muy rápida. Me asomé a derecha e izquierda y usé los puntos despejados del parabrisas para calcular mi posición con respecto al suelo.

La tierra se elevó para encontrarse conmigo y las ruedas chocaron, aunque rebotaron más de lo que me habría gustado por culpa de la velocidad. Conseguí frenar el avión con un giro al final de la pista. Habría que remolcarlo a un lado para echar un vistazo al motor.

Pájaros. Dios, odiaba los pájaros. Bueno, los odiaba cuando volaba, me los cargaría a todos, aunque, para ser justa, los dichosos pájaros habían salido mucho peor parados que yo.

Se me escapó una risita. Sí que me los había cargado.

Era una malísima persona. Pero estaba viva.

Retiré la cubierta y me levanté mientras las demás pilotos pasaban volando por encima y volvían a la formación. Me habían dejado espacio para controlar el avión, pero ahora tenían que aterrizar. Estaba lejos de la pista, ¿verdad?

Me volví para mirar por encima del hombro.

La pista estaba llena de gente. Cámaras, reporteros y algunas personas del público corrían hacia mi avión. Todo el mundo. Saludé desde la cabina para que vieran que estaba bien. No necesitaba ayuda.

No tenían que venir corriendo. No todos.

El casco me apretaba la garganta. Me costaba respirar. Me peleé con la correa, sin lograr soltarla. Los guantes eran demasiado grandes. Ni siquiera podía quitármelos.

—¡Señora York! ¡Señora York! ¿Se encuentra bien? ¿Qué ha pasado ahí arriba? ¿Era parte del espectáculo? ¿Ha perdido el control del avión? ¡Aquí! ¡Señora York! ¡Aquí!

¿Quién me hablaba? Había mucha gente. Si no hubiera seguido dentro de la cabina, me habrían aplastado entre todos. Se amontonaban alrededor del avión y no distinguía de dónde venían las voces. Era una masa de gente que gritaba mi nombre una y otra vez.

Un hombre se subió al ala con un micrófono.

—Estoy sobre el ala del Mustang pilotado por la mujer de Nathaniel York, que acaba de sobrevivir a un accidente casi fatal en el aire. Señora York, ¿puede contarnos qué ha pasado?

Al otro lado del avión, un hombre había colocado una cámara sobre un trípode en el suelo. Otro se puso delante y me llamó con un gesto.

Ni siquiera me habían dejado salir de la cabina. Tiré de los guantes para intentar quitármelos.

—Déjenme bajar, por favor.

—¡Pobrecilla! Está temblando.

Alrededor, más y más gente gritaba mi nombre.

El hombre del ala me puso el micrófono en la cara.

—¿Cómo se siente?

Me di la vuelta para deslizarme por el lado opuesto de la cabina, salté y me bajé del ala. Como una idiota, aterricé al lado del reportero de televisión.

—¡Vaya! Aquí la tenemos. Señora York, debe de haber pasado mucho miedo. Tiene suerte de estar viva.

—¿Suerte? —Creía que estaba asustada por la caída en barrena. Todos pensaban que temblaba por eso. Me apoyé en el ala e intenté estabilizarme—. Estoy viva gracias al entrenamiento que recibí en el Servicio Aéreo Femenino durante la guerra.

—Por supuesto, pero, aun así, habrá sido aterrador.

—Lo cierto es que no. Los pájaros me han asustado, claro, pero si nos sometieron a un entrenamiento tan riguroso en el WASP fue precisamente para saber cómo reaccionar ante sorpresas como esta. —Señalé el cielo, donde las demás mujeres del grupo seguían dando vueltas. Ojalá pudiera apartar la atención de mí con la misma facilidad con la que ellas giraban por el aire—. Cualquiera de esas mujeres habría superado la barrena igual que yo. De hecho, es más fácil para nosotras que para los hombres, porque nuestros cuerpos no sufren el mismo grado de tensión por las fuerzas g en los giros.

—¿Qué se siente al estar en esa espiral de muerte?

—La espiral de la muerte es otro giro diferente. —Intenté esbozar la sonrisa sociable que Nicole empleaba con tan buen efecto—. Sin embargo, cuando estás en medio de una caída en barrena, si te han preparado bien, solo piensas en qué hacer a continuación. Me reservo el pánico para cuando hablo con los periodistas.

Eso provocó risas entre la multitud. Mantuve la mano apoyada en el ala caliente del avión, que me había mantenido viva incluso a pesar de los dichosos pájaros.

—Una ventaja de las misiones a la Luna y a Marte: los pilotos no tendrán que preocuparse por los pájaros. —Otra risa—. Espero que el público disfrute del resto del espectáculo y que piense en lo que nuestras pilotos pueden aportar a las misiones espaciales. Si queremos colonias, necesitamos mujeres en el espacio.

—Una idea interesante. ¿Nos explica por qué?

—Querido, no creo que deba explicar de dónde vienen los bebés en televisión. —Vi a Nathaniel entre la gente. No lo vi de verdad, porque luchaba por abrirse camino, más bien lo sentí, su terror y la forma en que avanzaba a través de la multitud para llegar a mí—. Ahora, si me disculpan, tengo que ir a consolar a mi marido.

La multitud se rio aún más fuerte. No tenía intención de hacer ningún chiste con la última frase, y estaba bastante segura de que ningún «consuelo» tranquilizaría a Nathaniel en un futuro próximo.

Me abrí paso entre la multitud, con la cabeza gacha y concentrada en el duro asfalto. Zapatos de hombre, mujeres con tacones, puños grises, medias con costuras torcidas y manos que me tocaban el hombro, el brazo o la espalda mientras la gente decía mi nombre.

—¡Señorita York!

—¡Elma!

Por fin.

Los brazos de Nathaniel me rodearon como un escudo. Quise derrumbarme en ellos, pero aproveché su fuerza para mantenerme erguida. La gente nos miraba, pero no podía desaparecer. El pensamiento no me ayudó. Me costaba respirar.

Pero mi marido estaba conmigo. Levanté la cabeza para buscar sus ojos. El azul cristalino estaba cubierto por una película húmeda de lágrimas y las comisuras estaban enrojecidas. La mano que tenía sobre mi espalda le temblaba.

Le acaricié la mejilla.

—Estoy bien. Amor, estoy bien. Solo ha sido una barrena.

—El treinta por ciento de las muertes en aviación son por barrenas. —Me acercó más y apoyó la mejilla en la mía—. Maldita sea. Ni se te ocurra decirme que «solo ha sido una barrera».

No sé por qué me reí. ¿Porque no estaba muerta? ¿Porque el pánico y la histeria son dos caras de la misma moneda? ¿Porque me quería tanto que había recurrido a las estadísticas para expresarlo?

—Bueno, tendrás que revisar ese número, ¿no? Porque no he muerto.

Se rio y me levantó del suelo. La multitud retrocedió mientras me daba vueltas en el aire.

Esa fue la foto que salió en el *National Times*. Primero, mi avión cayendo sin control y, a su lado, una foto mía, riendo en los brazos de mi marido con una multitud de gente alrededor.

Esas son las únicas fotos mías, porque, en cuanto salimos del aeródromo, me encerré en el baño. Cada vez que creía que me había serenado lo suficiente como para volver a salir, oía las voces de los periodistas en el pasillo y me mareaba de nuevo. Así que esperé a que terminara el espectáculo aéreo, a tener el estómago vacío y a que la preocupación de Nathaniel mientras llamaba a la puerta fuera demasiado grande como para ignorarla.

Sería más lógico tener miedo del accidente, pero yo temía a los periodistas.

Me avergonzaba ser tan débil.

CAPÍTULO 15

LAS MUJERES PILOTOS EMOCIONAN AL PÚBLICO DEL ESPECTÁCULO AÉREO

Por Elizabeth Ralls

Edición especial de *The National Times*

Kansas City, Kansas, 27 de mayo de 1956 — Cientos de entusiastas de la aviación acudieron ayer al aeropuerto municipal para ver el primer espectáculo aéreo internacional de mujeres pilotos. Despertó un interés especial entre la multitud la princesa Shakhovaskaya, de origen ruso, al realizar varios rizos con un biplano de época.

Se me hacía la boca agua por el olor a ajo y jengibre en la cocina de Helen. A mí me tocaban las copas y estaba preparando otra ronda de martinis para todas. Las pilotos ocupaban los asientos disponibles, se apoyaban en las puertas o, como en el caso de Betty, se sentaban en la encimera.

Betty tenía un recorte de periódico en una mano y los restos de un martini en la otra.

—Cito: «Las pilotos demostraron una admirable habilidad y entusiasmaron al público asistente. Las mujeres realizaron muchas hazañas sorprendentes, entre las que destaca la precisión militar de un vuelo en formación, dirigido por la señorita Ida Peaks, de Kansas City».

Ida se sentó en la mesa del rincón, junto a Imogene. Delante de ellas, Pearl, que había encontrado niñera para los trillizos, parpadeaba como si le asustara haber salido de casa de noche. Incluso habíamos conseguido que Sabiha Gökçen se uniera a nosotros antes de volver a Turquía, aunque la princesa había «declinado nuestra amable invitación con mucho pesar».

—«El momento más impresionante del espectáculo aéreo fue cuando la señora de Nathaniel York...».

—¿Por qué no usan tu nombre? —Helen miró la gran olla de verduras que removía como si fuera el periódico.

—Es lo habitual. —Vertí una medida de vermut en la jarra de ginebra—. Y me gusta estar casada con Nathaniel.

—Espera a que Dennis te pida que te cases con él. —Betty la señaló con el periódico—. Pasarás a ser la señora de Dennis Chien.

—Un momento. ¿Qué? —Dejé los martinis—. ¿Tienes un *beau*?

Helen me miró con la cuchara en una mano y repitió la palabra en silencio.

—B-E-A-U. Significa «novio» en francés —aclaró Pearl—. ¿Por qué no sabíamos nada?

Helen puso los ojos en blanco y se centró en la olla.

—Que sea chino no significa que salgamos.

Pestañeé.

—Espera. ¿Dennis Chien? ¿De ingeniería? Si es una ameba.

—Que no estamos saliendo. —Se giró y señaló a Betty con la cuchara—. Tú. Sigue leyendo.

—Sí, señora. —Betty dio un buen trago al martini y levantó el periódico otra vez—. «El momento más impresionante del espectáculo aéreo fue cuando la señora de Nathaniel York chocó con una bandada de gansos salvajes y perdió la potencia del motor».

Hice un gesto de dolor y miré a Imogene.

—Todavía lo siento.

—Claro. Seguro que controlas el patrón de vuelo de los gansos. —Agitó la cabeza—. Ya me lo has pagado, así que, cállate.

Helen resopló.

—Buena suerte para conseguir que no se sienta culpable por algo.

Levanté la mano y dije:

—Judía. —También era la razón por la que había insistido en que Nathaniel y yo cubriéramos todos los daños, a pesar de que nos habíamos quedado sin ahorros, porque no quería que nadie pensara que éramos tacaños—. Y sureña. Es parte de mi ADN.

—Prueba a ser católica —comentó Helen desde los fogones.

—Qué razón tienes —coincidió Pearl—. Me siento culpable por sentarme aquí.

—Lo importante... —Betty nos interrumpió y agitó el recorte de periódico sobre su cabeza—... es que el artículo ha salido en la AP, lo que significa que lo han publicado en todos los periódicos importantes y millones de personas lo han leído. Tenemos que hablar del siguiente paso.

Sabiha Gökçen levantó la mano.

—¿Otro espectáculo aéreo? Ser popular. ¿Sí?

—Tal vez podríamos hacerlo en otra ciudad —dijo Ida—. Como Chicago o Atlanta.

Asentí mientras añadía hielo a la jarra.

—O Seattle. Nathaniel ha hablado con Boeing sobre el KC-135 de reabastecimiento. No, no nos dejarán pilotarlo, pero, aun así, si consiguiéramos que Boeing nos prestara uno de los primeros modelos de producción para exhibirlo en el campo llamaría mucho la atención. Seguro que podemos encontrar algunas pilotos locales buenas que quieran participar.

Betty negó con la cabeza.

—Los que toman las decisiones están aquí, en la capital. Hay que hacer algo aquí, como conseguir que retransmitan por televisión un espectáculo. En directo.

Casi se me cae la bandeja del hielo. Enfrentarme a los periodistas ya había sido bastante malo en diferido. ¿Salir en directo delante de todo el país? No, gracias.

—¡Eh! —Pearl dio una palmada—. ¿Y el programa de Dinah Shore? A veces tiene invitados.

—Y es judía. —Betty se inclinó hacia mí sobre la encimera—. ¿Qué piensas, señora de Nathaniel York? ¿Quieres que intente que salgas?

—Tendría que saber cantar para ir. —Ignoré la suposición de que todos los judíos nos conocemos y removí los martinis, centrándome en la jarra helada como si me fuera la vida en ello. Se condensaron en la parte exterior mientras la ginebra se enfriaba—. Yo me conformo con volar en el espectáculo. ¿Por qué no Ida?

—Más vale que eso no sea una insinuación de que, como soy negra, sé cantar.

—El artículo te menciona como la líder del vuelo en formación.

—¿Dinah Shore ha tenido alguna vez una invitada negra?

Saqué la cuchara de la jarra.

—La pregunta que importa ahora es: ¿quién quiere otro martini?

Todas levantaron la mano. Yo me serví uno doble.

En la CAI seguíamos centrados en llegar a la Luna. Trabajaba en una serie de cálculos para el encuentro orbital. En teoría, los astronautas podrían pedir a las calculadoras de la Tierra que les hicieran los cálculos, pero habría momentos en que estarían fuera del rango de la radio, así que necesitábamos que los resolvieran por su cuenta. Si la IBM fuera más pequeña y fiable, quizá podríamos considerarla una opción, pero incluso eso requeriría cálculos preliminares.

Una sombra cayó sobre mi mesa. La señora Rogers, que dirigía el departamento de informática, frunció ceño. Llevaba el pelo gris recogido en un moño que la hacía parecer más severa de lo que era en realidad.

—¿Elma? Tienes una llamada en mi despacho.

¿Una llamada en el trabajo? Repasé la lista de personas que me llamarían allí y solo se me ocurrieron dos. Nathaniel, que estaba en el otro extremo del pasillo, y Hershel. El corazón me dio un vuelco. Tragué saliva y arrastré la silla.

—Gracias, señora Rogers.

Basira me miró desde el otro lado de la mesa que compartíamos.

—¿Todo bien?

Me encogí de hombros para disimular la preocupación.

—Te lo digo en un minuto.

¿La temporada de huracanes sería muy mala? ¿Alguno de los niños estaba herido? ¿O su mujer? Dios. ¿Y si era Doris quien llamaba porque le había pasado algo a Hershel? A lo mejor la polio había vuelto. ¿Y si se había caído y se había hecho daño?

Me limpié la boca y seguí a la señora Rogers a su despacho. Con un gesto, me indicó que pasara que pasara; el teléfono estaba descolgado en la mesa. Se detuvo en la puerta.

—Le daré algo de privacidad, pero intente no tardar demasiado.

—Por supuesto. —Entré y me acordé demasiado tarde de añadir—: Gracias.

Suspiré y me limpié las palmas de las manos en la falda antes de levantar el auricular.

—Al habla Elma York.

Una voz masculina que no conocía respondió.

—Siento molestarla en el trabajo. Soy Don Herbert.

¿Don Herbert? El nombre me resultaba vagamente familiar, pero no conseguí ubicarlo. A falta de más pistas, recurrí a las enseñanzas de mi madre.

—¿Cómo está?

Se rio, y recé para que aquello significara que no me llamaba por nada malo.

—Bien, gracias. ¿Y usted?

—Bien también, gracias.

Jugueteé con el cable del teléfono y aguardé.

—No espero que me recuerde, pero nos vimos durante la guerra un par de veces. Me entregó unos bombarderos cuando estaba con el 767.º Escuadrón de Bombarderos en Italia.

—¡Ah! Capitán Herbert. Sí. Claro, me acuerdo de usted. —Lo que no incluyó en la explicación sobre por qué nos habíamos visto en la guerra fue cómo les había llamado la atención a unos pilotos que nos gritaban obscenidades a mi copiloto y a mí. Fuera lo que fuese, no tenía nada que ver con mi hermano, así que me senté—. ¿Qué puedo hacer por usted?

—Pues verá, tiene gracia. Después de la guerra, cambié de profesión. He leído el artículo del periódico sobre usted, la barrena a la que sobrevivió y todo el asunto de los astronautas. ¿Ha oído hablar del programa de televisión *Watch Mr. Wizard*?

—Eh... —La conversación no se parecía en nada a lo que había imaginado. Por un momento, había pensado que me iba a proponer ser astronauta, aunque sabía que esa invitación tendría que venir del director Clemons—. Sí. Me suena. A mi sobrina le gusta mucho, aunque debo reconocer que yo nunca lo he visto.

—No pasa nada.

—Es que no tenemos televisión.

Se rio.

—No pasa nada. De verdad. Simplemente soy yo haciendo un tipo de ciencia que le queda tan lejana que la mataría de aburrimiento.

—Un momento. ¿Usted es Mr. Wizard?

—Ya le he dicho que cambié de profesión. —Su risa no había cambiado y me entraron ganas de haber visto el programa para saber cómo era ahora—. La cuestión es que la hija de mi productor vio en televisión el vídeo en el que salva la barrena y dijo que quería ser piloto como usted.

—Vaya, es muy halagador.

—Empezamos a hablar y, bueno, me preguntaba si le interesaría salir en el programa.

Colgué el teléfono y me aparté del escritorio tan deprisa que estuve a punto de tirar la silla. Me sudaba la espalda y me picaban los brazos. ¿Era una respuesta racional? No. Para nada. Pero ¿salir en televisión? ¿En la televisión nacional, en directo? No. Ni hablar. Imposible. ¿Con tanta gente mirándome? ¿Qué ocurriría si cometía un error, lo cual seguro que sucedería? ¿Qué pensarían de mí?

El teléfono sonó y me sobresalté como si un lanzamiento de prueba hubiera fallado. Creo que chillé. Me llevé la mano al pecho; noté que el corazón me latía al doble de velocidad. El teléfono volvió a sonar.

Sabía ser racional. No lo era, pero sabía actuar como si lo fuera. Me humedecí los labios y contesté.

—Despacho de la señora Rogers. Al habla Elma York.

—Soy Don Herbert. Perdone. Creo que se ha cortado.

—Sí. Me preguntaba qué había pasado. —Mentirosa. Me cubrí los ojos y me incliné hacia delante para apoyar los codos en la mesa—. ¿Qué decía?

—Que nos gustaría que viniera al programa. Podríamos hablar de la física del vuelo y hacer un experimento sencillo sobre la elevación. El formato es muy simple.

—Ojalá pudiera, pero estamos muy ocupados preparando el próximo lanzamiento. No sé de dónde sacaría el tiempo.

—Nos adaptaremos a su horario.

—Es muy amable, pero... ¿qué tal si le sugiero a otra piloto? —Betty lo haría de maravilla.

—Claro, aunque, bueno, lo cierto es que la hija de mi productor está muy entusiasmada con que sea usted. No necesito una respuesta ahora, pero piénselo, ¿de acuerdo?

—Claro. Sí. Lo pensaré.

Encontraría una manera de decir que no.

Las dos semanas siguientes fueron muy ajetreadas en el trabajo, lo cual se había convertido en una constante, así que no me hizo falta mentir demasiado cuando Don me llamó al cabo de una semana por si tenía alguna pregunta. Había fingido estar demasiado ocupada con el lanzamiento, el destino de la humanidad y demás para hablar, pero me dio su número para que me pusiera en contacto con él. No lo había hecho. Pero la vida fuera de la CAI continuaba.

Después del trabajo, Myrtle y yo bajamos del tranvía a la salida del mercado Amish. Estaba a mitad de camino entre nuestras casas, y los dueños me caían mejor que los de la tienda de comestibles que estaba más cerca de donde Nathaniel y yo vivíamos.

—¿Cuánto tiempo crees que se quedará en la oficina? —Myrtle saltó un charco para llegar a la acera.

—Lo bastante para que me dé tiempo a hornear unas galletas y volver a buscarlo.

En la acera, no muy lejos de la parada del autobús, un vagabundo se sentó con las rodillas flexionadas delante de él. Tenía una niña pequeña al lado que se aferraba a un trozo de manta. Me acerqué y dejé caer un dólar en la taza. Algunos lo verían como una extravagancia de la *tzedaká,* pero Nathaniel y yo podríamos haber sido ellos.

Myrtle me siguió y oí el ruido de las monedas al caer en la taza antes de que me alcanzara.

—Entonces tenemos tiempo para hablar.

Empujé la puerta del mercado.

—Tú también no.

—¿Qué? —Me miró con inocencia—. Solo quería que celebrásemos una noche de chicas. Eugene está en rotación en la Base Edwards, así que no tengo nada que hacer.

—Ajá.

Saqué una cesta de la compra y saludé con la cabeza al señor Yoder, que dirigía el mercado Amish. Incluso con el enorme sombrero de paja, su traje oscuro y sencillo siempre me recordaba a los judíos jasídicos de D. C. Familias enteras que el meteorito había aniquilado. Hurgué en el bolso para revisar la libreta de racionamiento.

—Porras, no me quedan sellos para carne.

—Deberías salir en *Watch Mr. Wizard*. —Agarró un ramillete de rábanos y los metió en la cesta.

Se me aceleró el corazón con solo oír el nombre del programa. Había sido un error contárselo a las mujeres del departamento de informática, pero pensé que les haría gracia. No esperaba que me animasen a ir. En retrospectiva, había sido una estupidez.

—¿Lo sueltas así, sin rodeos, directa al grano? —La lechuga tenía buena pinta, pero habíamos plantado una en la ventana de casa. No había considerado la orientación de la escalera de incendios cuando alquilamos el piso, pero habíamos tenido suerte. Siempre que uno de los dos se acordase de regar las macetas, claro.

—Ya lo he intentado. Lo de la noche de chicas, ¿recuerdas? Así que... —Pesó un racimo de uvas con la mano, pero chasqueó la lengua y lo dejó donde estaba al ver el precio.

—No sé. —¿Cómo iba a explicarle que me daba pánico? De manera que lo entendiera, ella o cualquiera. Me gustaría entenderlo yo misma—. ¿Eso son tomates?

Entre las verduras había una caja de esferas de color verde pálido con un ligerísimo rubor rosado. Había pasado una eternidad desde la última vez que había hecho calor suficiente para cultivar tomates. Sí, se podían conseguir de invernadero más al sur, pero casi siempre estaban harinosos e insípidos cuando llegaban a Kansas City.

Detrás de mí, el señor Yoder dijo:

—Nos han llegado algunos maduros hoy, pero se han acabado muy rápido.

—No pasa nada. —Escogí tres y sonreí a Myrtle—. Ven. Te invito a tomates verdes fritos si haces martinis y dejaré que intentes convencerme para salir en *Watch Mr. Wizard*.

CAPÍTULO 16

PUNYAB SUFRE ESCASEZ DE ALIMENTOS

Edición especial de *The National Times*
Karachi, Pakistán, 26 de junio de 1956 — Mian Mumtaz
Daultana, primer ministro de Punyab, el granero de Pakistán, ha informado a la Asamblea Legislativa de que Punyab
se enfrentará a una grave escasez de alimentos el próximo
año si el invierno del meteoro continúa.

Odiaba vomitar, y ya era la segunda vez. El sabor del café del
desayuno se me quedó atascado en la garganta.

Porras. Tendría que volver a maquillarme, después de lo que
se habían esforzado aquellas chicas tan majas en dejarme presentable para la tele. Lo que de verdad me cabrea cuando el
cuerpo me traiciona así (prefiero centrarme en el cabreo) es que
las multitudes no siempre me han dado miedo.

No me saco de la cabeza el recuerdo de estar en la universidad rodeada de hombres jóvenes mirándome. El escarnio. Las
burlas. El odio. Era capaz de resolver problemas de cabeza que
los demás no sabían hacer sobre el papel. Por si fuera poco, los
dichosos profesores no dejaban de echárselo en cara, hasta que lo
único que quería hacer era rendirme y esconderme. Pero también
soy hija de mi padre. Él siempre había creído en mí y me negaba
a avergonzarlo rindiéndome. Todavía deseaba que se sintiera orgulloso, aunque ya hiciera cuatro años desde que mamá y él no
estaban.

Dejémoslo en que había aprendido a vomitar con disimulo.
Lo sigo odiando.

Alguien llamó a la puerta del camerino.

—¿Señora York?

Me aferré a la taza del váter cuando sentí otro calambre en el estómago. Tragué saliva y arranqué un trocito de papel higiénico.

—Un momento.

Solo tardé un minuto en secarme la cara y pintarme los labios con una gruesa capa de rojo. Mientras me dirigía a la puerta, me pellizqué las mejillas para que recuperasen el rubor. Todavía me temblaban las manos, pero si las mantenía pegadas al cuerpo, no se notaría demasiado. En la universidad, había intentado fumar para tenerlas ocupadas, pero eso solo empeoraba los temblores, por no mencionar sabía como un cohete alimentado por una pocilga.

—Siento haberlo hecho esperar. —A cualquiera que no me conociera, mi voz le habría sonado normal. En realidad, así de agitada y grave, sonaba más como Marilyn Monroe que como yo misma.

El ayudante me miró por encima de una carpeta y sonrió.

—No se preocupe, señora York.

Pero me condujo por el pasillo a paso ligero hasta el estudio. Sentí otro calambre en el estómago.

«3,1415926535897932384...».

Por lo menos, *Watch Mr. Wizard* era un programa infantil, así que no habría tanta gente mirando. Solo noventa y una emisoras. Eso eran unos dos millones de espectadores. ¿Tal vez más?

¿Por qué un estudio nuevo tenía una ventilación tan mala?

«2, 3, 5, 7, 11, 13, 17, 19, 23, 29, 31, 37, 41...».

El plató estaba muy bien iluminado. Ya me lo habían enseñado antes en una visita rápida, y el asistente me condujo al falso porche trasero de la casa de Mr. Wizard. «43, 47, 53, 59, 61, 67, 71...». Solo sería una conversación con un hombre que conocía de la guerra. Si no pensaba en él como Mr. Wizard, si lo recordaba como el capitán Don Herbert, saldría bien. Solo tenía que hablar con él. Solo con él.

Detrás de la puerta, alguien dijo:

—Entramos en directo en cuatro, tres...

Listos para la emisión en directo.

Emisión en directo confirmada.

Me presioné el estómago y respiré por la boca. Don era un buen hombre y no había público en plató. Solo él y la niña actriz. Maldita sea. ¿Por qué había dicho que sí?

El ayudante (tenía un nombre, debería saberme su nombre) levantó la carpeta y asintió hacia el plató. Era mi señal.

Al otro lado de la pared, Don hablaba, a la espera de que entrase por la puerta. Solo tenía que abrirla. El pomo estaba justo ahí.

«Contrólate, Elma. Si tu padre te viera, temblando en la oscuridad...».

El asistente resolvió el problema llamando a la puerta. Al otro lado de la pared falsa, Don dijo:

—Adelante.

Entonces, escuché la voz de mi madre en la cabeza.

«Hombros erguidos. Cabeza alta. Eres una señorita, no un camello».

Con los hombros erguidos y la cabeza alta, abrí la puerta y entré en el plató. Don se encontraba junto a la encimera de la cocina, con las mangas de la camisa arremangadas. Una niña de no más de diez años estaba a su lado, con una falda roja cereza y una cómoda rebeca rosa. El pelo castaño le brillaba y lo llevaba peinado hacia atrás de una manera que a mí no me habría durado ni cinco minutos cuando era pequeña.

Don sujetaba la maqueta de un avión cuando entré.

—¡Pero mira quién está aquí! —Dejó el avión en la encimera y se volvió hacia la niña—. Rita, esta es mi amiga Elma York.

—¿Qué tal está, señora York?

Don levantó un dedo.

—De hecho, deberías llamarla doctora York. Es doctora, pero no médica.

—Hala, ¿de verdad?

Me picaron un poco los ojos. No me había avisado de que haría eso.

—Supongo que sí. Tengo un doctorado en Física y otro en Matemáticas por la universidad de Stanford, pero casi todo el mundo me llama señora York.

—Hoy será la doctora York, porque necesito que me ayude con la física. —Levantó el avión—. Intentaba explicarle a Rita qué es la aerodinámica.

—Será un placer ayudar.

Caminé hasta la marca que habían dibujado en el suelo mientras Mr. Wizard se inclinaba hacia Rita.

—La doctora York también es piloto.

—¡Qué pasada! Es la persona perfecta para ayudarme a entender cómo vuelan los aviones.

—Y los cohetes. —Mr. Wizard sonrió—. Pero dejemos eso para más tarde. De momento, fijémonos en las alas de un avión.

Nathaniel llevaba mi bolsa de viaje en una mano mientras subíamos por las escaleras de nuestro edificio. La balanceó a un lado cuando pasamos junto a la rubia de bote del 3.º B. Bajaba las escaleras tambaleándose sobre los tacones, con los labios pintados de color rojo brillante, lo que sugería una salida nocturna. Me sonrió.

—La vi anoche en la tele.

—Ah. Vaya. —Me agarré a la barandilla y esbocé una vaga sonrisa. ¿Se daban las gracias por eso?

—¡No sabía que fuera tan lista! —Tenía los dientes delanteros manchados de humo, aunque a saber cómo pagaba tanto el tabaco como el alquiler.

—¿Gracias?

Nathaniel retrocedió un paso hacia mí.

—Será mejor que la lleve a casa. Acaba de volver de Chicago.

—¡Chicago! Habrá sido toda una experiencia.

La esquivé para pasar.

—Apenas vi nada. Fui directa el estudio y después de vuelta a casa.

Se giró en las escaleras para mirarme, juntó las manos y sonrió.

—Y pensar que conozco a alguien que ha salido en la tele.

¿Conocerme? Vivíamos en el mismo rellano, pero ni siquiera sabía su nombre. Solo nos cruzábamos por las escaleras de vez en cuando.

—A mí también me cuesta creerlo.

—¿Cómo es? —Avanzó un paso hacia mí.

Nathaniel me puso una mano en el brazo y me acercó a él.

—Señoras, seguro que se quedarían hablando toda la noche, pero hace dos días que no veo a mi mujer. ¿Charlamos más tarde?

—¡Por supuesto! —Soltó una risita—. Sería estupendo. Buenas noches.

Nos despedimos y nos escabullimos a nuestra planta. Nathaniel miró por encima del hombro y puso los ojos en blanco por la vecina.

—¿He acertado al pensar que necesitabas un rescate?

—Dios, sí. —Hablé en voz baja por si el sonido resonaba por el hueco de la escalera—. ¿Sabes cómo se llama?

Negó con la cabeza.

—Esperaba que tú lo supieras. Mañana lo miraremos en el buzón. Sin embargo, esta noche... Te he echado mucho de menos.

—Lo mismo digo. —Me incliné para besarle la mejilla mientras tanteaba las llaves—. ¿Cómo voy a compensarte por haberme ido?

—Veamos. —Metió la llave en la cerradura y abrió la puerta—. Yo pensaba más bien en cómo convencerte de que te quedaras en casa.

—Solo han sido dos noches. ¿Es que no...? —Sonó el teléfono—. Qué bien.

Nathaniel pulsó el interruptor de la pared. Sonó un clic. La habitación se quedó a oscuras.

—Perdona. Se habrá fundido.

El teléfono sonaba al otro lado de la habitación.

—No te preocupes.

Crucé el piso, que no estaba tan oscuro gracias a la claridad del rellano y de la calle. Un rayo de luz naranja de una farola iluminó el teléfono mientras volvía a sonar.

—Residencia de los York. Al habla Elma York.

—¿Es la famosa doctora York? —Imaginé la cara de mi hermano en la oscuridad al oírlo reír. Siempre se le arrugaban las comisuras de los ojos cuando sonreía.

163

—Cállate. Nadie me llama así.

—Excepto Mr. Wizard. Elma, estuviste genial.

Con una gran sonrisa, me enrollé el cable del teléfono en la mano y me senté en el sofá.

—¿Ha sido un cumplido? Te estás ablandando con la edad.

—Más vale que me ponga al día con la agenda. Mírate. Los artículos de periódico que enviaste ya me parecieron una locura, pero ¿la televisión? Y Doris me dice que saliste en una revista... ¿Cómo era? —Su mujer le dijo algo de fondo—. *Women's Day.* Mamá y papá habrían estado muy orgullosos.

Me froté los ojos con el dorso de la mano.

—Casi vomito en el plató.

—No se notaba. —Me pareció que dudaba, como si quisiera preguntar algo, pero solo dijo—: Estuviste fantástica. Ya hemos creado tu club de fans. De hecho, tu mayor admiradora quiere hablar contigo.

El teléfono crujió cuando se lo pasó a alguien. Nathaniel buscaba a tientas en el cajón de los trastos, todavía a oscuras. Me estiré para alcanzar la lámpara de mesita al otro lado del sofá.

—Hola, tía Elma. —El dulce sonido de la voz de mi sobrina me llegó por el auricular.

—¡Rachel! ¿Qué tal está mi sobrina favorita? —Tiré de la cadena de la lámpara, pero no se encendió. Como una idiota, volví a intentarlo—. Espera, cariño. ¿Nathaniel? Creo que son los plomos.

—Ya. Estoy buscando la linterna.

—Ay, perdona. Está en el aeródromo. Las velas del *sabbat* están en el cajón de abajo.

—¿Mr. Wizard es majo?

—Mucho, cariño. ¿Has visto el programa?

—Siempre veo Mr. Wizard, también antes de que salieras, pero me gustas más que él.

Me reí y me senté sobre los pies en el sofá. Al otro lado del apartamento, Nathaniel encendió una vela y se hizo la luz en el pequeño estudio. Le levanté un pulgar y me sonrió.

—Porque a mí me conoces.

—No es eso. Pensaba que quería ser científica como él, pero ahora quiero ser astronauta como tú.

—Yo no… No soy astronauta. —Me devané los sesos para recordar qué había dicho en el programa—. Solo soy piloto.

—Pero quieres ser astronauta. Y eres doctora. Papá dice que eres muy inteligente y que serás lo que quieras ser y que algún día serás astronauta, así que yo también quiero serlo.

Me llevé la mano a la boca, pero no me sirvió para dejar de llorar.

—Tu padre dice muchas cosas. Querer algo no siempre es suficiente.

—Ya lo sé. —Ay, la chulería de una niña de nueve años—. También hay que trabajar duro. ¿Qué tengo que hacer para ser astronauta?

—Cosas que no te van a gustar. Como comer verduras, para hacerte grande y fuerte. Y hacer los deberes de mates.

—Suenas como papá.

Me reí.

—Has sido tú quien ha dicho que quiere ser astronauta.

—Es verdad.

—Yo también. —La niña del programa había dicho que quería ser astronauta. Aunque en aquel momento había pensado que era parte del guion, lo repitió cuando dejaron de grabar. Estaba demasiado cegada por el alivio para responderle de verdad, pero deseaba haberlo hecho—. Así que haz una lista de todas las cosas que necesitas aprender y ponte a trabajar, ¿vale? Algún día, iremos juntas a Marte.

—¿En serio? —Su voz se alejó y el teléfono crujió—. La tía Elma dice que vamos a ir a Marte juntas.

Hershel se rio de fondo y luego su voz volvió a sonar en mi oído.

—Ahora tendré que comprarle maquetas de aviones.

—Le mandaré por correo un juego por su cumpleaños.

—Sería genial. Oye, ¿recibisteis la invitación para el Bar Mitzvah de Tommy?

Me levanté y agarré el teléfono por la base.

—Un momento. Deja que lo compruebe. —Era una de las ventajas del apartamento. No solo había poco que limpiar, también podía llevarme el teléfono por toda la casa hasta la mesa de la cocina y el cable llegaba.

—He estado fuera los últimos dos días.

Era una buena excusa, pero lo cierto es que, desde que habíamos empezado a trabajar en el espectáculo aéreo, había ignorado el correo. Después no esperaba recibir tanta atención. Nathaniel estaba desenroscando un fusible de la caja, pero, cuando me vio, encendió otra vela. Se la quité y sujeté el teléfono entre la cabeza y el hombro.

Había un montón de cartas en la mesa. Las ojeé mientras buscaba el sobre. A la luz de las velas, era casi romántico. Cuando terminase de hablar con Hershel, a lo mejor le sugería a Nathaniel que esperase para arreglar el fusible.

—¿Cuándo es el Bar Mitzvah?

—El 15 de diciembre. Doris me pide que te diga que os prepararemos la habitación de invitados.

—Qué bien. —Uno de los sobres era amarillo. En el exterior, con tinta roja brillante, un sello rezaba «RETRASADO»—. Oye, Hershel, te llamo luego. Dile a Tommy que iremos. No me lo perdería.

Nos despedimos y colgamos, aunque apenas presté atención. Abrí el sobre y saqué la factura vencida que había dentro. Se me revolvió el estómago como si estuviera a punto de hablar delante de miles de personas, aunque era un público de solo una. Había estado tan ocupada con el espectáculo aéreo, las entrevistas y la televisión que me había atrasado con las facturas.

—Me he olvidado de pagar la factura de la luz.

Se hizo el silencio después de que mis palabras se desvanecieran. La luz de las velas parpadeó en la mesa y me fijé en la rosa que había en un jarrón. Con los precios actuales, era como si me hubiera comprado una docena.

—Nathaniel, lo siento muchísimo.

Dejó la caja de fusibles abierta.

—Oye, has tenido muchas cosas en la cabeza. No pasa nada.

La pila del correo sobre la mesa casi me miraba con desprecio. Apenas había limpiado la casa, y encima esto.

—Revisaré las cuentas mañana para asegurarme de que no se me haya pasado ninguna otra.

—No pasa nada. —Sopló una vela y rodeó la mesa hasta mí—. Me alegro de que estés en casa.

Luego sopló la otra vela. Creo que su intención era que fuera romántico, pero nos quedamos a oscuras por mi culpa.

CAPÍTULO 17

**UNA EMPRESA DE AISLAMIENTO TÉRMICO
CALIENTA VIVIENDAS POR 12 DÓLARES AL MES
EN UNA PRUEBA DE DOS AÑOS**

Kansas City, Kansas, 14 de julio de 1956 — En cooperación con el Comité del Clima de las Naciones Unidas, la Owens-Corning Fiberglass Corporation llevó a cabo un programa de pruebas de dos años en el que participaron 150 nuevas casas de todas las regiones climáticas de los Estados Unidos, Europa y partes de África. Las casas de prueba están «diseñadas para la comodidad», utilizan árboles y enrejados para dar sombra y cuentan con un amplio tejado en voladizo o una pantalla resistente al calor y ventilación en el ático.

Antes de volver a casa desde la sinagoga, tuve que quitarme el abrigo. Estaríamos a más de veinte grados. Por un lado, daba las gracias por que por fin empezara a hacer calor. Por otro, sabía lo que significaba el calentamiento. Llegaba el principio del efecto invernadero.

Me colgué el abrigo en el brazo mientras Nathaniel se agachaba para abrir el buzón. Se puso el sombrero en la cabeza.

—¿Qué será esto?

Dentro del buzón, un gran sobre acolchado llenaba casi todo el espacio. Lo sacó y dio la sensación de que crecía al salir del casillero. La última esquina se soltó de golpe, Nathaniel perdió el equilibrio y se cayó de espaldas.

—¿Estás bien? —Me agaché para recoger un par de sobres que se habían caído.

—Sí, sí. —Se recolocó el sombrero y se levantó mientras miraba el sobre grande—. Es para ti.

Dejé de guardarme las demás cartas en el bolso.

—¿Para mí?

—De la NBC. —Se lo metió debajo del brazo y se agachó para cerrar el buzón—. Seguro que son cartas de fans.

—No digas bobadas. Será un regalo de agradecimiento o algo así.

Empezamos a subir las escaleras, pero el pulso se me había acelerado incluso antes de llegar al primer rellano. Quería creer que nadie había visto el programa.

Sin embargo, cuando llegamos a casa y nos acomodamos, el gigantesco sobre ocupaba la mayor parte de la mesa de la cocina y empecé a dar vueltas a su alrededor como si fuera una cobra o algo igual de mortal. Nathaniel se sentó a la mesa y sacó el diseño del cohete propulsor en el que estaba trabajando cuando lo convencí de irnos del trabajo el día anterior.

—Me da que eso es trabajo. —Abrí la nevera y rebusqué mientras pensaba qué hacer para comer.

—Y a mí que vas a cocinar. —Levantó la vista y me guiñó un ojo—. Ya sabías que era un mal judío cuando te casaste conmigo.

—Solo ha sido un comentario.

—Ya. No puedes atacarme con el *sabbat* si tú también pasas de él.

—Vale. —Cerré la nevera.

Lo veía tanto como una cuestión de disciplina como una manera de recordarme a mí misma quién era. Me había parecido importante después del Holocausto y también después del meteorito, porque la abuela...

La pena surgía en los momentos más extraños.

—Cocinaré cuando anochezca, que no será hasta las nueve, si te tomas un día libre de verdad.

—A ver si lo entiendo. ¿Quieres convencerme de que no trabaje a cambio de no darme de comer? —Se dio golpecitos en la barbilla con el lápiz—. Algo no me cuadra.

—Vale, te daré de comer. Fiambre y culpa. —Me reí y agarré el sobre. Mejor acabar cuanto antes. Me senté enfrente de él y di una palmadita al paquete—. Además, tengo que ver qué es.

Se rio y se levantó para darme un beso en la nuca.

—Haré unos sándwiches y, si acierto y son cartas de fans, entonces...

—Entonces, ¿qué?

—Tendrás que pensar en alguna manera de recompensarme por tener razón.

—Saberlo debería ser una recompensa en sí misma. —Abrí el sobre y cayeron otros más pequeños—. Porras.

—¡Ja! —Nathaniel abrió la nevera y repitió—: ¡Ja!

—Los sándwiches, marido.

Algunos sobres tenían una caligrafía preciosa, otros estaban escritos con lápices de colores. Aturdida, levanté uno de los coloreados y me reí en voz alta.

—Este es para «la mujer astronauta». Bueno, en realidad, es la «muger astronata».

—Pienso llamarte así. —Me dejó una taza de té helado en la mesa—. ¿Pollo y pan de centeno?

—Con un poco de cebolla, por favor. —Abrí la carta para la «muger astronata» y saqué una hoja de papel sucio—. Ay, me muero. Escucha esto: «Querida muger astronata. Quiero ir al espacio. ¿Tiene un coete? Quiero un coete por Navidad. Con carino, Sally Hardesty». También hay una foto de un cohete.

—Verás cuando vayas al espacio de verdad. —Los platos repicaban mientras preparaba los sándwiches—. Necesitaremos un buzón más grande.

—Querrás decir «si». Un «si» muy remoto, que depende de otros muchos.

Metí la carta de Sally en el sobre y lo aparté. No iba a responder hasta que terminase el *sabbat*, pero sí podía organizar las cartas. No sabía si tendría tiempo de contestar a todas, pero al menos Sally Hardesty y las demás escritoras de lápices de colores recibirían una respuesta.

—Tengo fe.

—¿No eras un mal judío?

—Tengo fe en ti. Por cierto, me vendría bien tu ayuda con una consulta de parámetros orbitales.

Sacó una barra de pan de la caja y la puso en la encimera.

—Usa la tabla de cortar.

—Ya lo sé. —Dejó el cuchillo que había cogido y se inclinó para sacar la tabla de debajo del fregadero—. Creo que es posible saltarse la órbita translunar e ir directamente a una órbita lunar, lo que ahorraría mucho tiempo y materiales.

—¿Y arriesgar la vida de los astronautas con pruebas inadecuadas? —Saqué otra carta y despegué el cierre con el dedo.

«Querida doctora York: No sabía que las mujeres podían ser doctoras...».

—No digo que nos saltemos la órbita terrestre, solo la translunar. Enviaremos una misión no tripulada alrededor de la Luna para sacar fotos en septiembre, así sabremos que la órbita es posible. Sin embargo, poner a alguien en órbita en la Luna...

«Me gustaría ser doctora».

—Una órbita lunar implica entrar y salir de la órbita, lo cual supone un sistema totalmente diferente de mecánica orbital. Habría que cambiar de la esfera de influencia de la Tierra a la de la Luna...

—Ya lo sé. No te pregunto por la mecánica en sí. Ya has calculado el consumo de combustible y el plan de vuelo. Lo que quiero saber es si hay alguna razón de peso para entrar en la órbita translunar con una misión tripulada.

—Deberías preguntárselo a Parker. —Dejé la carta en la mesa con un manotazo, sin saber por qué estaba enfadada con Nathaniel.

—No es físico, ¿no?

Eso era. Ya habíamos pasado por esto. Me pedía consejo porque quería demostrar que Parker se equivocaba. Me recordaba demasiado a la universidad y cómo me utilizaban a modo de herramienta para mantener a los jóvenes a raya en clase de matemáticas. A Nathaniel solo se lo había contado a grandes rasgos, sobre todo como anécdotas que parecían divertidas.

Respiré hondo y doblé la carta con cuidado. Presioné el pliegue con la uña del pulgar y doblé el papel con más fuerza de la necesaria.

—Perdona. Vale. La razón principal para hacer la órbita translunar primero es que, si nos equivocamos en el gasto de combustible para la travesía, la tripulación contará con más margen de error para volver a casa. Solo tendrán una oportunidad.

—Pero los números...

—Cariño, soy física, pero también piloto. Si me pides que te diga que no pasa nada por saltarse pasos, no lo haré. Solo tienen una oportunidad para volver a casa. Si los cálculos están mal, aunque sea mínimamente, y no tienen combustible suficiente para rectificar, saldrán disparados al espacio profundo o explotarán al volver a la atmósfera. —Metí la carta en el sobre—. Además, no quiero trabajar en *sabbat*.

—Estás contestando cartas de fans. ¿No hace falta escribir para eso? —Se esforzó por sonar alegre, y lo quise por ello.

—Solo leo, no escribo.

Me dejó un sándwich delante con el pan cortado en diagonal. Se inclinó y me besó en la cabeza.

—Tienes razón. Disculpa.

—Perdona por ponerme gruñona.

—Bueno, vamos a almorzar, y luego... —Caminó hasta el estante y bajó un libro—. Y luego, leeré.

Entrecerré los ojos y apilé las cartas a un lado de la mesa hasta después del almuerzo.

—Ahí dice algo de Marte.

Se rio y me enseñó la portada.

—Es una novela. Me la ha prestado Clemons. Dice que es una comedia, al menos en lo que respecta a los vuelos espaciales. ¿Cuenta cómo tomarse el día libre?

—Sí. —Le sonreí—. Gracias.

Llevábamos en el «cuarto oscuro» sin nada que hacer las últimas dos horas y veintitrés minutos (sí, todos lo contábamos) mientras esperábamos a que resolvieran un «asunto» para volver a activar la cuenta atrás. Ni siquiera le pasaba nada al cohete en sí, solo había sido un corte automático que había saltado cuando no debía y que detuvo la cuenta atrás en los treinta segundos. Seguro que los tres hombres amarrados al gigantesco cohete Júpiter V lo estaban pasando peor.

En la sala de la Cápsula de Comunicación, Stetson Parker se había quitado el auricular de una oreja y lanzaba una pelota de tenis al aire. Cada dos minutos sonreía y decía algo por el comunicador. Como enlace de comunicaciones aeroespaciales, se encargaba de filtrar toda la información de las decenas de ingenieros y calculadoras y de transmitir a los astronautas de la cápsula solo lo necesario.

¿Hablaba con Jean-Paul Lebourgeois, Randy B. Cleary o Halim «Hotdog» Malouf? Era la primera vez que ninguno de los astronautas era estadounidense y, para mi eterna sorpresa, Parker había resultado ser políglota. Hablaba francés, italiano y, de entre todos los idiomas posibles, gaélico.

Helen se inclinó sobre la mesa que compartíamos.

—¿Vas a ir a las 99 el fin de semana?

Negué con la cabeza y ordené los lápices sobre el tablero.

—Estaré agotada.

Chasqueó la lengua y se volvió hacia la partida de ajedrez que jugaba con Reynard Carmouche.

El chasquido había sido un uso magistral de un único ruido para transmitir a la vez decepción y resignación. Levanté la vista y la miré bajo la escasa iluminación.

—¿Qué pasa?

—La semana pasada dijiste que querías descansar para el lanzamiento. —Movió un peón un espacio adelante y Carmouche maldijo en francés.

—Era verdad. —El papel cuadriculado se me pegó a los dedos cuando lo levanté para alinearlo con el borde de la mesa—. Ya tienes licencia para volar sola, no me necesitas.

Carmouche levantó la vista.

—¿Sabes pilotar?

—Sí. —Helen señaló el tablero—. ¿Vas a jugar o vas a seguir mirando?

—¡Déjame pensar! —protestó, y se acercó más al tablero, como si al meter la nariz entre las piezas fuera a resolver el rompecabezas.

Helen se volvió hacia mí y se inclinó sobre la mesa. La luz desde abajo iluminaba los papeles y le daba un brillo fantasmagórico a su casa.

—¿Por qué ya no vienes a las 99?

—Es que hay muchas personas nuevas.

El grupo original seguía yendo, e Ida e Imogene se nos habían unido, pero después de lo de Mr. Wizard y los artículos sobre mí, habíamos tenido una repentina avalancha de afiliadas. Podía soportar hasta un límite que me pidieran autógrafos o hacerme una foto. Me encogí de hombros y ordené los lápices.

—Echo de menos el grupo pequeño.

Helen asintió y golpeteó la mesa con los dedos.

—Dales tiempo. Pierden el interés cuando no estás. Al menos, las que solo están de paso.

Me relajé. Gracias a Dios por las amigas que entendían mis miedos sin tener que explicarlos. Sobre todo allí, en el cuarto oscuro, donde quería ser lo más profesional posible.

Carmouche por fin movió un caballo. Helen volvió a la partida y, al instante, movió un alfil.

—Jaque.

La voz de Stetson Parker atravesó la habitación desde la mesa de comunicaciones.

—¿Se sabe algo del retraso? Malouf dice que se acerca la hora de sus oraciones.

—No puede levantarse de la silla para rezar. —Clemons señaló a Parker con un puro.

—No lo hará. Solo quiere evitar que la cuenta atrás se reanude y lo pille en mitad de la oración.

—Cuando la cuenta atrás vuelva a empezar, se lo haremos saber. —Clemons le dio la espalda a Parker y ladró—: ¡York! ¡Estado!

Nathaniel levantó la vista de la consola sobre la que estaba inclinado. Tenía un teléfono pegado a la oreja y anotaba algo, con la nariz arrugada por la concentración. Alzó una mano para hacer callar a Clemons. Dios, adoraba a mi marido.

Parker resopló.

—Le diré que se ponga a rezar. A lo mejor acelera las cosas. —Agarró el micrófono y murmuró a los astronautas.

Miré el gran reloj de la pared. Si pasaba otra hora, perderíamos la ventana de lanzamiento y habría que esperar hasta el día siguiente. No sería la primera vez que había que cancelar un vuelo, pero no era agradable.

—Jaque mate. —Helen se inclinó hacia atrás en la silla y se cruzó de brazos—. Listos para el jaque mate.

El francés se quedó con la boca abierta y con la mirada clavada en el tablero, como si repasara los pasos que lo habían llevado a la perdición. Me levanté y me crují la espalda.

—No sé por qué lo sigue intentando, doctor Carmouche.

—Algún día ganaré. Es cuestión de estadística, ¿no? —Se frotó la frente, todavía con la vista en el tablero—. Jaque mate confirmado.

—York. Elma York. —Parker agarró la pelota que acababa de lanzar con una mano y me hizo señas con la otra. La luz fija de la mesa de comunicaciones le dibujó sombras pesadas bajo las cejas.

Intercambié una mirada con Helen antes de cruzar la sala hasta Parker. Nathaniel, que seguía al teléfono, me miró con tanta intensidad que podría haber calentado toda la habitación. Puse la expresión más neutral posible y me detuve frente a Parker.

—¿Sí?

—Un momento. —Después de llamarme, me hizo esperar mientras escuchaba y asentía con la cabeza a lo que decía uno de los astronautas.

Me quedé quieta y reprimí las ganas de atusarme la falda, mover las manos o hacer cualquier cosa menos esperar. La mirada de Nathaniel todavía me quemaba en el costado derecho, pero no me volví a mirarlo.

—Entendido. *Elle se tient ici. Ouais, ouais. Vous et moi à la fois.* —Soltó el botón para hablar del micrófono y se recostó en la silla. Lanzó la pelota al aire y la recogió con la palma—. La mujer de Lebourgeois quiere probar todas las cosas estadounidenses. Ha apuntado a su hija a un grupo de Girl Scouts y quieren que vaya a hablar con ellas.

Pestañeé un par de veces antes de encontrar la voz.

—¿Yo?

—Sí, han creado un club de «La astronauta». Creía que querrían a un astronauta de verdad, pero, en fin, mujeres ¿no? Es adorable que quieran hablar con usted. —Sonrió, enseñando los hoyuelos, como si eso ayudara—. Lo hará, ¿verdad?

Costaba decir que no a un astronauta sentado sobre lo que era esencialmente una bomba gigante. Aunque hablase francés y le arrancara el micrófono a Parker, no podría negarme. Sonreí.

—Claro. Estaré encantada de hacerlo. Dígame cuándo.

Parker se volvió hacia el micrófono y siguió hablando en francés:

—*Elle va le faire, mais Dieu sait ce qu'elle va parler. Les bébés dans l'espace, probablement. Les femmes, eh?* —Después, escuchó un momento antes de dirigirse a mí—. Su esposa está en la azotea. Si fuera a verla después del lanzamiento, se lo agradecería. Así distraerá a su hija mientras él está en el espacio.

—Claro. Encantada. —No me molestaban ni la mujer ni la hija de Lebourgeois, ni siquiera él. Si estuviera en su lugar, también pensaría en hacer todo lo posible para distraer a Nathaniel y conseguir que se sintiera más cómodo. El problema era el lameculos de Parker y su petulancia. Sí, había sido el primer hombre en ir al espacio. Sí, era un gran piloto y, de hecho, muy valiente. Pero también era un imbécil egoísta—. En cuanto termine, me dirigiré a la zona para familiares.

—Magnífico. —Sonrió, enseñándome sus deslumbrantes dientes blancos—. Mire a ver si su marido le cuenta por qué no arrancamos.

—Seguro que nos avisará en cuanto podamos seguir.

Eché un vistazo a Nathaniel, que se masajeaba la sien derecha. No era buena señal.

—¿Qué tal su mujer? —le pregunté.

Parker bajó la mirada y rodó la pelota por la mesa.

—Mejor. Gracias.

No era la respuesta que esperaba.

—Lamento que no pudiera venir a la cena de los Wargin.

—Ya. Tal vez la próxima vez. —Se aclaró la garganta—. ¿Va a hablar con su marido sobre el lanzamiento?

—Por supuesto.

Ese no era mi trabajo. Por supuesto, mi trabajo de verdad requería que se lanzara un cohete para tener algo que registrar y calcular. Me alisé la falda y me acerqué a Nathaniel. Al menos me había dado una excusa para hablar con él.

Mi marido había dejado de escribir, pero todavía agarraba el lápiz con la fuerza suficiente como para que los nudillos se le pusieran blancos. Tenía la mandíbula apretada y la vista clavada en la mesa mientras Clemons daba vueltas detrás de él.

Clemons me vio acercarme y se sacó el puro de la boca.

—¿Qué?

—El coronel Parker quiere hacerle algunas preguntas, director Clemons. —En el mejor de los casos, era una deformación de la verdad, pero él respondería mejor a las preguntas de Parker sobre el lanzamiento que Nathaniel. Como respuesta, Clemons se marchó sin mirarme siquiera.

Mi pobre marido parecía a punto de apuñalarse con el lápiz. No podía tocarlo en el trabajo sin complicarnos las cosas a los dos. Me quedé un momento donde estaba, deseando quitarle la tensión del cuello mientras asentía y gruñía en respuesta a quien estuviera al otro lado de la línea.

Suspiré, me di la vuelta y volví a mi puesto. No había nada que pudiera hacer por Nathaniel y, dadas las circunstancias, solo sería una distracción.

Carmouche guardaba las piezas de ajedrez en la caja. Levantó la vista cuando me volví a unir a la mesa y se acercó. En voz baja, dijo:

—Al tal coronel Parker no le gustas mucho.

—Lo sé. —Me coloqué bien la falda al sentarme—. ¿Helen? Iré a las 99 este fin de semana si me prometes volar conmigo para no tener que compartir el Cessna con una desconocida.

—¡*Āiyō, Āiyō*! —La sonrisa de triunfo me lo tradujo y no pude evitar sonreír.

—¡Ja! —Nathaniel se enderezó—. El corte automático está solucionado. Poned en marcha el reloj y decidle a Malouf que sus oraciones han funcionado. Encendamos esa vela.

CAPÍTULO 18

UN ARGELINO FRANCÉS MATA A TRES
PERSONAS EN UNA REVUELTA

Por Michael Clark
Edición especial de *The National Times*
Argel, Argelia, 22 de agosto de 1956 — Se han producido disturbios en Argel cuando miles de franceses se han
manifestado durante el funeral de Amédée Froger, presidente de la Federación de Alcaldes de Argelia, a quien un
terrorista en contra de la carrera espacial asesinó ayer.

Betty se ofreció voluntaria para acompañarme a hablar con la
tropa de Girl Scouts a la que pertenecía la hija de Lebourgeois.
Menos mal, porque estaba aterrorizada.

Betty parecía encantada con la «enorme publicidad» y llevaba
dando botes e imaginando titulares con las manos abiertas como si
plasmase las palabras desde que había llegado a mi casa.

—«La mujer astronauta conoce a la hija de un astronauta».
—Se rio y se balanceó agarrada al poste del tranvía—. Ojalá me
hubieras dejado traer un fotógrafo.

Alcancé la cuerda de parada del tranvía.

—Nos bajamos aquí. —Las puertas se abrieron y bajé los
peldaños hasta la calle—. Lo primero, por favor, deja de llamarme así; no soy astronauta.

—Así es como te llama la gente. —Saltó a mi lado y se ajustó el abrigo para protegerse del viento.

—Ya, pero no he estado en el espacio y es una falta de respeto hacia los hombres que sí lo han hecho. —Saqué la dirección
del bolso y nos guie por la calle.

—Venga ya, Elma. —Betty levantó las manos con fingida rendición—. ¿No eras tú quien tenía tantas ganas de llevar a las mujeres al espacio?

—Así es, pero eso no significa que quiera un título que no me he ganado.

Nos reunimos con las Girl Scouts en la sala de estar de una iglesia católica en una parte más nueva de Kansas City a la que no solía ir.

En las anchas calles había edificios modernos con ventanas estrechas y paredes bajas y gruesas. La mitad debían de tener varios pisos subterráneos, que se habían vuelto muy populares desde la caída del meteorito. Idiotas. Construían para un impacto que no llegaría nunca. Al menos, los pisos bajo tierra serían bastante fáciles de enfriar.

La iglesia se distinguía a varias manzanas de distancia por la fachada de ladrillo rojo y la torre del campanario. Dada la cantidad de coches aparcados afuera, era evidente que se celebraba algún tipo de evento, tal vez una boda. Eso sería bonito.

Justo después del meteorito, había nacido una tendencia hacia el amor libre, como una especie de reacción al Día del Juicio Final. Era bueno que la gente se casase, porque significaba que ya no temían tanto lo que se avecinaba.

Por otro lado, si la gente dejaba de preocuparse por el futuro del planeta, tendríamos un problema distinto.

—No te enfades. —Betty me agarró del brazo—. Tú sonríe. Tienes una sonrisa preciosa.

—¿Qué...?

La acera junto a la iglesia estaba llena de periodistas. El sudor me empapó la espalda y se deslizó por el interior de los brazos.

Si no hubiera tenido a Betty agarrada, habría salido corriendo. Me dolía el estómago y me esforcé por tragar y no vomitar.

—Relájate, Elma. —No me soltó el brazo y me habló con una sonrisa prefabricada—. Lo necesitamos.

—Ni siquiera quería un fotógrafo, ¿y preparas esto? —Me solté de su brazo, con el corazón latiendo a toda velocidad. Iba a echarme a llorar en cualquier momento, lo que era muy injusto. Por el amor de Dios, estaba enfadada. Le di la espalda a los periodistas.

—No puedes irte, Elma. Las niñas están saliendo. No les des plantón. Una de ellas es la hija de un astronauta y su padre está en...

—Porras. —La hija del señor Lebourgeois me había pedido que viniera porque su padre estaba en el espacio y tenía miedo—. Maldita sea.

Así que me di la vuelta para enfrentarme a las cámaras, a todas las expectativas y a ocho niñas pequeñas con cascos espaciales hechos de cartón y papel de aluminio.

—Elma, por favor, no te enfades. —Betty se quedó a mi lado, hablando con una sonrisa—. Por favor. Sabía que dirías que no, pero se te da muy bien hablar con las cámaras. Por favor, no te enfades.

Le dediqué mi sonrisa más brillante, digna de Stetson Parker.

—Bendita seas. ¿Por qué iba a enfadarme?

Una niña. Estaba allí por una niña. Intenté con todas mis fuerzas ignorar las cámaras y a los hombres que nos gritaban para que los mirásemos y sonriéramos. Una niña. Se llamaba Claire Lebourgeois y su padre estaba en el espacio.

Podía evitar el vómito durante el tiempo suficiente para asegurarle que él volvería a casa.

Catorce días después de partir hacia el espacio, Lebourgeois, Cleary y Malouf regresaron sanos y salvos a la Tierra. No habían cumplido todos los objetivos, pero habían demostrado el más importante: que el módulo lunar sería habitable el tiempo suficiente para llevar a cabo una misión exploratoria. Nuestro trabajo era llevarlos hasta allí.

Sentada a la mesa que compartía con Basira, traté de ignorar el movimiento constante del ingeniero que estaba a nuestro lado. Le había ofrecido una silla cuando había entrado, pero estaba demasiado ansioso. Con la cabeza apoyada en la mano izquierda, me froté la sien con disimulo mientras estudiaba los números que Clarence «Burbujas» Bobienski había traído de la última prueba del motor. Aquella mañana antes del trabajo había ido a la radio y había tenido que levantarme dos horas antes, lo que me había causado un dolor de cabeza que empezaba en el ojo izquierdo, atravesaba el cuero cabelludo y llegaba hasta la base del cuello.

Sin embargo, estaba bastante segura de que el problema no era la fatiga.

—Burbujas, esto no tiene sentido.

—¡Ya lo sé! —Él señaló el papel con un dedo; tenía las cutículas mordidas—. Por eso quiero que repases los cálculos.

Sacudí la cabeza mientras pasaba la punta del lápiz sobre los números generados por la máquina.

—No es un error de cálculo.

—Por favor. La máquina suma mal si la temperatura es superior a sesenta y cinco. —Los puños de su camisa estaban manchados de gris por la mina del lápiz—. Necesito una calculadorcita.

Como grupo, odiábamos ese apodo. Levanté la vista y le dediqué una mirada asesina que había aprendido de la señora Rogers. Por el rabillo del ojo, vi que Helen hacía lo mismo.

—Necesitas una calculadora.

Ignoró la corrección con un gesto.

—¿Me vas a ayudar?

—Sí. No hay errores en los cálculos, así que o bien es un fallo en el conjunto de datos iniciales o has encontrado una disposición del motor increíblemente efectiva. —Era posible que, al pasar a un patrón de estrellas en mitad del combustible sólido, se lograra un índice de combustión más eficiente. De hecho…—. Esta estructura me recuerda a una teoría de Harold James Pool.

—¡Sí! —Se balanceó sobre los dedos de los pies y, detrás de él, Myrtle se cubrió la boca para disimular una risita. Las calculadoras lo llamaban Burbujas por una razón—. ¡Lo ves! Por eso necesito que me ayudes, porque tú lo entiendes. Ese cacharro no. ¡Venga ya, tienes un doctorado!

Esa era la primera vez que mi título surgía en el trabajo desde que me habían contratado. La señora Rogers conocía mis credenciales, por supuesto, pero, después de la entrevista, no estaba segura de que lo hubiera vuelto a mencionar, ni siquiera cuando intentaba justificar mi punto de vista. Habría visto *Watch Mr. Wizard* o escuchado la *ABC Headline Edition*.

Aquello no me convertía en mejor calculadora, y comentarlo me parecía fanfarronear. Es decir, cualquiera con una formación en Física sería igual de capaz de hacer aquel tipo de trabajo. Muchas de las mujeres del departamento de informática no tenían ningún título universitario.

—Mi formación no pinta nada aquí. —Revisé las páginas que me había traído—. ¿Tienes las cifras originales?

—¡Pues claro! —Se encogió de hombros como si hubiera hecho una pregunta estúpida. Esperé, con una sonrisa, hasta que chasqueó los dedos y me señaló—. ¡Ah! Las necesitas. Sí, claro. Las tengo. Están en el laboratorio. Debería ir a buscarlas. Iré a por ellas.

—Gracias. —Apilé los papeles del escritorio mientras salía de la sala; la corbata le rebotaba a cada paso.

En cuanto se marchó, las risas estallaron en casi todas las mesas. Nos encantaba Burbujas, pero, a veces, era demasiado ingeniero. Teníamos un dicho: «Los ingenieros causan problemas y las calculadoras los solucionan». Burbujas era un ejemplo perfecto.

Basira arrastró la silla hacia atrás y se levantó de un salto, balanceándose de un pie al otro. Exageró el acento estadounidense y siguió rebotando como Burbujas.

—¡Necesito una calculadorcita! Ayúdame, Señor, ¡necesito una calculadorcita!

—Pobrecillo. —Me reí y me recosté en el respaldo—. No tiene mala intención.

—Uf. Duras palabras. —Myrtle se levantó de su mesa y se unió a nosotras—. Ahora en serio, ¿qué les pasa a los números?

—Le di los documentos para que los ojease.

Helen apareció tras ella y los estudió con la cabeza inclinada.

—Habrán transcrito algo mal en las fichas.

—Por eso quiero los datos originales. ¿De verdad es tan difícil ser consciente de que tienes que traerlos?

Nathaniel entró en la sala de informática. Las risas cesaron y todas volvieron al trabajo. Era mi marido, pero también era el ingeniero jefe. Le guiñé un ojo a Helen cuando regresó a su asiento y luego me volví para prestarle toda mi atención.

Tenía la boca apretada en una fina línea y la mandíbula tensa. Entre las cejas, le habían salido arrugas de concentración. Llevaba una revista enrollada en una mano y se golpeaba el muslo con ella al caminar.

—Elma. ¿Hablamos un momento? En mi despacho.

—Claro. —Intercambié una mirada con Basira y aparté la silla de la mesa—. Si Burbujas vuelve antes que yo, ¿le pides que me deje los datos en la mesa?

Mientras seguía a Nathaniel fuera de la sala de informática, las demás mujeres hicieron un pobre esfuerzo al fingir no mirarnos. Nathaniel tenía la espalda rígida y avanzaba a zancadas por el pasillo hacia su oficina. Mis tacones resonaban contra el linóleo al correr detrás de él.

Me sostuvo la puerta del despacho, con la vista fija en el suelo. Seguía con la mandíbula apretada y mi corazón parecía unirse a él en una carrera. La última vez que había visto a Nathaniel tan furioso fue cuando despidió a Leroy Pluckett por manosear a una de las calculadoras.

En el despacho reinaba el caos organizado de siempre. La pizarra de la pared estaba llena de lo que parecían ecuaciones para una órbita lunar, lo cual tenía sentido, dada la siguiente fase del proyecto espacial. Nathaniel cerró la puerta con cuidado, así que apenas hizo ruido.

Cruzó la habitación y tiró la revista sobre la mesa, que se desenrolló al caer. Era el número de *Life* en el que había salido. No estaba en la portada, menos mal, pero había un artículo de una página sobre mi charla con las Girl Scouts. En algún momento perdonaría a Betty por tenderme una emboscada. Tal vez. No entendía lo mucho que me aterrorizaba ser el centro de atención, pero eso no evitaba que ahora tuviera pánico de que volviera a hacer algo así. Sobre todo con lo que se había emocionado porque su historia hubiese llegado al mercado nacional.

Nathaniel se aflojó la corbata; seguía mirando al suelo.

—Elma. Estoy furioso, pero, aunque te lo vaya a parecer, no es por ti.

—Eso no suena bien. —Me dejé caer en la silla junto a la mesa, esperando que hiciera lo mismo.

Gruñó, se pasó los dedos por el pelo y se quedó de pie, con una mano en la cadera y la otra en la nuca.

—Es una gilipollez.

—¡Nathaniel! —Diría que esa reacción es una huella imborrable de mi madre.

—Una gilipollez. —Se giró y me miró—. He pasado la última hora de los cojones en la oficina del director Norman Clemons, que me ha dicho, y cito: «Controla a tu mujer». No creo que sea consciente de la suerte que ha tenido de que no le haya partido los dientes.

Me quedé con la boca abierta. En un alarde de inteligencia, dije:

—¿Qué?

—«Controla a tu mujer». —Cerró los puños y los apretó contra su frente—. Que controle... Que se vaya a la mierda.

—¿Es por lo de la revista? —Si Clemons me lo hubiera dicho a mí, es probable que me hubiese enfurecido. De esta manera, solo me horrorizaba haberle causado problemas a Nathaniel—. ¿O por la charla de las Girl Scouts? ¿Qué he dicho?

Levantó la revista de la mesa con rabia.

—¡Ese no es el problema! Lo que pasa es que es un imbécil y un cobarde.

—No le habrás dicho eso, ¿no? —El dolor de cabeza que me había martirizado todo el día se disparó y me provocó un pinchazo en el ojo derecho.

—No. —Nathaniel frunció el ceño—. Le he dicho que hablaría contigo. Ya está. Estamos hablando.

—Dejaré de hacer entrevistas. Llamaré y lo cancelaré todo en cuanto llegue a casa esta noche.

—¿Dejarlo? No quiero que lo dejes.

—Pero si te perjudica en el trabajo...

La ira que se reflejaba en su cara se transformó en horror.

—No. No es culpa tuya. No estoy enfadado contigo. Clemons es el que se ha pasado de la raya. Y es porque lo que haces funciona. Se pasó la mitad del tiempo despotricando de que no deja de recibir críticas por no incluir a las mujeres en sus planes y de que personas muy influyentes lo presionan para que las incorpore al proyecto. Todos mencionaron haberte visto o haber escuchado o leído una entrevista tuya.

Se me revolvió el estómago.

—Lo siento mucho.

—No has hecho nada malo.

—Pero, si te perjudica, no quiero causarte problemas. —Levanté las manos, pero me temblaban, así que las apoyé en el regazo. Fue como volver a la universidad. Cada vez que destacaba, alguien se enfadaba, pero, además, ahora perjudicaba a Nathaniel—. Pararé. No pasa nada. Lo dejaré.

—¡No te he pedido que lo dejes!

—Lo sé y te quiero por ello, pero… —Tragué saliva y noté el sabor de la bilis al fondo de la garganta. Hacía demasiado calor y el dolor de cabeza me nubló la vista del ojo derecho—. No necesito demostrar nada. Si sigo adelante, afectará a la moral general. Distrae. A los astronautas no les gusta que ande por ahí.

—¡Parker te pidió que hablaras con las Girl Scouts! Y, aunque se le notaba que estaba celoso porque salieras en *Watch Mr. Wizard,* incluso él reconoció que lo habías hecho bien. A su manera habitual, claro.

—¿Vio el programa? —Estaba de pie. No recordaba haberme levantado. ¿Todo el mundo me había visto en televisión? En el estómago tenía una bola de fuego de tensión a punto de salir disparada por el esófago. Intenté recuperar la calma, pero tenía todos los sistemas en estado crítico—. Dile que lo dejaré. Dile a Parker que le pediré a Don que lo invite la próxima vez. Lo siento mucho. Dile que lo lamento.

Nathaniel me miró como si tuviera tres cabezas. Lo había estropeado todo. Tenía la boca abierta y las cejas más juntas que nunca.

—Elma.

Vomité. Ruidosamente y sin ninguna discreción. Los restos de lo poco que había comido en el almuerzo acabaron esparcidos por el suelo de linóleo del despacho. Nathaniel se sobresaltó y sentí otro calambre en el estómago. Me las arreglé para llegar hasta la papelera, pero no era más que una estructura de alambre con una bolsa.

—Dios. —Me sujetó por los hombros mientras volvía a vomitar entre sollozos.

—Lo siento. Lo siento mucho. Lo siento.

—No, cariño. No. Calla. Tranquila. No tienes que disculparte por nada. —Me apartó el pelo de la cara y siguió murmurando. No recuerdo qué más dijo.

Pero, al final, consiguió que me calmara y me hizo sentar en su silla. Se arrodilló delante de mí y me tomó de las manos. No sé qué cara tenía, porque estaba demasiado avergonzada para levantar la vista.

En algún rincón de mi cerebro quedaba una parte racional que me gritaba que me recompusiera. A lo mejor no era racional, porque hablaba con la voz de mi madre, mortificada. «¡Elma! ¿Qué pensará la gente?».

Me sequé los ojos con el pañuelo, ¿desde cuándo tenía un pañuelo? Claro, era de Nathaniel. En uno de mis escasos arrebatos de ama de casa perfecta, había bordado sus iniciales en la esquina con hilo de seda azul oscuro.

—Lo siento.

—No. Es culpa mía. Debería haber esperado a que se me pasara el enfado. —Nathaniel me apretó las manos—. Elma, no estoy enfadado contigo. En absoluto. No has hecho nada malo.

—Te he metido en un lío. No pagué la factura de la luz y también me he retrasado con la del gas. Lo único que hago por mantener la casa limpia es lavar los platos y hacer la cama. Me cuesta concentrarme en el trabajo. Si dejara de intentar causar problemas...

—Vale. Para. Calla. —Me apretó las manos y se puso de rodillas—. Elma. ¿Cuánto es 441 multiplicado por 48?

—21 168.

—¿Dividido por 12?

—1764. —Respiré algo más tranquila.

—¿Raíz cuadrada de 1764?

—42.

—Eso es. —Me limpió las lágrimas de las mejillas—. ¿Puedes mirarme?

Asentí, pero la gravedad se esforzaba por que siguiera con la mirada en el suelo. Usé la siguiente inhalación como propulsor para levantar la cabeza.

Los ojos celestes de Nathaniel estaban entrecerrados y llenos de preocupación.

—Te quiero. Estoy orgulloso de ti. Siento haberte hecho dudar de ello.

—No lo has hecho. Es decir… —Me limpié los ojos con el dorso de la mano—. Lo siento.

—Si acepto tus disculpas, ¿dejarás de pedir perdón? —Intentó sonreír, pero su voz seguía quebrada por la preocupación—. Hagamos una cosa. Tomemos el resto del día libre y vayamos a casa.

—No, no quiero alejarte del trabajo. Y Burbujas necesita mi ayuda con los cálculos. Si me marcho, la señora Rogers tendrá que reorganizar a todo el mundo y no quiero ser un problema.

Me puso un dedo en los labios.

—Pues no nos iremos. ¿De acuerdo? Pero quiero que te quedes aquí conmigo y que me ayudes con unos cálculos. ¿Vale? ¿Lo harás?

Asentí. Lo ayudaría. Eso sabía hacerlo. Haría todos los cálculos que quisiera.

—Bien. Vale, Elma, mira. —Se levantó y rodeó la mesa para coger una hoja de papel. Me la pasó—. Esta es la lista de equipo para el alunizaje. Lo que quiero saber es cuántos lanzamientos harán falta para llevarlo todo hasta allí.

Acerqué la silla al escritorio.

—¿De qué tipo de cohete hablamos?

—De clase Júpiter, a menos que sea más eficiente usar otro. —Me puso una mano en la espalda—. Quédate aquí y trabaja. Volveré enseguida.

CAPÍTULO 19

LOS NACIMIENTOS EN EL ESPACIO PODRÍAN SER POSIBLES

Un psicólogo opina que el ser humano podría concebir niños aptos para un nuevo entorno

Por Gladwin Hill
Edición especial de *The National Times*
Los Ángeles, California, 19 de septiembre de 1956 — La posibilidad de que equipos de científicos formados por marido y mujer viajen por el espacio y conciban hijos en el camino se ha comentado en varias ocasiones en una reunión celebrada hoy entre destacados científicos espaciales.

Para cuando llegué a la conclusión de que la misión lunar se podría hacer con cinco lanzamientos de cohetes de clase Júpiter o dos de clase Sirius, que todavía estaban en desarrollo, Nathaniel había limpiado el desastre y me había traído una limonada.

Comprendí que me había dado ecuaciones para que me calmara.

Había sido buena idea. Una ecuación o estaba bien o estaba mal. Esa certeza funcionaba como un salvavidas que me ayudaba a recuperar la cordura. Hacía mucho que no me desmoronaba así. No me había ocurrido desde antes de conocernos. Al menos, no a ese nivel. Ahora solo sufría momentos de pánico breves. El deseo de huir. Sudores. Alguna sesión de vómitos ocasional antes de salir en televisión.

No iba a sacar nada bueno si pensaba de esa forma. Volví a comprobar los números: eran perfectos y preciosos. Respiré despacio, dejé el lápiz y levanté la vista.

Nathaniel se había sentado en una silla que había arrastrado al otro lado de la mesa. No estaba diseñada para que trabajaran dos personas, así que estaba encorvado sobre la esquina como una gárgola preocupada. Tenía un informe delante y daba golpecitos con el lápiz mientras lo leía.

—Creo que ya estoy bien.

Dejó el lápiz y me miró.

—¿Quieres hablarlo?

—No hay mucho que decir.

Gruñó, asintió y dejó el lápiz en la mesa.

—¿Puedo preguntarte algo?

—Claro.

—Si te angustia, cambiamos de tema.

—Te he dicho que estoy bien.

Nathaniel levantó las manos en señal de rendición.

—Vale, vale. —Las puso sobre la mesa y se aclaró la garganta—. Comprendo por qué no lo has mencionado, así que no estoy molesto, solo preocupado. ¿Me dices para cuándo es?

—¿Para cuándo es qué? —Miré los papeles. ¿Hablaba del lanzamiento? Eso no estaba entre los parámetros. Entonces, se me encendió la bombilla. Me reí—. No estoy embarazada.

—No sé si eso me tranquiliza o me preocupa más. ¿Estás segura?

—Tuve la regla la semana pasada. Lo sabes.

—Sí, es verdad. —Se frotó la frente—. ¿A lo mejor lo estás ahora? Es decir, hemos intimado desde entonces. Y más de una vez, por cierto.

—No funciona así.

—Pero has estado vomitando mucho.

Se acabó lo de creer que había sido discreta.

—Ah. No sabía que eras consciente de ello. No estoy embarazada. No es eso.

Me miró y sentí cómo se formaba la pregunta. Creció hasta dejar poco espacio para el aire.

—¿Me dices qué es?

189

Suspiré. Aunque quisiera, no podría fingir que no entendía a qué se refería. Esquivar la pregunta solo lo preocuparía más.

—¿Te acuerdas de esas historias que te cuento de cuando era la más joven de la clase? Verás, siempre trato de que parezcan divertidas porque así es más fácil, pero la verdad es que... Mamá lo llamaba «estar hechizada». No me ocurría tan a menudo y llevaba años sin pasarme. Lo siento. Ojalá no lo hubieras visto.

—Solo me preocupo por ti. Lo sabes, ¿verdad?

—Sí. —Casi siempre. La parte racional de mi cerebro era capaz de describir lo que pasaba—. A veces, la ansiedad... No había sido tan grave desde los dieciocho.

Daba clases particulares a uno de mis compañeros, por petición del profesor, y pasé seis meses aguantando reproches como «si se te diera bien enseñar, sacaría mejores notas». A los dieciocho, me lo creí. A esa edad, pensaba que dejarlo no era una opción. Le había hablado a Nathaniel de aquel chico, pero solo como una broma. Nunca le conté que iba al baño a llorar y después me lavaba la cara antes de seguir con la clase.

Hasta que una noche ya no aguanté más.

Solo diré que tuve suerte de que Hershel también estuviera en Stanford, porque si no... Es un buen hermano. Nunca se lo dijo a nuestros padres. Aunque, pensándolo mejor, quizá debería haberlo hecho. Había pasado justo lo que mi madre temía, que fuera demasiado frágil para soportar el estrés de ir a la universidad con solo catorce años. Terminó por dárseme muy bien esconder el malestar, tanto que mis padres nunca se dieron cuenta.

—Cada vez que tengo que hablar en público, el miedo me paraliza. ¿Te acuerdas de lo que siempre decía mi madre? «¿Qué pensará la gente?».

Asintió, pero, por lo demás, no movió ni un músculo y no dejó de mirarme.

—Creo que le preocupaban tanto las apariencias porque se había casado con alguien de una clase más alta que la suya. Yo no lo sabía. Solo estaba segura de que tenía que ser perfecta. Siempre. Por eso creo que lo que ha pasado ahora es que, bueno...

—Clemons representa lo que pensará la gente.

Me llevé las manos a la boca, asentí y me esforcé por no volver a llorar. Llorar era de débiles. Era cosa de niños. O del luto. Maldita sea, era la hija de mi padre. Nathaniel ya estaba bastante preocupado. No le hacía falta que me desmoronase otra vez.

Se levantó, rodeó la mesa, se arrodilló junto a la silla y me abrazó.

—No es así. ¿Entendido? Hoy me ha llamado porque lo que la gente cree es que eres inteligente, valiente, divertida, amable y quiere ser como tú. ¿Sabes qué dijo el presidente Brannan?

Negué con la cabeza, todavía con las manos sobre la boca.

—Según Clemons, le dijo que su hija le había preguntado por qué no podía ser astronauta.

Se me escapó una risita.

—Habrá sido una conversación muy divertida.

—Le preguntó a qué venía eso y la niña le respondió que quería ir al espacio con la doctora York y ser astronauta como ella.

Ahí ya no aguanté más el llanto. Fue imposible. Sin embargo, esas lágrimas eran muy diferentes y agradables. Nathaniel lloró conmigo porque así es el hombre maravilloso con el que me casé.

Cualquiera que nos viera pensaría que estábamos sufriendo, pero llevaba meses sin sentirme tan feliz.

Sabes que has preocupado de verdad a tu marido cuando te concierta una cita con el médico. No se lo reprochaba. Estaba enfadada, pero no se lo reprochaba. Me llevó a la consulta y se quedó en la sala de espera. Si le hubiera dejado, estoy segura de que habría entrado conmigo.

Por mi parte, me encontraba medio tumbada en bata sobre una mesa fría con los pies alzados en los estribos mientras un hombre que no conocía hacía cosas innombrables en mis zonas bajas. De verdad. ¿Sería demasiado pedir que calentaran estos trastos?

El médico arrastró la silla de ruedas.

—Incorpórese, señora York.

Tenía un bonito acento escocés, lo que lo volvía algo menos intimidante. Esbelto e intenso, me estudió con los ojos azul pálido debajo de unas cejas muy tupidas. Son las cosas en las que una piensa, en vez de en las humillaciones de ser mujer.

Se aclaró la garganta y miró la libreta.

—Definitivamente, no está embarazada.

—Lo sé, pero gracias.

—Hábleme de los vómitos. —Inclinó la nariz como un halcón.

—¿Los vómitos?

—Su esposo los mencionó al pedir la cita.

Iba a matar a Nathaniel. Apreté los labios y rechiné los dientes antes de forzar una sonrisa.

—No es nada, en serio. Ya sabe cómo se ponen los maridos.

Se dio la vuelta para encararme.

—Tiene todo el derecho a enfadarse con él por intervenir, pero le pediré que no me responda con frases hechas cuando le pregunte por los síntomas. Quiero saber la frecuencia y la naturaleza de los vómitos para asegurarme de que no tienen relación con otro problema.

—Ah. —Me froté la frente. El médico solo quería saber qué me pasaba sin el diagnóstico erróneo de Nathaniel, igual que cuando yo quería ver las cifras originales antes de pasarlas por una máquina. No es que mi marido fuera una máquina, aunque tenía la misma capacidad para sacarme de quicio—. No estoy enferma. Solo me pongo nerviosa cuando tengo que hablar en público. Nada más. Me pasa desde la adolescencia.

—¿Justo antes de hablar?

—A veces después. —Retorcí el dobladillo del vestido y agaché la cabeza.

—¿Qué veces?

—Cuando... En realidad, no me pasa tan a menudo. —No me había preparado para hablar esa última vez. Me ardieron las mejillas por la vergüenza al acordarme—. Hay momentos en los que me siento abrumada. Si he cometido una serie de errores o siento que me encojo.

Gruñó, pero no hizo ningún comentario.

—¿La han tratado alguna vez por ello?

Negué con la cabeza. Hershel había querido que fuera al médico, pero yo tenía miedo de que me dijera que no era apta para la universidad. O de que se lo contara a mis padres, lo cual habría sido lo mismo.

—¿Le cuesta respirar en esos momentos? ¿Suda? ¿Se le acelera el corazón? Me refiero a antes de vomitar.

Levanté la cabeza sin pretenderlo.

—Sí. Así es.

Asintió y sacó un bloc de recetas.

—Padece ansiedad, lo cual no es sorprendente, dada la era en la que vivimos. Los periódicos la llaman la Era del Meteoro, pero, para mí, la Era de la Ansiedad sería más apropiada. Voy a recetarle Miltown y la voy a remitir a...

—No quiero pastillas.

Levantó el bolígrafo del papel y se giró para mirarme.

—¿Disculpe?

—No estoy enferma. Solo me altero a veces. —Aquel era justo el motivo por el que no quería que Hershel me llevara al médico. Antes de darme cuenta, acabaría en un manicomio lleno de mujeres, sometida a terapias de electrochoque e hidroterapias para los «nervios».

—Es completamente seguro. De hecho, es la receta más común que prescribo.

—Pero estoy bien. —No quería unirme a las brigadas de mujeres que toman «ayuditas de mamá».

El médico me señaló con el bolígrafo.

—Si le hubiera dicho que los vómitos los causaba una gripe, ¿también se habría negado a tomar medicamentos?

—No es lo mismo.

—Claro que sí. —Acercó el taburete, con la receta en la mano—. Querida, el cuerpo no debería reaccionar así al estrés. Literalmente, se pone enferma por fuerzas ajenas a sí misma. Quiero que se tome esto y la derivaré a un colega para hablar de otros tratamientos.

Era más fácil coger la hoja de papel que discutir. Así que lo hice y le di las gracias, pero antes muerta que drogarme hasta la inconsciencia.

En la sala de espera, Nathaniel estaba sentado en la silla junto a la ventana, donde lo había dejado. Le temblaba la rodilla derecha, como cuando se ponía muy nervioso. Tenía una revista abierta, pero estoy segura de que no había leído nada, porque no dejó de mirar un mismo punto fijo en la página hasta que me acerqué.

Cerró la revista y se levantó.

—¿Estás...?

Eché un vistazo a la sala de espera, medio llena. Madres con bebés, mujeres a quienes se les daban genial los niños y hombres tan nerviosos como Nathaniel. Me aclaré la garganta y lo agarré del brazo.

—No. Ya te lo dije.

Apoyó una mano sobre la mía y frunció el ceño, como si tratase de resolver un problema de ingeniería.

—No sé si debería sentirme aliviado o decepcionado.

Incliné la cabeza.

—Lo siento.

Me besó la frente y me soltó la mano para abrir la puerta de la clínica. El aire frío entró desde fuera, acompañado del bullicio del centro de Kansas City.

—Quiero que seas feliz.

—Lo soy. —No le conté el resto del diagnóstico, porque solo daría lugar a discusiones. Aquello se acercaba bastante a la verdad. Me apoyé en él, y la lana de su abrigo me acarició la mejilla—. Siento haberte preocupado.

—Deberíamos irnos de vacaciones.

Me reí.

—¿El hombre que sueña con motores de cohetes? Por favor.

—No mucho tiempo, pero... Cuidado. —Nathaniel me apartó de una mujer que corría por la acera con una bolsa de la compra en la mano. La miró con el ceño fruncido antes de continuar—. Vamos a ir a California al Bar Mitzvah de tu sobrino, ¿por qué no convertir el viaje en unas vacaciones de verdad? Podríamos pasar por el LPC de camino.

Claro, pasar por el Laboratorio de Propulsión a Chorro sonaba a vacaciones.

—Ya veo. —Nos cruzamos con otra mujer corriendo, cargada con un saco de harina—. Así que tu idea de unas vacaciones implica mirar cohetes.

—Quiero ser eficiente.

—Ya. No suelo relacionar la eficiencia con las vacaciones. —La calle se vació a medida que avanzábamos, pero me parecía que cada vez había más ruido.

—¡Si eres tú la que calcula el consumo de combustible incluso mientras conducimos! Pero ¿qué...?

Ya le apretaba el brazo a Nathaniel antes de doblar la esquina hacia la parada del tranvía. Un grupo de periodistas llenaba la calle. Sentí una punzada en el pecho y unas ganas enormes de salir corriendo. Cámaras, micrófonos, pero ninguno nos apuntaba a nosotros.

Había un cordón policial en la acera y, al otro lado, una gran multitud. El grupo de periodistas estaba a nuestro lado de la línea, con las cámaras sobre las cabezas. De vez en cuando, levantaban la línea policial y dejaban pasar a un civil.

Los periodistas se amontonaban a su alrededor. Tiré del brazo de Nathaniel.

—Volvamos.

—Espera. Quiero ver... —Me miró y se detuvo con la boca abierta. No sé lo que vio, pero asintió—. Perdona. Tienes razón.

Maldita sea. No era tan frágil. Relajé la fuerza del agarre y señalé el cordón policial con la cabeza.

—¿Quieres saber lo que pasa?

Negó.

—No. Dejemos que trabajen. Lo leeremos mañana en el periódico.

CAPÍTULO 20

LOS DISTURBIOS POR LA ESCASEZ DE ALIMENTOS SACUDEN LA CAPITAL ESTADOUNIDENSE

Por Gladwin Hill
Edición especial de *The National Times*
Kansas City, Kansas, 22 de septiembre de 1956 — Los alrededores de la capital se acordonaron después de que los amotinados, encabezados por amas de casa, asaltaran varias carnicerías y tiendas de alimentación en protesta por los altos precios. Allanaron las tiendas y lanzaron los productos a la calle. Al menos cincuenta personas resultaron heridas y veinticinco fueron detenidas.

Uno de los lujos de nuestro edificio era que tenía lavandería en el sótano. Fue una suerte, porque no sé si Nathaniel me habría dejado salir sola a una lavandería después de los disturbios por la escasez de alimentos que habíamos presenciado el día anterior. No es que fuera a haber una revuelta por lavar la ropa, pero aun así. Mi marido se preocupaba demasiado.

Sin embargo, después de subir la bolsa con la colada por cuatro tramos de escalera, llegué al piso resoplando. Me apetecía tirar la bolsa al suelo y arrastrarla por el pasillo, pero la mantuve abrazada al cuerpo, apoyada sobre una rodilla entre la pared y yo mientras abría la puerta.

La empujé con el hombro, agarré bien la bolsa y entré. Nathaniel estaba en el sofá con los pies sobre la mesita, hablando por teléfono.

—Anda. Espera. Acaba de entrar. —Dejó el teléfono en la mesa y se levantó—. Dame eso.

Solté la bolsa con un suspiro de alivio.

—¿Quién es?

—Hershel. —Llevó la ropa al vestidor y la dejó en el suelo.

—¿Ha pasado algo? —No era el día que solíamos llamarnos. Negó con la cabeza, ocupado con el nudo de la bolsa.

—Le apetecía hablar contigo.

Me senté en el sofá y levanté el auricular.

—Hola. ¿A qué debo el placer?

Mi hermano se rio.

—Necesito un favor.

—No voy a hacerte los deberes de mates.

—Es algo más urgente. —Puso la voz tan grave como la de una estrella de la radio—. Es lo más terrible a lo que se puede enfrentar un hombre y, aun así, tener la esperanza de sobrevivir.

—¿Bailar?

Soltó una carcajada y me lo imaginé entrecerrando los ojos hasta casi cerrarlos.

—Peor. Toda la familia de Doris vendrá al Bar Mitzvah de Tommy.

Silbé, lo cual no es propio de una dama, pero me había enseñado a hacerlo cuando éramos niños, así que pensé que no le importaría.

—Qué duro. ¿Y cuál es el favor?

—¿Podrías venir antes? Al Bar Mitzvah. Verás... —vaciló, así que me senté en el sofá—. Mierda, Elma. Quería tomármelo a broma, pero me he dado cuenta de que no habrá más Wexler. Solo los niños, tú y yo.

Lo lógico sería pensar que, en algún momento, el dolor desaparecería. Me llevé la mano a la boca y me incliné hacia delante, como si así fuera a contener el dolor y evitar que se escapara. A lo mejor teníamos algún primo en alguna parte, pero entre el Holocausto y el meteorito, solo quedábamos los dos.

Tragué varias veces antes de hablar.

—Vale, tengo que comprobar el calendario de lanzamientos, pero sí. Iré antes.

—Gracias. —Tenía la voz algo rasgada—. Además, en California hay comida de verdad. Nathaniel me ha contado que ayer os pillaron los disturbios.

Dejé que Hershel cambiara de tema y fulminé a mi marido con la mirada. Intentaba averiguar cómo doblar mis bragas y parecía que le costase más esfuerzo que una ecuación diferencial.

—Menuda exageración. Tuvimos que ir a una parada de tranvía diferente, nada más.

—Tal como lo contaba, parecía que habíais estado justo en medio.

—La policía hizo un buen trabajo de contención. —Suspiré y pensé en los chismes que había escuchado en la lavandería—. Aunque parece que asaltaron nuestra tienda favorita. El pobre señor Yoder es *amish,* y creo que tuvo que quedarse mirando y dejar que se lo llevaran todo.

—Uf. Bueno, pues ven a que te cuidemos. Te hace falta, ¿no?

La forma en que lo dijo hizo que apretara los labios y mirase a mi marido. ¿Qué le había contado a Hershel antes de que yo entrara en casa? Preguntar a mi hermano sería como animarlo a hablar de mi bienestar, y no tenía intención de que eso sucediera. Al menos, no en ese momento. Tal vez cuando estuviese allí, si quedaba tiempo después de la celebración. Tal vez.

—Oye, tengo que colgar. Nathaniel va a arrugar toda la colada.

—Dale un abrazo de mi parte, ¿vale?

—Claro. Otro para Doris y los niños. —Después de colgar, me quedé en el sofá un minuto más, con el auricular en la mano—. ¿Has llamado a Hershel?

Nathaniel se enderezó y bajó la ropa interior. Habría sido divertido si no hubiera estado tan serio.

—Sí.

—¿Se lo has contado?

—No. —Dejó las bragas en el tocador y se giró para mirarme—. Solo le he dicho que trabajas demasiado.

—No lo hagas. —Me levanté y me acerqué a la bolsa de la lavandería. La ropa que estaba dentro seguía caliente de la secadora cuando la saqué—. Sé que tu intención es buena, pero no lo hagas.

No trabajaba en todos los lanzamientos. Pertenecía al Equipo Granate, que rotaba cada tres despegues. Incluso ahí, nos dividían en turnos, que rotaban para intentar minimizar el agotamiento, ya que era necesario que hubiera personal en todas las estaciones durante todo el tiempo que los astronautas estuviesen en el espacio.

Sin embargo, a veces, incluso cuando no te tocaba, querías estar allí. Tres días antes, se había enviado una nave no tripulada que controlaban Basira y el Equipo Verde, así que se suponía que Helen y yo teníamos la noche libre. Así era. Pero se trataba del vuelo que iba a dar la vuelta a la Luna.

A las cinco en punto, Helen se acercó a mi mesa y dejó el bolso en el lado de Basira, que estaba vacío. Hizo un ruido raro al caer, demasiado pesado para ser un bolso de tela.

Con un dedo sobre la última fila de números que había revisado, lo estudié. La tela parecía formar el contorno de una botella.

—Bonito bolso.

—Un refrigerio. —Helen sonrió y le dio una palmadita—. Te quedas, ¿no?

Asentí y dibujé un guion en el margen para saber por dónde seguir al día siguiente.

—Sí. Aunque sea porque es la única manera de ver a Nathaniel.

—Podría tomarse una noche libre.

—¡Ja! ¿Conoces a mi marido?

—No es bueno que se queme. —Tamborileó con los dedos sobre el escritorio—. ¿Cómo crees que será?

Me encogí de hombros y apilé los papeles. A nuestro alrededor, las demás mujeres terminaban la jornada, las páginas crujían mientras guardaban los informes en los cajones.

—¿Gris? O sea... Nunca se ha visto ni una pizca de color en las imágenes del telescopio. No tendremos imágenes claras hasta que el cohete vuelva.

—Siguen siendo fotos de la Luna.

Sonreí, me aparté de la mesa y me levanté.

—Admito que me quedaría incluso si Nathaniel no estuviera.

Lo que íbamos a hacer era algo increíble. Habíamos logrado programar un cohete para que hiciera una órbita gigante alrededor de la Luna sin piloto. Teníamos esperanza.

Era diferente a lo que haríamos más tarde, cuando enviásemos misiones tripuladas a orbitar la Luna. Sin embargo, para esta parte no había necesidad de entrar y salir de la órbita porque habíamos establecido una órbita altamente elíptica con el apogeo del lado oscuro de la Luna. Los cálculos eran bastante sencillos.

Seguí a Helen fuera de la sala y nos mezclamos con la marea de empleados de la CAI que se dirigían al Control de Misión. No cabríamos todos, pero había una sala de observación y, para los que teníamos llave, una segunda sala de control.

Algún día enviaríamos dos misiones al espacio al mismo tiempo, así que habían construido dos salas de Control de Misión. Una se empleaba para entrenar a la siguiente tripulación, pero la otra estaba, en teoría, vacía. Al menos, de manera oficial.

Helen y yo nos separamos de la muchedumbre y nos dirigimos a las escaleras que conducían a la otra sala de control.

—¡Eh! Esperad. —Detrás de nosotras, Eugene y Myrtle Lindholm se deslizaron por la puerta y entraron en el rellano de escaleras de cemento.

—¡Eugene! —Les sonreí—. No sabía que vendrías.

—¿Con todo lo que Myrtle me ha hablado de esto? Si me perdiera la primera órbita, no tendríamos nada de que hablar.

—Tienes que enseñarme esas técnicas de negociación.

Eugene nos adelantó a Helen y a mí en las escaleras sin problemas.

—Más que negociar, dar ultimátums.

—No le hagáis caso.

—¿Lo veis? —Riendo, Eugene se giró para mirarme mientras subíamos—. ¿Qué crees que veremos? Myrtle dice que solo gris.

—Seguramente tenga razón. Las imágenes solo se escanean a una resolución de mil líneas horizontales y, como estamos tan lejos, la transmisión se hace a una velocidad de televisión de escaneo lento. —Me callé—. Me he puesto a soltar jerga, ¿no?

—Un poco. Pero se parece bastante a lo que hemos comentado en comunicaciones, así que me hago una idea. ¿Se verá borroso?

—Sí. Pero sacaremos mejores imágenes cuando la sonda se incline hacia la Tierra.

Llegamos a lo alto de las escaleras y Eugene abrió la puerta.

—Hablando de eso, ¿qué tal Nathaniel?

Levanté una ceja y asentí a Eugene para darle las gracias mientras entraba.

—Le encantará saber por qué una sonda te recuerda a él.

Eugene se rio.

—Ya sabes a lo que me refiero. ¿Sigue irritado por lo de las IBM?

—Dice que son una abominación y que no considerará ninguna misión lunar tripulada que no incluya informáticos humanos. —Lo cual me parecía perfecto, ya que aumentaba las posibilidades de que tuvieran que incluir a una mujer. No es que los hombres no supieran de matemáticas, sino que la mayoría se dedicaba a la ingeniería, no a los cálculos. El mundo de los números sobre el papel no era tan atractivo como el *hardware* y los explosivos de los cohetes. Ellos se lo perdían.

También había gente en aquel pasillo, pero no tanta. La mayoría pertenecía al Equipo Verde. Aunque, además, había algún astronauta. Derek Benkoski y Halim «Hotdog» Malouf estaban inclinados sobre una consola, hablando con Parker. La señora Rogers estaba con otro grupo de gente, cerca de la gran pantalla que mostraría las imágenes de la sonda a medida que entraran.

—¿Dónde nos ponemos? —Helen se estiró para mirar por encima de la muchedumbre.

Revisé la habitación y localicé unas sillas vacías cerca de lo que, en una situación normal, sería la mesa del especialista en medicina aeroespacial. Nos dirigimos hacia allí, aunque me costaba apartar la vista de la gran pantalla oscura. Con este lanzamiento, estaríamos un paso más cerca de llegar a la Luna. Después de aquello, se elegiría un lugar de aterrizaje y luego... alguien iría hasta allí.

—Helen, de repente me alegro de que hayas traído un «refrigerio».

—Eso suena prometedor. —Eugene le sonrió—. Acompañaros ha sido la decisión correcta.

Helen le dio una palmadita al bolso.

201

—Es mejor que el béisbol.

En la estación médica, sacó unos vasos de papel y una jarra cerrada llena de su vino de mora casero. Era una bebida empalagosa, pero había días en que lo dulce y fuerte era justo lo que necesitaba. Después sacó un poco de agua con gas.

—Encontré la receta del cóctel.

—Madre mía. —Eugene se inclinó para mirar dentro de la bolsa—. ¿Llevas un bar entero ahí dentro?

—Menos el hielo. —Frunció el ceño al mirar los dos líquidos—. No estará frío.

—Me da igual. —Myrtle agarró dos vasos y los sostuvo para que Helen los llenase—. Me vale con que esté fuerte.

Me reí y alcancé un vaso. Las burbujas desprendieron un olor que recordaba al calor del verano. Cuando Helen se llenó el suyo, levanté el mío—. Hasta la Luna.

—Hasta la Luna y más allá. —Eugene brindó con nosotras.

El agua con gas rebajaba un poco el sabor empalagoso y hacía brillar el color oscuro de la fruta.

—Así no está mal.

—¿Antes sí? —Helen entrecerró los ojos y me dedicó uno de sus chasquidos de lengua característicos.

Atraídos por la promesa del alcohol, un par de ingenieros se acercaron, incluido Reynard Carmouche. Me daba un poco de miedo que trajera a Parker con él, pero, por suerte, estaba más interesado en quedarse con los demás astronautas.

Alguien había llevado ginebra, lo que por supuesto significaba que habría que experimentar con otras variaciones de cócteles. Por la ciencia. La química es una parte muy importante del programa espacial.

Con una mezcla de ginebra y mora en la mano, Helen se inclinó para llamarme la atención con el hombro.

—Betty me preguntó por ti.

—Qué bien. —Lo que, en el sur, significa «que se vaya a la mierda»—. ¿Te he contado que nos vamos a California al Bar Mitzvah de mi sobrino?

—Su intención era buena. Y lo lamenta.

Las mejores intenciones del mundo no iban a compensar la traición.

—Creo que he convencido a Nathaniel de que se tome unas vacaciones. ¿Te lo imaginas? Lo veo tirado en la playa con un informe sobre la inserción orbital.

—¿Al menos podrías volver a las 99?

—¡Eh! —Una voz desde el frente de la multitud se elevó sobre los murmullos de la conversación—. Ya empieza.

Me puse de puntillas para ver por encima de las cabezas y, de paso, alejarme de Helen, que sí tenía buenas intenciones. Betty quería entrar en la revista *Life*, y lo había conseguido con aquella visita. Que le fuera bien.

Ese día todo aquello daba igual. Lo único que importaba era la Luna. Bebí un poco más del cóctel de mora con burbujas y me contagié de la emoción de los demás. No me importaba estar entre tanta gente. El problema era ser el centro de atención.

La sala se quedó en silencio y escuchamos las voces de quienes se encontraban en la sala de control principal. Era como si el lanzamiento lo dirigieran fantasmas. Resultaba extraño estar fuera de la sala de control principal de la misión. Estaba acostumbrada a estar allí dentro y hacer los cálculos. Cerré los ojos un momento y filtré la voz de Nathaniel sobre las demás.

A mi lado, Myrtle jadeó.

—¿Qué es eso?

Abrí los ojos. En la pantalla habían aparecido las primeras imágenes granulosas. Tardé unos segundos en comprender qué eran los grises y negros que parpadeaban.

A través del altavoz, Nathaniel resonó por toda la sala.

—Damas y caballeros, lo que tienen delante ha sido representado en unos y ceros, transmitido a través de las profundidades del espacio y reconvertido de nuevo en imagen. Es la superficie de la Luna.

Entonces, como en un truco de magia, distinguí la curva del horizonte.

La alegría invadió la sala. A mi alrededor, la gente saltaba como si hubiéramos ganado una carrera. En parte, así era, al menos el primer tramo. Levanté el vaso para brindar por el triunfo de la sonda Friendship y el equipo que había organizado la misión.

Malouf levantó las manos en señal de victoria. La señora Rogers bailó como una niña. Parker lanzó un puñetazo al aire con un grito. Eugene levantó a Myrtle del suelo y le dio vueltas en un abrazo. Yo me reí sin parar.

—¡Me pido la siguiente! —Helen golpeó a Eugene en el hombro y este se rio. Levantó a Helen y le dio vueltas una y otra vez.

Miré la pantalla con una sonrisa tan amplia que me dolieron las mejillas. La Luna. Algún día, iría allí. Algún día, caminaría sobre su superficie.

Es curioso cómo cambia las cosas ver materializado lo que quieres conseguir. Cuando empezamos a recibir las imágenes en alta resolución, la belleza de la Luna se volvió más real. Sí, era amenazador, pero el austero paisaje también tenía cierta majestuosidad.

Creo que todos en la CAI nos sentimos con energías renovadas para seguir con el proyecto. Bajé la cabeza y la enterré en los cálculos. Sin embargo, había otra idea a la que no dejaba de dar vueltas.

Los números de Burbujas resultaron estar bien. El cambio en la estructura interior del núcleo de combustible lo volvía mucho más estable, lo que, a su vez, permitía generar un mayor empuje. Con ello, sería posible aumentar las cargas útiles en un 23,5 por ciento, lo que reduciría drásticamente el número de lanzamientos necesarios para establecer la base lunar.

Nathaniel trabajaba en un nuevo plan de acción con esos números. Era lo bastante complejo como para comprobar los cálculos con la IBM, sin importar cuánto la odiara. El programa tardaba horas en ejecutarse y le gustaba vigilar la máquina, incluso cuando Basira, la verdadera programadora, estaba allí. Tampoco es que fuera a solucionar nada si una tarjeta se atascaba o si se producía cualquier otro fallo, pero, en fin, hombres.

—Me han vuelto a invitar a *Watch Mr. Wizard*. —Jugué con el borde de una tarjeta perforada que había sacado de la basura. Cuando apilabas unas cuantas, los agujeros dejaban pasar puntos de luz y casi brillaban.

—¿No me digas? —Nathaniel levantó la vista del resumen que leía—. ¿Has respondido?

Negué con la cabeza.

—Hace tiempo que no voy a Chicago. —Se removió en la silla—. ¿Por qué no nos tomamos unas vacaciones?

—Deja de decir eso. Si tengo que trabajar, no son vacaciones.

—Bueno, lo serían para mí.

Con una sonrisa, rasgué los bordes de la tarjeta en pequeñas tiras. Con la esquina agujereada de la tarjeta, las tiras parecían las plumas en un ala.

—No he dicho que sí.

—Decidas lo que decidas, te apoyaré. Sea lo que sea.

—Lo sé.

Decía aquello para apoyarme, era consciente de ello, pero me trasladaba todo el peso de la decisión. O bien le causaría problemas en el trabajo si seguía luchando por la inclusión de las mujeres en el programa espacial o bien lo decepcionaría. Nunca me diría algo así, pero si estaba orgulloso de lo que hacía, entonces se sentiría decepcionado si abandonaba.

Ya. No es una progresión lógica. Lo sé. Aun así...

Basira se sentó al otro lado de la sala, ajena a la conversación, mientras el compilador traqueteaba. Las tarjetas corrían por el alimentador con un golpe seco cada vez que una chocaba con el protector de metal. Saqué otra tarjeta de la basura y le di la vuelta para que la muesca coincidiera con la de la primera. Alas. Era el quid de la cuestión, ¿no? Las alas, el vuelo y el espacio. Quería ir al espacio hasta un punto irracional, incluso para mí.

Debería estar feliz con mi vida. Lo estaba. Me gustaba ser la señora de Nathaniel York. Si decía que no a *Watch Mr. Wizard*, a las entrevistas y a las invitaciones a cenas, podría volver a concentrarme en mi marido y en el trabajo. Adoraba las dos cosas, pero quería más.

¿De verdad me iba a conformar con hacer los cálculos de las ideas de otra persona? Sí, a corto plazo eliminaría el estrés, pero ¿después qué?

Doblé la esquina donde se juntaban las «alas» y las mantuve unidas para que ahuecaran el aire a la vez. Los aviones de papel serían un buen proyecto para *Watch Mr. Wizard*. Podría enseñarle a Rita cómo hacer un túnel de viento. Vaya.

Bajé las alas y la luz que se colaba por el agujero dibujó pequeños destellos.

Me había obsesionado con a quién decepcionaría, con qué pensaría la gente, pero ya sabía la respuesta. A la pequeña niña del programa. A las Girl Scouts con sus cascos de papel de aluminio. A las escritoras de cartas con lápices de colores. A mi sobrina.

¿Qué pensaría la gente?

Esas niñas me creían capaz de hacer cualquier cosa. Creían que las mujeres podían ir a la Luna y que, por tanto, ellas también podrían. Por eso tenía que seguir, porque, cuando tenía su edad, habría necesitado a alguien como yo. Una mujer como yo.

—Voy a decir que sí.

Nathaniel asintió y me miró.

—Iré contigo.

—Esa semana hay un lanzamiento.

—Es un lanzamiento de suministro con material de construcción para la plataforma orbital y sin tripulación. El equipo es sólido y no me necesitarán para ninguna conferencia de prensa.

Se levantó, se acercó y, aunque Basira estaba allí, me besó.

—¡Nathaniel! ¿Qué va a pensar Basira?

—Que te quiero, y tendrá razón.

CAPÍTULO 21

EL PROGRAMA ESPACIAL SE GANA EL RESPETO DE LOS RUSOS

Edición especial de *The National Times*
Princeton, Nueva Jersey, 3 de diciembre de 1956 — Hoy se ha informado a la Coalición Aeroespacial Internacional de que la «gran admiración que el pueblo ruso siente por los avances científicos y técnicos de la CAI» era clave para la futura comprensión y cooperación entre Rusia y esta organización.

Volamos a Chicago con mi avión un día antes. Nathaniel se esforzó al máximo para mantenerme tranquila y ocupada hasta el momento de ir al estudio. Por mucho que hubiera querido que delegara parte del trabajo, me resultaba extraño saber que se realizaría un lanzamiento sin él. Jamás imaginé que llegaríamos a un punto en que estos serían rutinarios, pero cuando haces uno o dos al mes, tu percepción cambia.

—¿Damos un paseo en barco? —Me detuve junto a un letrero del Mercury SceniCruiser mientras cruzábamos el puente de la Avenida Míchigan.

—Suena helado. —Nathaniel se había rendido ante el viento que venía del lago y se había quitado el sombrero. Tenía las orejas rosadas por el frío.

Llevaba razón. El viento soplaba con fuerza, pero cuando cesaba, el sol calentaba bastante, aunque fuera diciembre.

Por fin terminaba el invierno. Entonces, llegaría el verano y nunca se iría. Miré por las escaleras y vi un barco atracado en el muelle junto al río.

—Tiene una cabina interior. Venga. Será divertido.

—Que no tenga teléfono público no tiene relación alguna con tu interés.

Lo agarré del brazo.

—Que lo primero en que pienses sea en si tendrá o no teléfono es bastante revelador, ¿no te parece?

Se rio y nos condujo hasta las escaleras.

—Pillado. Lo siento. Me esfuerzo por no pensar en el trabajo.

—Lo sé. —Le di una palmadita en el brazo cuando y bajamos al río. Ya lo había encontrado en dos teléfonos públicos distintos aquel día—. ¿Quieres que volvamos al hotel?

Negó con la cabeza y suspiró.

—No hace falta. Solo los molesto cada vez que llamo.

—Es tan bonito verlos crecer.

El viento no era tan malo cuando estuvimos por debajo del nivel de la calle. Había algunos turistas, la mayoría familias con niños, pero no demasiados, pues era martes. Esperamos detrás de una pareja para comprar las entradas. Mientras el hombre hablaba con el joven de la taquilla, su mujer se giró y nos sonrió, de esa manera en que, a veces, se hace con los extraños en las colas.

Después, nos miró una segunda vez.

Me preparé. No. No podía ser. De repente, sentí una gran fascinación por el río, como si observar el agua y la basura de las orillas fuera a evitar que hablase con alguien que, sin duda, me había reconocido. Quería cambiar la percepción pública de las mujeres y nuestra capacidad para ser astronautas, pero nunca había deseado convertirme en una chica de calendario para los vuelos espaciales.

De reojo, me percaté de que la mujer todavía me miraba. Tomó aire mientras se preparaba para hablar. Levantó una mano ligeramente hacia mí para llamar mi atención.

—Perdona.

—¿Sí? —Le eché un vistazo, pero fingí que el barco era lo más interesante que jamás había visto.

—Siento molestarte, pero me resultas familiar.

Me encogí de hombros y busqué a Nathaniel, pero el marido de la mujer había terminado de comprar las entradas y el mío se había adelantado. Esbocé una sonrisa neutra para no parecer molesta.

—Tengo una cara común.

—¿Eres Elma Wexler, por casualidad?

Wexler. Al oír mi apellido de soltera, volví la cabeza como un resorte.

—Sí. Soy yo.

No la reconocía. Regordeta y rubia, con algunas canas, parecía la madre de alguien. Tal vez alguno de los niños que observaba el barco fuera su hijo.

—Perdona, no…

—Han pasado muchos años. Soy Lynn Weyer. Vivía en la casa de al lado. En Wilmington.

Me quedé boquiabierta.

—Por amor de Dios. ¿Lynn Weyer?

—Ahora soy Lynn Bromenshenkel. —Se giró y se dirigió al hombre que la acompañaba—. ¿Luther? Esta es Elma Wexler.

—Es York, ahora. Vivimos una junto a la otra durante dos años.

Habló igual que cuando éramos crías.

—Fue el periodo más largo que pasé en un mismo lugar, debido al trabajo de mi padre. —Cuando sonrió, vi a su yo de diez años enterrada bajo los años pasados. Siempre se le arrugaba la nariz cuando sonreía—. ¿Te acuerdas del incidente del pastel de barro?

—Menuda regañina me llevé. ¿Recuerdas lo de la casa de cristal, cuando Hershel se tropezó y se abrió la rodilla?

La risa de Lynn no había cambiado ni un ápice. Salió de su boca como las vibraciones sónicas de un cohete.

—Cuánta sangre. —Le puso una mano en el brazo a su marido—. No fue tan horrible como suena. No sé por qué me río. Me alegro mucho de verte.

Ninguna preguntó a la otra por sus padres. Con el tiempo, la gente había dejado de hacerlo.

Nathaniel volvió de la taquilla con las entradas en la mano y repetimos las presentaciones. Uno de los niños era suyo, pero tuvo la nariz metida en un libro todo el tiempo y, si me había visto en *Watch Mr. Wizard*, no me vio en el barco.

Cuando nos alejamos del muelle, encontramos un hueco en la cabina interior junto a Lynn y su marido. Me apoyé en el brazo de Nathaniel y vi pasar Chicago en el exterior.

La voz del capitán crujió en los altavoces del techo del barco.

—Buenas tardes, amigos. Si miran a la derecha, verán el hotel Murano, diseñado por Jette Briney. Los balcones redondos deberían recordarles a las hojas de un árbol. Además, al igual que un árbol, continúa bajo tierra, con toda una red de búnkeres diseñados para resultar cálidos y acogedores. Nunca he estado allí, porque se necesita mucho más dinero del que gana el capitán de un barco. —Se rio de su propia broma.

Incliné la cabeza hacia atrás para mirar a Nathaniel, que negaba con la cabeza. Seguro que había pensado lo mismo que yo: que los búnkeres subterráneos no eran una mala idea si te preocupaba que hubiera otro impacto, pero ¿junto al río? Cuando las temperaturas subieran de nuevo y el nivel del mar se elevara, sería un desastre.

—Hoy les he preparado un bonito regalo: saldremos a pasear por el lago. —El barco redujo la velocidad cuando llegamos a las esclusas del lago Míchigan.

Nathaniel se giró en el asiento para mirar por la ventana y verlas en acción. Nunca dejaría de ser un ingeniero.

—Vaya. Me pregunto si... —Cerró la boca.

—¿Qué te preguntas?

Se aclaró la garganta.

—Si deberíamos invitar a Myrtle y Eugene a cenar cuando volvamos.

—No es lo que ibas a decir.

Esbozó una sonrisa irónica.

—No. Pero permíteme corregir el rumbo.

En otras palabras: que lo que iba a decir tenía que ver con cohetes. Le di una cariñosa palmadita en el muslo.

—Estaría bien. A lo mejor podríamos...

La voz del capitán resurgió al volumen justo para dificultar la conversación.

—El año pasado no lo hicimos porque el lago estaba congelado, pero este invierno está siendo lo bastante cálido para permitirnos ofrecerles una buena vista de Chicago, navegar junto al muelle de la Armada y ver el planetario Adler. Una curiosidad interesante: ¿sabían que los astronautas usan el planetario para practicar la navegación?

Nathaniel y yo nos miramos y me reí.

—No hay escapatoria, ¿eh?

Con horror fingido, dijo:

—El programa espacial está en todas partes.

Al otro lado de la cabina, el marido de Lynn gruñó.

—Menuda gilipollez.

—Luther. —Lynn lo golpeó en el brazo—. Esa boca.

—¿Un par de años de mal tiempo y ahora debemos ir al espacio? —Se encogió de hombros y la piel del cuello se le abultó sobre el abrigo—. Aunque me creyera esas tonterías, ¿por qué no invertir el dinero en mejorar las cosas aquí en la Tierra?

—Eso hacen. —Apoyé la mano en la rodilla de Nathaniel para indicarle que me yo ocupaba—. De ahí el racionamiento; intentan eliminar cualquier cosa que empeore el efecto invernadero. El programa espacial solo es una parte.

—Un invierno eterno. Por favor. —Señaló la ventana delantera, que casi había alcanzado las esclusas—. Ya ha escuchado al capitán.

—Creo que lo ha entendido mal. El invierno era temporal. El problema es que la temperatura empezará a subir pronto. Lo que de verdad nos preocupa es el «verano eterno». —En Kansas City y en la CAI, vivíamos rodeados de gente que lo entendía y todos trabajábamos por el mismo objetivo—. Además, no es una buena idea guardar todos los huevos en la misma cesta, ¿no? El programa espacial solo es otra cesta más.

—Señora. Agradezco su opinión, pero hay fuerzas económicas en juego que no espero que entienda. Las grandes empresas han visto una oportunidad de ganar dinero con el gobierno. Son todo conspiraciones e intrigas.

Nathaniel respiró hondo.

—Soy el...

Dejé caer el bolso para pararlo.

—¡Vaya! Qué torpe soy. —¿Admitir que era el ingeniero líder del programa espacial mientras estábamos atrapados en un barco con aquella gente? Estaba demasiado enfadada para seguir hablando y no parecía que fuera a mejorar—. Lynn, ¿te acuerdas de que siempre se me caía todo?

Me siguió la corriente para cambiar de tema, bendita fuera, y a partir de ese momento la conversación fue de lo más normal.

¿De qué hablamos? Ni siquiera lo sé. ¿De todo? ¿De nada? Solo fue normal. Hasta que me crucé con Lynn, no me había dado cuenta de lo extraordinaria que se había vuelto nuestra vida. Tenían un hijo. Esperaban otro. Tenían una hipoteca, por amor de Dios.

Una hipoteca. Nathaniel y yo temíamos demasiado al futuro como para mudarnos del apartamento y los Bromenshenkel habían planeado un futuro de veinte años con una hipoteca.

Al día siguiente, Nathaniel me acompañó al estudio. Fue un alivio. En un programa sobre ciencia, el doctor Nathaniel York de la CAI era toda una celebridad, así que me permití desvanecerme y ser solo la señora York durante un rato.

Diría que Nathaniel intentó ser lo más encantador posible para que la atención no se centrase en mí. Y no me hizo falta entrar en conversaciones triviales con nadie. Más de una vez pensé en el médico al que me había llevado y me arrepentí de no haber recogido la receta. Pero solo vomité una vez y no creo que nadie, excepto Nathaniel, lo supiera.

Después, llegó la hora de moverse.

El ayudante, cuyo nombre todavía no recordaba, apareció en la mesa de maquillaje.

—¿Doctora York? Ya está todo listo.

Nathaniel se giró hacia él y abrió la boca, pero la volvió a cerrar con una risa.

—Ha dicho «doctora». —Se inclinó para besarme la mejilla y me susurró—: Los números primos son tus amigos.

Qué bien me conocía. Le susurré:

—Más tarde comprobaré si eres divisible.

Como respuesta, me regaló una risa mal disimulada con un tosido y se ruborizó un poco, lo cual era un buen añadido.

—Solo por una.

Se enderezó, me guiñó un ojo y dio un paso atrás.

Esa vez me resultó un poco menos aterrador seguir al ayudante, aunque no sabría decir si fue porque ya era consciente de qué esperar o porque había estado demasiado ocupada para ponerme nerviosa. La mayor parte del tiempo estaba bien, solo sentía unas suaves mariposas en el estómago. No necesitaba pastillas.

Hasta que el ayudante miró a Nathaniel y le dijo:

—Le mostraré desde dónde puede mirar, doctor York.

—No. —Se me escapó antes de saber por qué no quería que Nathaniel me viera. Al fin y al cabo, para eso había venido. Además, ya había presenciado el otro programa, y no iba a hacer nada impactante ni difícil.

—Da igual. No importa.

Nathaniel me miró un segundo.

—Creo que prefiero mirar desde la cabina de control. Me interesa ver cómo funciona todo.

«¿Qué pensará la gente?». Me conocía a la perfección; no tenía sentido que me asustara cometer un error delante de él. Me había visto hacer el tonto decenas de veces, como el desastre de la «ensalada de diente de león». Aun así, asentí.

—Parece buena idea.

Después, recorrí los pasillos del estudio hasta el plató y la marca junto a la puerta falsa. Al otro lado de esta, el ayudante del director exclamó:

—Entramos en directo en cinco, cuatro, tres...

El tres era un número primo, igual que el cinco. Respiré por la boca. Siete. Once. Trece.

El asistente levantó la carpeta y señaló el escenario con la cabeza. Era mi señal. Puse la mano en el pomo y crucé la puerta con una sonrisa.

Don me miró y sonrió.

—¡Doctora York! Me alegro de que esté aquí. Rita y yo intentamos averiguar qué combustible usar para nuestra botella cohete.

A su lado, Rita sujetaba una botella con alerones en los laterales como si fuera un cohete de juguete. Esa vez llevaba un vestido azul con lentejuelas de estrellas.

—Creo que puedo ayudaros. —Caminé hasta la marca como una veterana y sonreí a Rita, que me devolvió el gesto. Quizá solo actuaba, pero, aun así, por eso había venido.

En ese momento, deseé que Nathaniel estuviera allí para verme.

El cohete en miniatura que habíamos fabricado con una botella llena de bicarbonato de sodio y vinagre se elevó de la improvisada plataforma de lanzamiento y dejó a su paso una estela de gas espumoso. Voló sobre el plató y, fuera de cámara, un par de tramoyistas con una manta lo atraparon cuando cayó.

Rita aplaudió, extasiada.

—¡Qué pasada, doctora York! —Se volvió hacia Don—. Oiga, Mr. Wizard, ¿qué pasaría si usáramos un cohete más grande?

Este rio y se llevó una mano a la cadera.

—¿Recuerdas los cálculos que te enseñó la doctora York?

—¡Pues claro! —Se giró hacia mí—. Solo tendría que averiguar cuánto pesa el nuevo cohete. ¡Eso sé hacerlo!

Mr. Wizard le dio la hoja de papel que habíamos usado antes.

—Eso es, muy bien. Nos vemos la semana que viene.

Desde detrás de las cámaras, el director dijo:

—Y estamos fuera. Buen trabajo, gente.

Me desplomé sobre la encimera y suspiré mientras la energía se me escurría del cuerpo. La televisión no se parecía en nada a hacer cálculos, pues los problemas que presentábamos los habíamos discutido de antemano. Sin embargo, la precisión con la que todo el estudio trabajaba para hacer el programa en directo me recordaba un poco al cuarto oscuro los días de lanzamiento, cuando docenas de personas competentes se concentraban en un mismo objetivo.

Don se apoyó a mi lado.

—Tienes un talento natural.

Solté una risotada.

—La televisión no tiene nada de natural.

—¡Ja! Supongo que no. —Se aflojó la corbata y me invitó a salir del plató con él—. Aun así, haces que las matemáticas parezcan interesantes.

—Es que lo son. —Me encogí de hombros—. Sé que la mayoría no opina lo mismo, pero, en mi opinión, se han desanimado porque les han enseñado a temer a los números.

—Es una bonita forma de verlo. —Me sujetó la puerta del estudio para entrar en el laberinto de pasillos de vuelta a los camerinos—. ¿Nathaniel se ha quedado?

—Lo ha visto desde la sala de control. —Era probable que siguiera allí mientras daban las últimas pinceladas.

—Para mí, la CAI acertaría si crease un programa para los dos, como *The Johns Hopkins Science Review,* pero del espacio. —Se detuvo en la puerta de su camerino—. ¿Cuánto tiempo os quedaréis en la ciudad?

—Volvemos a casa mañana. —No pensaba mencionar la idea de presentar mi propio programa. Solo me consolaba haber disimulado el terror con tanta habilidad.

—Si no tenéis planes para cenar, ¿os gustaría acompañarnos a Maraleita y a mí?

—Nos encantaría, pero tenemos una cita con el planetario Adler. —Me encogí de hombros, apenada. Nathaniel se había esforzado mucho por no sugerir que visitásemos el programa de entrenamiento de astronautas, así que se lo propuse yo—. Se supone que iban a ser unas minivacaciones, pero ambos tenemos que trabajar.

—La próxima vez.

No dejé de sonreír mientras me despedía y logré llegar al camerino antes de ponerme a temblar. «La próxima vez». No pararía nunca. Cerré la puerta y me senté en el sillón. No me había pasado nada malo. Estaba bien. «3,14159...». Me incliné hacia delante, con la cabeza en las rodillas, y enterré la cara en la lana de la falda.

«Querida, el cuerpo no debería reaccionar así al estrés».

Debía recuperarme antes de que Nathaniel volviera de la sala de control o se preocuparía. No estaba enferma. Estaba bien. Respiraciones profundas. Respiraciones lentas y profundas para deshacer el nudo de tensión que se había formado en mi abdomen. «2, 3, 5, 7, 11...». El programa había salido bien. Don estaba contento. No me habían comido los lobos.

Alguien llamó a la puerta. Me senté demasiado rápido y la habitación se desdibujó un poco por los bordes. Me froté los ojos y esbocé una sonrisa.

—¡Adelante!

Don abrió la puerta. Estaba tenso y fruncía las cejas, preocupado.

—Elma, será mejor que vengas conmigo. Creo que Nathaniel ha recibido malas noticias.

La habitación se enfrió. Pasé de estar sentada a colocarme junto a Don en menos de un segundo.

—¿Qué clase de malas noticias?

—No estoy seguro. —Me llevó por el pasillo. Tenía las manos entumecidas y no sentía el suelo al andar. Creo que lo supe incluso antes de que lo dijera—. En la radio dicen que ha explotado un cohete.

CAPÍTULO 22

ADVIERTEN DE LA NECESIDAD DE UTILIZAR PROPANO PARA ELIMINAR LOS GASES DE LOS AUTOBUSES

Control del Aire insta a la ciudadanía a usar «gas embotellado»

Chicago, Illinois, 4 de diciembre de 1956 — El doctor Leonard Greenburg, presidente de la ciudad para el Control de la Contaminación del Aire, afirmó ayer que el uso de gas propano, conocido comúnmente como «gas embotellado», podría eliminar los gases nocivos de los autobuses. Al parecer, estos humos contribuyen al supuesto «efecto invernadero» provocado por el meteoro. Sin embargo, el alcalde de Chicago cuestionó si semejante revisión del sistema de autobuses era realmente necesaria.

En la sala de los guionistas había una mesa alargada con diez sillas. Nathaniel estaba sentado, encorvado sobre el teléfono. Se cubría los ojos con la mano mientras escuchaba a la persona del otro lado de la línea. Tenía un lápiz roto delante.

Cuando entré, no levantó la vista. Don cerró la puerta detrás de mí. El ruido de los tacones me pareció atronador cuando crucé la habitación, pero Nathaniel no me miró.

—Sí, si tienes la altitud, los ordenadores deberían decirte cuánto propulsante queda.

Arrastré una silla, e intenté que no rechinase sobre el linóleo. Me senté con un crujido de la falda. Le puse una mano en la espalda para indicarle que estaba allí. Como si no me hubiera oído. Estaba rígido y empapado en sudor frío.

—No, lo entiendo. Pero, al menos, a los bomberos la gravedad del incendio.

Apenas oía a la persona del otro lado de la línea. Alguien de la CAI, quizá el director Clemons.

—Ya veo. —Suspiró y hundió más la cabeza—. No. No podemos contabilizar el combustible en la granja.

El corazón me dio un vuelco. ¿Granja? La ruta de vuelo de los cohetes se calculaba con mucho cuidado para no pasar sobre ninguna población o granja. Por lo que Don me había dicho, había asumido que el cohete había explotado en la plataforma de lanzamiento. A veces ocurría en las pruebas, pero no con cohetes de calidad comprobada como los de clase Júpiter.

—Vale. Sí. Elma ya ha terminado, así que volveremos de inmediato. —Asintió y se acercó la base del teléfono—. Entendido.

Después colgó. Miró la mesa o, tal vez, tuviera los ojos cerrados. Con la mano sobre ellos, no lo sabía.

—¿Qué ha pasado?

Se incorporó y, por fin, apartó la mano. Tenía los ojos inyectados en sangre y rastros de las lágrimas le marcaban las mejillas.

—Es lo que intentan averiguar. Parece que el propulsor se ha desacoplado demasiado pronto y lo ha desviado del curso.

—Dios mío.

—El cohete ha caído en una granja. —Se llevó las manos a la cara—. Mierda.

¿Qué se responde a eso?

—¿Había alguien?

—Todo está en llamas. —Se limpió los ojos con la manga y se apartó de la mesa para ponerse en pie—. Tengo que volver.

—Por supuesto. —Aunque no sabía cómo seríamos de ayuda ninguno de los dos—. No es culpa tuya.

—Soy el ingeniero jefe. —Nathaniel se apartó de mí y se levantó con las manos en las caderas y la cabeza gacha. Los segundos pasaron mientras respirábamos con dificultad.

No debería haberle pedido que viniera.

—Lo siento.

Toda la tensión de sus hombros se esfumó y se hundió.

—No. Elma, no. —Cuando se giró, tenía una expresión demacrada y atormentada—. No te eches la culpa. Tienes razón. Era un lanzamiento rutinario, aunque hubiera estado allí, no habría cambiado nada.

Ojalá se lo creyera.

Desde el avión de vuelta de Chicago, cuatro horas después de la caída del cohete, todavía se apreciaba la columna de humo sobre la granja. Las llamas lamían la parte inferior de la columna con hambrientas lenguas naranjas. Había sido un cohete, no un meteorito. Saberlo no suponía ningún consuelo real, pues la muerte había vuelto a caer del cielo.

En el asiento de al lado, Nathaniel gruñó. Tenía los puños apretados sobre las rodillas y los hombros encorvados.

—¿Puedes sobrevolarlo?

—No creo que sea buena idea. —Mi marido apenas había abierto la boca desde la llamada. Me había ocupado yo sola de hacer las maletas, porque, cuando volvimos al hotel, se distrajo con la radio, que informaba en directo del desastre. Había niños en la granja.

—¿Cerca, entonces?

—Nathaniel.

—¿Sí o no?

—Sí.

Volábamos con reglas de vuelo visual, así que no tenía que consultar a una torre para alterar el plan de vuelo. Nos dirigí hacia la granja. El fuego se había concentrado sobre todo en los campos, pero se había extendido a la casa y al granero. Y a los edificios anexos. El zumbido del motor y el silbido del viento en las alas se unió al murmullo de las llamas.

Observé el cielo con las manos tensas en los mandos. Al ver el fuego, una parte de mí pensó en que un meteorito acababa de caer. Incluso después de percatarme de que buscaba una eyección que no existía, seguí con la vista clavada en el cielo. Era mejor que mirar al suelo.

—No debería haber ido hacia el sur. —Nathaniel se había inclinado hacia delante para apoyar la cara contra la ventana y mirar hacia abajo—. Han debido de fallar los giroscopios.

—Tendrán la telemetría en el Control de Misión.

—Ya lo sé —espetó.

—Vale.

Miró por la ventana, con los puños aún apretados. El humo se agolpaba frente a nosotros y aparté el avión de la granja.

—¿Qué haces?

—Evitar las corrientes de aire. —Nivelé el avión y cambié el rumbo hacia la CAI, alarmada por lo cerca que estaba. Había una pista donde los astronautas aterrizaban sus T-33—. ¿Puedes llamar a la torre? Consigue permiso para aterrizar en la CAI en lugar de hacerlo en el New Century AirCenter.

Miró por la ventana un rato más, después, asintió y alcanzó el micrófono.

Cuando aterrizamos, Nathaniel fue directo al control de misión. Conduje el avión al hangar y lo metí junto a los elegantes T-33. Se los habían asignado a los astronautas para que volaran a los diferentes lugares de entrenamiento.

A su lado, el Cessna parecía un juguete. Podría haberlo empujado hasta el hangar. Me avergüenza que, a pesar de la tragedia, durante un instante, envidié los aviones. Cuando me bajé del Cessna, el hedor a madera, carne y queroseno quemados invadió el aire. Me tragué una arcada.

Antes de cruzar la pista, otro T-33 llegó al hangar. Me quedé donde estaba para dejar vía libre al piloto. Eran aviones muy buenos en el aire, pero su visibilidad en tierra era bastante limitada.

El motor se apagó y la cabina se abrió. Stetson Parker salió de la parte delantera y Derek Benkoski del asiento del copiloto. Seguro que a este no le había hecho gracia. Parker salió tan rápido que me pregunté si le habría dado tiempo a comprobar toda la lista de verificación de apagado. Era más probable que hiciera que Benkoski se encargara.

Parker me vio y cambió el rumbo.

—¿Es muy grave?

Sacudí la cabeza. Detrás de él, Benkoski salió de la cabina y nos observó como un escáner de largo alcance en busca de cualquier indicio de información. No tenía nada que ofrecerles.

—Acabamos de llegar. ¿Lo han sobrevolado?

Asintió con expresión sombría y se volvió hacia el edificio.

—Me pregunto cuánto tiempo nos dejarán en tierra.

—¿Es lo que le preocupa? Habrá muerto gente, ¿y le preocupa el próximo vuelo?

Se detuvo, se irguió y crujió el cuello. Luego se giró.

—Sí. Es lo que me preocupa. Me subo a esos cohetes y pido a los hombres de mi equipo que hagan lo mismo, así que sí. Me pregunto cuánto tiempo tardarán en averiguar qué ha pasado, porque este era un vuelo no tripulado. Pero en ese cohete podríamos haber ido yo, Benkoski o Lebourgeois, a cuya hija tiene encandilada, mujer astronauta.

Aunque me hubiera gustado devolverle el ataque, tenía razón.

—Lo siento. No lo había pensado.

—No. Claro que no. Nunca lo hace. Persigue lo que quiere sin preocuparse en pisar a cualquiera que se interponga en su camino.

Se dio la vuelta y se marchó hacia el control de misión.

Benkoski soltó un silbido muy largo.

—¿Qué ha sido eso?

—Me odia.

—Ya lo veo. Pero ¿por qué? —El astronauta era larguirucho y me miró con la cabeza ladeada, como si intentara ver dentro de mi cabeza—. No odia a mucha gente.

—Nos conocimos en la guerra. —Negué con la cabeza. No valía la pena entrar en detalles. Volví al Cessna para empujarlo al hangar—. Da igual. Es un gran piloto, es lo único que importa.

Benkoski se encogió de hombros y me siguió hasta el avión. Se puso al otro lado.

—Los he visto mejores.

—¿Como tú? —Apoyé todo el peso en el puntal del avión.

Sonrió, a pesar del olor a humo del aire, y me ayudó a empujar.

—No lo dudes.

Después de dejar el avión en su sitio, Benkoski me acompañó hasta el Control de Misión. Se sacó del bolsillo uno de los cuadernillos negros que llevaban casi todos los astronautas.

—Oye, mi sobrina te vio en *Watch Mr. Wizard*. ¿Me podrías firmar un autógrafo para ella?

—Claro. —Se me revolvió el estómago cuando acepté el bolígrafo y firmé en una página en blanco. En el horizonte, el mundo ardía.

Nathaniel pasó la noche en el control de misión. Había habitaciones para el equipo y durmió allí. Me mandó a casa. Supongo que descansó lo mismo que yo, es decir, casi nada.

Cuando llegué al trabajo, crucé el pasillo hasta su despacho para llevarle una muda de ropa. Todas las personas con las que me crucé tenían la misma cara que los soldados que acababan de volver de las trincheras en la guerra. Estaban tensos y más demacrados que hacía tres días.

Llamé a la puerta de Nathaniel, aunque estaba abierta, para no asustarlo al entrar. Tenía el pelo rubio encrespado y unas enormes ojeras bajo los ojos cuando levantó la vista.

—Gracias.

—¿Has comido algo? —Dejé la camisa limpia en el respaldo de una silla.

En la mesa había pilas de lecturas de telemetría. Tenía un lápiz en la mano y repasaba la lista de números.

—No tengo hambre.

—La cafetería estará abierta.

—Que no tengo hambre. —Tensó la mandíbula mientras trabajaba.

—Vale. Lo siento. —Retrocedí hacia la puerta. Solo quería ayudar, pero me había interpuesto en su camino.

Nathaniel suspiró y bajó la cabeza, casi apoyó la barbilla en el pecho.

—Espera. —Se frotó los ojos y se levantó mientras se tapaba parte de la cara—. Elma, no estoy enfadado contigo. Lo siento. He sido brusco y grosero. Cierras la puerta, ¿por favor?

Asentí y empujé la puerta. Una vez asegurada, Nathaniel suspiró y se hundió en la silla.

—Soy un desastre.

—¿Por qué no descansas un rato?

—Porque todo el mundo quiere saber qué pasó. Y no lo sé. —Tiró el lápiz a la mesa—. No lo sé. El oficial de seguridad de rango debería haber de activado la autodestrucción cuando se desvió del rumbo y no lo hizo. Pero no sé por qué explotó en primer lugar, y debería saberlo.

Rodeé la mesa y me coloqué detrás de él. Le puse las manos en los hombros y me incliné para darle un beso en la cabeza. Olía a sudor y a tabaco.

—Lo harás.

No. No era humo de tabaco. Era el hedor de la granja en llamas. Nathaniel negó con la cabeza y los músculos bajo mis manos se sacudieron al mismo tiempo.

—El gobierno abrirá una investigación.

Le hundí los pulgares en los músculos tensos y gruñó. Apoyé todo el peso en él y dibujé pequeños círculos.

—Parker se preguntaba cuánto tiempo se quedarán en tierra.

—Llevará meses revisarlo todo. —Se tocó la frente—. También habrá que retrasar la expedición a la Luna.

La expedición a la Luna no estaba programada para usar el mismo tipo de cohete, por lo que no debería verse afectada por el fallo en este. Por otro lado, este cohete tampoco debería haber tenido ningún defecto. Además, la plataforma orbital también se retrasaría debido a la pérdida de la carga útil.

Nathaniel se aclaró la garganta y los músculos de la nuca se le tensaron de nuevo.

—¿Elma?

—Estoy aquí.

Tragó saliva.

—No creo que… Voy a tener que quedarme aquí los próximos meses.

—Me lo imaginaba.

Cualquier oportunidad de que se tomara unas vacaciones se había desvanecido. Hice una mueca. Le había echado en cara a Parker que se preguntara el tiempo que tardaría en volver a volar y yo me preocupaba por las vacaciones. Menuda imbécil.

—No podré ir al Bar Mitzvah de tu sobrino.

Dejé de mover las manos.

—Ah. —Incliné la cabeza y reanudé el masaje mientras ordenaba mis ideas. No quería dejar a Nathaniel solo con toda la presión a la que estaba sometido. Pero Hershel me necesitaba y era el Bar Mitzvah de Tommy, por amor de Dios—. ¿Te importa si voy sola?

—Menos mal. —Se giró en la silla y me miró—. Me había preparado para convencerte de que fueras.

Le aparté el pelo de la cara.

—¿Lo ves? No tenías por qué preocuparte. Estoy dispuesta a abandonarte en cualquier momento.

Sonrió, aunque le costó.

—Menuda mentira. —Me rodeó con los brazos y me acercó—. Gracias.

—¿Por qué?

—No puedo chillar cuando salgo de aquí y no por falta de ganas. Quiero gritar y rechinar los dientes. Así que gracias por darme un lugar donde poder ser horrible y encontrar el camino de vuelta.

CAPÍTULO 23

LA EXPLOSIÓN DEL COHETE JÚPITER
LA PROVOCÓ UN ERROR HUMANO

Kansas City, Kansas, 12 de diciembre de 1956 (United Press International) — En un informe preliminar, se ha culpado a la transcripción incorrecta de un programa (en apariencia, un error humano) de la explosión del martes de una segunda etapa del cohete lunar Júpiter. La nave se desvió de su curso y se estrelló contra una granja, matando a once personas. El gobierno llevará a cabo una investigación para determinar si el desastre se podría haber evitado.

No quería dejar a Nathaniel, pero, tal como había predicho, el gobierno abrió una investigación por el accidente. Además de los informes internos de la CAI, había que preparar documentos que los inexpertos en la materia entendieran.

Lo más inteligente era tomar un avión comercial a California, pero quería aclararme la cabeza, y volar siempre me ayudaba. Sin embargo, Nathaniel insistió y, de vez en cuando, sé cómo ser racional. En fin. Viajé por primera vez en un vuelo comercial.

No me impresionó. La única ventaja fue que sirvieron cócteles que no habría disfrutado si hubiese pilotado yo. La vista era terrible. El piloto rebotó dos veces al aterrizar y ni siquiera tenía el viento de cara como excusa.

Pero levantarme y salir del avión sin revisar una lista de verificación estuvo bien. ¿Bajar del avión y ver a mi hermano esperando? Fue glorioso.

Hershel estaba con Doris, Tommy y Rachel. California lo trataba bien. Estaba bronceado y llevaba una camisa hawaiana fina con un estampado de hibiscos. Los niños habían crecido como la hierba y Tommy era casi tan alto como su padre. Hacía tres años que no los veía. Rachel se quedó un poco más atrás, pero sonreía y se le dibujaban hoyuelos en las mejillas.

—¡Tía Elma! —Tommy no era tímido; nunca lo había sido. Fue el primero en cruzar el espacio que nos separaba y me hizo tropezar por la fuerza de su abrazo—. ¡Has venido! Hay un sitio muy chulo para lanzar aviones desde nuestra casa nueva. He construido uno muy bueno que no es de un kit.

Hershel avanzó con las muletas.

—Tranquilo, tigre. Llevemos a la tía Elma a casa antes de que le planees todo el itinerario.

Al liberar a mi sobrino, hice señas a Rachel.

—¿Me das un abrazo?

Asintió y se acercó. Tuve que agacharme, pero no tanto como la última vez que la había visto. Doris apoyó una mano en el hombro de su hija.

—Cuéntale lo del club.

Me miró con los ojos muy abiertos.

—Hemos creado un Club de la Mujer Astronauta. Es su-pergenial.

—Qué bien, cariño. —Se me encogió el estómago al comprender por qué de pronto se comportaba con timidez. Ya no era solo su tía. Era alguien. La mujer astronauta—. Tal vez lo visite, ¿te parece bien?

Rachel asintió, con los ojos muy abiertos y brillantes. Después se volvió hacia su madre con las manos entrelazadas como si hubiera ganado un premio. ¿Qué esperaba? Llevaba tres años sin verla y ahora era…

Si fuera una astronauta de verdad, no me molestaría tanto. Tal vez. La gente me llamaba la «mujer astronauta» porque no me permitían serlo. Ese era el problema. La gente me conocía porque ansiaba un papel que no podía tener. Que la gente y mi sobrina me llamasen así era como sentir celos de un personaje de televisión, solo que este era yo. ¿Se puede estar celosa de una misma?

Me enderecé y recorrí el espacio que me separaba de mi hermano. Había soltado la empuñadura de una de las muletas y la sujetaba con la otra mano para devolverme el abrazo sin clavarme el palo metálico en la espalda. Lo rodeé con los brazos. A pesar de los hibiscos impresos por todas partes, la camisa hawaiana olía a lavanda.

—Te echaba de menos.

—Has perdido peso. —Me echó hacia atrás; tenía los ojos entrecerrados detrás de las gafas—. Ya hablaremos.

Menos mal que Nathaniel no había venido o, en ese momento, lo habría asesinado con la mirada.

—No tardaré en recuperarlo con la comida de Doris.

Lo solté para saludar a mi cuñada.

—No sé yo. —Soltó una risita estridente, que recorrió toda la escala musical—. Voy a ponerte a trabajar. ¿Hershel no te lo ha dicho?

—Para eso he venido. No sabría estar de vacaciones aunque me cayeran encima. —Lo cual era lo que solían hacer.

Me acuerdo del Bar Mitzvah de Hershel. Es siete años mayor que yo, pero es uno de los primeros recuerdos que se me quedaron grabados. Al menos, algunas partes. Me acuerdo de que me estiré para verlo por encima del banco de la sinagoga y que se trabó con las palabras cuando leyó los fragmentos de la Torá. Después, con solo seis años y convencida de mi propia infalibilidad, anuncié que no me equivocaría cuando llegara mi Bar Mitzvah.

No se rio de mí como habrían hecho muchos chicos. Se balanceó en las muletas y, apenado, miró a nuestro padre. Esa angustia, en lo que era un día feliz, se me quedó grabada, y representa muy bien a mi hermano. Se sentó y dio unas palmaditas al sofá para que hiciera lo mismo. Después, me explicó que las chicas no tenían un Bar Mitzvah. Ahora es diferente, pero así funcionaba el mundo en 1934.

Lloré. Me abrazó. Ese era mi hermano mayor.

También fue la primera vez que entendí lo que significaba ser una chica.

Cuando nos sentamos en los bancos para el Bar Mitzvah de Tommy, quise colocarme a Rachel sobre el regazo y decirle que podía hacer todo lo que quisiera, pero sería mentira.

La pena que sentía por Rachel no me impidió enorgullecerme de mi sobrino al mirarlo. Había practicado hebreo una y otra vez durante toda la semana. Al parecer, le habían contado que Hershel no había ensayado suficiente. Tommy no cometería el mismo error. Lo dijo mientras subía las escaleras, al sacar la basura y mientras lanzábamos aviones en una colina con vistas al mar.

Cuando subió a la Bimah, estaba muy guapo, con el traje, la corbata anudada al cuello y un chal de oración sobre los hombros. Hershel se deslizó por el pasillo y siguió a Tommy al frente con el traqueteo y el chasquido de las muletas y los zapatos de vestir.

A mi lado, Doris soltó un sollozo y se llevó el pañuelo a los ojos. Me alegré de tener el mío en la mano.

La voz de Hershel se quebró al hablar:

—Bendito sea nuestro Señor Dios, que me ha liberado del castigo por los actos de este chico.

Di las gracias por los pañuelos. El mío acabaría empapado al final del servicio.

Entonces, Tommy cuadró los hombros y recitó:

—*Lo marbechem mikol ha'amim chashak Hashem ba'chem, va'yichbar ba'chem ki atem hahm'at mikol ha'amim.*

Sin temblar. Sin miedo. Con la voz clara y juvenil, que alcanzaba el cielo y los oídos de Dios.

«Si el Señor se prendó de vosotros y os eligió, no fue por ser vosotros el pueblo más numeroso de todos, sino porque sois el más insignificante...».

Iba a necesitar otro pañuelo.

Hershel y yo nos sentamos a una mesa en un lateral de la sala de banquetes que habían alquilado. Doris estaba al otro lado, hablando con uno de sus muchos primos. En la pista de baile, Tommy daba vueltas con un grupo de amigos, resplandeciente en una chaqueta blanca.

Qué jóvenes eran. ¿Qué mundo heredarían?

Hershel me dio un codazo.

—¿Qué ha sido ese suspiro?

—Cosas del juicio final. —Le quité importancia con la mano y tomé la copa de champán. La fiesta debía de haberles costado una fortuna. En Francia no habían conseguido una buena cosecha desde antes del meteorito.

—Ya. ¿Tú también miras a los niños e intentas predecir cómo será el clima dentro de cuarenta años? —Asintió y levantó la copa para brindar—. Por el largo verano.

—Por el espacio. —Chocamos las copas y di un sorbo de champán; las burbujas me dejaron un sabor a albaricoque y pedernal en la parte superior del paladar—. ¿Recordarán cómo eran las estrellas?

Negó con la cabeza.

—Rachel no se acuerda.

Se me cortó la respiración. Pues claro. Solo tenía cinco años en el momento en que cayó el meteorito. Cuando el polvo se disipó, ya había suficiente vapor en el aire para que las nubes fueran casi constantes.

—Qué horror.

—Para ella no. —La señaló con la copa de champán mientras la niña bailaba con unas amigas. El vestidito de fiesta de tafetán flotaba a su alrededor—. Lo ve normal, cree que así funciona el mundo.

—¿Incluso con un padre meteorólogo?

—Entiende el concepto, pero es como... Yo no recuerdo cómo era caminar. Contraje la polio cuando era muy pequeño, ya lo sabes. —Puso una mano sobre las muletas, que estaban apoyadas en la mesa—. Para mí, esto es lo normal. De manera racional, sé que no lo es; que una enfermedad me paralizó las piernas, pero no tengo recuerdos de moverlas.

Aunque suene extraño, no lo sabía, aunque supongo que mi memoria estaba igual de sesgada. Mi hermano llevaba muletas desde antes de que yo naciera. Era lo normal. Así que tenía una experiencia de primera mano que confirmaba lo que me explicaba. Esos niños no serían conscientes de cuánto habían cambiado las cosas.

—¿La situación climática es muy grave a nivel global? Estoy tan centrada en la CAI que no le he prestado atención.

—Bueno, el frío ha durado un poco más de lo que habíamos calculado, pero creo que se debe a que basamos los patrones en erupciones volcánicas y la ceniza no es reflectante. Además, no tuvimos en cuenta cuánto tiempo duraron los incendios. Es decir, sí lo hicimos, pero los datos de los primeros días eran muy escasos. —Se encogió de hombros y la luz del techo se le reflejó en las gafas cuando miró arriba—. El efecto invernadero va a llegar, pero parece que el ozono no está tan dañado como esperábamos. Aun así, nos volvemos a basar en supuestos sacados de las pruebas de la bomba atómica.

—Entonces, ¿no llevará a la extinción?

—Por eso no me dejan hablar con la prensa. —Se secó la boca con el dorso de la mano—. La Tierra se va a calentar de forma permanente. Pero, si limitamos la cantidad de gases de efecto invernadero que generamos, entonces sería posible, y resalto que es una posibilidad remota, que todavía sea habitable. Al menos, por más tiempo.

—Algo es algo.

¿Qué le iba a responder?

Nos sentamos a mirar a la gente bailar. El hermano de Doris la había sacado a la pista. Me daba un poco de envidia verla bailar con él. Con cualquiera, en realidad. Me aclaré la garganta.

—Nathaniel siente no haber venido.

Hershel le quitó importancia.

—El accidente del cohete. Lo entiendo.

—Aun así.

Éramos los únicos Wexler entre toda aquella gente. Yo ya ni siquiera lo era, técnicamente, y Rachel dejaría de serlo cuando se casara.

—¿Cómo está?

—Bastante bien, dadas las circunstancias. —La verdad habría sido «muy mal», pero si me quejaba de que él hablase de mí con mi hermano, no tenía derecho a airear sus problemas. Al otro lado de la sala, la banda de *jazz* inició otra canción. No recuerdo cuál, porque me preparaba para la siguiente pregunta de Hershel.

—¿Y tú? —Lo dijo muy tranquilo. Le daba vueltas a la copa entre los dedos, pero me miraba fijamente.

Podría haber ignorado la pregunta. Responderla con un «bien» de cortesía. Mentir. Sin embargo, era el Bar Mitzvah de mi sobrino y estaba sentada con uno de los tres parientes de sangre que me quedaban en el mundo. Observé a los bailarines, con la agradable sonrisa que mamá me había enseñado a esbozar.

—¿Te acuerdas de aquel semestre en Stanford?

—Sí. —No hizo falta que especificara a cuál me refería; se acercó y me puso una mano en el brazo—. Dios. Elma. Lo siento mucho. Cuando me hablaste del día de *Watch Mr. Wizard...* Esperaba que estuvieras de broma.

—Dos veces. Antes del programa. —No me atreví a pronunciar la palabra «vomitar» en medio del precioso salón de baile, lleno de personas sonrientes. Estaba tan tensa que me puse a temblar. Respiré hondo y traté de soltarlo todo para que la tensión también desapareciera—. Y antes de cada entrevista.

—Y... —Se humedeció los labios. Miró alrededor, por si había alguien cerca, y se inclinó hacia mí—. ¿Has vuelto a intentarlo?

Negué con la cabeza antes de que terminase la pregunta para tranquilizarlo.

—No. Me derrumbé una vez y es lo peor que Nathaniel ha visto. Sabe que tuve una crisis nerviosa en la universidad y por qué, pero no los detalles. Por favor, no se lo cuentes, no le digas nada.

—No lo haré. —Me apretó el brazo—. Te prometí que nunca lo haría y me lo llevaré a la tumba, aunque sea la peor metáfora que se me podría haber ocurrido.

Me sorprendí al reírme. Retumbó por la sala en un silencio entre notas y rebotó en la pared más lejana. Las cabezas se volvieron hacia nosotros, pero creo que solo vieron a un hermano y una hermana juntos a los que se les escapaba la risa.

Desde luego, no vieron el recuerdo del año en que intenté ahorcarme.

CAPÍTULO 24

LA VELOCIDAD ES CLAVE PARA EL TRIUNFO DEL PROGRAMA ESPACIAL

Por el doctor Nathaniel York, ingeniero jefe de la Coalición Aeroespacial Internacional, 4 de enero de 1957
El tiempo es el recurso más escaso y el más esencial para los planes espaciales de la humanidad. Dado que no hay manera de aumentar la oferta de este recurso, la única opción sensata es hacer el mejor uso de la pequeña y rápidamente decreciente cantidad disponible.

El contraste entre el salón de baile del Bar Mitzvah de Tommy, azul y dorado por todas partes, y las salas de reuniones del Congreso del Nuevo Capitolio era colosal. Este era un ejemplo de la estética austera y moderna de la moda posterior al meteorito, con cuadros de granito enmarcados por acero inoxidable. Había acudido para apoyar a Nathaniel durante la investigación del accidente del *Orión 27*. Al volver de California, había solicitado mi ayuda al departamento de informática para preparar los datos para la entrevista. Cualquier otra calculadora habría sido apta para el trabajo, pero yo entendía su taquigrafía.

Durante las semanas que siguieron al accidente, preparamos decenas de informes exhaustivos con cientos de gráficos e índices, pero, si los congresistas le pedían una cifra que no tenía, yo se la daría. Al menos, ese era el plan.

El segundo día de entrevistas, el senador Mason, de Carolina del Norte, nos miraba con el ceño fruncido desde el banco. Casi esperaba que llevara una de esas ridículas pelucas como las de los jueces ingleses.

—Un momento, por favor. ¿Debo entender que todo el programa espacial es tan frágil que un solo símbolo lo comprometería? —El director Clemons reordenó sus papeles.

—No, señor. Aunque, en este caso, sí es cierto que se ha debido a un error de transcripción.

—Me cuesta creerlo. Me cuesta mucho. —Si Mark Twain hubiera sido un idiota, aquel hombre habría sido su encarnación—. Me cuesta mucho creerlo.

Se diría que le costaba creerlo.

El senador Wargin, uno de los pocos aspectos positivos del comité, se aclaró la garganta.

—Tal vez, si dejamos que expliquen la ecuación en cuestión…

El corazón se me encogió en el pecho, como si alguien me hubiera enganchado un cable eléctrico a la columna vertebral que me enviaba corrientes por todo el cuerpo. Era mi señal. Por eso había ido. Respiré, pero apenas me llegó aire a los pulmones. Volví a intentarlo. Dios. Jadear no ayudaba.

Mientras me limpiaba las manos en la falda, Nathaniel se levantó.

—Trataré de hacérselo entender.

Miré la madera pulida de la mesa. Luego levanté la vista para seguir a Nathaniel. Al alejarse de la mesa, apartó de mí la atención de toda la sala. No tenía por qué hacerlo. Lo habría explicado. Para eso había ido. Me limpié el sudor de la frente y lo escuché hablar.

Explicar que el hombre responsable de transcribir las fórmulas escritas a mano en tarjetas perforadas se había saltado un solo superíndice era sencillo. ¿Explicar qué hacía ese superíndice? Había que entender toda la fórmula.

Debería haberlo explicado yo. Lo hizo Nathaniel porque me había visto sudorosa y temblorosa y había deducido que sería una carga. Apreté las manos sobre la falda, incliné la cabeza y esperé.

Cuando se sentó, le susurré:

—Mañana deberías traer a Helen. Escribió casi todo el programa.

—Helen es china. —Ordenó los papeles mientras el director Clemons respondía a una pregunta sobre los deberes del oficial de seguridad de rango.

—Taiwanesa.

—Como sea. Mason no oirá nada más que su acento. —Me puso la mano en la rodilla—. Tengo que... —Pero se dio la vuelta para responder a algo que Mason le preguntó desde el estrado—. Sí, señor. Todos los cohetes están equipados con un dispositivo de autodestrucción en caso de mal funcionamiento.

—Entonces, señor, es algo que sucede a menudo y que entra en sus planes.

—Sería irresponsable no contar con planes de contingencia, incluso para los sucesos teóricos. —La voz de Clemons sonaba como si hubiera estado chupando limones y aun así intentara sonreír—. Señor.

Fui una mera espectadora durante el resto de la sesión.

El único momento agradable de aquel calvario fue que, como el senador Wargin formaba parte del comité, Nicole vino a echar un vistazo. Cuando nos levantamos, en el descanso para comer, su vestido amarillo limón fue una nota de color más que bienvenida que destacó entre el acero inoxidable y el granito de la sala de audiencias.

—Estás pálida. —Se acercó a Nathaniel, con la falda ondulando—. Los dos. Sin ánimo de ofender, pero tenéis que salir de esta tumba. ¿Me acompañáis a comer?

Nathaniel se levantó para estirarse.

—Gracias, señora Wargin, pero tengo que repasar algunos puntos con el director Clemons antes de la próxima sesión.

—Tomaremos unos sándwiches. —Clemons se levantó de la silla—. Pero gracias por la oferta.

—Bueno, ¿podría al menos secuestrar a Elma?

Negué con la cabeza.

—Debería quedarme.

Nathaniel me agarró por los hombros y me dio la vuelta.

—Vete. Tráeme un trozo de tarta.

Nicole enlazó su brazo con el mío.

—¿Tarta? Perfecto. Ya sé adónde ir.

Me sacó a rastras de la sala de audiencias y me guio por los abarrotados, aunque silenciosos, pasillos del Nuevo Capitolio. Los funcionarios del Congreso pasaban a toda prisa por la alfombra azul que cubría el suelo, el único punto que suavizaba los ángulos rectos y la piedra.

—No deberíamos irnos muy lejos. —Parpadeé para enfocar la vista—. Tengo que estar de vuelta para cuando empiece la sesión.

—Bueno, sé de buena tinta que uno de los senadores, no diré cuál, siempre se toma dos horas para comer. Hay tiempo de sobra. Además, tenemos que hablar.

El restaurante al que me llevó Nicole rebosaba del estilo anterior al meteorito, con techos altos, lámparas de cristal y espejos por todas partes. Había adornos dorados como los de una novela romántica de la Regencia y me sentí fuera de lugar. Para las audiencias, había limitado mi vestuario a faldas de tubo oscuras. La de hoy era azul marino, con una blusa blanca lisa, para no llamar la atención entre el mar de hombres y sus trajes.

El pañuelo de flores que Nicole llevaba al cuello le enmarcaba la cara con una suavidad más adecuada para el ambiente del lugar. Rompió esa ilusión cuando el camarero nos tomó nota.

—Dos martinis. Dobles. Unos huevos rellenos para empezar y, de segundo, filete miñón para las dos. Poco hecho y sangrante.

—No debería...

—Dos horas. Tiempo de sobra para absorber y recuperar. —Dobló la carta—. Además, parece que vayas a romperte en cualquier momento. Quiero que te relajes antes de hacerte una sugerencia.

—¿Pedir por mí no era parte de la «sugerencia»?

Agitó la mano y el brazalete de diamantes destelló.

—Por favor. Habrías pedido una ensalada y te habrías comido un tercio. Al menos, cuando picotees el filete, absorberás algunas proteínas.

—¿Tan mala pinta tengo?

—Nathaniel y tú, los dos. —Negó con la cabeza y puso una mano sobre la mía—. Elma, querida. He visto un buen puñado de investigaciones y los dos sois casos claros. La ropa os queda suelta, en otras palabra, no coméis. Llevas más maquillaje bajo los ojos, es decir, que no duermes. Imagino que, fuera de la cámara, apenas habláis.

No se equivocaba. Me salvó que llegaran los martinis.

—¿Qué sugieres?

Nicole me acercó la copa.

—Bebe.

—No suena bien.

—Bebe. —Levantó su copa para brindar y esperó a que la imitase y bebiera. Dio un trago largo con los ojos cerrados para saborearlo mejor y dejó la copa en la mesa—. ¿Por qué no te usa Nathaniel?

La boca me supo a salmuera y enebro al tragar.

—Preparamos todo lo necesario antes de llegar, todavía no ha necesitado más cálculos.

—Me refiero a pedirte que declares.

Casi se me cae el martini.

—¿Declarar? ¿Yo? ¿Por qué iban a escucharme?

Ladeó la cabeza; no sé cómo se me había ocurrido que el pañuelo la hacía parecer dulce.

—Elma. El senador Mason usará el accidente para intentar suspender el programa.

—Ya, siempre lo ha odiado. —Trataba de desviar los fondos a la recuperación del desastre de su propio estado. Siendo justos, Carolina del Norte lo necesitaba. Habían sufrido muchos incendios y, después, la lluvia ácida había destruido casi todas las tierras de cultivo—. ¿Qué tiene que ver conmigo?

—Eres la mujer astronauta.

—¡No soy astronauta! —Levanté la voz por encima de los murmullos de las conversaciones a nuestro alrededor. Mucha gente rica y poderosa se giró para mirar. ¿Qué pensarían? Agaché la cabeza, bebí un sorbo de martini y dejé que el frío de la ginebra me distrajese.

—¿Y los clubes de la mujer astronauta?

Llegaron los huevos rellenos. No había ninguna posibilidad de que me comiera uno de los relucientes ovoides. «El cuerpo no debería reaccionar así». Tragué y aparté el martini.

—Fue idea de la NBC. No tuve nada que ver.

—Mentira.

—De verdad. Además, a Don, Mr. Wizard, no le gusta el nombre, porque tanto los chicos como las chicas deberían poder ser astronautas, o, al menos, ser socios de los clubes de ciencia de Mr. Wizard.

Negó con la cabeza y se inclinó sobre la mesa.

—No es eso lo que digo. No habrás creado los clubes, pero existen gracias a ti. ¿Nathaniel no aprovechará esa popularidad?

—Es que...

—Eres fotogénica. Haces que la ingeniería aeroespacial parezca fácil y emocionante. Eres divertida y...

—Vomito. —Me llevé las manos a la boca, cerré los ojos y me concentré en respirar. Nicole solo quería ayudar. Si fuera otra persona, su sugerencia funcionaría, pero conmigo no—. No puedo.

—¿Cuándo? —Suavizó la voz.

Bajé las manos y abrí los ojos.

—Antes de cada grabación. A veces, también después.

—¿Y durante?

—No.

Nicole se mordió el labio inferior, suspiró y acercó más la silla.

—Prométeme que esto no saldrá de aquí. Que Dios me ayude si los medios se enteran... Prométemelo, Elma.

Sacudí la cabeza mientras intentaba averiguar qué me quería decir, pero me di cuenta de que parecía que le decía que no.

—Perdona. Sí, claro que lo juro. Aunque me estás asustando.

Bajó la voz hasta que apenas se la oía por encima del tintineo de los cubiertos y se inclinó más.

—Después del meteorito, lo pasé mal. Algo similar a lo que cuentas. Luego, cuando Kenneth se presentó a las elecciones, se convirtió en un problema. Me convertí en un problema. —Miró alrededor como si estuviéramos en una novela de espías—. ¿Quieres que te presente a mi médico?

—No quiero tomar pastillas.

Se apartó con una sonrisa artificial.

—No he dicho nada de medicación, por supuesto. ¿La mujer de un senador? ¿Qué pensaría la gente?

Entendía muy bien ese miedo. Levanté las manos para tranquilizarla.

—No, yo jamás… Hablé con un médico y me las recomendó, pero…

—Lo sé. —Agarró el martini y lo miró con una extraña sonrisa—. Créeme, conozco todos los «peros». Y me equivocaba.

Pasó otra semana de audiencias hasta que comprendí que Nicole tenía razón en dos cosas. La primera era que, aunque Nathaniel no me pidiera que declarase, me necesitaba. Más bien, necesitaba que una calculadora lo hiciera y, de todas las que trabajábamos en la CAI, yo era la elección más lógica, tanto porque le había ayudado a prepararse como por mi innegable popularidad.

La segunda era que declarar me pondría enferma. No, no era eso en lo que tenía razón. Eso ya lo sabía. Nicole tenía razón en que no debería encontrarme mal cada vez que hablaba delante de un grupo de gente.

Es curioso como, una vez piensas en algo, parece estar en todas partes, como cuando ves tu fecha de nacimiento en lugares al azar. Después de hablar con Nicole, me encontraba anuncios de Miltown a todas horas. En la farmacia había un cartel que decía: «¡Helado!» y, justo debajo, en letras igual de grandes: «¡Sí! ¡Tenemos Miltown!». Mientras hojeaba una revista en la tienda de alimentación me crucé con anuncios de la «píldora feliz». Maldita sea, hasta Milton Berle bromeaba con cambiarse el nombre a «Miltown Berle». Sé que tendemos a buscar patrones, pero, a partir de cierto punto, la prevalencia de la ansiedad era ya innegable.

Así que llamé al médico de Nicole, que estaba especializado en psicoterapia. Y este resultó ser una mujer, lo cual me sorprendió y tranquilizó. No le conté a Nathaniel adónde iba. Lo habría entendido y me habría acompañado. No quería admitir que era débil. Me avergonzaba por necesitar medicación para algo tan inocuo como hablar. Era inteligente. Venga ya. Si no era modesta, era brillante. Lo sabía. Pero el médico y Nicole tenían razón y, si hubiera padecido cualquier otra enfermedad, no me habría negado a medicarme.

Así que me abrigué y fingí que salía a hacer recados. Es lo más cerca que he estado de mentirle y me sentí repugnante. Casi me doy la vuelta para decírselo, pero, si lo hubiera hecho, no creo que hubiese reunido el valor de salir por la puerta. Me habría quedado en casa para no tener que mentirle.

La consulta de la doctora Haddad estaba en la planta baja de una casa de piedra rojiza. Parecía más un salón que una consulta médica. Las lámparas de las esquinas creaban un ambiente oscuro e íntimo. La doctora era delgada y tenía el pelo oscuro y liso hasta los hombros. Llevaba unos pantalones negros muy modernos que me dieron un poco de envidia.

Me indicó que me sentase en un sillón.

—¿Un té?

—No, gracias.

Se sirvió una taza para ella y sonrió.

—Siempre me relaja, sobre todo con este tiempo.

—Empieza a hacer calor otra vez.

—Ya, pero no del todo. —Levantó la taza y me sonrió por encima del borde—. Cuénteme, ¿por qué ha venido?

Tragué y me arrepentí de haberlo rechazado; me habría encantado tener algo que hacer con las manos.

—Creo que tengo ansiedad y no sé qué hacer al respecto.

Dejó la taza y se inclinó hacia delante.

—Querida, para eso estoy aquí.

Lloré.

CAPÍTULO 25

PEKÍN PODRÍA TENER UN SATÉLITE EN ÓRBITA PARA 1958

Los datos de la Inteligencia estadounidense observan indicios crecientes de un programa espacial activo

---

Por John W. Finney
Edición especial de *The National Times*
Kansas City, Kansas, 13 de enero de 1957 — Un informe de Inteligencia del Gobierno predice que la China comunista podría lanzar un satélite terrestre dentro de dos años.

Me coloqué la pastilla blanca en la palma. Una fina película de sudor me cubría la mano. Sobre mí, el ventilador del baño sonaba como el motor de un avión desequilibrado y enmascaraba la mayoría de los ruidos del piso.

Nathaniel leía la nueva novela de Ray Bradbury en una silla. Esperé a que se marchara, pero no lo hizo. Era mejor así. Si algo salía mal, era bueno que hubiera alguien conmigo.

Lo sensato habría sido contarle que estaba a punto de tomarme un calmante, pero no se lo dije.

No me preguntes por qué. No es que no confiase en él, es que... no lo sé. ¿No confiaba en mí? ¿Tiene sentido?

Tomar la pastilla significaba que había fracasado. Por más que los médicos dijeran que la ansiedad era una enfermedad real, no me sacaba la voz de mi madre de la cabeza: «¿Qué pensará la gente?». ¿Qué iba a pensar mi marido?

Me humedecí los labios y me metí la pastilla en la boca. Arrugué la lengua al notar el sabor amargo y bebí un gran trago de agua para bajarla. Dejé el vaso. Hecho. En el espejo, mi cara no cambió. Los ojos marrones. La nariz un poco torcida. El mentón demasiado redondo. No me habían salido cuernos, todavía. Sé que suena melodramático, pero la pastilla de doscientos miligramos conllevaba una potente posibilidad. «Por favor, que funcione».

Veinte minutos. Ese era el tiempo que pasaría antes de que notase los efectos. Abrí el cajón del tocador y escondí el bote entre las compresas. No había muchos rincones en el piso que supiera con seguridad que Nathaniel no miraría. Ese era uno.

Me limpié las manos en la falda, abrí la puerta y salí del baño. Nathaniel apenas levantó la vista del libro. Con el estrés de las audiencias del congreso, era maravilloso que estuviera dispuesto a tomarse el día libre. Por otro lado, como no reanudaríamos los lanzamientos hasta que la investigación terminara, no había mucho que hacer en el trabajo.

En fin. Arrastré una de las sillas de la mesa y me senté. Había facturas que pagar. Me acerqué el montón y me puse a ello.

Una hora más tarde, todas estaban pagadas. Las cuentas estaban en orden. Me sentía bien.

Tomé una hoja en blanco y tracé la trayectoria de un alunizaje. Si lo pensaba, iba un poco más lenta. Tal vez. Pero no más que al final de un día largo. No estaba cansada, más bien… ¿entumecida? Tampoco era la palabra correcta. Me sentía normal. Signifique lo que signifique eso.

A la mañana siguiente, revisé las cuentas en busca de errores. No había ninguno.

Un rayo de luz ambarina de las farolas de la calle se coló entre las cortinas. Me acurruqué con Nathaniel y apoyé la cabeza en su hombro.

Me acarició el brazo y me dejó la piel de gallina a su paso. Dibujó el contorno de mi mano y rodeó el anillo de bodas.

—Te he mentido. —A veces, me sorprendo a mí misma de las cosas que digo. Esa vez no.

Dejó de respirar, pero sentí que se le aceleraba el corazón.

—¿En qué?

—Esa clase a la que voy… —Los recados ya no me servían de excusa después de la primera sesión—. Voy a una terapeuta.

Le desapareció toda la tensión del cuerpo.

—Gracias a Dios.

—No era la respuesta que esperaba.

Me acercó y me besó la frente.

—Me alegro de que te cuides.

—¿No te molesta que te haya mentido?

—Bueno, sí, pero el alivio es mayor. —Me atrapó un mechón de pelo y me lo apartó de la cara—. Reconozco que me ha dolido un poco que te diera miedo contármelo, pero no estoy enfadado. ¿Entendido? Para nada.

Me picaron los ojos y parpadeé para aclararlos.

—Eres increíble.

—Estoy enamorado. Es una distinción importante. —Se giró y me besó la frente—. Sin ti, soy un tío del montón.

Me reí y le pinché con un dedo en las costillas.

—No eres del montón en nada.

—Bueno. Soy un gestor decente. No se me dan mal los números.

Bajé más la mano.

—Ni los cohetes.

Gruñó y se estiró cuando lo toqué. Se relajó y me tiró sobre él, de manera que nuestros cuerpos estaban totalmente en contacto.

—Diría que a ti se te dan mejor los cohetes.

—No me digas. —Le sujeté los brazos a la cama y me levanté para arrodillarme, a horcajadas, sobre él—. Veamos, doctor York.

—¿Sí, doctora York?

—En ese caso, tengo una pregunta… —Le besé el cuello—… muy seria… —Le limpié el sudor de la mandíbula con la lengua—… que hacerle.

—Sea lo que sea, sí.

Había un punto áspero debajo de la barbilla que se le había pasado al afeitarse. Se le aceleró el corazón y me apresuré a soltar las palabras antes de que se las tragara el miedo.

—¿Servía de ayuda que explicase las ecuaciones al comité?

Nathaniel se retorció para mirarme, aunque no veía más que el mismo borrón oscuro que veía yo.

—Elma.

En mi nombre se escondían muchos pensamientos sin pronunciar. Sí, ayudaría. No, no quería pedirme que lo hiciera. Sí, le aterrorizaba que me desmoronase. No, no quería que sufriera. Sí, me quería por ofrecerme. No, no iba a aceptar.

Me bajé de su regazo para sentarme a su lado en la cama.

—¿Te acuerdas de que en la universidad era la única chica de la clase y los profesores me pedían que explicara los problemas de matemáticas para motivar a los chicos?

—Lo sé. Por eso no voy a pedirte…

—Calla. No he terminado.

—Vale. —Se incorporó a mi lado, con los hombros encorvados hacia delante—. Perdona.

—La cosa es que funcionaba. Siempre se esforzaban por hacerlo mejor porque no soportaban la vergüenza de que una cría entendiera algo que ellos no comprendían.

—Era muy cruel por parte de los profesores.

—Sí. Sin duda. Pero, si soy yo la que elige hacerlo, es diferente. —Era verdad, aunque, todavía sudaba y ya no era por el sexo—. Además, he empezado a tomar Miltown.

—Ah.

—Ayuda.

—Me alegro. —Me besó en la frente—. Gracias por contármelo.

—Entonces, teniendo en cuenta los nuevos datos, volvamos al tema. —Cuanto antes dejásemos de hablar de la ansiedad, mejor—. El senador Mason te obliga a explicar una y otra vez la ecuación que provocó que el cohete se saliera del curso.

—Sí. —No le veía la cara, pero imaginé cómo fruncía el ceño por la preocupación.

—Te pedirá que expliques una y otra vez que el problema se debió a un error de transcripción cuando el programa se transfirió a las tarjetas perforadas. Deja que aclare por qué dejar fuera un solo superíndice hizo fallar el programa. Si se lo dice una mujer, deberá fingir que lo entiende o reconocer que no es lo bastante inteligente para tomar una decisión al respecto.

Se frotó la frente.

—Vale. Así que, con suerte, conseguiremos que Mason deje de acosarnos con el error, pero el verdadero problema no fue el fallo de la transcripción, y todavía nos echarán eso en cara. Dios...

Lo tomé de la mano y se la aparté de la cabeza.

—¿Aún tienes pesadillas?

Las noches en que se despertaba entre sudores o lágrimas respondían la pregunta. Era una oportunidad para que se sincerase conmigo. Sí, soy consciente de lo que implica que nos mintiéramos el uno al otro, y a nosotros mismos, sobre cómo nos sentíamos.

Hundió más los hombros.

—Sí.

—Te he contado lo mío.

—Ja. —Con el pulgar, buscó mi dedo anular y le dio vueltas al anillo de casada—. En la última, yo era el imbécil del oficial de seguridad de rango y sabía que el cohete se iba a estrellar, pero no podía introducir la secuencia de destrucción. Estaba pegado, literalmente pegado, a la silla. Solo que, por supuesto, no era una silla, sino el asiento de un avión desde el que tenía que verlo todo.

Cuando el cohete se había desviado del curso, el oficial de seguridad, responsable de iniciar la secuencia de autodestrucción en caso necesario, no lo había hecho. Había esperado a que el curso se corrigiera, pero no había sido así. Como resultado, once personas habían muerto en la granja Williams donde se había estrellado. Dos eran niños.

Suspiró y se inclinó hacia delante. Apartó la mano de mi anillo para llevárselas a la cabeza.

—El senador Mason lo usará para hundir el programa espacial. La gente ya está alterada por los recursos que recibe y que no se invierten en mejorar la situación en la Tierra. Le será muy fácil emplear las muertes para influir en la opinión pública.

—Pues déjame explicar los nuevos procedimientos de seguridad. Recomendaré trasladar el lugar de lanzamiento al ecuador. —Hacía años que queríamos hacerlo, pero no se había aprobado el presupuesto porque la instalación de Sunflower ya existía—. Deja que les recuerde lo que le pasará al planeta y por qué ir al espacio es tan importante.

—No te ofendas, pero... —Enderezó la espalda. Entraba suficiente luz de la calle para verle los ojos, entrecerrados por la preocupación—. ¿Por qué iba a escucharte?

—Porque soy la mujer astronauta.

La mañana en que me dirigía a la audiencia del Congreso, no me dio miedo hablar. Temía que la medicación no funcionara. Me senté al lado de Nathaniel, como siempre, sin dejar de preguntarme una y otra vez si estaba tranquila.

No lo estaba. Estaba aterrorizada, pero la sensación no era tan intensa. ¿Tiene sentido? Seguía asustada, pero había una especie de nube entre el miedo y yo. Sí, hacía que toda la sala se oscureciera un poco, pero también evitaba que el temor proyectase sombras tan oscuras. La prueba de fuego sería cuando...

Nathaniel me puso una mano en la rodilla.

—¿Lista?

Me las arreglé para asentir. Creo que sonreí. Tragar era imposible; tenía la garganta completamente seca. Nathaniel no apartó la mano, fuera de la vista del comité, mientras Clemons se levantaba.

«1, 1, 2, 3, 5, 8, 13, 21, 34...».

—Caballeros. —Clemons se acercó al frente de la mesa, de modo que solo le veía la espalda y las manos entrelazadas por detrás—. Durante las deliberaciones, me ha parecido que hemos fallado a la hora de ofrecerles una base adecuada para comprender la raíz del accidente.

«55, 89, 144, 233, 377...».

—El error de «transcripción» —dijo el senador Mason mientras se recostaba en la silla.

—Exacto. Quisiera volver a repasar el error y dejar que una de nuestras calculadoras les explique, en detalle, los efectos del mismo y los pasos que se tomarán para asegurar que no vuelva a suceder. —Se apartó a un lado y me señaló—. Les presento a la doctora Elma York. Es la física responsable de reconocer los efectos del meteoro en el clima y el orgullo de nuestro departamento de informática, aunque quizá la conozcan mejor como la mujer astronauta de *Watch Mr. Wizard*.

Perdí el hilo de la secuencia de Fibonacci. ¿El director Clemons había dicho eso de mí? ¿El mismo del «controla a tu mujer»?

Fueran cuales fuesen sus intenciones, la sorpresa bastó para hacerme olvidar el miedo. ¿Estaba tranquila? No. Pero no iba a vomitar.

Respiré profundamente y, sorprendida de que pudiera hacerlo, empujé la silla hacia atrás y me levanté.

—Gracias, director Clemons. Estimados miembros del Comité. —Me centré en el senador Wargin, que no sonreía, pero cuya mirada era amable—. Si prestan atención a la pizarra, los guiaré por la ecuación que dirigía el cohete.

El senador Mason me señaló con el dedo.

—Ya hemos tratado este tema, señora. Más de una vez.

—Vaya. —Hice una pausa para sonreír. Aquel hombre, con todo su poder, tenía los conocimientos matemáticos de un niño—. Disculpe. Tenía entendido que todavía había preguntas al respecto porque no nos habíamos explicado bien. Debo de haberlo entendido mal, por supuesto, así que, si es tan amable, ¿me indica la parte de la ecuación sobre la que tiene dudas?

Frunció los labios e hizo una mueca antes de asentir.

—Será mejor que proceda. Para asegurarnos de que mis colegas están al día.

A su lado, el senador Wargin se tapaba la boca. Era evidente que las arrugas de sus ojos se debían a una sonrisa. Se aclaró la garganta.

—Doctora York, por favor, empiece por el principio.

—De acuerdo. A la hora de determinar una pista de ascenso, se usa la siguiente ecuación para calcular la aceleración en la dirección de la trayectoria de vuelo: $V = \Delta V/dt = [(F_1 + A_{e,1} * (P_{e,1} - P_a)$. Evidentemente, F_1 representa el empuje del primer propulsor. Este se calculó, como se aprecia más adelante en la ecuación, en 12,8 por diez elevado a nueve G de propulsión.

—Miré a la bancada. El senador Mason estaba casi bizco—. ¿Voy demasiado rápido?

—No, para nada. Continúe.

Así lo hice. Cuando terminé, lo entendieron o fingieron haberlo hecho, lo que era más útil para los propósitos de Nathaniel. No vomité. Ni siquiera una vez.

¿La guinda del pastel? El senador Mason me pidió un autógrafo para su nieta.

Habría sido bonito que las investigaciones hubiesen terminado ahí, pero, al menos, con mi declaración, pasaron del «a quién culpar» al «presupuesto».

Tres semanas después, estaba ante la puerta del director Clemons. Incluso desde el pasillo, el hedor a puro me indicaba que se encontraba dentro. Respiré hondo y miré al techo. El Miltown no era una pastilla milagrosa; de lo contrario, no se me aceleraría el corazón, pero ayudaba. Podía hacerlo. Tenía una reunión. Solo era un hombre, no un comité del Congreso.

Solté el aire, giré la esquina y sonreí a la señora Kare. La secretaria levantó la vista de la máquina de escribir.

—Pase, por favor, doctora York.

—Gracias.

¿Cuándo había empezado a usar mi título y por qué?

En el despacho, el director Clemons estudiaba un informe grapado, con un puro entre los dientes. Detrás de él, Parker fruncía el ceño.

—Venga ya. Como si eso fuese a funcionar.

Me detuve en la puerta.

—Perdón. ¿Llego pronto?

—No, pase. —Clemons me indicó que entrara en la habitación con un gesto y advertí que había un tercer hombre, alto y rubio. Me resultaba familiar, pero no lo reconocí.

—Ya conoce al teniente Parker. ¿Y a Wernher von Braun?

Dios. Wernher von Braun, genio de la ingeniería aeroespacial y científico nazi, estaba sentado en una silla junto a la ventana. Nathaniel había trabajado con él hacía años, pero yo solo lo conocía por su reputación.

Me habían metido en una habitación con un auténtico nazi. ¿Había sido idea de Parker? Era probable.

—¿Cómo está? —Gracias o por culpa de las convenciones sociales aguanté mientras respondía, aunque apenas lo escuché, e incluso le estreché la mano. Sí, había oído las historias de que no era nazi «de verdad» y de que lo habían «obligado» a experimentar con los prisioneros judíos a riesgo de su propia vida. Sin embargo, él había tomado la decisión. «1, 3, 6, 10, 15, 21, 28...».

—El coronel Parker ha sugerido que no nos vendría mal algo de ayuda para entender su informe. —Clemons señaló la silla que tenía delante—. Siéntese.

¿Sabía Clemons que era judía? Tomé asiento y me froté las manos en la falda, como si así fuera a eliminar la sensación de tocarlo. Si me iba, mis posibilidades de convencer a Clemons se acabarían.

—¿He de suponer que les preocupaba la imparcialidad de Nathaniel?

—Así es. —Se reclinó en la silla—. Ahora, explícamelo muy despacio, como si fuera un congresista.

Me humedecí los labios antes de asentir.

—Espero que no les importe si empiezo con una lección de historia que no se incluye en el informe. Servirá para contextualizar.

Clemons agitó el puro y el humo se deslizó como un avión cuando desciende.

—Adelante.

—La primera vez que se comercializaron las máquinas de coser, la gente las temía porque eran nuevas y se movían a una velocidad sin precedente. Tenían miedo de quedarse ciegos por mirar la máquina. Así que los fabricantes las hicieron bonitas: añadieron adornos brillantes y motivos florales.

Parker resopló.

—¿Sugiere que mandemos mujeres astronautas al espacio como elementos decorativos?

—Como explicamos en la audiencia del Congreso, el objetivo es llevar a la humanidad a otros mundos. Se necesitarán mujeres allí o las colonias nunca serán autosuficientes. —Fulminé a Parker con la mirada—. Confío en que no hace falta que le explique la biología de los bebés.

—Con bebés o sin ellos, sigue sin ser seguro. —Parker negó con la cabeza y sonrió—. Admiro su ambición, de verdad que sí, pero el accidente del *Orión 27* demuestra que no debería haber mujeres en la línea de fuego.

—No. Sería la estrategia equivocada. Si usa la explosión como un indicio de que el programa espacial no es seguro, este fracasará. —Miré al director Clemons, pero, con el puro en la boca, era difícil interpretar su expresión—. Sabe que tengo razón. Si quiere demostrar que no es peligroso, entonces debe dejar claro que los cohetes son seguros incluso para las damas.

Parker se encogió de hombros, como si no le importara.

—Lo haremos después de establecer la base lunar.

Apreté las manos en la falda para evitar dar un golpe con los puños.

—Por favor, vaya a la página seis del informe. Tras la Segunda Guerra Mundial, no escasean mujeres que hayan sido pilotos en el WASP y que cuentan con las habilidades adecuadas. Pero, si esperan mucho, esas mujeres serán demasiado mayores, lo que dificultará la creación de las colonias.

—Tiene algo de razón. —Wernher von Braun, de entre todos los presentes, atravesó la nube de humo de Clemons para apoyarme—. Los rusos usaron a las Brujas de la Noche en la guerra con un efecto devastador.

Parker ladeó la cabeza ante la mención del escuadrón aéreo ruso femenino.

—Siempre había creído que eran solo propaganda.

—Sí, quizá al principio. Pero muy real y efectiva. —Von Braun se encogió de hombros—. Además, hasta la propaganda puede ser útil. Queremos que el programa espacial continúe, ¿cierto?

Propaganda. Ya. Era muy consciente del valor de la propaganda.

Clemons gruñó y dejó el puro en el cenicero de latón de la mesa.

—De acuerdo. Repasémoslo punto por punto.

Respiré hondo y me levanté para unirme a Parker detrás de Clemons. Procuré que ambos se interpusieran entre von Braun y yo. No porque pensara que fuera a agarrarme y sacarme de allí a rastras, sino porque me provocaba náuseas que la gente lo perdonase por lo que había hecho solo porque era un ingeniero brillante. Un hombre «agradable». Un «caballero».

Sin embargo, al no decir nada, aprobaba en silencio su presencia. Pero, si protestaba, Parker lo usaría como ejemplo de lo histéricas que eran las mujeres.

Peor aún, si el programa espacial fracasaba, la humanidad se quedaría atrapada en la Tierra mientras esta se calentaba cada vez más. Así que me incliné sobre el hombro de Clemons y pasé a la primera página del informe.

—Empezaremos por los beneficios presupuestarios de usar mujeres astronautas, ya que tenemos una masa inferior y consumimos menos oxígeno.

A partir de ahí, nos centramos en los números y me sentí en casa.

CAPÍTULO 26

ROBOT DISEÑADO PARA EXPLORAR LA LUNA

---

*Un dispositivo de rastreo de seis patas
informará por televisión*

---

22 de marzo de 1957 — ¿Qué tiene seis piernas, una
garra, una tele y duerme dieciséis horas al día? Podría
ser un vehículo de exploración robótico lo bastante pequeño como para aterrizar en la Luna en un paquete del
Proyecto Reconocimiento, según un informe publicado
ayer por la Coalición Aeroespacial Internacional. Se ha
construido un modelo operativo del aparato lunar pro-
puesto. El objeto medirá alrededor de un metro y medio
de altura, pesará cincuenta kilos y funcionará con poco
más de un metro cuadrado de células solares.

El primer lanzamiento después de la investigación no iba tripulado.

Fue un requisito del comité y una medida inteligente, dado
que el objetivo era asegurar que el sistema era sólido. En nuestro
departamento, las calculadoras siempre habíamos aplicado un
procedimiento de garantía, que implicaba que todos los cálculos
destinados a un cohete los revisaran otras dos mujeres. En el
pasado, los enviábamos a las Fuerzas Aéreas, donde uno de sus
hombres los transfería a las tarjetas del programa. Nada más.

Ahora, dos calculadoras comprobaban los resultados de la
IBM para asegurarse de que no se habían introducido errores.
Era bastante sencillo. El primer lanzamiento salió a la perfección.

El segundo fue tripulado. Nadie actuó como si fuera fácil.

Todo el mundo fingía que era lo habitual, pero la tensión en el área de observación acristalada que había sobre el control de misión se cortaba con un cuchillo. No trabajaba ese turno, pero no me perdería el lanzamiento.

Si todo salía bien, los astronautas demostrarían que el módulo lunar podía encontrarse con el módulo de mando y acoplarse a él. Seguiríamos con el plan establecido y estaríamos un paso más cerca de la Luna.

De lo contrario, habríamos matado a Derek Benkoski, Halim Malouf y Esteban Terrazas.

Había muchas posibilidades intermedias, como abortar el lanzamiento o que el clima lo retrasara. Serían un mal menor y no era lo que ocupaba la mente de todos durante la reunión en la zona de observación. A las cuatro de la tarde, se escoltaría a las mujeres y los hijos de los astronautas a la azotea para que vieran el despegue. También los apartarían de la prensa si las cosas no salían como esperábamos. Reíamos y charlábamos, a la vez que fingíamos que era imposible que algo fuera mal.

Todos los astronautas y sus mujeres, excepto la de Parker, vinieron para apoyar a los hombres de la cápsula. La señora Lebourgeois se separó de su marido y cruzó la habitación hasta mí. Era una mujer rubia y muy blanca con el cuello largo como el de un cisne y tendencia a poner morritos de gato.

Sonrió cuando me vio y se acercó para darme un beso en cada mejilla.

—¡Querida! Nuestra hija aún habla de usted. Ni siquiera su padre la impresiona tanto.

—¡Debería! Ha ido al espacio. Yo solo sueño con hacerlo.

—No por mucho tiempo, sospecho. —Me guiñó un ojo e inclinó el esbelto cuello—. Mi marido me ha hecho ir a clases de vuelo para que esté lista.

Qué optimista. Incluso adorable.

—¿Ha oído algo?

—No. —Hizo un mohín—. Pero le ha dicho al director Clemons que debería incluir a las mujeres. Me parece que quiere, ya sabe, que su esposa esté con él en el espacio.

Se tapó la boca con la mano mientras se reía de lo que debió de ser una expresión de asombro en mi cara. Me quedé con la boca medio abierta y luego me reí con ella. No había pensado en la táctica de mencionar a los astronautas masculinos los beneficios de los deberes maritales en el espacio.

—Vaya. Debería hablar con todas las esposas.

—Ya hablamos entre nosotras.

—Me imagino. ¿Ha conocido a la señora Parker?

—No. Siempre está enferma de algo u ocupada. Creo que no quiere pasar tiempo con extranjeros, pero ¿qué sabré yo? —Se encogió de hombros ligeramente y se olvidó de la mujer ausente—. ¿Sabía que la ingravidez vuelve muy interesante la anatomía de nuestros maridos? Cómo decirlo. La gravedad no limita el flujo de sangre.

—Ahora quiero llevar a mi marido al espacio. —Miré por la ventana hacia Nathaniel, que se inclinaba sobre su mesa. Deberían ponerle una mesa alta, le costaba sentarse cuando estaba tenso. Es decir, siempre.

Un momento. No los oía. Habían apagado los altavoces.

¿Cuándo los habían apagado? Algo iba mal. Nathaniel tenía el teléfono pegado a la oreja y un lápiz roto en la mano. Clemons sostenía otro y era evidente que gritaba. Randy Cleary, el astronauta encargado de las comunicaciones, hablaba por los auriculares y hacía gestos tranquilizadores con las manos, como si los astronautas de la cápsula lo vieran.

El reloj de la cuenta atrás se había parado en veintiocho segundos.

Más personas se habían percatado y se acercaban a la ventana. La señora Lebourgeois agarró a su marido por la manga cuando pasó a su lado.

—*Que se passe-t-il?*

—*Je ne sais pas. Ce ne fut pas une explosion ou nous aurions senti.* —Hizo una mueca y me miró—. La doctora York te lo confirmará. Habríamos oído una explosión, ¿verdad?

—Sí. Será un fallo sin importancia que resolverán pronto. —Le sonreí a su mujer—. Lo cierto es que los lanzamientos se interrumpen todo el tiempo. Quizá sea el clima.

Ya había presenciado problemas debidos al clima, a que el cierre automático fallase o a que un sistema no se conectase como debería. Había procedimientos y manuales de varios centímetros de grosor sobre qué hacer en cada posible contingencia. Todo el mundo se irritaba, pero se mantenía tranquilo. Lo que pasaba allí abajo no era rutinario.

Me acerqué al cristal, en busca de Basira, que se encontraba de guardia en el lanzamiento. Estaba inclinada, junto con Myrtle. Las dos mujeres habían soltado los lápices y se miraban, sorprendidas.

Detrás de mí, Parker habló.

—Todo el mundo tranquilo. No hay por qué preocuparse. Al cohete no le pasa nada.

Me giré, igual que casi toda la habitación. Estaba de pie junto a uno de los sofás, con el teléfono de la sala de observación en la mano. No se me habría ocurrido llamar y molestar, pero, al parecer, el primer hombre que había estado en el espacio tenía más privilegios que yo.

Colgó mientras todos nos inclinábamos hacia delante, expectantes.

—Solo es un retraso por el clima. Estarán parados un tiempo.

Era mentira. Sabía reconocer un retraso de ese tipo. Si fuera el motivo, veríamos a muchos ingenieros aburridos dando vueltas en la silla. Abrí la boca para desafiarlo y la volví a cerrar. No era el momento.

Parker me miró y asintió de forma extraña, como si me diera las gracias por no intervenir. Algo iba muy mal, pero, contra todo pronóstico, confié en que tuviera una razón convincente para mantener la mentira.

Me volví hacia la señora Lebourgeois y me reí mientras sacudía la cabeza.

—Los retrasos por el clima son lo peor. No hay nada que hacer más que esperar.

—Me alegro de que no haya pasado con Jean Paul ahí arriba. Me daría algo por la espera.

—Seguro que los astronautas se echan una siesta. —Me obligué a apartar la mirada del cristal—. Una vez hubo un retraso de dos horas y oímos a Cristiano Zambrano roncar ahí dentro.

Alguien se acercó y retrocedí un poco para que se uniera a nosotras. Stetson Parker se colocó a mi lado. Sonreía y mostraba los marcadísimos hoyuelos.

—Parece imposible que alguien se duerma en esas circunstancias, pero los sillones están hechos a medida para adaptarse a nuestros cuerpos. Son sorprendentemente cómodos. Señora York, ¿me concede un momento? Quiero hacerle una pregunta sobre sus entrevistas como mujer astronauta.

Lo miré y esbocé una sonrisa tan deslumbrante como la suya.

—Por supuesto, coronel Parker.

Lo primero que pensé fue que le había pasado algo a Nathaniel. Nos alejamos un poco en dirección a la ventana para quedar de espaldas a la sala de observación. Mi marido todavía hablaba por teléfono. Cada vez que miraba abajo, más me convencía de que algo terrible sucedía. Myrtle había sacado un pañuelo.

Parker se inclinó y murmuró:

—Confío en que no va a gritar.

—Vaya. Gracias.

—Hay una bomba. —Nos miró a mí y luego a Benkoski, que estaba junto al interruptor del altavoz—. Hay un hombre con un cartel y explosivos, que se ha atado al puente. Es todo lo que sabemos.

Se me pasaron mil preguntas por la cabeza. ¿Cómo había llegado hasta allí? ¿Qué tipo de bomba? ¿Qué pasaría si explotaba?

—Entendido. ¿Qué quiere que haga?

—Lleve a todas las mujeres y los niños a la cafetería sin asustarlos. Manténgalos alejados de la prensa. —Miró por encima del hombro—. Sobre todo a los hijos de Malouf y Benkoski, que no se enteren de nada hasta que la situación se resuelva.

Por supuesto. Sus padres estaban en el cohete, esperando para despegar.

—¿Se lo han dicho a los astronautas?

—No lo sé. —Hizo una mueca y miró hacia la planta del control de misión—. Aunque sospecho que es lo que hace Cleary.

—Se lo contaré a las esposas con discreción.

—Yo no lo haría. —Se encogió de hombros—. Las mujeres de los astronautas soportan mucho estrés y preocupaciones de por vida. Mejor ahórreselo.

Era tentador hacer un comentario sobre su propia esposa ausente. Más tarde. Ya me marcaría un tanto después. Me alejé de él y di una palmada.

—¿Señoritas? ¿Qué les parece si nos trasladamos a la cafetería? Según me han dicho, hay tarta. La espera será mucho más agradable allí.

No manejo bien que haya un problema y no pueda hacer nada por resolverlo. Las dos horas que esperamos en la cafetería fueron horribles. Me pasé el tiempo esperando oír una explosión.

Mientras tanto entretenía a los niños a los que se les había prometido que verían el despegue de un cohete y a los que se les había pasado la hora de la siesta. La hija de la señora Lebourgeois resultó de gran ayuda, incluso sin saber lo que ocurría arriba. Pidió prestado papel de aluminio al cocinero y me senté con uno de los pequeños de la señora Benkoski para ayudarlo a formar una columna puntiaguda con el aluminio.

—¡Genial! Será la estructura del cohete.

Hablaba con los niños a la vez que intentaba silenciar todas las preguntas que me abordaban. ¿Qué pasaba arriba? ¿Qué podía hacer? Mi entrenamiento táctico consistía en escuchar a mi padre y a sus amigos contar historias de guerra.

¿Qué habría hecho mi padre? ¿Asaltar el puente? No. ¿Sentarse con un niño de cinco años mientras este destrozaba el fuselaje? Tal vez.

—Está genial, Max.

La puerta de la cafetería se abrió. Nuestras cabezas se volvieron hacia allí al unísono, casi con precisión militar. Parker entró, seguido de Benkoski, Malouf y Terrazas. Todavía llevaban los trajes de astronauta.

—¡Papá! —El niño que estaba a mi lado se levantó de un salto y corrió por la cafetería con el cohete de papel de aluminio en la mano—. ¡Mira lo que he hecho!

Su madre se había desplomado sobre la mesa; tenía los ojos cerrados y se santiguaba una y otra vez. Me levanté despacio para dejar que las familias se reunieran. No sé cómo me las arreglé para no gritar «¿qué ha pasado?».

En vez de eso, recogí el papel de aluminio. Sí. Un loco con una bomba había amenazado el programa espacial y yo me había dedicado a hacer cohetes de juguete y a limpiar papel de aluminio. Di la espalda a todos y guardé los materiales utilizados. Había trocitos de papel de aluminio esparcidos por la zona de la mesa donde la señora Lebourgeois los había triturado mientras charlaba animada sobre una película que había visto hacía poco.

Parker barrió algunos de los restos en un montoncito.

—Gracias.

Dejé lo que estaba haciendo y lo miré.

—¿Qué ha pasado?

—Los astronautas han salido por la escotilla de emergencia. Cuando estaban a salvo, la Fuerza Aérea ha intervenido. —Miró por encima de mi hombro a los niños que chillaban felices.

—¿Ya está? ¿La Fuerza Aérea ha intervenido?

—Han disparado al terrorista. —Parker endureció la mirada—. Se oponía a «abandonar la creación de Dios en la Tierra» y gritaba que el cohete era «un pecado y una violación del plan de Dios».

Agaché la cabeza y rompí un trozo de papel de aluminio; rasgar el metal me tranquilizó.

—Bien. Me alegro de que haya terminado.

—Buen trabajo, por cierto.

Levanté la vista y lo miré. Estaba relajado y llevaba un traje a medida que recordaba a los de vuelo azules, aunque no tan llamativo. Estaba un poco despeinado, algo inusual en él.

—Creo que ha sido el primer cumplido que me ha hecho.

—Es el primero que se ha ganado.

Me ardieron los músculos del brazo derecho por las ganas de darle un puñetazo. Me quedé sin aliento al resistirme. Si me movía, perdería la batalla, y nunca había pegado a nadie, así que no sabía si se me daría bien.

—¿Practica para ser ofensivo o le sale de forma natural?

Guiñó un ojo.

—¿Por usted? Practico. —Dejó de mirarme para sonreír y saludar a alguien—. Seré sincero. Necesitaba a alguien que supiera cómo hablar con las mujeres y los niños. Aunque no me guste todo eso de la mujer astronauta, se le da bien.

—¿Dos cumplidos en un día? ¿Se encuentra bien?

—Déjeme compensarlo. Nunca irá al espacio si tengo algo que decir al respecto.

Fue mucho más contundente de lo que esperaría de él. Nos lanzábamos indirectas, claro. Pero ¿quitarse la máscara así y reconocer que haría lo posible porque me quedara en tierra? Ni siquiera supe cómo contraatacar.

—¿Por qué?

—¿De verdad? —Negó con la cabeza y frunció el ceño—. ¿Intenta que me hagan un consejo de guerra y cree que no habrá consecuencias?

—¿Qué? Yo nunca... ¿De qué habla?

Apoyó las manos en la mesa de la cafetería y se inclinó hacia mí.

—¿Qué esperaba que ocurriese cuando me denunció por «conducta impropia de un oficial»? ¿Acaso pensó que no habría un juicio? Por favor. Es hija de un general. Sabe muy bien lo que sucede con ese tipo de cargos.

—Sí. —Hablé en voz baja, consciente de que los niños estaban detrás de nosotros—. Los ignoran. No fui la primera que lo denunció por acosar a mujeres.

—Es la única de la que tengo constancia. —Se apartó de la mesa y sacudió las manos con desprecio—. ¿Sabe qué ocurrió cuando lo investigaron? Ninguna de las chicas tenía problemas conmigo. Ninguna.

Se me escapó una risa.

—Tenían miedo de que las retirasen del servicio.

—¿Y usted no? Por favor.

—No, yo no. Porque, como bien dice, era hija de un general. —Negué con la cabeza y me alejé—. ¿Cómo consiguió que alguien se casara con usted? ¿Es por eso por lo que nunca vemos a su mujer?

Endureció la expresión.

—No mencione a mi mujer.

—Claro que no.

Le di la espalda y me acerqué a las demás mujeres. Me hervía la sangre de ira. Capullo. Capullo egocéntrico y arrogante. ¿Se creía que evitaría que me uniera al cuerpo de astronautas? Me gustaría ver cómo lo intentaba.

Entonces, la ira se convirtió en fría resignación. Ya lo había hecho. Y había funcionado.

Esa noche, la CAI mandó a Nathaniel a un hotel, con una escolta militar, por si acaso alguien atacaba al ingeniero jefe del programa. Era una idea deprimente. Lo acompañé y la agencia envió a alguien a nuestro piso para traernos ropa limpia.

Se sentó en el borde de la cama del hotel en calcetines y observó la alfombra. Me acomodé con él y me recosté al abrigo de su cuerpo.

—¿Y si fingimos que estamos de vacaciones?

Nathaniel se rio y me rodeó con el brazo para acercarme más.

—Estamos haciendo algo mal. Tenemos que cambiar la forma en que vendemos el programa espacial al público.

—Siempre habrá alguien a quien no le parezca bien.

—¿Alguien con una bomba? —Se tumbó en la cama y me arrastró con él—. Creo que vamos a reubicar el centro.

Estaba dispuesta a seguirlo a cualquier lugar del mundo que se le ocurriera. Me tumbé de lado, me acurruqué junto a él y descansé la mano en su pecho.

—Me parece algo excesivo.

—Clemons ya lo había mencionado. Usaría el desastre del *Orión* para alejarnos de los núcleos urbanos.

—Propondré un destino ecuatorial.

—¿Todavía piensas en las vacaciones?

—Pienso en mejorar las trayectorias orbitales. —Le desabroché un botón de la camisa y jugueteé con él—. ¿Dónde habías pensado ir?

—Es cosa de Clemons. Yo solo construyo los cohetes. Mientras esperábamos a que la situación se resolviera —qué manera tan típica de un ingeniero de hablar sobre una bomba—, Clemons comentó cuántos trabajos crea la agencia. No lo sé. Podría convertirse en una guerra de ofertas.

—Entonces, ¿una ubicación ecuatorial y un poni?

—Ja. —Me puso la mano en la espalda y me pegó a él—. No dejaba de imaginar qué habría pasado si hubieras estado en ese cohete.

—No vas tendrás que preocuparte por eso. —Me aparté para mirar el techo de yeso e imaginé que era la superficie de un planeta desconocido—. Parker me ha dicho hoy que hará todo lo que esté en su mano para evitar que sea astronauta.

—¿Disculpa? —Nathaniel se sentó y me miró—. ¿Que te ha dicho qué?

«¿Qué esperaba que ocurriese cuando me denunció por "conducta impropia de un oficial"?». Me aclaré la garganta.

—Me dijo que nunca iré al espacio si él puede evitarlo. Pero no quiero que digas nada.

—Que no diga... ¿Y por qué no?

Me senté para mirarlo a los ojos.

—Porque estábamos los dos solos. Nadie más lo escuchó, y sabes la capacidad que tiene para tergiversar las cosas a su favor. —Era el primer hombre que había ido al espacio; la agencia tenía muy buenas razones para mantener su reputación impecable. No se lo pensarían dos veces a la hora de sacrificar a una calculadora para salvarlo. Sabía lo que pasaría, y no estaba mi padre para protegerme—. Además, ahora mismo ni siquiera permiten a las mujeres ser astronautas. Cuando lo hagan, ya lo hablaremos.

Pasaron dos meses. El comité estadounidense que había investigado el accidente por fin votó a favor de que la participación de los Estados Unidos en la CAI continuase, en parte porque temían que las otras naciones colonizaran la Luna sin nosotros. Por supuesto, se hicieron cambios que implementamos durante el invierno.

Se incrementó la seguridad en la CAI, lo que incluyó una nueva y elegante cerca eléctrica y guardias armados en los límites. Clemons aprovechó la bomba y la tragedia de la granja Williams para conseguir mejoras y añadir personal.

Como Nathaniel predijo, la CAI presionó para reubicar las instalaciones de lanzamiento a Brasil y, así, limitar las vulnerabilidades. Ya se había solicitado al principio, pero no habíamos logrado que se aprobase el presupuesto para construir una nueva base de lanzamiento porque Estados Unidos tenía miedo de que otros países utilizaran la tecnología aeroespacial como armamento.

Los cohetes se ensamblarían y probarían en las instalaciones de Sunflower en Kansas y, después, se enviarían al nuevo centro cerca de la costa de Brasil para su lanzamiento. Por fin estábamos cerca del ecuador, lo que ayudaría con los programas de la Luna y Marte.

También supuso que el departamento de informática rehiciera todas las trayectorias a partir del nuevo punto de lanzamiento, aunque pasarían otros dos años hasta que fuera del todo operativo. Estaba encorvada sobre una página para comprobar unas ecuaciones diferenciales cuando una sombra me tapó la luz en la mesa.

Parpadeé y levanté la vista. Era Nathaniel. Tenía esa expresión seria y contraída que ponía cuando guardaba un secreto que no podía contar.

—Siento molestarte, Elma, pero he pensado que te gustaría ver esto. —Dejó una hoja de papel en la mesa frente a mí—. Es un borrador, así que puedes quedártelo.

Al otro lado de la mesa, Basira levantó la vista y jadeó. Miraba la misma línea que yo.

«COMUNICADO DE PRENSA. EL DIRECTOR DE
LA CAI ANUNCIA UNA NUEVA CONVOCATORIA
PARA EL CUERPO DE ASTRONAUTAS: SE ANIMA
A LAS MUJERES A PRESENTARSE».

Alguien chilló. Fui yo. Me levanté de un salto y agité las manos en el aire como una especie de gimnasta. Por toda la habitación, las demás calculadoras dejaron de trabajar, con el lápiz paralizado a mitad de la ecuación. Me miraban, pero no me importaba.

—¡Dejan a las mujeres ser astronautas!

Lápices, risas, papeles y gritos de celebración llenaron el aire. Mis compañeras saltaron y se abrazaron. Todas reímos y lloramos, como si la guerra hubiera terminado otra vez. Abracé a Nathaniel tan fuerte que lo dejé sin aliento. Me inclinó en un arco que desafiaba la gravedad y me besó.

En la puerta, los ingenieros se asomaron para ver a qué venía tanto alboroto. Burbujas entró dando botes en la habitación.

—Pero ¿qué...?

—¡Mujeres astronautas! —grité desde los brazos de mi marido—. ¡Las astronautas van a entrar en órbita!

CAPÍTULO 27

DESARROLLAN UN «SUPERCOMBUSTIBLE» QUE PROPULSARÍA UN COHETE DE MANERA INDEFINIDA EN EL ESPACIO

18 de abril de 1957 — La semana pasada, Peter H. Wyckoff, especialista en cohetes del Centro de Investigación Sunflower de la Fuerza Aérea, informó de un «avance» en el camino a la creación de un supercombustible para cohetes que funcionarían indefinidamente con un oxígeno atómico capturado en la atmósfera superior que está formado de oxígeno molecular, y cada molécula está compuesta por dos átomos del elemento. Sin embargo, en la región comprendida entre los 95 y los 110 kilómetros por encima de la superficie terrestre, los rayos ultravioleta dividen este último en átomos individuales. El doctor Wyckoff ha informado de que se ha encontrado un agente catalítico que provocaría la recombinación del oxígeno atómico de la atmósfera superior con el oxígeno molecular, una mezcla que resultaría en la liberación de grandes cantidades de energía.

Llevaba meses sin ir a las 99, pero el domingo después de que Nathaniel me enseñara el borrador del comunicado de prensa, fui. Y llevé muchas solicitudes.

Caminé por el asfalto hasta el hangar, donde el olor a gasolina y alquitrán flotaba en el aire. Una extraña combinación de olores por la que sentir nostalgia.

No había nadie en la mesa de pícnic fuera del hangar, lo que no me sorprendió, pues había llegado el frío de octubre. El

Cadillac de Nicole estaba aparcado cerca de la puerta, así que sabía que había, al menos, una persona.

Me detuve en la puerta del pequeño cobertizo, tentada de llamar. Negué con la cabeza y empujé la madera para abrirla. Usaban mi avión y todavía contribuía al alquiler, así que no era ninguna extraña.

Llegué en mitad de una algarabía de risas que se disipó cuando me quité el sombrero.

Pearl alzó la vista de un trozo de tarta y abrió mucho los ojos.

—Vaya, hola, forastera.

Tal vez sí era una extraña. Cuando Pearl se levantó, su vientre abultado dio a entender que los trillizos pronto tendrían un nuevo hermano. O dos. La saludé, un poco avergonzada por no haberlo sabido hasta entonces.

—Hola.

Ida Peaks e Imogene Braggs estaban en la mesa, junto con algunas mujeres que no conocía. También había más aviones. Habían traído uno de los Mustang y un P-38 Lightning. ¿De quién era y cómo podía convertirme en su mejor amiga?

Nicole estaba en el extremo de la mesa, con un cigarrillo en una mano. Al verme, se levantó y sonrió.

—Ya era hora.

Betty mantuvo la mirada fija en la mesa.

Helen se levantó de un salto, sonriendo como si le hubiera hecho el mejor regalo del mundo.

—¡Acabo de contárselo!

Pues claro. Helen estaba en el departamento de informática cuando recibimos la noticia.

—Pero recordad, todavía no es de dominio público. El comunicado de prensa no saldrá hasta el martes.

—No se lo diré a nadie —aseguró Betty, mirando la mesa—. Si es lo que insinúas.

Responder o no responder, esa es la cuestión.

Qué debe más dignamente optar el alma noble entre soportar el cebo de una postura defensiva o…

—No me preocupa. Se te da bien guardar secretos cuando te hace falta.

Nicole se puso en medio.

—Chicas, por favor. —Se acercó y me dio un beso en la mejilla—. Me alegro de que hayas vuelto. Me emocionas con la idea de volver a volar y, luego, desapareces. No es justo, querida.

—En fin. —Metí la mano en el bolso—. Traigo las solicitudes para el cuerpo de astro...

Las mujeres me rodearon como un banco de nubes. En un momento, cielos despejados y, al siguiente, visibilidad cero excepto por la ráfaga de blanco que surgió mientras las páginas desaparecían. Las risas resurgieron otra vez y rebotaron en las paredes.

Pero no todos los gritos fueron de alegría.

—¿Estudios superiores? —Una mujer hundió los hombros—. Ni siquiera he ido a la universidad.

Tan rápido como me habían rodeado, las mujeres se dispersaron para rellenar las solicitudes. La mía ya estaba cumplimentada y depositada en una caja en la mesa de la secretaria frente al despacho de Clemons.

Helen también me había arrebatado una de entre las manos. Había visto el anuncio, pero no el formulario de solicitud. La sonrisa se le escapó.

—¿Mil horas en un avión de alto rendimiento y cuatrocientas como piloto al mando? ¿Cincuenta horas de vuelo a reacción? No es justo. ¿Qué mujer cumple algo así?

Hice una mueca.

—Yo. Y muchas mujeres del WASP.

—¿La química cuenta? Madre mía. —Ida Peaks se balanceaba sobre los talones—. Tengo un máster en química y cumplo todos los requisitos. Maldita sea. Menos el pilotaje de aviones de alto rendimiento.

Imogene miraba la solicitud como si tratara de decidir si darle un beso o tirarla por el váter.

—Yo igual. No dejo de pensar en Sarah Coleman y en cuando le pidieron que retirase la solicitud durante la guerra.

—No tienen que pedirnos que nos retiremos si no cumplimos los requisitos.

Imogene asintió mientras miraba el papel.

—Solo las mujeres blancas los cumplirán gracias a la decisión política sobre el WASP. Es una estrategia muy hábil para que el cuerpo de astronautas solo lo formen blancos, mientras se finge que está abierto a todo el mundo.

Ni siquiera se me había ocurrido. Pestañeé mientras pensaba qué hacer o decir, pero antes de que terminase de darle vueltas, Ida resopló.

—Menuda mierda. Seguro que el doctor King tendrá algo que decir al respecto. Algo escandaloso y contundente. —Volvió a la mesa—. Necesito un bolígrafo.

Con una floritura, Imogene levantó el suyo.

—Yo tengo uno, te lo doy en cuanto termine de rellenar esta porquería. Cincuenta horas de piloto al mando de un avión a reacción, y una mierda. Los cohetes ni siquiera tienen motores a reacción, ¿no es así, Elma?

—No, no tienen. —Dudé. No quería prometer nada que no pudiera cumplir. Había tardado mucho en conseguir que se planteasen incluir a las mujeres—. Se lo mencionaré a Nathaniel, a ver si convence al director para que cambie los requisitos. Nadie ha visto los formularios más que vosotras. Creo.

Desde otra mesa, Betty dijo:

—Los enviarán con el comunicado de prensa. Después de eso, quedarán grabados en piedra.

Asentí y fruncí los labios. Me tragué el orgullo para acercarme donde se sentaba y le dejé uno de los formularios delante.

—Tienes experiencia de vuelo suficiente.

—Y un máster en periodismo. Dudo que sea el tipo de estudios superiores que buscan.

—Merece la pena intentarlo. —Se lo acerqué—. ¿No?

Asintió, pero no tocó la solicitud. En vez de eso, se sacudió como un perro recién salido del agua y metió la mano en el bolso.

—Llevo meses con esto, a la espera de que volvieras. Debería habértelo enviado, pero... Me daba miedo que lo tirases.

Ladeé la cabeza para mirarla mientras buscaba dentro.

—¿Por qué iba a tirarlo?

—Porque venía de mí. —Sacó un sobre maltrecho y lo dejó en la mesa—. Al menos, así habría sido si te lo hubiera enviado.

Acepté la carta con curiosidad. La dirección del remitente era de la revista *Life*. Solo el nombre me provocó un pinchazo detrás de los ojos al acordarme de la ira. Es más que probable que tuviera razón, la habría tirado si me hubiera llegado justo después del incidente de las Girl Scouts.

Betty hablaba mientras retorcía la correa del bolso con los dedos.

—Me la enviaron a mí porque trabajo para la revista. Iba dirigida a ti, pero no sabían dónde remitirla así que... Debería habérsela dado a Helen.

Dentro del sobre de *Life* había otro, en mejor estado, con una firma desconocida. La dirección del remitente era «Hogar Tejas Rojas, Red Bank, Carolina del Sur». Me senté.

Betty había abierto el sobre de dentro, pero no me importó. La curiosidad habría sido demasiada para su alma de periodista. Debería sentirme agradecida de que no ocultara que la había leído.

La escritura era la misma que la del sobre.

Estimada doctora York:

Le escribo en nombre de una de nuestras pacientes, que la vio en el programa Watch Mr. Wizard. *En ese momento, dijo que era su sobrina nieta, pero la llamó Anselma Wexler. Supusimos que se había confundido, ya que es bastante mayor y no siempre está lúcida.*

Sin embargo, cuando se publicó la revista Life, *volvió a verla allí y se refirió a usted como su sobrina. Al leer el artículo, descubrí que Wexler era su apellido de soltera, así que pensé que lo mejor era contactar con usted por si fuera verdad que está emparentada con la señorita Esther Wexler.*

Vivió con una hermana que ya ha fallecido, pero, que sepamos, no tiene más familiares.

Atentamente,
enfermera Lorraine Purvis

La mano con la que sujetaba la hoja me temblaba tanto que resultaba imposible de leer. La releí. ¿La tía Esther estaba viva?

Me cubrí la boca para controlar los ruidos que se me escapaban. Eran altos y agudos y no sabía ni cómo llamarlos porque mi tía estaba viva; Hershel y yo no estábamos solos. Tenía que llamarlo, iríamos a Red Bank, a Carolina del Sur, para buscar a la tía Esther y...

—¿Elma? —Nicole me había puesto una mano en el hombro y, en ese momento, me abrazó—. Elma, cariño, tranquila, tranquila.

—Voy a llamar a Nathaniel. —Oír a Helen me ayudó a calmarme un poco.

—No. Estoy bien. —Es lo que intenté decir. Lo que fuera que respondí en realidad sirvió para detenerla y me ayudó a respirar. Me limpié los ojos con las manos y el papel de la carta me raspó la mejilla—. Perdón. Qué vergüenza.

Nicole me abrazó.

—Tonterías. Vergüenza es lo que sientes cuando le tiras el vino encima a Su Excelencia, el príncipe de Mónaco, en una cena de estado. Esto solo es ser humana, y ser humana no da vergüenza. Como mucho, los pedos.

Me reí. Menos mal que Nicole existía.

Después, Helen juntó los labios y escupió una frambuesa. Quizá me reí de manera demasiado exagerada, pero, al menos, me faltaba el aliento por algo lógico. Me recompuse y me limpié los ojos otra vez, con lo que me manché de rímel los pulgares. Debía estar hecha un desastre.

—Lo siento. Son buenas noticias. Mi tía... —Respiré hondo para seguir—. Mi tía está viva.

Cuando abrí la puerta de casa, Nathaniel estaba en el sofá leyendo un informe. Lo bajó y sonrió.

—Llegas pron... —Se incorporó y las páginas cayeron al suelo—. ¿Qué pasa?

Me debatí entre cinco respuestas diferentes. Al final, ganó la menos útil de todas.

—Tengo que hacer una llamada.

Por suerte, Nicole me había traído a casa y me había acompañado hasta arriba. Me apoyó una mano en el hombro.

—Todo va bien, solo está un poco conmocionada.

Qué bien. Si no ponía a Nathaniel en contexto, se preocuparía todavía más.

—Betty recibió una carta por el artículo de la revista *Life*, pero era para mí. —Sacudí la cabeza. Eso no importaba—. La tía Esther está viva.

—Dios. —Nathaniel cruzó la habitación y me abrazó—. Es maravilloso.

Me hundí en su pecho y Nicole me apartó la mano del hombro. Detrás de mí, la puerta se cerró con un chasquido silencioso. Nathaniel me acunó y me dejó llorar por los últimos cinco años de duelo.

Creía que Hershel y yo estábamos solos. Sí, una parte diminuta de mi cerebro se hacía la inevitable pregunta: si la tía Esther había sobrevivido, ¿quién más lo habría hecho? ¿Y si mis padres estaban vivos? Sin embargo, algunas de las lágrimas se debían a que sabía que no era así. Que nadie que viviera a menos de ochenta kilómetros de Washington había sobrevivido. Pero volvíamos a tener una tía.

Con un sollozo, me aparté y me limpié los ojos por enésima vez. Busqué la carta en el bolso.

—Voy a llamar a la residencia de ancianos.

Había renunciado a muchas cosas para volver a ser feliz. Había guardado el Shiva y pasado por el proceso de duelo por mi familia. Los había metido en una caja y los había enterrado en mis recuerdos, en lugar de bajo tierra. Aquello los exhumó y me dejó una cicatriz sangrante en el pecho.

Pero también fue un momento de gran alegría.

Nathaniel tenía los ojos rojos. Sonreía de forma exagerada.

—Si hay algún momento idóneo para decir *l'chaim*.

L'chaim. Por la vida.

Retrocedió para dejarme llegar hasta el teléfono.

—¿Quieres que me vaya?

—Ni se te ocurra. —Me hizo falta un nivel desproporcionado de energía para alcanzar el teléfono y escapar del pozo gravitacional de la pena—. Necesitaré que alguien me pase pañuelos.

—Entendido. Pañuelos preparados.

Resoplé, me senté en el sofá y levanté el teléfono. El número de la residencia de ancianos Tejas Rojas estaba en el membrete. Dos letras y cinco números después, el teléfono sonó.

—Hogar Tejas Rojas, ¿en qué puedo ayudarle? —La voz al otro lado de la línea tenía el suave y fluido timbre típico de los sureños.

Sentí cómo mis palabras se adaptaban para coincidir con las suyas.

—Hola. Quisiera hablar con una de sus residentes. Esther Wexler, por favor.

—Lo siento, la señorita Wexler está cenando.

Una parte de mí había temido que dijera «muerta». Me aclaré la garganta y agarré uno de los papeles que se le habían caído a Nathaniel.

—¿Podría dejarle un mensaje? —La página mostraba una trayectoria preliminar para un lanzamiento desde Brasil—. Soy su sobrina.

—¿Doctora York?

—Eh, sí.

—Soy Lorraine Purvis. Yo le envié la carta. —Soltó una risita—. Dios. Es increíble que sea su sobrina de verdad. Verá, se confunde a menudo. Es muy dulce, pero... ¿Le importa esperar un minuto mientras voy a buscarla?

—No quiero causar molestias.

—No se preocupe. No la sacaré del comedor si no ha acabado de cenar. Vuelvo enseguida. —Dejó el teléfono sobre una mesa o un mostrador con un golpe sordo y escuché sus pasos alejarse.

Nathaniel se había ido al otro lado del estudio, a la cocina, y sacaba la vajilla de la rejilla de secado. Los platos chocaban entre sí mientras los guardaba en el armario. La limpieza sería una buena manera de distraerme. Me agaché para recoger el resto de los papeles que Nathaniel había tirado.

Las páginas del informe estaban llenas de ecuaciones escritas en la letra de Helen. Las apilé y no me resistí a revisar los cálculos. Como indicio de lo alterada que estaba, tardé unos segundos en reconocer que eran las trayectorias orbitales para Brasil, Kenia e Indonesia.

Los tres puntos eran ecuatoriales y supondrían un menor consumo de combustible que cualquier lugar de Estados Unidos o de la Unión Europea. Los tres tenían costas orientales, una ventaja, ya que, de esa forma, si un cohete fallaba, caería en el agua.

El teléfono crujió y retumbó cuando alguien lo levantó.

—¿Doctora York?

—Sí.

—Un momento, su tía está aquí.

—Gracias. —Dejé las páginas en la mesita y cerré los ojos. Esperé.

El teléfono crujió y la dulce voz de una anciana cruzó la línea.

—¿Anselma?

—Tía Esther. —Se me quebró la voz y la habitación se volvió borrosa por la cascada de lágrimas enloquecidas. Fue como escuchar a un fantasma. ¿Qué le dices a alguien que creías que había muerto? Lo cierto es que debía de pensar lo mismo de mí hasta que me vio en *Watch Mr. Wizard*. Lo que dije al final fue una burda e insípida convención social—. ¿Cómo estás?

—Bien. Muy bien. Viva y respirando. Es maravilloso oír tu voz.

—Lo siento. Acabo de recibir la carta. No lo sabía.

—Tranquila, niña, yo tampoco sabía que estabas viva. Después de que Rose y yo saliéramos de Charleston, creía que estábamos las dos solas.

Menos mal que había una línea telefónica entre las dos. Al oír el nombre de mi abuela, me aparté el teléfono de la boca y lo tapé un momento. Había sobrevivido. «Vivió con una hermana que ya ha fallecido». En la carta no ponía qué hermana era.

Mierda. Mi abuela había sobrevivido a los maremotos que habían inundado Charleston y no había hecho nada por encontrarla.

CAPÍTULO 28

LOS ASTRONAUTAS SUFREN PÉRDIDA ÓSEA

Edición especial de *The National Times*
Kansas City, Kansas, 18 de abril de 1957 — El informe
médico de los astronautas que hace poco han pasado 43
días a bordo de la plataforma espacial en órbita *Lunetta* ha revelado cómo sus organismos han respondido a
las condiciones, sin precedentes, de vida prolongada en
el espacio. Por ejemplo, se ha descubierto que tenían alrededor de un 14 por ciento menos de glóbulos rojos en
sangre a su vuelta. La proyección del impacto de tales
cambios en los futuros astronautas que regresen después
de estancias prolongadas en el espacio sugiere que podrían convertirse en inválidos en cuanto volvieran a la
Tierra. Uno de los objetivos de *Lunetta* será comprobar
si el aumento del ejercicio en el espacio ralentiza estos
ajustes para que los futuros astronautas vuelvan a ser
hombres de la tierra con los mínimos problemas posibles.

Cuando colgué el teléfono, Nathaniel levantó la vista del periódico. Hacía rato que había terminado de guardar los platos.

—Parece que ha sido una buena llamada.

—Está bien. —Me levanté y me froté la frente, todavía algo
sorprendida—. Pero no creo que sea feliz allí. Había pensado...

—¿Quieres que se mude con nosotros? —Dobló el periódico y se reclinó en la silla—. También podría vivir con Hershel.

Me encogí de hombros y me uní a él en la mesa.

—Claro. Podría. Pero ya tiene dos hijos, no necesitan otra
boca que alimentar.

Gruñó y tamborileó los dedos en la madera.

—Nos haría falta una casa más grade. Estoy dispuesto a ello...

—¿Pero? —El estudio estaba bien para los dos, pero una tercera persona sería demasiado.

—No nos podemos permitir comprarla y pagar un alquiler mayor por un sitio más grande... —Extendió las manos y evitó mencionar que nos habíamos gastado todos los ahorros en cubrir los daños del avión en el espectáculo aéreo—. Hay que pensarlo bien.

—Los precios de la vivienda han bajado. Hace tiempo que no buscamos y también están las nuevas urbanizaciones junto a las instalaciones de Sunflower.

—El espacio no es lo único que me preocupa. Si la CAI traslada la base de lanzamiento a Brasil, no sé si será una buena elección para la tía Esther. —Nathaniel se encogió de hombros—. Bueno, seguiría trabajando en los diseños en Sunflower. Al menos, por un tiempo.

—Ya. —Me mordí el interior del labio, pensativa—. Pero falta, como mínimo, un año para el traslado, hasta que terminen la construcción, ¿verdad?

—Más bien dos, ya que todavía hay que decidir el lugar. —Nathaniel se adelantó en la silla y me dio la mano—. Pero, si entras en el cuerpo de astronautas... Conozco el programa de entrenamiento. ¿Sería justo para ella?

—¿Crees que debería dejarla en un asilo? —Acababa de recuperar a mi tía. ¿Esperaba que la dejase en manos de extraños?

—No, por Dios. —Se pasó la mano por el pelo—. Pero si Hershel está dispuesto a acogerla, tal vez sea la mejor opción a largo plazo. No tenemos que decidirlo ahora, pero hay que pensarlo.

Dos semanas después de hablar con mi tía y de llamar a Hershel para contarle que estaba viva, hablé por teléfono con mi hermano, temblando de nuevo, con otra carta en la mano.

Me había tomado un Miltown, pero solo había conseguido que el corazón me pasara de ir al galope al trote.

—Centro Meteorológico Nacional, al habla Hershel Wexler.

—Hola, soy Elma. ¿Tienes un minuto?

El plástico negro del auricular se me pegaba a la palma sudada.

—¿Qué pasa? —Oí cómo cerraba la puerta del despacho.

—Me acaban de invitar a empezar la primera ronda de pruebas para el programa de astronautas. —Todavía me temblaba la mano que sujetaba la carta. No sé por qué había creído que me lo dirían en el trabajo, pero había recibido una carta oficial al igual que... no sabía cuántas mujeres.

—¡*Mazel tov!* Espera a que se lo diga a Rachel. Va a «alunizar».

Me quejé de la broma.

—Eres lo peor.

—Ahora en serio, estoy muy orgulloso de ti. ¿Cuándo empiezas?

—Ese es el problema. —Me senté en el sofá y dejé la carta en la mesita de delante—. Es la semana en que íbamos a visitar a la tía Esther. Son cinco días enteros de pruebas.

—Ah. —Hershel barajó algunos papeles en su mesa. Suspiró—. Tal vez pueda cambiar los días de vacaciones.

—Lo siento. —Retorcí el cable con los dedos.

—En realidad, no es necesario que vayamos los dos. Podrías hacer las pruebas y luego venir a visitarla una vez se haya instalado.

La habitación se enfrió.

—Creía que decidiríamos con quién iba a quedarse después de verla. Eso dijimos. Tras hablar con las enfermeras de lo que necesita.

Hershel se rio.

—Ya, pero entonces lo que nos preocupaba era que estuvieras muy ocupada, no fuera del planeta.

—No sabemos si voy a entrar.

—Por favor, Elma. Si no te escogen es que son idiotas. Aunque solo sea por la publicidad.

—Una agencia espacial no funciona de ese modo. —Todo lo relacionado con el programa espacial era complejo y peligroso. Era imposible que mandasen al espacio a alguien no cualificado solo por razones publicitarias; al menos, no hasta que las cosas se asentaran—. Ahora, todo el que vaya, debe saber trabajar. A saber lo que dirán las pruebas.

—Ya, bueno. Si tengo razón, me compras el último cómic de Blackhawk. Y la tengo. —A veces, mi hermano era un chulo—. Además, necesitabais tiempo para encontrar una casa nueva, ¿no? Por eso íbamos a esperar hasta el mes que viene.

—Sí. —El periódico estaba al otro lado de la habitación, sobre la mesa de la cocina, doblado con cuidado. Nathaniel y yo revisaríamos los anuncios inmobiliarios esa noche.

—¿Quieres estar en plena mudanza mientras te preparas para las pruebas?

Me fastidiaba que tuviera razón. Me adelanté para apoyar el codo en la rodilla y me froté la sien. No debía olvidar que Parker me había dicho que se aseguraría de que nunca fuera el espacio; a lo mejor valía más la pena que me concentrase en ayudar a mi familia—. Quizá debería reordenar mis prioridades; planear lo que puedo controlar y no aquello que es cosa del azar.

—Elma. —Lo imaginé mirándome por encima de los cristales de sus gafas. Una vez me había confesado que no veía nada cuando lo hacía, pero que así intimidaba—. No serás feliz si no lo intentas.

—¿Y si no entro?

Se rio.

—Te pagaré una suscripción para *Misterios en el espacio.*

—Vale. Me vendrá bien para ahogar las penas.

—Oye, el vuelo hará una escala sí o sí. ¿Qué te parece si busco una ruta que pase por Kansas City? A la tía Esther le vendrá bien descansar; podríamos pasar la noche ahí y así la verías. ¿Qué te parece?

—¿De verdad? —Tenía una capacidad única para hacerme sentir como una niña pequeña. Las manos ya no me temblaban—. Tal vez coincida con el lanzamiento de un cohete.

Una tía viva y pasar la primera selección del proceso para entrar al cuerpo de astronautas. Cuando fui a trabajar al día siguiente, todavía temblaba de alegría. Hasta el linóleo de la CAI me pareció más brillante.

Antes de seguir por diferentes pasillos, Nathaniel se inclinó para besarme la mejilla.

—Cuidado. Vas a dejar ciego a alguien con esa sonrisa.

—No te preocupes. Desaparecerá en cuanto vea qué han liado hoy tus ingenieros.

Se rio y me apretó la mano antes de marcharse a su despacho.

Incluso desde el pasillo, oía el zumbido del departamento de informática, que empezaba el día cargado de murmullos de intercambios de recetas y cumplidos sobre los vestidos. En cuanto nos poníamos a trabajar, todo se centraba en las matemáticas, las reglas de cálculo y el traqueteo de la calculadora Friden. También se oía alguna maldición ocasional cuando la IBM se recalentaba. Otra vez.

En el momento en que giré la esquina, Basira estaba en la mesa que compartíamos y agitaba las manos en el aire como si dirigiera una sinfonía.

—... y lámparas de araña por todas partes. Increíble. ¡Y las canciones! Una maravilla.

Myrtle sacudió la cabeza.

—Vaya. Nosotros fuimos a jugar a los bolos. Nos tocaba noche de liga.

—¿De qué habláis? —Dejé el bolso en la mesa y me desabotoné el abrigo. Por mucho que me muriera de ganas por contarles que me habían seleccionado para la primera ronda de pruebas, no quería interrumpir a Basira.

—Anoche, Hank me llevó al teatro al lado de Missouri. —Aplaudió—. Fue increíble. El Teatro Midland es... como si cada vez que alguien preguntara «¿añadimos más adornos?», siempre le respondieran que sí. Hasta los baños estaban decorados.

Me quité el abrigo sin decir que había pasado la selección.

—No me acuerdo de la última vez que fuimos al teatro.

—Pues si tienes la oportunidad... —Se interrumpió y miró detrás de mí—. Helen, cariño. ¿Estás bien?

—Es la alergia. —Nos saludó con una sonrisa, pero tenía los ojos rojos e hinchados. Caminaba con los hombros caídos. Su voz sonaba rasgada.

Mierda. No la habían seleccionado.

No anuncié que había pasado la selección en el trabajo, pero ¿en las 99? Allí sería imposible evitar el tema. Cuando llegó el domingo, me dirigí al aeródromo con la carta en el bolso. Todavía no me sentía cómoda con Betty. Sí, me había ayudado a reunirme con mi tía, pero se había guardado la carta durante meses. Podría habérsela dado a Helen o a Nicole para que me la entregaran, así que volvía a sentir que me manipulaba y me utilizaba.

Pearl había preparado un bizcocho, que coronaba el centro de la mesa del hangar. Ida e Imogene se ceñían los abrigos. Nicole se había quitado un guante para comer. Incluso con las puertas cerradas, mi aliento se condensaba al respirar, hasta que llegué junto a la mesa y la pequeña estufa de debajo. Los tobillos me ardían y los dedos se me congelaban.

—¡Qué bien! ¡Bizcocho! —Era una conversadora nata, lo sé. Solo se me ocurría eso o comentar lo inmensa que se había puesto Pearl. Si no estaba embarazada de gemelos, me quedaría atónita.

—Estaba de humor para hornear, supongo. —Se frotó la tripa con la mano.

Nicole miró el reloj.

—Solo falta Helen.

Como si la hubiera convocado, la puerta del hangar se abrió de golpe. La aludida entró con una bolsa en el hombro y cerró con un portazo. Al menos, ya no estaba triste.

Me miró y, después, al resto del grupo.

—Me han rechazado.

—A mí también. —Ida levantó la mano—. Para sorpresa de nadie.

Me aclaré la garganta.

—Estoy dentro.

—Yo también. —Nicole dejó el bizcocho y se limpió las migajas de la falda.

Imogene negó con la cabeza.

—Rechazada por experiencia insuficiente con motores a reacción.

—A mí me han seleccionado. —Betty se volvió para mirar a Pearl—. ¿Y a ti?

—No me presenté. —Se pasó la mano por la curva del estómago—. Esperaremos a que la colonia esté establecida y entonces ya veremos.

El hangar se hundió en un silencio incómodo. Fuera, el zumbido de los aviones indicaba que el mundo seguía girando, pero, allí dentro, algo se había roto. A pesar de que todas nos sentamos juntas alrededor de la mesa, se había creado una línea irregular que nos separaba. Ya era duro que algunas hubiéramos entrado y otras no, pero, además, las diferencias raciales eran evidentes.

Helen rompió el silencio y volcó la bolsa en la mesa. Cayeron un montón de manuales y libros de texto. Atrapé uno que se deslizó hasta el borde de la mesa. Era el manual de un T-33. Helen sacó un bloc de notas de la pila.

—Estos son los aeródromos con aviones a reacción.

—Pero la fecha límite ya ha pasado. —Nicole negó con la cabeza—. Es un asco, pero ¿qué vas a hacer?

—Estar lista para la próxima vez. —Helen la fulminó con la mirada y, después, se volvió hacia Ida e Imogene. Su postura era tan imponente que me recordó que era una campeona de ajedrez—. Y vosotras también.

Ida se adelantó, agarró un manual y lo hojeó.

—A pilotar, señoras.

—Y a escribir. —Imogene miró a Betty—. ¿Vas a publicarlo también?

—No lo sé.

Imogene había perfeccionado el arte de arquear la ceja. Lo combinó con fruncir los labios y la decepción en su rostro fue como un jarro de agua fría.

Betty alzó las manos de manera conciliadora.

—Tengo que encontrar un buen ángulo.

——¿Qué te parece «La selección de astronautas es racista»? —Imogene levantó el cuchillo de la mesa y casi apuñaló el bizcocho—. El doctor King se lo pasará en grande con esto. Apuesto lo que queráis a que todas las candidatas son blancas.

—Puedo... —Me callé y me aclaré la garganta. ¿Pensaba ofrecérselo de verdad?—. ¿Ayudaría si tuvieras una lista de las que han entrado?

Ida asintió y cortó un trozo de bizcocho.

—Sí. No te preocupes, Betty, hay muchas revistas negras que estarán encantadas de publicar la historia. No les costará nada encontrar «un buen ángulo».

CAPÍTULO 29

LA PLATAFORMA EN ÓRBITA *LUNETTA* ESTÁ A PUNTO DE BATIR UN NUEVO RÉCORD

———

Kansas City, Kansas, 26 de abril de 1957 — Mañana por la mañana, si todo va según lo previsto, los tres astronautas de la tripulación de *Lunetta 2* despegarán para una misión récord de 59 días en la estación internacional en órbita en el espacio. La conclusión de la misión de los astronautas supondría otro hito en la capacidad de realizar vuelos espaciales tripulados a largo plazo, ya sea en órbita, como en el caso de *Lunetta,* o en un futuro vuelo tripulado a Marte, Venus o Júpiter.

Los lunes pasaba la mayor parte de la mañana ayudando a Burbujas con los datos de las últimas pruebas de motor. Se balanceó sobre los dedos de los pies mientras se inclinaba sobre el escritorio. Al otro lado, Basira se mordía el labio inferior y las comisuras se le curvaron en una sonrisa. El ingeniero era muy entusiasta.

—Está bien, Burbujas. La potencia de empuje es consistente. —Le pasé la hoja de cálculos—. Incluso con una carga útil, solo harían falta dos etapas en lugar de tres para llegar a la órbita.

—¡Lo sabía! —Lanzó un puño al aire—. ¡Lanzamiento, allá vamos!

Me aclaré la garganta.

—Sobre el papel, el Sirius está preparado. Pero la decisión es del doctor York.

Sonrió.

—Tú también eres la doctora York.

Puse los ojos en blanco y negué con la cabeza.

—Sabes a cuál me refiero. Solo soy calculadora, él es el ingeniero jefe.

Con todo, las pruebas del motor habían sido muy consistentes y era la estructura de combustible más estable que había visto pasar por el departamento. Tenía potencial para cambiar las misiones a la Luna por completo porque consumiría menos recursos. Y lo que era más importante: un proceso de lanzamiento en solo dos etapas reducía las posibilidades de fracasar.

—Ve a enseñárselo.

Recogió las hojas y se encogió de hombros.

—Ha salido con el director. Pero, cuando vuelva, lo haré. ¡Gracias!

De todos los ingenieros, Burbujas era el que mejor me caía. Los papeles y la corbata revoloteaban a cada paso mientras se alejaba.

Basira dejó de aguantarse la risa y se inclinó hacia delante para enterrar la cara en los brazos.

—¿Todas sus frases son exclamaciones?

—Me parece que también ha habido, al menos, una pregunta. —Tenía otras tres solicitudes de cálculo en la mesa para revisar. La glamurosa vida de una calculadora—. Pero el motor es una maravilla. Al menos, sobre el papel.

Helen se apartó de su mesa y se acercó a la nuestra.

—¿Ha dicho que el director no está?

La inquietud hizo que me hormiguera la piel. Mierda. Lo habíamos hablado en las 99.

—Sí. Creo que ha ido a Lockheed Martin para ver la cápsula de mando para el alunizaje.

—Supongo que estará fuera todo el día.

—Es probable. —Me levanté y me estiré fingiendo normalidad. Menos mal que el destino de la nación no dependía de las habilidades de espionaje de Helen ni de las mías. Éramos tan sutiles como una gata en celo—. Vuelvo en un rato. Voy al tocador.

Helen asintió, regresó a su mesa y agarró el lápiz, como si nunca hubiera dejado de trabajar en las ecuaciones. Myrtle nos miró algo confusa, pero, por suerte, no preguntó qué pasaba.

Salí, ignoré el baño de mujeres y me dirigí al despacho de Clemons. Tanto Helen como yo teníamos acceso a las mismas áreas de la base de la CAI, pero yo corría menos riesgo que ella. Si me pillaban, siempre podía decir que Nathaniel me había encargado algo. A ella la despedirían y, en consecuencia, la enviarían de vuelta a Taiwán.

La puerta del despacho de Clemons estaba abierta, como de costumbre, y el *staccato* de la máquina de mecanografía llegaba hasta el pasillo. La señora Kare estaba en su mesa, copiando un informe. Al menos tres capas de carbonilla llenaban las páginas. Me sonrió sin dejar de teclear.

—Hola, doctora York. ¿Puedo ayudarla?

—Necesito una copia de la lista de candidatas a astronauta.

Fingir que tenía permiso para lo que hacía me pareció más seguro que colarme a rebuscar en los archivadores.

—Vaya. Quisiera ayudarla, pero acabo de enviarlo todo al despacho de Stetson Parker. —Se le iluminó el rostro—. ¿Por qué no va a pedírsela?

—Gracias. Eso haré.

Por supuesto que el astronauta jefe estaba involucrado en el proceso de selección. Seguro que se había enfurecido cuando Clemons tomó la decisión de añadir mujeres a la lista. ¿Por qué había dejado que me incluyeran, después de prometer que haría lo posible por evitarlo? Con un saludo, me marché del despacho del director y caminé hasta el final del pasillo. Entré en el baño y me metí en uno de los cubículos. Cerré la puerta y me apoyé en la fría separación de metal hasta que se me reguló el pulso.

Quería ayudar a Ida, a Imogene, a Helen y a cualquiera que hubieran excluido de la selección, pero Parker me odiaba. Si estaba en la lista, seguro que era en contra de su voluntad; ir a su despacho sería muy sospechoso.

Quedaban las pruebas. Allí averiguaría a quién habían incluido.

El lunes 13 de mayo de 1957, a las 9 de la mañana, me presenté en el centro de pruebas, que no estaba en las instalaciones de la CAI, sino en un centro de pruebas militares en Fort Leavenworth. Era un edificio de antes del meteorito con grandes ventanales y paredes de ladrillo rojo. En la recepción, me registraron y me dieron un brazalete médico con el número 378.

—Cuántas mujeres —bromeé mientras intentaba echar un vistazo a la lista—. ¿Alguien que conozca?

La recepcionista negó con la cabeza.

—Solo son treinta y cuatro. El número es el mismo que el de la solicitud.

Aunque tenía una misión, me quedé boquiabierta al comprender el alcance de la operación. Ya habían descartado a saber cuántas solicitudes… y me habían seleccionado. Aunque solo habían entrado treinta y cuatro. Al menos, así sería más fácil recopilar los nombres.

—No la molesto más.

—Por el pasillo y a la izquierda. —Había vuelto a su libro de cuentas y me ignoraba.

Al final del corredor y a la izquierda llegué a una fila de mujeres. Todas blancas. ¿Me habría percatado de ello si no fuera porque Ida e Imogene se habían unido a las 99? Probablemente no. Mientras avanzaba por la fila, Nicole se asomó para saludarme.

Me detuve a su lado.

—Qué bien encontrarte aquí. ¿Alguien más que conozcamos?

—He visto a Betty, Jerrie Coleman y Jackie Cochran, pero no he hecho una lista. Aunque no solo hay blancas. —Se encogió de hombros y la tela del vestido se onduló. Llevaba un vestido azul marino con el cuello blanco para parecer seria, y una cintura ceñida para parecer… «accesible». Señaló más abajo en la fila—. ¿Ves? Está Maggie.

—Ah, sí.

Seis o siete puestos más atrás, había una sola mujer china. Maggie Gee estuvo en el WASP durante la guerra. No nos conocíamos mucho, pero solo había dos mujeres chinas en el servicio, así que era difícil pasarla por alto. La saludé mientras me dirigía a la parte de atrás de la fila, pero no creo que me reconociera.

A nuestro alrededor, las mujeres se apiñaban entre los susurros de la crinolina y el algodón almidonado. Ni una era negra. Según avanzaba, se hacía más evidente que Maggie era la única persona que no era blanca.

Saqué un cuaderno de notas del bolso y anoté los nombres de todas a las que reconocí. Al menos quince habían estado en el WASP, aunque no recordaba todos los nombres.

Me quedé a la espera, con los pies doloridos. Intenté hablar con la mujer que tenía detrás, Francesca Gurrieri, de Italia, pero en los silencios nos asaltaban preguntas sobre qué pasaría. La fila terminaba en dos puertas dobles. Cada cierto tiempo, salía una mujer y las demás avanzábamos.

Conjeturé sobre lo que ocurriría dentro en base a cómo salían, pero lo único que dilucidé fue que algunas lo habían hecho bien: caminaban con los hombros erguidos y la barbilla en alto. Si alguien se había olvidado de que esas mujeres eran pilotos, sobraba con mirar sus andares chulescos.

Sabiha Gökçen salió con aire despreocupado. Anoté su nombre en la lista y la miré.

Llevaba un traje de pantalón y unas zapatillas de deporte. Vaya. Brillante. Yo había caído en la trampa de ir bien vestida, pero buscaban pilotos, no señoritas.

Saldría bien. Me alisé la falda de lana y respiré hondo. La mayoría de las demás mujeres también llevaban falda, y no parecía que afectara a la forma en que salían por las puertas dobles.

Nicole desapareció dentro con otras cuatro mujeres. Avancé.

Me arrepentía de no haber tomado Miltown esa mañana, pero el medicamento me ralentizaba un poco el pensamiento, lo suficiente como para no querer arriesgarme. No creía que nos pidiera que volásemos, pero, a lo mejor, había un simulador. Sin embargo, la espera me revolvía el estómago.

Nicole salió son una sonrisa y fue directa hasta mí por el pasillo. Se inclinó.

—Esta parte es un paseo. Solo es un análisis de sangre y soplar en un tubo, como el examen que nos hicieron cuando solicitamos entrar en el WASP.

Suspiré.

—Podrían habérnoslo dicho.

—Sospecho que intentan ver cómo reaccionamos bajo presión. —Me guiñó un ojo—. Yo tengo un comodín.

Abrí los ojos de par en par y luego me reí. ¿Había tomado Miltown?

—Supongo que ser la mujer de un senador tiene sus ventajas.

—Justo a eso me refería. Ahora voy a hacer un examen escrito en el segundo piso. —Me puso una mano en el brazo—. Lo harás genial.

Cuando se marchó, avancé hasta que me tocó cruzar las puertas dobles. Entré en una sala blanca y cromada llena de enfermeras con uniformes del mismo color.

La enfermera que me asignaron me instaló en una silla junto a un carrito bajo esmaltado. Era una mujer blanca y enérgica, de unos cincuenta años, con el pelo gris recogido debajo del gorro sanitario. En la etiqueta de la bata ponía: «Sra. Rhode».

—Solo le sacaremos sangre, señora York.

—Por supuesto. —Me alegré de haberme puesto un conjunto con suéter, porque facilitaba que me despejara los brazos. Me quité el cárdigan—. Las venas del izquierdo son más fáciles.

La señora Rhode levantó una ceja.

—¿Formación médica?

—Mi madre fue médica en la primera guerra.

Le ofrecí el brazo para que me atara la cuerda de goma.

—Eso lo explica. ¡Por Dios! —Se levantó y pasó por delante de mí para acercarse a la mujer que estaba al otro lado.

La enfermera que la atendía intentaba que no se cayera al suelo. La señora Rhode la agarró por el brazo libre. Era la que venía detrás de mí en la fila. Estaba pálida como una nube y casi igual de húmeda. La volvieron a sentar en la silla.

—Ni la he pinchado todavía. —La otra enfermera negó con la cabeza mientras comprobaba el pulso de la mujer.

La señora Rhode se encogió de hombros.

—Nos ahorra tiempo. —Se giró para llamar a una celadora—. En cuanto pueda levantarse, acompáñala a la sala de espera y asegúrate de que está bien antes de despedirla.

Me estremecí. Así sin más. No nos sacarían sangre en el espacio, pero la más mínima debilidad te dejaba fuera.

Tal vez debería haber tomado Miltown esa mañana. O quizá no. Me pasaría días con la duda. Al menos, sabía que no me desmayaría por una aguja.

La enfermera volvió conmigo mientras se frotaba las manos.

—Disculpe.

—No pasa nada.

Le di la vuelta a la silla para dejar de ver a la mujer que se había desmayado. Estaría muerta de vergüenza. Lo menos que podía hacer era minimizar la humillación fingiendo no haberme dado cuenta.

La señora Rhode era buena con la aguja y apenas sentí nada más allá del pinchazo inicial. El tubito de acero me sobresalía del brazo como si alguien me hubiera soldado un fuselaje.

¿Era necesario que la mirase? No, pero quería dejarle claro que no tenía miedo.

—Estará agotada después de examinar a tantas mujeres.

Se encogió de hombros.

—Es más fácil que con los hombres. ¿Alguna vez ha intentado averiguar la historia clínica de un piloto? Al parecer, jamás se ponen enfermos y nacieron por concepción inmaculada.

Me reí más alto de lo que esperaba.

—Sabe que todas somos pilotos, ¿no?

—Sí. —Sacó el tubo de sangre de la aguja y lo tapó—. Pero a ellos les han grabado a fuego que cualquier enfermedad hará que los aparten del servicio.

—Ya. Los jefazos no prestaban mucha atención al WASP. —Acepté la gasa que me dio y la presioné sobre el interior del codo cuando retiró la aguja—. Bueno, ¿ahora qué?

—Solo unas preguntas.

Anotó mi nombre en el frasco de sangre y lo dejó en una bandeja. Tomó un portapapeles del carrito y se sacó un bolígrafo del bolsillo del uniforme.

Las preguntas eran comunes y aburridas. La última regla. Historial de enfermedades. Embarazos. Alergias.

—¿Toma algún medicamento?

En esa, me callé. No había tomado Miltown ese día y, cuando lo hacía, no era exactamente por una enfermedad. Eso era lo que le interesaba, ¿verdad?

—¿Señora York?

—¿Cuentan las aspirinas? ¿O la vitamina C? —Me mordí el labio inferior y me esforcé porque no pareciera que me portaba como un piloto. No estaba dispuesta a que me excluyeran del programa por culpa de la ansiedad—. También tomo Dristan cuando no se me pasa la tos.

Negó con la cabeza.

—Solo necesito saber lo que tome con regularidad.

—Entonces, nada.

Era la verdad. ¿No?

El segundo día, me puse un traje de pantalón y unas deportivas. Al entrar en el vestíbulo del hospital, descubrí que no era la única que había cambiado la estrategia de vestuario. Después de registrarme, la recepcionista me mandó a un recibidor en el segundo piso.

Había sillas de madera alineadas junto a las paredes y otras dos filas, espalda con espalda, en el centro. Una única planta de hiedra resistía en la esquina, cerca de la ventana; daba la sensación de que intentaba escapar de las paredes blancas e insípidas. Había más mujeres en pantalones de las que había visto en mi vida.

Nicole me vio y me indicó por señas que me acercara. Estaba con Betty y otras dos mujeres que aún no conocía: Irene Leverton, la hija de un ranchero, y Sarah Gorelick, madre de ocho hijos.

Sarah se rio ante lo que debió de ser una expresión impagable en mi cara.

—Me pasa siempre. Como yo lo veo, si he sobrevivido a ocho niños, el espacio será pan comido.

Nicole se inclinó hacia delante para ponerme una mano en el brazo.

—¿Te has enterado? Ya han eliminado a tres.

—Sé que una mujer se desmayó.

—Otra más por anemia, y dicen que Maggie tenía un soplo cardiaco. —Levantó una ceja.

Qué casualidad que Maggie, la única candidata china, tuviera una condición cardiaca que nunca antes le habían detectado. Ida se pondría furiosa cuando se lo contara.

Una celadora con una carpeta apareció en la entrada del vestíbulo.

—York, Coleman, Hurrle y Steadman.

—Hasta luego.

Me despedí del grupo con alegría y acompañé a las otras tres mujeres. La celadora nos condujo por un pasillo y nos dejó a cada una en una habitación distinta. La mía era una sala pequeña con una silla de reconocimiento, como la de un oftalmólogo.

Olía a sudor y a vómito. Me alegré mucho de haber pasado el último mes haciendo ejercicio para prepararme. Me pregunté dónde estaría Hershel en ese momento. No tardaría en llegar a Carolina del Sur para ver a la tía Esther.

La señora Rhode, la enfermera del día anterior, me señaló la silla.

¿La tía Esther estaría igual? Su voz sonaba como siempre, pero ¿cómo la habrían tratado los cinco años que habían pasado desde el meteorito? Un momento. La señora Rhode acababa de decir algo.

—¿Perdone?

—Quítese la camisa para monitorizarle el corazón.

—Ah. —La celadora se había ido, así que estábamos las dos solas. Busqué el botón superior de la camisa—. Por supuesto.

Me pegó los discos en el pecho; tenía las manos frías. Se me puso la piel de gallina y me costó no cruzar los brazos sobre el pecho. Los cables se arrastraban hasta una de las máquinas. Me acomodé en la silla. El frío metal me aguijoneó la espalda; no estaba acostumbrada a verme tan expuesta.

—Bien, señora York. Quiero que mantenga los ojos abiertos para el procedimiento. Cuénteme cómo conoció a su marido y no deje de hablar durante los próximos cinco minutos. —Detrás de mí, dos metales chocaron—. Pase lo que pase, siga hablando y mantenga los ojos abiertos.

—De acuerdo. Vi a Nathaniel tres veces antes de que empezáramos a salir. —Algo frío me rozó la oreja—. La primera vez fue en Stanford. Le daba clases particulares a su compañero de cuarto de... Dios, ¿qué?

El líquido congelante me llenó el oído derecho y perdí el equilibrio de golpe. La habitación giró a mi alrededor en círculos frenéticos. Me aferré a la silla con ambas manos. Los ojos abiertos. Seguir hablando.

—Le daba clases de matemáticas a su compañero de cuarto. Ecuaciones diferenciales. Pero el compañero no siempre estaba cuando llegaba.

Era peor que una caída en barrena. Al menos, allí sabía cómo salir de la espiral.

—Así que hablaba con Nathaniel. Un poco. De cohetes, sobre todo. Al semestre siguiente, su compañero de cuarto tenía uno nuevo. —Lo que decía apenas tenía sentido—. No lo vi más, a Nathaniel. Hasta la guerra. Estaba en el WASP. Transportaba aviones e hice parte de la formación en Nuevo México. Allí nos encontramos. Se acordaba de mí. Yo era menos tímida. Volvimos a hablar de cohetes.

No enfocaba la mirada. Incluso mantener los ojos abiertos era un esfuerzo; la habitación giraba sin cesar.

—La tercera vez fue en Langley, en el NACA. Fui de visita con mi padre. Más bien, mi padre me llevó con él a visitar el NACA. Nathaniel estaba allí. Hablamos de cohetes. Me hizo una pregunta sobre trayectorias. Le respondí...

Los bordes de la silla se me clavaban en los dedos; luchaba por no caerme. ¿Se habrían caído otras mujeres? ¿Y los hombres?

—Le respondí y me ofreció trabajo. No debería haberlo hecho. No se encargaba de las calculadoras. Ingeniero. Era el ingeniero jefe.

Stetson Parker había pasado por lo mismo. Lo que fuera que me habían metido en la oreja, Stetson Parker también lo había sufrido. Lo único que sabía con certeza de las pruebas era que nos sometían a las mismas que a los hombres. Si él lo había conseguido, yo también.

—Después, me contó que me quería para el departamento de ingeniería, pero que, entonces, no habría podido invitarme a salir.

Un rayo de luz brillaba sobre el pomo de la puerta. Fijé la mirada ahí para intentar que la habitación girase alrededor de ese punto. Ayudó. Un poco.

—Nunca se me había ocurrido que una mujer pudiera ser ingeniera. En el departamento de informática solo había mujeres, así que me pareció lo más lógico. Llevaba allí dos meses cuando me invitó a ir a la fiesta de Navidad con él. Le dije que era judía. Resultó que él también, pero era la fiesta de la empresa, así que...

La señora Rhode se colocó delante de mí y detuvo un cronómetro.

—Muy bien, señora York. Cuatro minutos, treinta y ocho segundos. Está muy bien. Ya puede cerrar los ojos.

La oscuridad fue como un bálsamo. La habitación aún daba vueltas, pero ya no era tan horrible.

—¿Qué era eso?

—Agua ultracongelada para helarle el oído interno. Es una prueba de equilibrio para comprobar cómo se maneja sin él. Analizamos cuánto tardan los ojos en dejar de girar como señal de que ha recuperado cierto control.

—¿He tardado cuatro minutos y treinta y ocho segundos en centrarme? —En un avión, me habría matado si me hubiera tomado tanto tiempo.

—Sí, pero ha sido funcional durante todo el procedimiento. Póngase la camisa, pero no se quite los monitores cardiacos, se usarán en la próxima prueba. —Algo de tela, supuse que mi camisa, me aterrizó en el regazo—. Y gracias por no vomitar.

El resto del día fue igual de desconcertante y desagradable.

Nos ataron a una mesa, en la que nos ponían boca abajo durante cinco minutos y a la que luego le daban la vuelta para ver si nos desmayábamos por el repentino cambio de orientación. También había una cinta de correr que se elevaba a un ritmo constante para simular una carrera por un terreno montañoso.

Hubo más pruebas, algunas menos dignas que una visita al ginecólogo, que es decir mucho.

Cuando estaba sudada, cansada e irritada, me dieron una prueba escrita sobre la mecánica orbital. A cada ronda, quedábamos menos. Algunas no superaron alguna parte crucial de la prueba (yo casi no pasó el recorrido «cuesta arriba») y otras cambiaron de opinión. Las que quedamos, sin embargo, desarrollamos una extraña mezcla de camaradería y competitividad feroz. Al fin y al cabo, éramos pilotos.

CAPÍTULO 30

34 MUJERES REALIZAN LAS PRUEBAS PARA SER ASTRONAUTAS

Kansas City, Kansas, 16 de mayo de 1957 (AP) — Treinta y cuatro mujeres han sido seleccionadas para someterse a un programa de pruebas preliminares con el fin de ir a la Luna como astronautas. Las 34 son pilotos de avión y sus edades oscilan entre los 23 y los 38 años. Entre estas bellezas hay tanto rubias como morenas y son los mejores especímenes femeninos del planeta.

El cuarto día, solo quedábamos veintiuna. Betty y Nicole seguían en pie, igual que Sabiha. A veces estábamos en la misma sala de pruebas; otras, las pruebas eran en solitario, como la del oído interno.

Después de disfrutar de cómo me ponían una copa de metal sobre el globo ocular para detectar el glaucoma, entré en una sala de entrevistas. Stetson Parker estaba sentado a una mesa, flanqueado a un lado por Benkoski y al otro por el director Clemons.

—Venga ya. —Clemons tiró el bolígrafo a la mesa—. ¿Hace falta entrevistarla?

Menos mal que ya venía sudada por la cinta de correr, así disimulé el sudor frío que me provocó.

—Sé que he agotado su paciencia, pero...

Clemons levantó la mano y me callé por costumbre. Tomó el bolígrafo y me apuntó.

—No es eso. La entrevista es para comprobar si los candidatos tienen la determinación necesaria para ser astronauta. En su caso, no quedan muchas dudas.

—Entiendo. —Miré hacia la puerta—. ¿Quieren que haga pasar a la siguiente?

—No. —Parker se reclinó en la silla—. Hay que hacerlo como es debido, no queremos que nos acusen de favoritismo. ¿Por qué no se sienta, señora York, y nos cuenta por qué quiere ser astronauta?

Favoritismo. Ja. Aun así, me senté en la silla delante de los tres hombres con las manos en las rodillas y los tobillos cruzados, como mi madre me había enseñado. ¿Por qué quería sentarme como una dama cuando llevaba unos pantalones arrugados y una camisa empapada en sudor? Tal vez porque era la única armadura que me quedaba.

Fue la primera vez que me alegré de haber hecho tantas entrevistas, porque había respondido esa pregunta una y otra vez.

—¿Por qué quiero ser astronauta? Porque creo que las mujeres tienen un papel fundamental en el establecimiento de colonias en otros planetas. Si tenemos...

—No me interesan sus discursos. —Parker se incorporó como un resorte—. Para eso ya están las revistas.

—¡Coronel Parker! —Clemons lo miró con desprecio—. No tratamos así a las candidatas.

—Todos sabemos por qué piensa que las mujeres deberían ir al espacio. —Se volvió de nuevo hacia mí—. Quiero saber por qué usted en concreto quiere ser astronauta. Y por qué quiere hacerlo ahora, en esta etapa del programa.

Lo miré a los ojos. No tenía respuesta. Al menos, no una que supiera articular. Quería y punto, igual que quería volar. Descarté la verdad, que era que no lo sabía, y pensé en respuestas como las que había visto dar a los astronautas en entrevistas.

—Siento que es mi deber...

—Servir a su país. Es la respuesta que se le da a la prensa. —Parker negó la cabeza. Ninguno de los otros dos hombres intervino esa vez.

Los tres me miraron, expectantes.

Cerré los ojos y respiré hondo. Había hablado delante del Congreso y salido en la televisión nacional, responderles no era nada.

—No recuerdo ningún momento en el que volar no fuera parte de mi vida. Mi padre era piloto. De pequeña, le suplicaba que hiciera toneles porque me encantaba cómo la tierra se extendía debajo de nosotros y la gravedad no parecía importar.

Abrí los ojos, pero me quedé con la vista fija en el suelo de linóleo pulido mientras seguía con la respuesta.

—El espacio es... Soy piloto, ¿no? El espacio me parece necesario. Inevitable. —Abrí las manos en busca de las palabras correctas para representar cuánto anhelaba ir—. Tal vez sea por todas las novelas de ciencia ficción y los cómics que me daba mi padre, pero la idea de no ir al espacio me resulta inconcebible. Incluso si la Tierra no estuviera dañada, aún querría ir.

Benkoski soltó un gruñido bajo y dibujó algo con el lápiz. Clemons tenía los brazos cruzados sobre el pecho y fruncía los labios como si fumase un puro.

Parker asentía con la cabeza.

Increíble, el hombre que había prometido impedirme ir al espacio asentía con la cabeza, como si me entendiera. Después, se encogió de hombros y levantó un cuaderno de la mesa.

—¿Cuáles son los datos de fiabilidad del amplificador Atlas?

—¿Qué? —El cambio de tema repentino me sorprendió—. Menos de nueve de cada diez lanzamientos de Atlas salieron bien. Por eso cambiamos al diseño Júpiter.

Clemons siguió con los brazos cruzados mientras Benkoski anotaba la respuesta.

—¿Cuáles son las ventajas de los carburadores de presión frente a los carburadores de flotación?

—Los carburadores de presión son menos propensos a producir congelación de carbono, lo que inicialmente lleva a que el motor funcione mejor, pero, a la larga, restringe el flujo de aire y provoca una obstrucción completa. También proporcionan una relación estable entre combustible y aire en condiciones de gravedad negativa, como una inmersión rápida o un vuelo invertido. —Me sentía muchísimo más cómoda con las preguntas técnicas que con las personales.

De ese momento en adelante, la entrevista me pareció sencilla.

Cuando Hershel me pidió que le recomendase un hotel, lo envié al Aladdin, donde Nathaniel y yo nos habíamos quedado después de la amenaza de bomba. El vestíbulo tenía un balcón en el segundo piso con una barra de martinis, el cual se elevaba sobre pilares de mármol negro; las barandillas doradas y los capiteles de las columnas daban al lugar el aire elegante de antes del meteorito.

Por mucho que me atrajese el bar de martinis, después de haber sobrevivido a cinco días de pruebas, beber no me pareció el mejor plan antes de ver a la tía Esther. Tal vez después me tomaría todos los martinis que quisiera.

Cruzamos el vestíbulo hasta el restaurante de la parte trasera del hotel. Era íntimo y muy elegante. Cuando vinimos la vez anterior, la comida estaba buena, aunque no tenía nada de especial.

El metre se acercó a recibirnos con unas cartas en la mano.

—¿Mesa para dos?

Al otro lado de la sala, Hershel se asomó desde una mesa con bancos y nos saludó con la mano.

Nathaniel negó con la cabeza.

—No, gracias. Hemos quedado con alguien.

A lo mejor dijo algo más, pero yo ya lo había dejado atrás y sorteaba las filas de mesas. Hershel se aferró a las muletas y se levantó mientras me acercaba. Había traído a Tommy con él, que estaba hecho todo un hombrecito. Llevaba la chaqueta del Bar Mitzvah y el pelo peinado con cera.

Hershel se apoyó en una muleta y extendió el otro brazo hacia mí. Lo abracé y, de pronto, me dio vergüenza saludar a la nube de pelo blanco que estaba junto a él. Me apretó con ganas y murmuró:

—Pareces agotada.

—Yo también me alegro de verte. —Le di un golpe suave en la espalda antes de soltarlo y mirar a mi tía.

Ella me sonrió con el brillo característico de los Wexler de la rama de mi padre. No sé por qué la tía Esther nunca se había casado; tenía cierto encanto felino, incluso con más de noventa años. Llevaba los rizos blancos peinados con el estilo de la década de 1880. Había algunas motas de polvo entre las arrugas de sus mejillas, pero los ojos le resplandecían igual que siempre.

Me tendió las manos.

—¡Anselma! Deja que te vea.

—Lo mismo digo. —Me senté a su lado, esperando que Tommy me perdonara por no haberlo abrazado todavía—. No has cambiado nada.

—Cuando llegas a cierta edad, es difícil parecer cada vez mayor. —Me pellizcó la mejilla—. No te dan bien de comer en esa escuela.

—¿Escuela? —Miré a Hershel, que le estrechaba la mano a Nathaniel.

—Las pruebas que has estado haciendo. —Hershel apoyó la mano en el respaldo del banco y se sentó al lado de Tommy.

—Ah. No es una escuela. Me preparo para ser astronauta.

Tommy se emocionó.

—Es lo más alucinante que he oído nunca. ¿Cómo es? ¿Conociste a Stetson Parker? ¿Lo hiciste bien? Papá dice que vamos a ver el lanzamiento de un cohete.

—No sé a qué responder primero.

La tía Esther se llevó una mano a la oreja.

—¿Qué ha dicho?

—Me ha preguntado por las pruebas para ser astronauta.

Frunció el ceño y ladeó la cabeza como un pajarillo.

—Eso me parecía. Pero debo confesar que no tengo muy claro lo que es un astronauta. No dejo de oírlo en las noticias, pero me suena como un cuento.

—Un astronauta es alguien que va al espacio.

—Menuda tontería. ¿Por qué alguien querría hacer eso?

Me había pasado el día tratando de explicárselo a un puñado de psiquiatras que me repetían las mismas preguntas que Clemons y compañía. No me quedaban fuerzas para defenderme también delante de una tía a la que acababa de rencontrar.

—Dejémoslo en que quiero cambiar de trabajo.

Negó con la cabeza y dijo algo en yidis, pero demasiado deprisa para que la entendiera. Nunca había aprendido a hablar yidis, porque mis padres no lo hablaban. Sin embargo, me encantaba escuchar a la tía Esther, a la abuela y a las demás tías. Puse la mano sobre la suya, fina como el papel.

—¿Qué? No te he entendido.

—¿Por qué trabajas? —Miró a Nathaniel con reprobación—. ¿Por qué trabaja tu mujer?

—A ella le gusta e intento asegurarme de que tiene todo lo que le gusta. —Nathaniel le guiñó un ojo a la tía Esther mientras se sentaba en el banco con Hershel—. ¿No quieres que me asegure de que tu sobrina es feliz?

—Es como su padre. Y su abuela. —Me pellizcó la mejilla otra vez y entendí por qué Tommy estaba sentado al lado de su padre. Me había olvidado de ese aspecto de la tía Esther. Era la más joven de las tías, algo irónico para alguien de más de noventa años—. Si no fuera por Rose, estaría muerta.

Me tragué las lágrimas.

—¿Cómo salisteis?

Se rio y dio una palmada.

—Fuimos a la iglesia.

Miré a Hershel y arqueé las cejas, confusa, pero se encogió de hombros.

—Tía Esther, ¿no decías que habíais salido de Charleston?

—Sí, sí. Pero eso fue después. Primero, Rose nos llevó a la iglesia del pueblo, ¿te acuerdas? ¿La que tenía el gran campanario? Era la primera vez que entraba en una iglesia cristiana, pero Rose insistió en que fuéramos, así que subimos hasta lo alto del campanario. Nunca he visto tantos escalones juntos.

La iglesia con el gran campanario. No sabía a cuál se refería. Nos habíamos mudado tantas veces cuando era pequeña que mis conocimientos sobre Charleston se limitaban a cómo llegar de la casa de la abuela a la de mis primos, a la sinagoga, al cementerio y a la tienda de alimentos. Al menos, las prioridades estaban claras.

—Qué bien. ¿Y cómo...?

—Buenas noches a todos. ¿Ya saben qué van a pedir?

Pobre camarero. Nunca he odiado a nadie tanto como a él en ese momento. No era culpa suya. Tenía que trabajar y, siendo sincera, debía comer algo, pero quería saber más de la iglesia.

—Necesito un minuto.

—Si los demás ya lo saben, puedo pedir por ti. —Nathaniel levantó la vista de la carta—. Hay lo mismo que la última vez.

—Tómese su tiempo. —El joven sonrió de tal manera que sospeché que, en realidad, era actor. Era guapo a lo Clark Gable, pero nunca conseguiría ningún papel si la siguiente frase era una indicación de sus habilidades de interpretación—. Disculpe, ¿es la mujer astronauta?

—Solo en televisión. Cuando estoy cenando con mi familia no. —Fue un poco brusco, así que esbocé una sonrisa de lo más dulce para compensar—. Lo entiendes, ¿verdad, cariño?

Pobre chico. Habría creído que me halagaría que me reconociera. Bajó la mirada y, probablemente, pensó que se había quedado sin propina. Hershel se tapó la boca y leyó el menú, muy concentrado en no reírse.

—Lo siento, señora. —El camarero señaló con discreción a otra parte del restaurante—. Había una familia con unas niñas pequeñas y la han reconocido. Les daba vergüenza y me he ofrecido a ayudarlas.

Vaya, eso cambiaba las cosas. Le reconocía el mérito por no echarse atrás en una promesa a las niñas, por mucho que me apeteciera estar con mi tía.

La tía Esther observó la conversación en silencio, atenta. Ladeó la cabeza mientras hablábamos; así se parecía más a un pajarito. Cuando la visitaba de niña, la abuela y ella siempre sacaban tiempo para mí y mis interminables preguntas. ¿Debía devolverle el favor y prestarle toda mi atención o seguir su ejemplo e ir a ver a las niñas?

Miré a Nathaniel con un suspiro.

—Pide por mí. Ahora vuelvo.

No me puse nerviosa mientras iba hasta allí. A lo mejor estaba agotada por las pruebas, o quizá, por fin me había acostumbrado a ser el centro de atención. Ojalá fuera lo último.

La familia se encontraba en una mesa cerca de la entrada. La mujer llevaba un colgante con una estrella de David. Me alegré un poco. Aunque parezca extraño, dado que estaba allí con mi familia, encontrarme con alguien más que era visiblemente judío me hacía sentirme menos sola.

La niña más pequeña me vio primero y abrió los ojos marrones como platos. Hizo lo mismo con la boca y le dio un codazo a su hermana.

—¡Ay! ¡Mamá! Shoshana me ha... Hala. —La niña mayor tendría unos diez años y los mismos rizos castaño oscuro que su hermana pequeña—. ¡Hala!

El padre se volvió en la dirección en que miraban sus hijas. Al verme, arrastró la silla hacia atrás y se levantó.

—Gracias por venir, doctora York. Espero que no hayamos interrumpido su velada.

—No, en absoluto. Solo es una reunión familiar. —Decirle que incluía a una tía que había creído muerta solo haría que se sintiera culpable.

—Soy Robert Horn. Esta es mi mujer, Julia.

—Un placer. —Le estreché la mano. Tenía la piel áspera y agrietada, como si pasara mucho tiempo lavando platos.

—Estas son nuestras hijas, Chanie y Shoshana. —Sonrió con orgullo—. La admiran mucho.

—¡Voy a ser astronauta! —anunció Shoshana.

—Seguro que sí. —Miré a Chanie—. ¿Y tú?

—Seré escritora. —Después, como si quisiera mi aprobación, añadió—: Pero escribiré sobre el espacio.

—Vaya, vaya. Qué futuro más maravilloso nos espera.

Hablamos de trivialidades, algo a lo que me había acostumbrado en los últimos meses. Había comprendido que, con niñas como aquellas, lo importante no era yo, sino animarlas a ellas. No importaba tanto quién era, sino que no era una persona cualquiera.

Era fácil confundirlo con ser extraordinaria. No lo era.

No importaba quién fuera mientras fuera alguien, si eso tiene sentido. Se habrían emocionado igual al conocer a Hedy Lamarr.

Aunque, para ser justa, yo también me emocionaría si conociera a Hedy Lamarr.

Para mí, la persona extraordinaria que había conocido esa noche era la tía Esther. Cuando volví a la mesa, había hecho a Nathaniel, Tommy y Hershel llorar de risa. Llorar de verdad. Nathaniel se había puesto rojo y se secaba los ojos con la servilleta.

Me deslicé en el banco, celosa de haberme perdido la historia. La tía Esther tenía las mejillas encendidas y sus arrugas se retorcían en un arco. Por suerte, Nathaniel me había pedido un martini, así que me lo tomé para consolarme.

Tommy me sonrió.

—¡Esta mierda quema!

—Mira lo que has hecho. —Hershel señaló con un dedo a nuestra tía, que no parecía ni siquiera un poco desconcertada—. Se lo va a enseñar a su hermana y mi mujer me matará.

—A Eileen no le importará.

—Doris. —Hershel se secó los ojos y se puso serio. Nuestro primo Kenny y su mujer Eileen habían muerto por el meteorito. O eso creíamos, porque, como la mayoría, se habían desvanecido—. Mi mujer se llama Doris.

—Ya lo sé. —Tomó un vaso que olía a ron con cola y le guiñó un ojo—. ¿Cómo está?

—Doris está bien. Tiene muchas ganas de verte. Igual que mi hija, Rachel. —Hershel también había pedido un martini. Lo levantó—. Ahora que estamos todos, *¡l'chaim!*

Por la vida, desde luego.

Estaba tendida en la cama mientras Nathaniel me frotaba los pies. Me clavaba los pulgares en la bola del derecho en un patrón circular, como un radar que busca tensión.

—Entonces, ¿nada de bailar? —Apretó con el pulgar el arco del pie.

Gruñí y me cubrí el rostro con una almohada.

—Necesito una muy buena razón para no quedarme en la cama para siempre.

—A ver si se me ocurre algo. —Cambió el movimiento de la mano a una presión más suave que me provocó un escalofrío.

—Eso sería una razón para quedarse en la cama. —Apreté la almohada con fuerza sobre la cara.

La risa de mi marido era maravillosa.

—Vale. Pues quédate en la cama.

—¿Qué fue lo que os contó la tía Esther cuando fui a ver a esas niñas?

—Dios. Casi me da algo. —Me masajeó la parte posterior del talón hasta el tendón de Aquiles y subió por la pantorrilla—. Pero no voy a contarlo tan bien como ella. Al parecer, cuando tu padre era pequeño, en una fiesta, vio por primera vez una bombilla eléctrica. La tocó y chilló: ¡Esta mierda está caliente! Ahora, imagínate a tu tía Esther diciéndolo.

Lo hice, con sus delicados rasgos y sus ojos brillantes. «Esta mierda está caliente».

No es algo que se espere que diga un niño ni una anciana.

—Siento habérmelo perdido.

—¿Y tú qué tal? No me has contado nada de las pruebas de hoy.

Bajo la almohada, el mundo era cálido y la luz estaba atenuada, como cubierta por una densa capa de nubes. Me gustaba la oscuridad. Durante los últimos cinco días me había sometido a todas las pruebas que se les habían ocurrido, algunas de las cuales no sabía ni que existían—. Me divertí en la centrífuga.

—¡Ja! Eres la única persona que conozco que lo diría sin ironía.

Aparté la almohada para sacarle la lengua.

—¿Alguna idea de cuánto tardarán en decirnos algo?

Negó con la cabeza y me levantó un poco más el pie.

—No depende de mí. Me preocupan más la salud y el ánimo... —Nathaniel se inclinó y el pelo le cayó sobre la frente. Se metió mi dedo gordo en la boca. Mordisqueó la punta y arqueé la espalda cuando se apartó—... de una candidata concreta.

—Ya veo. —Tiré del pie hacia atrás y lo deslicé por su pecho hasta donde se unían los muslos—. ¿Cuál es el criterio de selección? Además de la capacidad de soportar una centrífuga humana, claro.

Nathaniel flexionó la cadera para adaptarse a la presión y cerró los ojos un instante. Esbozó una media sonrisa mientras se inclinaba hacia delante.

—La centrífuga indica con claridad la capacidad para trabajar con un flujo de sangre comprometido, lo cual es... conveniente para una piloto.

—¿Por eso las mujeres resisten fuerzas g más altas que los hombres? —Tracé una línea por el interior de su muslo—. ¿Qué otras cualidades tiene la candidata?

La cama crujió debajo de mí cuando Nathaniel se puso de rodillas.

—Es fundamental que tenga experiencia con cohetes.

—¿Qué tipo de experiencia? ¿Debería demostrar mis habilidades al comprobar que esté cargado y listo para el lanzamiento? —Bajo las manos, noté su cuerpo arder. Le arrugué la camisa al tantear en busca del cinturón.

Nathaniel se inclinó y el calor de su aliento me acarició la mejilla.

—Sería aceptable.

—¡Aceptable! —Le rodeé la cintura con las piernas y tiré de él hacia mí—. Planeo ser excelente.

CAPÍTULO 31

EL DOCTOR KING DIRIGIRÁ
LA MARCHA ANTIRRACISTA

*15 000 negros del sur acudirán a la capital para cele-
brar el cuarto año del decreto educativo*

Montgomery, Alabama, 18 de mayo de 1957 — La
próxima semana, un joven ministro negro encabezará
una peregrinación al Monumento del Meteoro en Kansas City para conmemorar el cuarto aniversario del decreto de desegregación escolar del Tribunal Supremo.

El sábado por la mañana fuimos todos juntos a la sinagoga.
Me llevé el pañuelo a los ojos varias veces durante el servicio
porque veía a la tía Esther junto a mí, y una parte de mí esperaba ver a la abuela al otro lado o a mis padres detrás. Estaba
muy contenta de tenerla de vuelta, pero con ella habían venido
muchos fantasmas.

Nathaniel no había podido acompañarnos porque era día
de lanzamiento. Desde el desastre del Orión 27, no se perdía
ninguno. Algunos cohetes aún explotaban de vez en cuando al
probarlos, pero eran una minoría.

Esa noche, fuimos todos juntos al Control de Misión para
ver el lanzamiento. Se trataba de una nave tripulada que se dirigía a la plataforma orbital. La «plataforma» parecía más bien
un dónut, y rotaba para generar una gravedad artificial débil.

Hacía calor y los bancos de nubes reflejaban las luces de la
torre de lanzamiento en una neblina anaranjada. Los deflecto-
res protegían un poco la azotea, pero el viento se colaba y me

enfriaba el sudor de la nuca. Todavía no me había acostumbrado a volver a pasar calor al aire libre.

La cuenta atrás en los altavoces interrumpió la conversación.

El responsable de relaciones públicas comentaba el lanzamiento tanto para los espectadores en la CAI como para los que escuchaban por la radio.

—Cuatro minutos y quince segundos. El supervisor de pruebas ha informado al conductor de pruebas de vehículos de lanzamiento que están listos para el despegue.

Cuando hiciera más calor, quizá la gente vendría a la azotea más temprano para ver los lanzamientos. Esperábamos hasta los cuatro minutos porque hacía demasiado frío, incluso en verano.

—Tres minutos y cuarenta y cinco segundos. Se realizan los controles finales de suspensión entre varios miembros clave de la tripulación aquí, en el centro de control, y los astronautas. El director de operaciones de lanzamiento desea buena suerte a la tripulación.

La tía Esther sacó un abanico y provocó una ligera brisa.

Le sonreí.

—Qué abanico tan bonito.

Lo agitó en un círculo exagerado para presumir.

—Me lo dio Rose. A mí no se me ocurrió llevármelo cuando salimos, pero ella siempre guardaba uno en el bolso.

—Tres minutos y veinticinco segundos. Todo en orden hasta el momento. En unos diez o quince segundos empezará la secuencia automática. Todo sigue en orden.

—¿De verdad? —Me invadieron los recuerdos de la abuela agitando el aire con el abanico mientras bebíamos limonada en el porche—. Es precioso.

—¡Lo compró en España!

—Dos minutos y cuarenta y cinco segundos. Los miembros del equipo de lanzamiento del centro de control monitorizan un número al que denominamos valores de línea roja.

Hershel se había adelantado con Tommy hasta la barandilla del lado más alejado de la azotea. Abajo, mi sobrino había conocido al hijo de Benkoski, Max, con el que había hecho el cohete de papel de aluminio. Se estaban haciendo amigos rápidamente.

Le sonreí a mi tía, sin saber si se trataba de una historia real o de su memoria distorsionada.

—¿La abuela estuvo en España?

—Tu abuelo y ella fueron de luna de miel. —Nunca se me había ocurrido que hubieran tenido una luna de miel. El abuelo murió antes de que yo naciera y la abuela parecía eterna.

—No lo sabía. ¿Tú alguna vez...?

—Un minuto y veinticinco segundos. El panel de estado indica que la tercera etapa se ha presurizado por completo.

A partir de ese punto, todo iría muy deprisa y no quería que se perdiera nada. Los lanzamientos nocturnos eran espectaculares.

—Vamos a sentarnos allí.

Le señalé las sillas plegables que habían dejado en la azotea.

—Sesenta segundos. Randy Cleary acaba de informar de que la cuenta atrás se ha llevado a cabo sin complicaciones. Hemos pasado la marca de los cincuenta y dos segundos. La transferencia de energía se ha completado, hemos pasado a la energía interna del cohete. Cuarenta segundos para el despegue. Todos los tanques de la segunda etapa están presurizados. Treinta y cinco segundos. Todo preparado a treinta segundos. Los astronautas informan de que están bien. Veinticinco segundos.

A la tía Esther se le encendieron las mejillas y se acomodó en la silla como una niña ansiosa. Lo cierto es que no era mucho más grande. Siempre había sido bajita, pero juraría que había encogido al menos diez centímetros desde antes del meteorito.

—Veinte segundos. Quince segundos. Orientación interna lista. Doce, once, diez, nueve, comienza la secuencia de ignición, ocho, siete, seis. —Nos unimos a la cuenta atrás con todos los demás presentes en la azotea y se me contrajo el estómago—. Cinco, cuatro, tres.

Cada vez que había un lanzamiento, me preocupaba que fallara. Que viéramos a tres astronautas morir en una explosión masiva.

—Dos, uno, cero. Encendiendo motores.

A lo lejos, el fuego amarillo y blanco de la ignición brotó de la base del cohete. En silencio, este se elevó sobre el cojín de llamas. La noche se iluminó como el día.

—Despegue. Hemos despegado.

A mi lado, la tía Esther se puso de puntillas y se llevó las manos al pecho. La luz del cohete se le reflejaba en los ojos emocionados, como si el fuego de su alma fuera el que empujase la nave hacia el cielo.

Llegó el ruido, un potente estruendo que sentimos más que oímos. La fuerza de la onda expansiva me golpeó en el pecho. ¿Cómo sería montar sobre ese rugido y esa furia? Contuve la respiración y recé para que siguiera subiendo. El fuego lo empujó más rápido y más alto en el aire hasta que desapareció por encima de la capa de nubes, dejando una estela de brillo a su paso, que se desvaneció en la noche.

La tía Esther se volvió hacia mí y me agarró las manos.

—Gracias.

—¿Por qué?

—Nunca imaginé que vería algo así. No entendía por qué querías ser astronauta, ni siquiera lo que era, pero ahora… —Miró las nubes, donde ya no quedaba rastro alguno del cohete—. Tienes que hacerlo.

Cuando mi familia se marchó, volví a la rutina de la calculadora. Suena como si no lo hubiera disfrutado, pero sí lo hice. Tras un mes de preparación para las pruebas y después de cinco días inmersa en la posibilidad de convertirme en astronauta, era difícil volver a la cotidianidad.

Sí, así también ayudaba al programa, pero quería ir al espacio. Además, me irritaba que Helen no hubiera entrado. En apariencia, había vuelto a su alegría habitual, pero Ida, Imogene y ella habían dejado de venir a las 99. Usaban todo el tiempo libre que tenían para acumular horas de pilotaje de aviones a reacción.

Lo más absurdo del requisito era que los astronautas apenas pilotaban. Iban al espacio, pero por algo Chuck Yeager los llamaba «jamones en lata». La mayoría de los sistemas estaban automatizados.

Las expediciones a la Luna serían distintas, pero incluso entonces no tendría nada que ver con pilotar un avión.

Mientras tanto, el cohete Sirius que Burbujas había diseñado estaba listo para una prueba de lanzamiento. No me importaba cuántas pruebas estáticas realizáramos, si no lo hacíamos subir, no servirían de nada.

Amontoné las páginas de trayectoria y las guardé en una carpeta.

—Ahora vuelvo. Voy a llevarle esto a Burbujas.

Basira levantó la vista del escritorio con un mohín.

—Deja que venga él. Es adorable.

—Deberías invitarlo a salir. —Empujé la silla hacia atrás y me levanté.

Se rio.

—Se supone que debería hacerlo él, o eso tengo entendido.

—Para eso tendría que darse cuenta de que las calculadoras somos mujeres.

—Nos llama «calculadorcitas», ¿cómo no va a saberlo? —Resopló y volvió a sus páginas—. Por favor. El problema es que no sabe cómo tratarnos.

—Por eso deberías invitarlo a salir. —Le guiñé un ojo y me dirigí a la puerta—. ¿Le digo que has preguntado por él?

—¡Ni se te ocurra! —Me lanzó una bola de papel que golpeó a Myrtle por error y toda la habitación se rio.

Aún entre risas, subí por el pasillo al ala de ingeniería. Los laboratorios prácticos, donde Burbujas trabajaba gran parte del tiempo, se encontraban en otro edificio, porque se producían explosiones. Gracias a Dios por los «tubos de hámster» que conectaban los edificios. De lo contrario, tendría que salir al calor de la calle para pasar el informe.

Abrí la puerta del hueco de la escalera que daba al puente aéreo. Al bajar un piso, escuché parte de una conversación.

—Te he dicho que estoy bien. Calla.

Un siseo resonó por el hueco de la escalera. Tardé unos segundos en identificar la voz, porque nunca había oído a Stetson Parker estresado. Ni siquiera cuando un hombre se coló en la CAI con una bomba.

Me incliné sobre la barandilla y miré hacia abajo. Estaba en el último escalón, con una pierna estirada hacia delante. Halim Malouf estaba ante él, con las manos en las caderas.

—¿Necesitan ayuda?

Al oírme, Parker miró a todas partes.

—Todo va bien.

—¿Seguro? —Era tentador dejarlo ahí, pero tenía las líneas de la cara muy marcadas—. ¿No quiere que llame a un médico?

—¡No! —El grito rebotó hasta lo alto de la escalera. Parker cerró los ojos y respiró hondo—. No. Gracias. No será necesario.

—Tal vez sí. —Malouf se frotó la nuca—. Stetson, ha empeorado.

—No digas una palabra más. —Lo señaló con el dedo y, después, me fulminó con la mirada—. Más vale que no diga nada.

Bajé y los tacones resonaron en los escalones de hormigón.

—Si no pasa nada, no hay nada que decir.

—Le gusta empujar hasta el límite, ¿no es así, York? —Parker se agarró a la barandilla y se levantó. La pierna izquierda le colgaba, inerte.

—¿Qué le pasa? —Me detuve y me aferré a la carpeta con las trayectorias como si fuera un escudo entre los dos.

—Nada. Me he resbalado, eso es todo. —Se alejó cojeando de las escaleras y la pierna izquierda le falló.

—¡Mierda! —Malouf lo sujetó y lo bajó al suelo.

Bajé a toda prisa para intentar ayudar.

—¿Está bien?

—Sí.

—¡No puede levantarse!

—¡Ya lo sé, joder! —Se pellizcó el puente de la nariz y cerró los ojos. Contuvo la respiración un momento. Después, suspiró y bajó la mano—. York. Se lo pediré como un favor. De un piloto a otra. Por favor, no diga nada. Ahora mismo, tiene el poder de hacer que me aparten del servicio. Por favor, no lo haga.

—Simpatizo con el miedo a que me impidan volar.

—Por favor.

Avancé otro paso. Por mucho que hubiera soñado con que Parker me suplicara algo, aquello no era lo que yo quería. Deseaba ser mejor que él. Ganarle porque estaba enfermo no me servía de nada.

—¿Qué le ocurre?

—No lo sé. Si voy al médico aeroespacial, me apartará del servicio.

Debería. Con la pierna así, pondría en peligro una misión. De hecho, ¿por qué Malouf no se lo había dicho ya a alguien? Quizá era algo reciente. Recordé las historias que mis padres me contaban de cuando Hershel enfermó. Todo había empezado con debilidad en una pierna.

—¿Ha tenido fiebre?

—No es polio.

Retrocedí, sorprendida de que hubiera pensado lo mismo.

—¿Cómo...?

—Sé cómo es la polio. —Frunció el ceño—. ¿Por qué sigue aquí? ¿No debería correr a contárselo a la prensa?

Detrás de él, Malouf le quitó importancia con un gesto, pero sin ser desagradable.

—Creo que lo tenemos todo controlado, doctora York.

—Por supuesto. —Subí las escaleras y me detuve en el siguiente rellano. Aunque apartasen a Parker del servicio, eso no le impediría tener voz y voto en la selección—. No se lo diré a nadie, pero debería verlo un médico. Quizá uno ajeno a la base.

Casi me ofrecí a acompañarlo, pero no era tan buena persona.

Los días de lanzamiento, las calculadoras no teníamos casi nada que hacer hasta después del despegue. Los cálculos de las ventanas de lanzamiento alternativas o los ajustes de las trayectorias para el encuentro ya están hechos a esas alturas para que Clemons y el director de misión puedan tomar decisiones basadas en información real en caso de que se produjera un retraso.

Sin embargo, tenemos que estar en el Control de Misión con el resto del equipo. Helen jugaba al ajedrez con Reynard Carmouche; mientras, yo miraba los puntos donde sería posible abortar la misión a la Luna si algo salía mal.

¿Sabéis eso que decimos sobre que los ingenieros causan problemas y las calculadoras los resolvemos? Nathaniel dio al departamento de informática una lista de los posibles errores y nos pidió que averiguásemos cómo traer a los astronautas a casa en esas condiciones tan variadas.

Para ponerlo en perspectiva: el Sirius tenía 5 600 000 piezas y cerca de un millón de sistemas, subsistemas y juntas. Incluso si el 99,9 % de esta maquinaria fuera fiable, aún habría 5600 defectos. La pregunta no era si algo saldría mal de camino a la Luna, sino cuándo y el qué.

Y cuando algo fallase, lo haría en una nave espacial que viajaba a 40 000 kilómetros por hora. No habría tiempo para hacer cálculos en ese momento, así que la idea era crear una biblioteca de posibles respuestas que permitiera acceder a un mes de trabajo en pocos minutos.

Esa noche, cuando todavía quedaban tres horas para la ignición, los cálculos de fallos suponían una manera agradable de pasar el tiempo. Ya, soy consciente de lo rara que soy, pero no era la única.

En su estación, Nathaniel tenía delante una pila de informes que repasaba con un lápiz. Burbujas miraba una carpeta similar, aunque, dado que era su bebé el que íbamos a lanzar, no me sorprendió.

Por supuesto, no todo el mundo trabajaba. Parker estaba en el palco con Clemons mientras se codeaban con los periodistas. No quedaba ni rastro de la cojera.

¿Qué narices le había pasado? No era polio, eso seguro. Mi madre habría sabido de qué se trataba, pero no había nadie a quien preguntar sin que él se enterase. Quizá podía comentárselo a mi médico cuando fuera a verlo para reponer la prescripción de Miltown.

—¿Otra vez? —Carmouche se recostó en la silla con un gemido—. Juro que algún día ganaré.

Helen se cruzó de brazos y sonrió con chulería.

—Solo ha sido jaque. No está todo perdido.

Protestó y se acercó otra vez al tablero.

Bajé el lápiz.

—Si lo que quieres es ganar, juega conmigo.

Negó con la cabeza y se concentró en el ajedrez. Levantó un peón, miró a Helen y lo soltó. Entre dientes, murmuró algo en francés sobre el parentesco de Helen o las posibles jugadas. Fuera lo que fuera, sonaba irritado.

—*Est-ce qu'elle vous bat de nouveau?* —Parker se acercó por detrás y me estremecí. Estaba segura de que lo había hecho a propósito.

—*Oui. Il est l'ordre naturel, je pense.* —Carmouche suspiró y dio un golpecito con los dedos en el borde del tablero.

—*Il n'y a rien de naturel.* —Parker me miró—. York, Clemons la busca.

—¿Y le ha hecho bajar todos esos escalones para venir a por mí? —A veces soy idiota. Contrariarlo era lo último que me hacía falta. Arrastré la silla, consciente de que Carmouche y Helen nos miraban—. Gracias.

Crucé la sala de Control de Misión detrás de él. Al otro lado de la estancia, Nathaniel tenía la cabeza enterrada en los informes y no la levantó.

—¿Sabe por qué?

Parker abrió la puerta, pero no me la sujetó. La atrapé y lo seguí hasta la escalera. Subió los escalones de dos en dos, como si intentara demostrar algo.

—Veo que ya está mejor.

Subí tras él, agradecida por el tiempo que había pasado preparándome para las pruebas de astronauta. Incluso con falda y tacones, lo seguí sin cansarme.

Arriba, Parker me esperó junto a la puerta con expresión impasible. Tenía que reconocer que era guapo. Era rubio y de ojos azules, igual que Nathaniel, pero mientras que mi marido era flacucho y anguloso, Parker tenía el físico «ideal» de una estrella de cine, con la mandíbula cuadrada y la barbilla partida.

Cuando lo alcancé, llevó la mano al pomo de la puerta y, de pronto, sonrió como si fuéramos mejores amigos. La velocidad con la que cambió de actitud me dejó helada.

Parker abrió la puerta y la sostuvo para que pasara. Por supuesto que me abría la puerta y sonreía, había testigos. La sala estaba llena de astronautas, sus mujeres y periodistas que venían para cubrir el lanzamiento de un nuevo tipo de cohete.

Clemons se volvió con un puro encendido en la mano.

—Ahí la tienen. Caballeros, les presento a Elma York, una de nuestras calculadoras y responsable de los cálculos que identificaron el potencial del motor Sirius. La doctora York es también la astronauta más reciente en unirse al cuerpo.

La habitación se calentó. Se enfrió. Se calentó. Debía de haberlo oído mal. De ser verdad, me lo habrían dicho antes en privado.

Los *flashes* se dispararon y me cegaron. Me costaba respirar. Astronauta.

La habitación daba vueltas como en una centrífuga humana. Me quedé sin aire. La visión se oscureció por los bordes. Astronauta.

«3,14159265359...». Alguien dijo mi nombre. Si me desmayaba, ¿qué pensaría la gente? A Parker le gustaría. Astronauta.

¿Por qué narices no me lo habían dicho antes en privado? No se sorprende a alguien con algo así, a menos que quieras ver cómo se ahoga...

Parker. Seguro que había sido idea de Parker.

Alguien repitió mi nombre y me giré hacia la voz. La sala era un borrón de sonido y luz. No había aire suficiente. «Mantén los ojos abiertos. Sigue hablando». Solo era otra prueba.

—Caballeros. —Luché contra la gravedad para levantar las manos—. Por favor, si hablan todos a la vez, no los entiendo.

Me ignoraron y gritaron unos sobre otros.

—¿Cuándo irá al espacio?

—¿Qué piensa su marido?

—¿Qué se siente al ser una astronauta femenina?

La última voz pertenecía a un hombre gordo y calvo con la corbata aflojada.

—¿Una astronauta femenina? Suena como si fuera a participar en un concurso de belleza. —La risa me dio ánimos para esbozar una sonrisa—. Por favor, soy astronauta y punto.

Astronauta y punto. Ya. Era una puñetera astronauta. No iban a publicarlo así.

—Bueno, es la mujer astronauta de *Watch Mr. Wizard*. —Parker sonrió encantado a mi lado—. Que nadie lo olvide.

—¿Es la única mujer astronauta? —preguntó otro periodista a Clemons.

Dichoso Parker. El apodo no iba a desaparecer y se aseguraría de que siempre estuviéramos por detrás de los hombres. Clemons agitó el puro y dejó una estela de humo a su paso.

—No, no lo es. Conocerán al resto la semana que viene en la rueda de prensa. Quería ofrecerles un adelanto del talento y la belleza de nuestras mujeres astronautas.

Por Dios. Sonreí hasta que me dolieron los dientes.

—Esta astronauta tiene cálculos que hacer.

—Por supuesto. —Clemons me indicó por señas que volviera a la puerta—. El Sirius espera.

Los periodistas pidieron a gritos que les dejaran sacar más fotos, así que me quedé, sonriente, entre Parker y Clemons. Los dos hombres mostraron sus sonrisas a la cámara y, en las fotos, parecíamos mejores amigos.

Después, Parker me sostuvo la puerta, como un caballero. Entré en el hueco de la escalera y la puerta se cerró detrás de nosotros.

Perdió la sonrisa.

—No le hará ninguna gracia. —Bajé los escalones delante de él—. Después de prometer que evitaría que fuera al espacio.

Su risa rebotó en las paredes.

—Por favor. Si Clemons no la hubiera seleccionado, habría sido una pesadilla mediática. Las demás mujeres se lo han ganado. Usted no es más que un truco publicitario.

Capullo. Se me aceleró el corazón como si hubiera subido cinco tramos de escaleras en lugar de bajar uno. Abrí la puerta de golpe y entré en la planta del control de misión. Unas cuantas cabezas se levantaron cuando mis tacones repiquetearon en el suelo.

Los periodistas aún estarían mirando. Menos mal que les daba la espalda. No importaba lo que dijera Parker, yo era una astronauta. Me habían seleccionado y, costara lo que costase, iría al espacio. ¿Un truco publicitario? Ja. Sería la mejor estudiante que hubiera tenido.

Cuando llegué a la mesa, el tablero de ajedrez estaba casi igual que antes, aunque Carmouche debía de haber hecho algún movimiento, porque estaba desplomado en la silla y negaba con la cabeza.

—¿Has perdido otra vez?

—No. Pero me ha vuelto a poner en jaque. Uno diferente, al menos.

Helen estudió el tablero.

—Intentaré acabar pronto con tu sufrimiento.

—La oferta de jugar conmigo sigue en pie. —Me acomodé en la silla y me alisé la falda para secarme el sudor de las palmas.

Helen señaló al palco con la cabeza; todos los periodistas nos miraban.

—¿De qué iba eso?

Era una buena noticia, a pesar de Parker, así que sonreí y, al hacerlo, encontré la alegría que debería haber sentido.

—He pasado la selección. —Se me escapó la risa—. Soy astronauta.

Helen se quedó un segundo con la boca abierta y, después, saltó. Con una sonrisa, rodeó la mesa a toda prisa y me abrazó.

—¡Lo sabía! —Se estiró—. ¡Nathaniel! ¡Tu mujer es astronauta!

Al otro lado de la sala, mi marido se sobresaltó.

—¿Qué?

Carmouche también se había levantado.

—Clemons acaba de decirle que ha pasado. La doctora York está en el cuerpo de astronautas.

—¡Sí! —Entre risas, Nathaniel saltó y lanzó el puño al aire—. ¡Bien!

A nuestro alrededor, los ingenieros, los médicos y todo el equipo gritaron.

Burbujas, Carmouche y alguien más agarraron mi silla y me levantaron en el aire como si fuera una novia. Me reí, lloré y volví a reír, aferrada a la silla mientras me paseaban por la sala.

Los *flashes* volaban desde el palco sobre nuestras cabezas. Cuando volví a estar en el suelo, me vi rodeada por una marea de abrazos y felicitaciones.

De pronto, estaba en brazos de Nathaniel. Me dio vueltas en el aire y la gravedad desapareció un instante. Después me besó, delante de todos, y me hizo entrar en órbita.

Cuando nos separamos, tenía lágrimas en los ojos y una sonrisa de oreja a oreja.

—Estoy muy orgulloso. —Así era como habría querido descubrir que iba a ser astronauta. No en una sala llena de periodistas, sino allí.

Con mis compañeros. Con mi marido.

—¡Ya vale, todo el mundo! —gritó Clemons desde la puerta—. Hay un cohete que lanzar. Vuelvan al trabajo.

No dejaba de sonreír. Ni Clemons ni Parker ni una horda de periodistas me arrebatarían aquello. Era astronauta. Saqué los cálculos en los que había estado trabajando, pero no dejaba de perderme en la página. Era astronauta.

Al otro lado de la mesa, Carmouche levantó las manos, de repente, y gritó.

—*La victoire est la mienne!*

Helen dejó las manos en el regazo.

—Felicidades, Reynard.

—¿Has ganado?

—¡Por fin! —Se levantó e hizo la danza de la victoria más ridícula que he visto, que implicaba mover los codos y las caderas de maneras improbables—. ¡Por fin, he ganado!

—Buena partida. —Echó la silla atrás y se levantó.

Inclinó la cabeza.

—Disculpadme un momento.

Mi amiga, la campeona de ajedrez, caminó hacia el baño de mujeres, con la cabeza alta y los hombros erguidos. ¿Era darme demasiada importancia pensar que había una correlación entre mis noticias y que Helen perdiera una partida?

Yo era astronauta. Helen no.

Eso tenía que cambiar.

CAPÍTULO 32

LA TEMPERATURA SUBE, PERO NO ALCANZA
LAS MÁXIMAS DE 1951

Chicago, Illinois, 25 de junio de 1957 — A las 12.55 de ayer, la temperatura alcanzó los 30,9 grados, y el hombre del tiempo, asfixiado entre sus artilugios en el Muelle de la Armada, anunció que se encamina al punto más alto desde el meteoro.

Debería comentar que la expedición del Sirius fue impecable. Burbujas estaba eufórico. Nathaniel también, ya que reduciría de manera significativa el coste de los viajes a la Luna. Aún no habíamos llevado a ningún astronauta a la superficie, pero era solo cuestión de tiempo.

Y pensaba ser una de ellos.

Cuando salimos de la CAI, cerca del atardecer, todavía flotaba de emoción. Me agarré al brazo de Nathaniel y fantaseé con otro «lanzamiento» cuando llegásemos a casa. Salimos con los demás y cruzamos el aparcamiento hasta las puertas de las instalaciones.

—¡Ahí está!

Un *flash*.

—¡Doctora York!

Otro *flash*.

—¡Elma!

Al otro lado de las puertas esperaba una horda de periodistas.

—¡Aquí, señora!

Se me contrajo el estómago. Nathaniel nos hizo dar la vuelta. Menos mal, porque yo avanzaba hacia ellos como una polilla hacia la luz. Como un ratón hacia el queso de una trampa.

Me dio la mano y me acercó a él.

—Pediremos que nos lleven a casa en coche.

—No lo había pensado.

—Parker debería haberlo hecho. Mierda. Debería habérseme ocurrido después de ver lo que pasó con él y el resto.

No creo que Parker supiera lo de mi ansiedad. De hecho, estaba segura de que no lo sabía, o lo habría usado para mantenerme fuera del cuerpo de astronautas. Sin embargo, no habría planeado una encerrona mejor de haberlo sabido.

Uno de los conductores de la ONU asignados a la CAI nos llevó a casa, pero cuando llegamos a nuestro bloque, no giró.

Nathaniel se inclinó hacia delante y miró por la ventana.

—Mierda.

Acurrucada dentro del abrigo, temblé en la oscuridad del asiento trasero. Se sentó y me rodeó con el brazo.

—Quedémonos en el Aladdin esta noche, para celebrarlo.

—¿Han rodeado el piso?

—Sí. —Me abrazó, pero no dejé de temblar. Me frotó el brazo como si así fuera a reactivarme la sangre en las venas—. Mandaremos a alguien a que nos traiga ropa.

—La medicación está en el apartamento. —No haría que los periodistas se fueran, pero pondría una neblina entre nosotros.

—Entendido. ¿Qué quieres ponerte mañana?

¿Ropa? ¿Tenía que pensar en la ropa en lugar de en el muro de periodistas que esperaban para hablar conmigo? De cierta manera, sabía que pasaría. Había presenciado lo que ocurrió cuando se anunció el Artemisa Siete. No obstante, después de meses siendo la «mujer astronauta», pensaba que el nivel de atención sería el mismo.

Por supuesto que no. Acababa de pasar de ser una aspirante a astronauta a una de verdad. Era la primera mujer que anunciaban, era lógico que todos los periodistas me persiguieran.

Enterré la cabeza en el hombro de Nathaniel y dejé que la lana del abrigo bloqueara las luces de la calle.

—¿Señor? —El conductor condujo el coche por otra calle—. ¿Hay algún otro hotel al que quieran ir?

El pecho de Nathaniel se movió contra mi mejilla cuando suspiró.

—Vamos a las afueras. Elija el primer hotel que encuentre sin periodistas.

Tras pasar la noche en un Holiday Inn de la interestatal, Nathaniel llamó a Clemons y le explicó la situación. Me dijo que evitara ir a la CAI mientras los periodistas siguieran allí y que la señora Rogers había aceptado mi renuncia con muchas felicitaciones.

Ni siquiera me habían dejado despedirme del resto de calculadoras.

Lloré. Tomé Miltown. Me metí bajo las sábanas. Y cuando el efecto del primer comprimido se me pasó, me tomé otro.

Nathaniel se quedó en el hotel conmigo mientras un guardia de la ONU vigilaba la puerta. Era buena idea.

Por la tarde, el teléfono sonó. No sé cómo nos habían localizado, pero lo habían hecho.

No era astronauta. Me lo dejaron clarísimo desde el primer día.

Seleccionaron a siete mujeres y nuestra primera reunión no fue en la CAI. Ni siquiera fue en Kansas City. Nos llevaron en avión al búnker donde Nathaniel y yo nos habíamos reunido con el presidente justo después del impacto del meteorito.

Supongo que después del circo por el que había pasado, querían mantener a las demás en secreto. Cuando entré en la sala de conferencias, reconocí algunas caras. Betty y Nicole habían pasado la selección y estaban juntas en la mesa.

Nicole chilló y me indicó que me acercara.

—Quería decírtelo, pero me dijeron que no lo hiciera por la forma en que los periodistas se te han echado encima.

Puse los ojos en blanco.

—Qué pesadez. —Pesadilla, más bien—. Enhorabuena, Betty.

Asintió y se mordió el labio. Tragó y levantó la mirada.

—Lo mismo digo.

Después de quitarme de encima las cortesías de rigor, me senté al lado de Betty y miré a las demás mujeres. Sabiha Gökçen había entrado, como era lógico. Me alegré de que hubiera vuelto de Turquía para aquello; me había encantado volar con ella.

Pero la señora Lebourgeois... La última vez que hablamos en el lanzamiento, Violette acababa de empezar con las clases de vuelo. Le sonreí y me incliné sobre la mesa.

—¿Dos astronautas en la familia? Su marido estará muy orgulloso.

Se ruborizó y me saludó con la mano.

—Es un honor, e inesperado.

—Me lo imagino. —Ni siquiera la había visto en las pruebas. Hice una pausa y observé el resto de la sala.

Ningún hombre. Interesante. Sabía que también habían seleccionado a más hombres para el cuerpo, pero debían de entrenar en un lugar diferente.

No parloteamos ni cacareamos como muestran en las películas. Todas estábamos arregladas, eso sí. Llevábamos trajes de pantalón, pero íbamos maquilladas y con el pelo perfecto.

Cuatro éramos estadounidenses. Una francesa. Una brasileña, Jacira Paz-Viveiros, y Sabiha Gökçen. Siete en total, para coincidir con los siete hombres originales.

Si Ida no lo hubiera comentado, no sé si me habría percatado de que no había una candidata negra en el grupo.

Clemons, Parker y otros dos caballeros que no conocía entraron. Clemons dio una palmada.

—Aquí están mis bellezas. En primer lugar, señoras, las felicito por haber sido elegidas para ser astronautas en formación.

Uno de los hombres que no conocía, delgado, con la frente blanca y brillante y unas orejas que sobresalían de su corte de pelo reglamentario, nos repartió unas carpetas.

—Veamos. La primera tarea es prepararlas para la rueda de prensa. Este es el señor Pommier. —Señaló al otro tipo, que tenía unos cincuenta años y el pelo encanecido por la edad—. Es su estilista y las ayudará con el vestuario y el pelo para el evento.

Intercambié una mirada con Nicole, pero ninguna de las dos levantó la mano para preguntar por qué necesitábamos un estilista. Seguro que habían contratado a uno para los hombres y nos lo pasaban a nosotras. Si iba a causar problemas, lo que parecía inevitable, mejor que fuera por algo más grave.

—El señor Smith les ha repartido unos dosieres de prensa a cada una. Incluyen algunas posibles preguntas, para que se preparen. —Clemons se giró hacia Parker—. El coronel Parker está a cargo de todos los astronautas y, por tanto, también de ustedes, las astronautas en formación. Les ayudará a entender lo que se espera de ustedes en su nuevo papel.

Parker esbozó una de sus encantadoras sonrisas.

—Buenos días. Ojalá todas las salas de conferencias fueran así de bonitas. —Me miró—. Sé que algunas están acostumbradas a decir lo que les viene en gana, pero hay que ser cuidadosos con la información que sale de la CAI. Además de los intereses de seguridad, también tenemos un contrato exclusivo con *Life*. ¿No es así, señorita Ralls?

Betty asintió, con los ojos fijos en la mesa y las mejillas sonrojadas.

—Sí, señor.

Vaya, el alma de periodista atacaba de nuevo. Betty no había pasado la selección. Había hecho un trato.

—Para controlar la reputación del programa espacial, todas las comunicaciones con la prensa debe aprobarlas la oficina central. —Parker levantó un dedo—. Y para que quede claro, eso incluye los programas de entretenimiento.

No me suponía la molestia que él pensaba.

—Un momento. —La voz de Sabiha atravesó la habitación. Tenía la carpeta abierta y el ceño fruncido mientras miraba una página—. Esta pregunta. ¿Qué es esta respuesta? «No. No soy astronauta».

Alcancé la mía y la abrí de un tirón, entre el sonido de más páginas al pasarse y de cubiertas que golpeaban la dura madera de la mesa de conferencias. Por supuesto, bajo el título «Respuestas aprobadas a preguntas comunes» había una gran cantidad de cuestiones sobre lo que era ser astronauta.

—Gracias, coronel Parker. Ya sigo yo. —El señor Smith, el tipo de las orejotas, tenía la voz de un predicador del renacimiento. El timbre profundo era lo contrario a lo que se esperaría de su constitución ligera—. Ya han abierto las carpetas, así que déjenme que se lo explique. Hemos comprendido que sería confuso para el público si llamamos astronautas a quienes siguen en formación. Sería como referirse a alguien como piloto cuando se acaba de inscribir en la escuela de vuelo.

—¿Cuándo, exactamente, se nos considerará astronautas? —pregunté con la voz fría como un témpano.

—A ochenta kilómetros. —Parker se encogió de hombros—. Cuando suba a ochenta kilómetros por encima de la superficie de la Tierra, será astronauta. La CAI y la Fédération Aéronautique Internationale de París lo han acordado así. Hasta entonces, serán aspirantes a astronautas y se las denominará de esa forma, aspirantes.

Por supuesto. Era muy bonito, correcto y del todo legítimo. Ni siquiera podía quejarme de que no era razonable, salvo porque la regla no se había aplicado hasta después de incluir a las mujeres en el cuerpo.

En la rueda de prensa, esperé en las sombras que había detrás del escenario con Nathaniel, que me tomaba de las manos. Nos separaba una película de sudor. El murmullo de la multitud se filtraba a través de las cortinas con un zumbido constante de baja frecuencia. Se sentía en las tablas del suelo, como el rugido de un motor. A mi alrededor, los nuevos astronautas, perdón, los nuevos aspirantes revoloteaban en patrones inciertos. Las siete mujeres se volvían casi invisibles entre los treinta y cinco hombres seleccionados. ¿Por qué me había apuntado a aquello?

Nathaniel se colocó delante de mí.

—¿197 por 4753?

—936 341.

—¿Dividido por 243?

—3853,255144032922… ¿Cuántos decimales quieres?

El vestido que el estilista me había pedido que llevara tenía un corpiño ajustado. Me había parecido que me quedaba bien cuando me lo probé, pero ahora me costaba respirar.

—Así vale. ¿Raíz cuadrada? Hasta cinco decimales, si los tiene.

Al menos, no era la única que estaba nerviosa.

—62,07459.

Sabiha Gökçen daba vueltas mientras sacudía las muñecas. Se tocaba el pelo todo el rato, como si prefiriese llevarlo recogido en una cola de caballo en lugar de en el moño ahuecado que le habían hecho.

—¿Cuál es el ángulo de oscilación óptimo para el giro de gravedad al entrar en la órbita terrestre baja?

—Giro de gravedad... ¿Con qué motor y qué tipo de cohete? ¿Cuál debería ser la altitud final? —Lo adoraba por intentar distraerme.

—Un cohete Júpiter con un motor Sirius doble. Una altitud final de...

Debió de decir algo más, pero Clemons salió al escenario por las cortinas. El alboroto de la audiencia se volvió ensordecedor. Cerré los ojos y tragué saliva varias veces. Respiré por la nariz y me tragué el sabor ácido que me pellizcaba la lengua. No. Ahora no.

Nathaniel me susurró al oído.

—1, 1, 2, 3, 5, 8, 9...

—Mal. —Me agarré a él—. La secuencia de Fibonacci suma el número anterior al actual; lo correcto sería 3, 5, 8, 13... Ah, qué listo eres.

—Si te ayuda, cometeré más errores. —Me abrazó y retrocedió para mirarme—. Recuerda que a los astronautas los dejan pilotar un T-33.

Resoplé.

—Pensaba que ibas a decirme que recordase que me quieres.

—Eso ya lo sabes. Pero ¿Un T-33? ¿Un *jet*? Sé que no tengo nada que hacer frente a...

—¡Elma! Nos toca. —Nicole me tomó de la mano y me arrastró al escenario.

Un T-33. Aunque solo fuera aspirante a astronauta, me dejaban pilotar un T-33. Al salir al escenario, intenté concentrarme en la imagen de la cabina en mi mente. Los *flashes* eran relámpagos. Podía mantenerme firme y conservar el rumbo.

La imagen duró lo bastante para llegar a la mesa con las demás. Nos habían sentado delante, mientras que los hombres se pusieron de pie detrás, en dos filas. Solo era otra entrevista. Igual que las que ya había hecho. Esa vez, hasta me habían preparado.

«3,14159265359...».

«T-33. Te treinta y tres. Astronauta. Astronauta. Astronauta. T-33».

—Doctora York, ¿qué opina su marido de su nueva ocupación? —Llegó una voz desde la primera fila.

El que hablaba era un hombre con un traje gris arrugado, rodeado de más hombres casi idénticos con trajes iguales. No sabía que los periodistas llevasen uniforme. Nicole me dio una patada por debajo de la mesa.

Estaba tardando demasiado en responder.

—Me apoya en todo. De hecho, ha esperado entre bastidores con nosotros antes de salir.

Clemons señaló a otro periodista con el omnipresente traje gris.

—¿Por qué queréis llegar a la Luna antes que los hombres? Nicole se inclinó hacia el micrófono.

—No queremos llegar antes que los hombres. Quiero ir a la Luna por la misma razón que ellos. Las mujeres pueden ser útiles en el espacio. Esto no es un concurso en el que compitamos con los hombres en nada.

Nicole era una bendición. Qué gran respuesta. Reconozco que había, al menos, un hombre al que me encantaría ganar, pero, sobre todo, quería que fuéramos y punto.

—¿Qué cocinarán en el espacio?

—Ciencia. —La palabra se me escapó antes de pensarla y la habitación me recompensó con una risa—. Seguida de una agradable y saludable cena de queroseno y oxígeno líquido.

Betty se inclinó hacia el micrófono.

—Y sin gravedad, me muero por hacer suflés que no se desinflen.

La respuesta provocó más risas que la mía y los lápices garabatearon en los blocs de notas. Clemons señaló a otro periodista. Dejé de intentar identificarlos en la multitud, porque las preguntas eran todas igual de anodinas y ninguna se dirigía a los hombres.

—¿Qué pasará con sus rutinas de belleza en el espacio? ¿Usarán laca para el pelo?

Sabiha negó con la cabeza.

—Estaremos en un ambiente de oxígeno puro. Usar laca sería una tontería.

No nos hicieron ninguna pregunta de la lista que nos habían dado. Habría valido más la pena que nos hubiese preparado un instructor de concursantes de belleza. Solo les faltó preguntarnos cómo lograríamos la paz mundial.

Detrás de mí, los hombres cambiaban el peso de un pie a otro, y uno murmuró:

—¿Y la talla de sujetador?

—¿La CAI tiene planeado incluir a hombres o mujeres de color en el programa espacial? —El hombre que hizo la pregunta parecía blanco, con rizos oscuros muy cortos. No llevaba el traje arrugado y su postura era exquisita.

Me volví en el asiento para mirar a Clemons. No perdió la sonrisa y levantó una mano, como si sujetara un puro. Hizo un gesto que quitaba importancia al asunto y dijo:

—El programa de astronautas está abierto a cualquiera que cumpla los requisitos, pero, debido a la naturaleza de la misión, estos son muy altos. Estas mujeres son las mejores pilotos del planeta. Las mejores pilotos femeninas, claro. Por supuesto, los nuevos aspirantes masculinos también son sobresalientes y hoy deberíamos centrarnos en estos excelentes hombres y mujeres. No quisiera robarles el protagonismo.

—Entonces haré una pregunta a las damas. —El hombre se volvió hacia el escenario y nos repasó a todas con una mirada clara de color avellana—. ¿Alguna se opondría a ir con una mujer negra al espacio?

Todo el mundo se quedó quieto. Parecía una pregunta trampa. Me incliné hacia el micrófono.

—Estaría encantada. Conozco a varias mujeres negras que son pilotos brillantes.

Betty fue la siguiente en recuperarse.

—Por supuesto que no me opondría, siempre que no haya que reducir los requisitos.

Enfadarme siempre me ayudaba a controlar la ansiedad. Ida volaba mucho mejor que Betty. Imogene era mejor piloto que yo. Y estaba segura de que Violette ni siquiera debería estar allí.

—No habría que reducirlos.

—Señoras, por favor. —Clemons se adelantó y arrastró el micrófono—. Pasemos a la pregunta que todos quieren hacer. ¿Quién será la primera en ir al espacio?

Como nos habían preparado, todas levantamos las manos. Nicole levantó las dos, como había hecho Parker. A mí no me importaba quién fuera la primera, siempre que consiguiera ir.

CAPÍTULO 33

SELECCIONADOS LOS DOS HOMBRES
QUE PISARÁN LA LUNA

*La CAI nombra a los hombres
que podrían ir a la Luna*

Kansas City, Kansas, 2 de julio de 1957 — Hoy, la Coalición Aeroespacial Internacional ha seleccionado a los dos astronautas que se convertirán en los primeros seres humanos en pisar la Luna. Son el coronel Stetson Parker de los Estados Unidos y el capitán Jean Paul Lebourgeois de Francia, ambos veteranos del programa espacial. Junto con el teniente Esteban Terrazas de España, han sido nombrados como la tripulación del *Artemisa 9*, que realizará una expedición de ida y vuelta a la Luna en abril del próximo año.

Separaron a los aspirantes a astronautas en dos grupos. Los hombres estaban en uno y las mujeres en otro. Debo reconocer que, después de la primera clase, me sentí algo más complaciente. Mecánica orbital. Era lo que hacía casi a diario en el departamento de informática.

A las demás mujeres les fue mejor a algunas que a otras. Violette lo comprendió más rápido de lo que esperaba. Nicole tenía problemas con lo más básico y se olvidaba de hacer una raíz cuadrada o de dónde se suponía que estaba el decimal en la regla de cálculo. La ayudé como pude, pero como nunca he tenido problemas con las matemáticas, me costaba saber qué decirle. Para mí era automático.

Betty no se esforzó demasiado, pero creo que sabía que no iba a ir al espacio. Quizá ni siquiera quería.

Sabiha se las arregló con las lecciones de mecánica orbital con un progreso desigual, pero con una determinación férrea. Jacira lo entendió, pero también lo odió. A menudo mascullaba algo en portugués. No hablaba el idioma, pero distinguía las palabrotas.

Cuando entregamos los primeros deberes, fue como volver a primaria. El instructor miró mi hoja y negó con la cabeza.

—Elma, ¿te ha ayudado el doctor York con esto?

La habitación se calentó y después se enfrió hasta congelarse. Casi esperaba que saliera vapor al respirar.

—No. No lo ha hecho.

—Es que solo has puesto las respuestas. —Sonrió y las gafas se le volvieron blancas cuando reflejaron un rayo de sol—. No pasa nada por pedir ayuda, pero tienes que hacer todo el trabajo.

Era igual que en primaria. Solo que esa vez no tendría que esperar a que mi padre viniera a rescatarme mientras sollozaba en el despacho del director. Por aquel entonces, era demasiado joven para saber que había una sencilla manera de demostrar que no había hecho trampa en un examen.

—Entiendo su preocupación. Por favor, hágame cualquier pregunta que quiera y se la contestaré. Ahora mismo.

Apiló los papeles en la mesa con un fuerte golpe.

—No tenemos tiempo de que resuelvas una ecuación. La próxima vez, hazlo.

Rechiné los dientes. ¿Quería que escribiera todos los pasos intermedios en lugar de resolver la ecuación directamente? De acuerdo. Perdería el tiempo en hacerlo y él perdería el suyo en corregirlo. Sabía cómo terminaba esa conversación. La había vivido demasiadas veces como para no saberlo. Había sido una idiota por pensar que el tiempo en la CAI contaría para algo.

—Sí, señor.

Entonces, Nicole me miró fijamente y, luego, levantó la mano con una sonrisa.

—¿Disculpe, señor?

—¿Sí, Nicole?

—Elma escribió la mayoría de esas ecuaciones.

Suspiró.

—Gracias, Nicole. Ya sé que ha escrito las respuestas. Pero lo que quería era que hiciera el trabajo para llegar hasta ellas.

Se llevó la mano al pecho y abrió mucho los ojos.

—Por Dios. Soy tan tonta. Solo quería...

Me aclaré la garganta antes de que interpretara el papel de niña tonta.

—Lo que quiere decir, señor, es que, en mi trabajo en el departamento de informática de la CAI, originé buena parte de las ecuaciones de los deberes de anoche y, las que no desarrollé yo misma, las he usado a diario los últimos cuatro años.

Parpadeó.

—Ah. —Dejó las páginas y las alisó—. Ya veo. Me habría venido bien saberlo.

Entre una aburrida clase de mecánica orbital y otra, también recibíamos entrenamiento de vuelo avanzado. A menudo nos dividían en grupos de tres y nos enviaban a diferentes instalaciones para usar simuladores o equipos especializados. Algunos eran antiguos, como el «Dilbert Dunker», que ya había utilizado en la escuela de vuelo al entrar en el WASP.

Aunque hubo algunas novedades inesperadas. Cuando me presenté para el Dilbert Dunker con Jacira y Betty, nos dieron trajes de baño.

Concretamente, nos dieron unos diminutos bikinis azules.

En el vestuario, sostuve la escasa tela y fruncí el ceño.

—La última vez que hice esta prueba, la hice con el traje de vuelo.

Jacira se encogió de hombros y se desabrochó la blusa.

—He dejado de sorprenderme por lo que hacen los estadounidenses.

—A mí no me miréis. —Betty se quitó la blusa por encima de la cabeza—. No realicé ningún entrenamiento avanzado cuando estaba en el WASP.

Jacira y yo intercambiamos una mirada. La solicitud requería cuatrocientas horas de vuelo en aviones de alto rendimiento. No sabía cómo hacían las cosas en Brasil, pero saltarse eso en el WASP suponía una carencia sorprendente.

Al margen de mi formación, tenía la opción de usar el bikini o hacer la prueba con mi propia ropa, así que levanté los pedazos de tela e hice lo posible por asegurarme de que cubrieran todo lo que se suponía que debían cubrir. Quizá nos diesen el traje de vuelo cuando saliéramos del vestuario.

Betty se cambió la primera y salió. Se detuvo justo en la puerta, se dio la vuelta y volvió a entrar.

—¿Elma?

—¿Sí? —Agarré una toalla y me envolví con ella en un vago intento de recato.

—Hay periodistas. —Se puso tensa—. Yo no los he llamado.

Asentí y me centré en colocarme bien la toalla, como si no me preocupara nada más.

—Gracias por la advertencia.

El Miltown del bolso me susurró promesas de calma, pero estaba a punto de pasar por un entrenamiento bajo el agua. No podía tener los reflejos adormecidos ni lo más mínimo.

Con el ceño fruncido, Betty se dirigió hasta su bolso y sacó una barra de labios.

—Venga ya. ¿Qué parte de «exclusividad» no entienden?

Jacira puso los ojos en blanco y se recogió el pelo largo y oscuro en una cola de caballo.

—Van a sumergirnos bajo el agua. Varias veces. ¿Para qué te pintas los labios?

Betty se encogió de hombros.

—Los bikinis dejan bastante claro qué tipo de prueba va a ser. Tengo que pasarla, porque sé que no voy a superar la de mecánica orbital.

Casi salgo por la puerta como iba. Era física, calculadora y piloto, no una chica de calendario. Sin embargo, oía la voz de mamá: «¿Qué pensará la gente?». Siempre me presionaba para que fuera más coqueta. Sabía cuáles eran las reglas para las mujeres.

—Maldita sea.

Saqué el bolso, lo abrí de golpe y busqué mi barra de labios. El bote de pastillas se movió en el fondo y dudé. No. Necesitaba los reflejos a pleno rendimiento. Había sobrevivido a la rueda de prensa y, durante la mayor parte de la prueba, miles de litros de agua me separarían de los periodistas. El estuche plateado de la barra de labios brilló en una esquina del bolso. Se me resbaló entre los dedos. Quité la tapa, la giré y me apliqué una gruesa capa roja. Las maquilladoras de *Mr. Wizard* se sentirían muy orgullosas.

Jacira me miró y negó con la cabeza.

—No. Mi país no me ha enviado para esto.

—Tampoco es para lo que estoy aquí. —Tapé la barra y me erguí—. Pero el pintalabios no va a impedirme hacer mi trabajo.

Betty resopló.

—Llevar pintalabios es lo más importante de mi trabajo.

—No lo dices...

—Sí. —Se miró al espejo y se guardó la barra en el bolso—. No tenía las horas de vuelo necesarias para la primera selección, pero *Life* tiró de algunos hilos para meterme. Después, me he esforzado mucho, pero debo al diablo lo que le corresponde.

Si hubiera tenido que elegir, ¿habría hecho el mismo trato? Sí, sin duda. Lo habría hecho.

—Pues habrá que enfrentarse al diablo.

—Ja. Esos no son más que demonios menores. —Se contoneó hasta la puerta—. Espera a que en Life se enteren de esto. Entonces, conocerás al diablo encarnado.

La seguí hasta la puerta y di las gracias a Dios por la toalla. Los *flashes* estallaron mientras las tres nos dirigíamos al Dilbert Dunker. Fue la primera vez que me entristecía al ver que Betty llevaba razón.

Dejé que posara para las cámaras mientras yo me concentraba en la prueba real. El Dilbert Dunker estaba al fondo de la piscina, sobre un soporte. La jaula metálica de color rojo brillante tenía un asiento de piloto dentro y estaba colocada sobre unos raíles que conducían a la piscina. Había pasado tantas horas aprendiendo a escapar de un aterrizaje en el agua que casi sentí nostalgia.

El problema era que el entrenamiento para una escapada submarina debería iniciarse en la piscina, fuera del Dunker, con una carrera de obstáculos. No habían preparado ninguna.

Empezaríamos directamente con el Dunker. Nos preparaban para fallar.

Los instructores de prueba de la Marina se dieron la vuelta para mirarnos. En concreto, para mirar a Betty.

No los culpaba. ¿Cómo se las arreglaba para contonearse así sin que se le moviera el bikini? La tela era azul, pero se estaba poniendo roja del calor de su paseo.

Se detuvo delante de los marines con Jacira. Las seguí y formamos un triángulo improvisado.

—Bueno, ¿a quién le apetece mojarse?

Tuvieron que sacar a Betty de la jaula. No era inusual para un primer intento, incluso con el entrenamiento adecuado. La caja se deslizaba por un raíl en un ángulo de cincuenta grados, se estampaba en el agua helada y, luego, se ponía bocabajo. Había que desatarse y escapar de ella, todo con los ojos tapados, por tanto, había que guiarse por el tacto.

Por eso estaban los buzos de la Marina en la piscina. Aun así, reconozco que sentí cierta satisfacción al ver cómo sacaban a Betty del agua como un gato ahogado. La envolvieron en una manta y la dejaron en un banco mientras reiniciaban la máquina. La satisfacción se convirtió en vergüenza cuando la vi temblar. Recordé la primera vez que me metí en el Dunker.

Me dirigí al oficial de la Marina a cargo.

—¿Ahora yo? —No puso los ojos en blanco, pero casi.

—Claro. ¿Por qué no? Hacedlo todas.

A aquello lo llamaban entrenamiento. Me mordí la lengua para no gruñir y subí por la escalera hasta la jaula. Allí, solté la toalla y me desprendí de la última pizca de recato que mi madre me había inculcado.

Cuando cayó, los *flashes* volaron desde el grupo de periodistas que rodeaban la piscina. Me metí en la jaula y casi grité.

Incluso el asiento era de metal. La acababan de sacar de una piscina de agua helada. Yo llevaba un bikini.

Seguro que gemí, pero me las arreglé para que no fuera más que eso. Sin embargo, era una razón más para desear llevar un traje de vuelo.

El oficial me colocó el arnés sobre los hombros. La lona fría y húmeda me presionó la piel desnuda mientras me ayudaba a ponerme el cinturón.

—Vale, encanto. Caerás al agua y te darán la vuelta. Solo tienes que mantener la calma hasta que los buzos te saquen.

—Creía que tenía que liberarme y salir nadando. —Pasé las manos por la hebilla para memorizar su posición.

—Sí. Es lo que quería decir. —Dio un manotazo a la parte superior de la jaula y se puso de pie.

Me asomé.

—¿Y los ojos?

Dudó y se volvió a arrodillar.

—¿Lo has hecho antes?

—Estaba en el WASP. —Sí, Betty también, pero yo había pilotado aviones de alto rendimiento—. Transportaba Mustang y todo tipo de cazas, así que me enviaron a Ellington a entrenar.

—Ajá. —Tamborileó los dedos en el borde de la jaula y luego se acercó—. Vale. Escucha. No nos han dado gafas para las mujeres. Nos dijeron que hiciéramos el paripé. ¿Seguro que quieres hacerlo en serio?

Lo miré durante un momento. ¿Que hicieran el paripé? No nos mandarían a ninguna al espacio.

No sé cómo, pero me las arreglé para desbloquear la mandíbula.

—Me han hecho ponerme un bikini, pero soy piloto, por amor de Dios. Sí, quiero hacerlo en serio.

—Toma ya. —Le dio un manotazo al metal, se puso en pie y se dirigió hacia la cámara de control. Poco después, volvió con las gafas negras—. No te ahogues, ¿vale?

—No lo tenía pensado. —Agarré las gafas y me las puse. El mundo visible desapareció. Con las manos, comprobé la ubicación del arnés del hombro, el frío marco metálico de la jaula y la hebilla de mi cinturón. Luego me agarré a la barra y asentí—. Lista.

Parte de la prueba era no saber cuándo soltarían la jaula. Me llené los pulmones y escuché el roce de la tela mientras el oficial se levantaba. El agua se mecía debajo de mí. Un clic.

Y el asiento cayó.

El agua me abofeteó y el frío me envolvió. El agua me entró por la boca y me arañó el interior de la nariz mientras todo giraba. Al instante, mis pulmones empezaron a protestar, en busca de aire.

El pánico no servía de nada. Apreté los dientes y me llevé las manos a los hombros. Ahí. No me costó encontrar la tela áspera del arnés sobre la piel desnuda. Con un traje de vuelo había que tantear un rato.

Seguí la línea hasta la hebilla y la solté.

El cinturón del estómago me rozaba la piel por encima de la línea del bikini, y la hebilla era como un cubito de hielo. Lo solté y separé los dos lados.

Soltar el arnés del hombro había sido la parte más difícil la última vez que lo había hecho, pero con el bikini nada se enganchaba ni se atascaba. Me solté casi antes de estar preparada. Me agarré al borde de la jaula con ambas manos para orientarme. Me liberé a patadas, nadando hacia abajo y, luego, me alejé de los «restos».

Se suponía que debíamos nadar en un ángulo de cuarenta y cinco grados para alejarnos de las supuestas llamas y manchas de petróleo. Era más difícil calcularlo a ciegas, y sospecho que salí a la superficie demasiado cerca de la jaula.

El sonido regresó cuando el peso del agua desapareció.

—¿Cuánto ha sido?

—¿Es un nuevo récord?

—¡Elma! ¡Elma! ¡Aquí!

Nunca había disfrutado tanto de respirar. Me quité las gafas y sonreí… a la pared. Me di la vuelta. Me vino bien. Tenía que hacer un giro de 360 grados con los brazos sobre el agua para limpiar la «gasolina» de mi alrededor.

Después de dar vueltas en la piscina, me volví para enfrentarme a los fotógrafos y los saludé con la mano. ¿Un récord? Claro que no. Si lo había hecho rápido se debía a que las variables no eran las mismas que en las condiciones de una prueba normal.

Pero eso era ciencia, y no era lo que querían de mí.

CAPÍTULO 34

SE PLANEA UN PASEO ESPACIAL DE DOS HORAS

Un astronauta del Artemisa 4 *flotará*
a veinte metros de la cápsula

Kansas City, Kansas, 3 de noviembre de 1957 (United Press International) — El capitán Cristiano Zambrano de México intentará batir un récord mundial de caminata espacial de dos horas en el próximo vuelo orbital del *Artemisa 4*, según ha anunciado hoy la Coalición Aeroespacial Internacional.

Llevaba horas sentada en el simulador, con la gruesa y pesada carpeta de verificación sobre el regazo. Me masajeé el puente de la nariz y cerré los ojos para grabarme a fuego la secuencia correcta. El interior del simulador era una réplica de la cápsula real del *Artemisa* y tan cómodo como la cabina de un avión de combate, salvo porque donde debería haber una cubierta, había una pared y un techo llenos de interruptores con siglas misteriosas. Había pensado que, si estudiaba en el simulador, quizá los recordase mejor durante un simulacro real. De momento, no había funcionado.

—¿Vas a salir de ahí alguna vez? —La voz de Nathaniel llegó desde debajo de la cápsula.

Apoyé la cabeza en el asiento acolchado.

—B-Mag.

Con una risa, Nathaniel subió la escalera hasta la pequeña plataforma fuera de la cápsula.

—¿Qué?

—Al indicador de actitud del director de vuelo se le llama «F, D, A, I», por sus siglas en inglés. Pero el giroscopio de posición incorporado, que se abrevia en inglés como «B, M, A, G», se pronuncia «B-Mag». Vamos a ver, ¿en serio? —La mecánica orbital y el entrenamiento de piloto no me costaban nada. Sin embargo, las siglas acabarían conmigo—. ¿Y por qué se pronuncia como una palabra cuando el comando es C, D, R? Se tarda más en decirlo.

—B-Mag es más corto que B, M, A, G.

—Ya me entiendes. —Fulminé con la mirada los manuales que tenía en el regazo como si fueran Parker—. Tenemos conversaciones enteras en las que no empleamos ni un solo sustantivo real. En una combustión de LOI, el Sim Sup dejó el FDAI junto con el MTVC. Luego, el LMP vio que el BMAG fallaba y había un O2 por debajo de la escala… ¡Aj!

—Nadie ha hecho nunca una combustión manual de inserción en la órbita lunar.

—No ayudas. —Miré a Nathaniel, que se asomaba por la escotilla abierta de la cápsula. Lo observé con atención. Se había cortado debajo de la barbilla al afeitarse—. Luego está el POGO. El simulador de gravedad parcial, que ni siquiera es un acrónimo. Si alguna de las mujeres le pusiera ese nombre a algo, se reirían de nosotras en el cuerpo de astronautas, lo cual ya hacen. Dios. ¿Te he contado lo de la sesión de fotos de la semana pasada en el T-33?

—Sí. Pero vuelve a contármelo si así te sientes mejor. —Nathaniel apoyó el codo en el borde de la escotilla.

—No, gracias. —Aunque todavía me enfadaba al recordarlo. Pensaba que por fin nos permitirían subir a los T-33, pero lo único que hicimos fue sentarnos en la cabina y empolvarnos la nariz. Literalmente, empolvarnos la nariz. Al menos, cuando nos sentábamos en la cápsula, hacíamos simulaciones y aprendíamos algo. Levanté la mano para tomar la de Nathaniel y la giré para besarle la palma—. Siento estar tan gruñona.

—Te propongo un trato: si sales de ahí y me ayudas a repasar los números de un informe, te ayudo con las siglas.

Cerré el manual tan rápido que el golpe de las páginas resonó en el diminuto interior de la cápsula.

—Sí. Por favor. Dame matemáticas.

Se inclinó y me besó en la mejilla.

—Perfecto. —Alargó la mano y me pidió con señas que le diera el manual—. Te echo de menos.

—Eres adorable. —Me levanté y salí de la cápsula. Que algunos de los hombres se metieran allí con un traje espacial desafiaba mis conocimientos sobre física.

Nathaniel se apoyó en la barandilla de la pequeña plataforma. A su lado, filas de cables y puntales de soporte rodeaban la cápsula en una caótica red artesanal, diseñada para simular las misiones de la forma más realista posible. Me estiré hasta que me crujió la espalda. El reloj de la pared indicaba que eran más de las ocho. Cenaríamos otra vez en la cafetería.

—¿En qué trabajas?

—Nada complicado. Helen ya ha hecho los cálculos, pero tengo que asegurarme de que la reducción de datos es correcta antes de enviarla al Comité de Asignaciones de la Cámara. —Descendió las escaleras con el manual bajo el brazo—. Hay que evaluar en qué afectaría al departamento de ingeniería una propuesta de traslado a Brasil.

—Creía que ya lo habían aprobado. —Me deslicé por la escalera y salté el último escalón hasta el suelo.

Nathaniel suspiró.

—Así era. Pero el senador Mason ha expuesto su preocupación por la seguridad nacional si Estados Unidos cede ese poder a otro país.

Me detuve al pie de la escalera.

—¿Es que no entienden lo que ocurre? Es un proyecto global. No habrá ningún Estados Unidos si no salimos del planeta.

—No se lo cree. —Nathaniel avanzó por la sala del simulador y sus zapatos resonaron en el suelo de hormigón.

Lo seguí, sin hacer tanto ruido. Desde que me había unido al cuerpo de astronautas, llevaba zapatillas y pantalones a trabajar.

—La temperatura sube. ¿No se ha dado cuenta?

Se detuvo junto a los interruptores de la luz.

—Sí, pero ahora mismo estamos en un punto en que las temperaturas parecen normales, solo un poco fuera de estación.

Pasaríamos así otros cinco años o más antes de que las cosas se pusieran feas. Era suficiente para que la gente se olvidara del meteorito.

—En fin, mientras mantenga los fondos para apoyar el programa espacial en el país, algo es algo.

—Sí. Pero sería mejor estar en Brasil. —Apagó las luces y me abrió la puerta del laboratorio de simulación—. ¿Cómo le va a la astronauta brasileña?

—¿Jacira? Es increíble. El otro día, el Sim Sup nos dio un GPC que no estaba de acuerdo con el MIS...

Nathaniel soltó una carcajada cuando la puerta se cerró detrás de él.

—¿Tú te escuchas?

—Tienes razón. —Miré por el pasillo para asegurarme de que estábamos solos y lo besé—. Pero quiero que cumplas la promesa y me ayudes con las siglas.

En la reunión del lunes por la mañana, me acomodé en la silla con una taza de café y una rosquilla. En realidad, los asientos no estaban asignados, pero la costumbre y la rutina nos hacían sentarnos siempre en el mismo sitio. Las sillas de Malouf y Benkoski estaban vacías, porque se encontraban de misión, pero ninguno de los nuevos astronautas se atrevería a ocupar sus puestos.

Jacira, Sabiha, Nicole y yo nos sentábamos juntas en el lado derecho de la mesa, el más alejado de la puerta. Por norma general, las mujeres nos agrupábamos entre la multitud de hombres, aunque, como era lógico, Lebourgeois y Violette se sentaban juntos cerca del fondo de la sala. Betty se situaba cerca de Parker, en la parte delantera, junto a Clemons, rodeada por la habitual nube de humo de los puros.

En una mesa muy importante al fondo de la sala estaban las rosquillas y el café. No me había dado cuenta de hasta qué punto los hombres funcionaban a base de rosquillas y café.

Clemons abrió la lista de turnos, que me daba pavor.

—A ver, Cleary y Lebourgeois, ustedes irán a la ILC a probar la nueva generación de trajes espaciales. Dicen que han resuelto el problema de atadura del hombro, pero no se fíen hasta que hayan pasado un día entero con el traje.

Desagradable pero lógico. Según todos los astronautas, el esfuerzo que requería moverse con un traje empeoraba notablemente después de la actividad extravehicular, así que lo que resultaba un poco molesto al ponértelo por primera vez se volvía insoportable con el tiempo.

—Zambrano y Terrazas, sigan con las simulaciones con Wells, Tayler y Sanderson, según el programa original. Intenten no romper la IBM esta vez. —Hasta yo me reí. El ordenador analógico que controlaba las simulaciones tenía una tasa de interrupción que habría acabado con la mayoría de los astronautas si las simulaciones fueran reales.

—Violette, Betty, Grenades y Gladstone, esta semana salen a la palestra. —Deslizó un par de páginas grapadas por la mesa. Las pasé, feliz de haber esquivado la bala. «Salir a la palestra» significaba ir de gira publicitaria—. Lo más destacado es una visita a una escuela pública mañana y cortar la cinta de la reapertura de la I-70 el miércoles.

»Gökçen, Wargin, Paz-Viveiros, Collins, Aldrin y Armstrong, irán a Chicago para una cita con el planetario Adler. Es hora de que aprendan a usar el sextante. —Después se volvió hacia mí y sonrió. Eso nunca era bueno—. York, Parker y usted probarán el nuevo avión de entrenamiento T-38.

Casi se me cayó el café. ¿El T-38? Ni siquiera me habían dejado volar un T-33 todavía y, sin saber cómo, de repente debía realizar un vuelo de prueba con el flamante y precioso T-38. Me las arreglé para contener el impulso de chillar «¿en serio?» y pronunciar solamente un «sí, señor» más comedido.

Nicole me dio un codazo.

—Qué morro. Te toca toda la diversión.

—Órdenes del jefe.

Pero me costaba creer que haber estado callada y hacer todo lo que se me ordenaba hubiera cambiado la opinión de ninguno de los dos. Sin embargo, no pensaba mirarle el diente a ese caballo. Deseaba volar un T-38 desde que se había inventado.

—Créame. No va a pasarlo bien. —Parker se alejó de la mesa—. A trabajar, gente. La Luna nos espera.

Cuando me puse el traje de vuelo y el paracaídas, saqué el casco del cubículo de madera y me dirigí a la pista. Mi madre se habría muerto si me hubiera visto. No solo llevaba pantalones, sino que los tirantes del paracaídas me atravesaban las piernas con tanta fuerza que en algunas culturas se me consideraría casada con ellos.

Parker ya estaba en el avión, con el casco apoyado en el borde de la cabina. Hablaba con el mecánico jefe, pero asintió con la cabeza cuando me vio y cambió a una actitud más pedante.

—La comprobación previa al vuelo empieza al acercarse al avión.

Esto era cierto para todos los aviones de la historia. Asentí a la espera de que nos saltáramos esa parte.

—Vale. Comprueba si hay derrames de combustible, obstrucciones y cualquier cosa fuera de lo normal en el avión.

El preciosísimo avión. El *jet*. Desde el morro de aguja hasta el escape del motor a reacción, el T-38 era una belleza de la aerodinámica. Los aviones de la CAI estaban hechos de cromo pulido con el logotipo azul y blanco de la organización grabado en la cola.

Se cruzó de brazos. Incluso con las gafas de sol de aviador puestas, sentía cómo me fulminaba con la mirada.

—Sé que se cree piloto, pero un *jet* es diferente a un avión de hélice.

—Sí, señor. —«Sonríe y asiente, Elma, sonríe y asiente». No se equivocaba. Eran diferentes—. Qué ganas de poner en práctica la formación teórica y el tiempo que he pasado en el simulador.

—Perfecto. —Señaló el avión con el pulgar—. ¿Qué es lo primero que hay que hacer después de revisar el área?

—Comprobar los registros. Después, la cubierta y los pasadores de seguridad del asiento.

—Hágalo.

Se apoyó en el ala del avión e hizo un gesto para que me pusiera en marcha.

Comprobé las correas de sujeción de la manguera de oxígeno y los pernos; después dudé, porque, en realidad, no conocía el avión.

—¿Me falta algo?

—Asegúrese de comprobar si hay obstrucciones.

Se dirigió a la entrada más cercana con una ligera cojera.

—¿Está bien?

—Normalmente, hay que agacharse para conseguir una buena línea de visión, así. Espere. —Levantó la cabeza y me indicó que me agachara—. Mire desde aquí abajo. Si observa la línea del ala, verá a través del cuerpo del avión.

—Vaya. —Brillante. Hice lo que me dijo y contemplé el ala del avión, que era una masa sólida frente a mí.

—El ángulo debe ser exacto. Las alas son, en realidad, una sola pieza que atraviesa todo el avión.

—¿De verdad? ¡Caray! —Vi un destello de luz y después, a través de un espacio estrecho, el hangar al otro lado del avión—. Vaya.

—Vale. La entrada está despejada, así que eche un vistazo y compruebe también el otro lado para ver si coincide. —Dio un paso atrás para relajar la pierna izquierda—. ¿Entendido?

—Sí. —Quería presionarlo, porque un piloto lesionado me afectaría directamente, pero Parker estaba siendo amable. Al menos, a su manera. Tenía que ser justa. Cuando Parker se ponía pedante, era un profesor paciente y, a menudo, generoso. El problema era todo lo que había entre medias, cuando chocábamos.

Los dos lados estaban despejados y me acompañó a revisar las entradas de los motores con paciencia. Pero, cuando subí a la cabina de atrás, tuve que contenerme para no bailar en el asiento. Era un avión precioso.

Repasar todos los pasos de la lista de verificación previa al vuelo me ayudó a concentrarme. Sobre todo, porque era consciente de que Parker buscaría cualquier error.

Sí. Me preocupaba menos que un error me matara que quedar mal delante de Parker. No tenía las prioridades en orden, que se diga.

Me ajusté las correas de los hombros y me puse el casco, que me envolvió la cabeza y amortiguó casi todo el mundo exterior. Conecté la manguera de oxígeno, la giré hasta encajarla en su sitio y la enganché al arnés de vuelo. Dejé la mascarilla abierta hasta que despegásemos y el oxígeno empezó a fluir. Por el momento, la cubierta seguía abierta y dejaba entrar la brisa del cielo plateado y cubierto de nubes. Olía a gasolina, alquitrán y a los residuos de resina de la goma.

—Vale. —La voz de Parker me crujió en el oído—. ¿Lista para encender el motor número dos?

—Lista.

—¿Todas las áreas de peligro están despejadas?

Me incliné hacia la izquierda para mirar la parte trasera del avión. Detrás solo teníamos el hangar, y estaba lo bastante lejos como para que el espacio estuviera despejado. Después, me coloqué el arnés del hombro y miré hacia atrás por la derecha.

—Todo despejado.

Delante, Parker hizo los mismos movimientos.

Solo le veía el casco mientras se acomodaba en el asiento y asentía.

—Pidamos aire. ¿Manos despejadas? —Como demostración, levantó las manos por encima de la cabeza, con un puño apoyado en la otra palma.

—Manos despejadas. —Lo estaban, pero se me aceleraba el pulso. Respiré despacio para calmarme. Si me emocionaba tanto con un *jet*, un cohete me mataría.

Fuera del avión, el equipo de tierra corrió a encender el aire para ayudar a la ignición del motor. Desde el interior del avión, el ruido del aire se convirtió en un zumbido constante.

—Treinta número dos. 14 % de rpm. Tacómetro listo. Acelerador a ralentí.

El acelerador se ajustó al movimiento que Parker hacía delante y se elevó. No haría nada hasta que me pasara el control, pero fingiría que era yo la que controlaba el avión. Al menos, durante un rato.

Parker habló de forma constante para indicarme todo lo que hacía.

—El flujo de combustible es de doscientos. Se muestra la presión del aceite. EGT subiendo.

Igual que mi presión sanguínea. Iba a llevarme con él en el *jet*.

—Límite siete setenta. Los instrumentos del motor son correctos. Los hidráulicos están bien. Las luces de aviso están apagadas. El cruce está bien. —Se detuvo y el casco se giró un poco, como si esperase una respuesta.

Volar tiene algo extraño que lo convierte casi en una religión. Los intercambios entre pilotos son su liturgia, todos los conocemos.

—Instrumentos de motor correctos. Hidráulicos, bien. Luces de aviso apagadas.

—¿Izquierda despejada?

Lo comprobé de nuevo.

—Despejada.

—Vale. Desviemos el aire al número uno. ¿Manos despejadas? —Parker levantó las manos sobre la cabeza.

—Manos despejadas.

Fuera, el personal de tierra corrió para cambiar la manguera al motor número dos. Una vez más, me maravilló la diferencia entre Parker el profesor y Parker el imbécil. Su voz fue tranquila y paciente todo el tiempo.

—¿Lista para arrancar el número uno?

—Lista. —Mi voz, por otra parte, estaba algo compungida. Era la única manera de evitar reír de alegría cuando el avión cobró vida bajo nosotros. Pasamos por los mismos controles que para el motor número uno y, al final, casi había conseguido igualar la calma de Parker.

—La válvula del acelerador está activada. Desconectemos el aire. —Levantó las manos sobre la cabeza—. ¿Manos despejadas?

—Manos despejadas.

Las levanté y, aunque parezca un milagro, no me temblaban. Todo mi cuerpo vibraba de nervios, pero no se me notaba en las manos. Los aviones a reacción eran mucho más sencillos de manejar que las multitudes y muchísimo más atractivos.

Cuando el equipo de tierra sacó la manguera del motor, Parker reanudó la lista.

—Interruptor de la batería comprobado. Buen comienzo.

Seguimos con la misma rutina de preguntas y respuestas para revisar las comprobaciones previas y de navegación. Entonces, llegó el momento de arrastrar la cubierta y tirar de los pasadores de los asientos.

—Cubierta en posición y pasadores sacados.

El plástico naranja brillante salió sin problema. Levanté los dos sobre la cabeza para enseñar que lo había hecho antes de guardarlos en el bolsillo junto a la rodilla izquierda.

—Cuñas despejadas.

Fuera, la tripulación siguió las indicaciones de sus manos. Empezamos a rodar.

Un avión en tierra tiene un aspecto desgarbado. Me clavó a las correas de los hombros, pero seguí a Parker mientras revisábamos el resto de puntos en la lista de verificación de navegación y comunicación.

—Brazos despejados. —Bajó las cubiertas y la brisa del exterior desapareció.

Vaya. Incluso desde el asiento trasero, el avión tenía un campo de visión muy amplio. ¿Cómo sería ir delante?

La torre de control nos habló por radio.

—Torre a Talon 1—1. Tiene permiso para despegar.

El casco de Parker se giró un poco, como si pudiera mirar por encima del hombro para verme.

—¿Lista?

—Sí, del todo.

Asintió y respondió a la torre.

—Aquí Talon 1-1. Preparados para el despegue.

Parker puso el *jet* a plena potencia militar y activó la poscombustión. El avión se sacudió como si me hubieran dado una patada en la entrepierna. Soltó los frenos y encendió los quemadores.

El quejido del motor creció mientras el avión avanzaba y me clavaba al asiento. No era como un avión de hélice, cuya fuerza resultaba más bien suave. Esta me atravesó como un trueno y me dejó la espalda pegada al asiento.

Se levantó de la pista con elegancia y casi aplaudí cuando el suelo desapareció. Pero este era un vuelo de prueba, no un paseo turístico, así que contuve la alegría.

Observé los indicadores y el mundo exterior. Era como si el aire se hubiera vuelto líquido y fluyera a nuestro alrededor. ¿Era posible sentirse pesada y ligera a la vez? La fuerza *g* del despegue me empujaba contra al asiento, pero el aire me elevaba.

Era un avión precioso. El amor que sentía por él sin duda rompía todas las reglas de la idolatría.

—York. —Parker se inclinó hacia el sur y me clavé más en el asiento.

—¿Señor? —No iba a ofrecerme tomar los mandos, ¿verdad? Era muy pronto.

—Tengo un problema y necesito un favor.

—¿Perdón?

—Ya me ha oído. —Parker el imbécil hizo una breve aparición y luego suspiró. Oír la voz de otro piloto tan cerca del oído es algo muy íntimo—. Verá, Malouf y usted son los únicos que saben lo de mi pierna.

—Ah. —¿A dónde quería llegar?—. No se lo he dicho a nadie.

—Lo sé. —Suspiró de nuevo—. Gracias.

—¿Qué...? —No entendía nada de la conversación. ¿Por qué no me lo había dicho en tierra? Ya de paso, ¿por qué Malouf no había informado?—. ¿Le importa decirme qué ocurre?

Sobre la cubierta, las nubes se hundieron hacia nosotros y pasaron de ser una extensión sin relieve de color gris plateado a almenas de algodón. Parker nos condujo hacia ellas y las volutas nos acariciaron y desaparecieron al atravesarlas.

El avión se elevó sobre el nivel superior de las nubes hacia el cielo azul.

—Dios.

No era una blasfemia. Llevaba mucho tiempo sin ver el azul del cielo. Era casi doloroso. El sol, que no estaba a la vista, se reflejaba en las nubes y me provocaba lágrimas en los ojos, incluso con la visera.

—Sí. —Parker volvió a suspirar—. Es increíble, pero el espacio... Tengo que ir al médico. La pierna me hormiguea y, de repente, deja de funcionar. Me apartarán del servicio si sospechan que algo va mal.

—Entonces vaya a un médico que no sea el especialista aeroespacial.

Parker soltó la risa más amarga que le había escuchado.

—¿Cree que no lo he intentado? Soy el primer hombre en ir al espacio. No voy a ninguna parte sin que me sigan los periodistas. No puedo estornudar ni jugar a la pelota con mis hijos, ni siquiera ir a ver a...

Se calló y solo quedó el silbido del oxígeno, de mi propia respiración y la ráfaga de aire a nuestro alrededor.

—¿Ver a quién?

—A un médico. —Apostaría lo que fuera a que no era lo que iba a decir—. Si la certifico para pilotar el T-38, ¿me dejará usar los vuelos para ocultar las visitas al médico?

Pregunté para ganar tiempo.

—¿Qué me pide exactamente? No va a dejar que pilote sola.

—No, pero hay una clínica. Aterrizaremos cerca. Yo entro, salgo y seguimos volando.

—¿Solo el T-38? ¿No me ofrece un asiento en un cohete?

—No puedo. —El casco se giró como si quisiera mirarme—. Mi opinión se tiene en cuenta, pero no tengo la última palabra. De ser así, para serle sincero, no habría ninguna mujer en el programa todavía.

—Sabe que tengo más horas de vuelo registradas que usted, ¿verdad?

—Sí. Y sé lo de los Messerschmitt y las prácticas de tiro y todas las demás cosas que hizo en el WASP. Nada se acerca a lo que hace un piloto de pruebas y mucho menos a lo que hacemos allí arriba.

—Es imposible saberlo, ¿no cree? Además, no será tan difícil si se puede hacer con una pierna mala.

Hizo un tonel, como si así demostrara algo.

Se me escapó una risita.

—Perdone. No me reía de usted. Es que el avión es una maravilla.

—Lo es. —Niveló el T-38 y casi flotamos en los asientos—. ¿Lo hará?

—¿Todavía me odia?

—Sí. —Suspiró; se me hacía muy extraño oírlo. Parecía que filtrara su ego antes de hablar—. Pero reconozco que cumplirá su palabra y que tiene principios.

—¿Y no le preocupa que esos principios me lleven a delatarlo?

—Sí.

—El problema es que me pide que arriesgue vidas y ponga en peligro el programa.

—Me he mantenido lejos de las listas de la tripulación, pero hay una diferencia entre aplazar las misiones y que me aparten del servicio.

—Y ahora quieren que vaya a la Luna. —Lo más tentador de la propuesta no era el T-38, sino la oportunidad de caerle en gracia, aunque estuviera resentido. No sabía qué hacer. Quizá, habría aceptado antes de entrar en el programa, pero ahora conocía a la perfección lo en forma que había que estar para ser astronauta. Por no hablar de lo que sucedería si me pillaban conspirando—. No se lo diré a nadie, pero, lo siento, no le ayudaré a ocultarlo.

El aire silbó en el silencio.

—Es sincera, lo reconozco. De acuerdo. —Parker inclinó la cabeza hacia delante y luego la levantó—. Sé lo del Miltown.

CAPÍTULO 35

*Se destacan 3 aviones de la ONU para trabajos de
investigación*

París, 3 de noviembre de 1957 — Tres aviones de las Naciones Unidas se destacarán para trabajos especiales de investigación de huracanes los próximos verano y otoño, según han explicado hoy los oficiales. Las Fuerzas Aéreas de los Estados Unidos suministrarán a las Naciones Unidas dos B50 Superfort y un B47 Stratojet para el proyecto. Volarán sobre el Atlántico, el Caribe y el golfo de México como parte de un trabajo continuo para entender cómo los patrones climáticos han cambiado desde el impacto del meteoro en 1952.

¿Cómo le cuentas a tu marido que te están chantajeando? ¿Durante la cena? «Cariño, hoy me ha pasado algo muy gracioso. ¿Me pasas la ensalada?».

¿En la cama, mientras lo distraes con sexo?

O se lo admites mientras os laváis los dientes.

—Parker intenta chantajearme.

Nathaniel se sacó el hilo dental de la boca y se volvió.

—¿Qué?

—Sabe lo del Miltown y quiere que lo ayude con algo.

—Qué. —La misma palabra. Distinto significado.

Tenía el hilo dental tan apretado que se le hundía en los dedos. Se le pusieron blancos.

Tragué y la frescura de la menta me revolvió el estómago. Respiré hondo y sentí el frío en la boca. Habría disuelto el nudo de ansiedad que tenía en el pecho con Miltown, pero no podía. Odiaba a Parker.

—No puedes decírselo a nadie. —Por eso no se lo había contado en el trabajo. Si lo hubiera hecho, habría irrumpido en el despacho de Clemons y despotricado sobre los intentos de chantaje de Parker.

—Clemons tiene que saberlo. —Las puntas de los dedos, atrapadas por el hilo dental, empezaban a ponerse moradas.

Dejé el cepillo en el soporte y suspiré.

—Sentémonos.

Nathaniel bajó la mirada y parpadeó al ver el hilo dental. Lo desenroscó, flexionó los dedos y lo tiró a la papelera.

—Vale.

Cuando llegamos al sofá, me temblaban los brazos y tenía la espalda empapada en sudor. Tragué y me miré las manos, que mantenía en una postura relajada y femenina sobre el regazo. Mamá se sentiría muy orgullosa.

—Si se lo cuentas a alguien, Clemons sabrá lo del Miltown, la ansiedad y los vómitos. ¿Qué pensará entonces? ¿Creerá que estoy en condiciones de ir al espacio? ¿Que soy apta para el programa? Ya me considera una treta publicitaria.

—¿Quién te ha dicho eso? —El sofá rechinó cuando se inclinó hacia delante—. Parker.

Asentí.

Nathaniel se levantó, caminó hasta la cama y volvió. Se detuvo frente a la mesita de centro, con las piernas abiertas y las manos en las caderas.

—Cuéntamelo todo.

—Prométeme que no se lo dirás a nadie. —Los tendones me tiraban bajo la piel, pero no cerré los puños—. Y que no harás nada.

Tenía todo el cuerpo en tensión, pero se volvió para mirar las luces de Kansas City por la ventana.

—Te juro que hablaré contigo antes de hacer algo. No voy a prometerte que no haré nada, porque es una promesa que no cumpliré.

Me froté uno de los músculos que me palpitaban con el pulgar. No sé por qué me molesté; todo el cuerpo me temblaba por el estrés.

—Le pasa algo en la pierna izquierda. Dice que solo es un hormigueo. Hace un par de meses, lo encontré en el hueco de la escalera sin poder levantarse. Me pidió que no lo contara. Parecía que había desaparecido, así que pensé que había sido algo temporal.

Consideré que lo más seguro era esperar a que alguien más notara sus síntomas. Atribuiría mi silencio a la prudencia o a la compasión, pero me había callado, sobre todo, por miedo.

Respiré hondo y le conté a Nathaniel lo que había pasado en el avión, lo que me había pedido y, después, exigido.

—Me hizo entrar con él en la clínica. Creo que no quería perderme de vista.

—¿A la consulta? —Se le quebró la voz.

—No. Solo hasta el vestíbulo. —Había un teléfono en el puesto de las enfermeras y había estado a punto de llamarlo desde allí. Menos mal que no lo había hecho—. Cuando Parker salió, estaba verde. Entró al baño a vomitar.

El problema con las clínicas pequeñas es que las paredes son finas. Reconocía muy bien el sonido de las arcadas.

—Cinco minutos después, salió. Estaba pálido, pero no verde, y llevaba las gafas de sol.

Hice algunas conjeturas sobre por qué se había puesto las gafas dentro. Siempre se me ponían los ojos rojos después de un ataque de vómitos.

Nathaniel gruñó.

—Así que fueron malas noticias. ¿Te lo contó?

Negué con la cabeza.

—No pregunté. Le dejé fingir que todo iba bien.

—Fuiste más amable de lo que merecía.

Negué otra vez.

—No quería sentir lástima por él.

—¿Algo más?

—Me dejó los controles del T-38 a la vuelta. Como algún tipo de recompensa. —Tenía los dedos congelados. ¿Por qué sudaba y tenía frío a la vez?—. Eso fue todo. Cuando llegamos a la CAI, hizo como si no hubiera pasado nada.

Nathaniel gruñó y se paseó de nuevo. Era alto, y en el piso no había mucho sitio para moverse. Con la cama abierta, había incluso menos. Al final se detuvo delante de la ventana y miró afuera.

—Podría forzar que lo descubrieran. Estamos a punto de usar el Sirius en misiones tripuladas y las fuerzas *g* del despegue serán más duras que en el Júpiter. Podría insistir en hacer un examen físico a todos los astronautas.

—Se daría cuenta.

—No dejaré que ponga en peligro el programa, ni a la gente, por el bien de su ego.

Ni del mío, ya que estamos. No lo dijo, pero ese era el problema. No quería que nadie se enterase de que tenía ansiedad. Aunque, en parte, se debía al miedo a que no me dejaran ir al espacio, era, sobre todo, la misma preocupación de siempre. ¿Qué pensaría la gente? Más allá estaba el miedo a que tuvieran razón.

—Se ha apartado de las misiones mientras intenta averiguar lo que le pasa.

—Pero se acerca la misión a la Luna. —Las luces de la calle le iluminaban el pelo como una corona—. No creerás que se va a apartar.

Negué con la cabeza.

—Lo he pensado todo el día. Tendré que deshacerme de las pastillas, está claro. Y dejar de ir al médico. Cuanto más tiempo haya pasado desde la última receta cuando Parker me delate, mejor. Porque lo hará, aunque no ahora, pues, entonces, no tendría razones para callarme.

Nathaniel se giró de golpe.

—Me parece muy mala idea.

—¿Qué otra opción tengo? —Levanté las manos, pero me temblaban los dedos, así que las dejé en el regazo—. Lo sabe. No sé cómo, pero lo sabe.

Con un gruñido, Nathaniel volvió a pasearse.

—El conductor. La noche que nos quedamos en un hotel por culpa de los periodistas, mandé al conductor a recoger ropa y tu medicación.

Así que no solo Parker lo sabía. ¿Cuánto tiempo me quedaba antes de que todos se enterasen, me echaran del programa y saliera en la prensa?

Se me revolvió el estómago al tiempo que la cabeza me daba vueltas. Me levanté dando tumbos y llegué al baño por los pelos. Me arrodillé sobre las baldosas, me agarré al inodoro y vomité. Nathaniel me siguió y me sujetó los hombros mientras expulsaba toda la ansiedad acumulada durante el día.

Me odiaba a mí misma. Mi padre se habría sentido muy decepcionado porque era incapaz de aguantar un poco de presión. Si no soportaba aquello, quizá no debería estar en el programa espacial. Era tonta y débil; no importaba cuánto trabajara, la enfermedad siempre formaría parte de mí.

Nathaniel llenó el vaso del lavabo con agua y me lo ofreció.

—No dejaré que nadie te haga daño.

—¿Cómo lo detendrás? —Me dolía la garganta al hablar, pero acepté el agua y bebí.

—No lo sé. —Me pasó una mano por el pelo y por la espalda—. No todo, al menos.

—Ni siquiera sé por dónde empezar. —Me mecí para sentarme en el suelo, apoyada en el lateral de la bañera.

Nathaniel se levantó y abrió el botiquín.

—No. —Apreté el vaso.

Me ignoró y sacó el bote de Miltown. Se agachó frente a mí.

—Elma. ¿Es mejor así? ¿Vomitar y ser infeliz? ¿Es preferible a lo que sea que Parker pueda hacerte?

—No… —Se me quebró la voz por el dolor de garganta—. No lo sé.

—Deja que te diga cómo lo veo yo. —Se apretujó conmigo junto a la bañera. Me rodeó los hombros con el brazo y me acercó a él, con el frasco de pastillas en la mano.

—Vale.

—Estás mejor. Con esto. Antes me tenías muerto de preocupación. —Agitó el frasco para que las pastillas rebotaran—. Antes de esto, te oía vomitar, habías dejado de comer, nos íbamos a la cama juntos, pero no dormías, y no me contabas nada. Creía que estabas embarazada, hasta ese día en mi despacho. Pasé mucho miedo. ¿Y ahora qué? La idea de que Parker te haga volver a pasar por todo eso, a propósito, porque te ha metido miedo por usar una herramienta que te ayuda… Le daría un puñetazo.

La última frase le salió tan natural que me reí. Me sequé los ojos con el dorso de la mano y lo miré, pero tenía los ojos cerrados y el ceño fruncido.

—No lo dices en broma.

Soltó el aire contenido.

—No. —Giró el frasco entre los dedos y negó con la cabeza—. Nunca he tenido tantas ganas de recurrir a la violencia. Si hubiera estado allí, le habría dado un puñetazo. Y él me habría dado una paliza.

Con cada vuelta del frasco, las pastillas blancas se agitaban. El traqueteo era una canción que prometía calma.

—No sé qué hacer.

—¿Crees que la presión va a mejorar?

Suspiré, me encogí sobre mí misma y me desplomé sobre Nathaniel. Me abrazó con fuerza y me besó en la cabeza.

—Es lo que pienso. Mantente sana, después lidiaremos con Parker. Juntos. No sé cómo, pero lo haremos.

—¿Por qué estás tan seguro?

—Porque sobrevivimos al fin del mundo. —Me besó de nuevo—. Y porque eres mi astronauta.

Seguí a la criada de Nicole hasta la sala de estar que tenían bajo tierra, donde la mayoría de las 99 comían entremeses y bebían cócteles. Jacira y Sabiha se habían unido, pero no vi a Betty ni a Violette.

—Siento llegar tarde. La tía Esther ha llamado y me ha costado que colgase.

—¿Cómo está la mujer? —Nicole se levantó del brazo del sofá, donde Imogene tenía la cabeza enterrada en un manual de vuelo—. ¿Un martini?

—Por favor. —Lo mejor de conocer a la esposa de un senador era que nunca faltaba alcohol en casa de los Wargin. Ya no llevaba Miltown en el bolso, pero no me había deshecho de él; me apetecía tener algo que me impidiera pensar.

Helen cruzó la habitación para abrazarme, con el manual que estaba estudiando en la mano.

—Te echaba de menos.

—Y yo a ti. Deberíamos quedar un día para cenar.

Me había pasado por el departamento de informática un par de veces desde el «ascenso», como lo llamaban, aunque era incómodo. Todavía quería comprobar los números, pero molestaría a todo el mundo.

—¿Qué lees?

Se encogió de hombros.

—Solo son cálculos de trayectoria orbital. Muy básico.

—¡Lo serán para ti! —Nicole me pasó un martini entre risas—. A algunas nos cuesta más.

—Por eso intercambiamos. Tú me hablas del simulador y yo te enseño cálculo orbital.

Levanté la copa.

—Ya que estamos, si alguna entiende las siglas, se lo agradecería mucho.

La clara y fría ginebra me llenó la boca con el glorioso sabor a enebro. Cerré los ojos y suspiré mientras relajaba los hombros un poco. Echaba de menos a esas mujeres. Menos mal que Nicole había creado un grupo de estudio. Cuando abrí los ojos, me uní a Helen en el sofá con la copa y los libros.

Me quité los zapatos y me senté sobre los pies.

—¿Pearl no viene?

Helen negó con la cabeza y frunció el ceño.

—No le ve sentido a prepararse para las pruebas de astronauta.

—Si el objetivo es la colonización, en algún momento tendrán que reducir los requisitos.

Desde su sitio en el sofá, Nicole asintió.

—Algo que mi marido apoya a capa y espada.

—Un momento —Parpadeé. ¿Me había perdido algo?—. ¿Todavía hablan de mantenerlo como una empresa militar?

Con un suspiro, Nicole se adelantó para mirarme.

—Sé que odias la idea, pero...

—Pero nada. Tenemos que salir del planeta. A ver, sí, es posible, aunque remarco que es una posibilidad muy pequeña, que evitemos que el efecto invernadero se dispare, pero, para cuando sepamos si funcionará, será demasiado tarde para establecer colonias en otra parte. Tenemos que hacerlo ahora, mientras contemos con los recursos y el tiempo necesarios.

—Predicas a conversos. —Nicole alisó las páginas del libro y agarró el martini. Dio un sorbo antes de seguir. Todas, no solo yo, la mirábamos a la espera de que hablara—. Pero hay miembros del Congreso, incluso de la ONU, que solo responden si existe una amenaza militar. Así que, si añadir un componente militar a las misiones sirve para conseguir fondos y mantener el programa en marcha, entonces eso es lo que hará mi marido.

—¿Por qué la gente es tan tonta?

Nicole se encogió de hombros y se desabrochó la blusa.

—Hormonas. Si los hombres se dejan guiar por ellas, estaré feliz de interpretar mi papel.

Ida levantó la copa.

—¡Bien dicho!

—¿Qué tal están, señoras? —El pobre senador Wargin eligió ese momento para entrar en la sala. Estoy bastante segura de que no estaba acostumbrado a que una habitación llena de mujeres se riera, pero no pareció importarle.

—¿Alguien sabe qué significa MITTS? —Jacira levantó la vista del dosier que estudiaba. Se había tumbado bocabajo en el suelo, con las piernas flexionadas hacia arriba.

—Eh… —Fue lo único que supe ofrecer.

—Sistema de telescopio de rastreo de IGOR móvil —dijo Ida sin siquiera levantar la vista del libro que tenía abierto. Tamborileó con el lápiz sobre el borde de la página mientras leía.

—¿En serio? ¿Un acrónimo dentro de un acrónimo? —Miré al techo—. Intento recordar qué significa IGOR.

—Intercepción con Grabador Óptico Terrestre.

¿Por qué narices no era ya astronauta? Además de por el color de su piel, claro.

—Deberías estar en el programa.

Ida resopló, pero no levantó la mirada. Movió el lápiz más rápido.

—Los requisitos de la solicitud son absurdos. Si los ignoraron con Violette y Betty, entonces...

—Elma. —Nicole negó con la cabeza.

—Venga ya. —Se me escapó toda la frustración de los últimos meses—. Violette apenas llevaba cien horas de vuelo en solitario cuando se presentó.

Ida dejó caer el libro.

—No me lo creo.

—Sí. ¿Quieres darle munición al doctor King? Que mire los registros de vuelo de Violette Lebourgeois y Betty Ralls. Violette ha entrado porque es francesa y su marido es astronauta. Una pareja casada en el espacio es una historia bonita, ¿a que sí?

Nicole cerró el libro.

—No te equivocas. Pero tampoco tienes razón.

—Es discriminación pura y dura. —Lo era—. Betty solo ha entrado porque querían controlar la publicidad, y usan la revista *Life* para hacerlo. Sus puestos deberían ser para candidatas más cualificadas.

—¿Crees que yo era la mejor candidata? ¿Que lo eras tú? —Negó con la cabeza. Le brillaban los ojos—. Sí, soy buena y estoy cualificada. Pero, además, mi marido es senador y ha apoyado a la CAI desde el principio. Jacira fue reina de la belleza.

—Y tiene un máster en ingeniería. —No me gustaba lo que insinuaba. Menospreciaba los méritos reales de aquellas mujeres. Y no quería que llegara hasta mí.

Desde el suelo, Jacira se incorporó para sentarse y cruzó las piernas.

—Sí. Pero no era la única mujer brasileña con licencia de piloto y un título de ingeniería. Vale, solo somos cuatro, pero yo no era la que tenía más horas de vuelo.

—Y yo era la mujer astronauta de *Watch Mr. Wizard*.

—Todo se reduce a la historia que la CAI quiere contar. —Nicole se encogió de hombros y bebió un sorbo de martini—. Así es la política. Se basa en historias.

—¿Y la historia que quieren contar no incluye a los negros? —Me estremecí al darme cuenta de que había eliminado a Helen de la ecuación—. ¿Ni a taiwaneses? Solo a gente blanca.

Ida se encogió de hombros y cerró el libro de golpe.

—Es la misma historia de siempre. Un capítulo más. —Se levantó y se estiró—. Me marcho ya.

Un coro de bostezos y de frases similares la acompañaron, y la fiesta terminó. Mientras me ponía el gorro y los guantes, seguía con ganas de despotricar sobre la injusticia. Pero no lo hice. Ida había dejado claro que no quería saber más del tema.

Además, había otra idea que no me sacaba de la cabeza. No sabía hasta qué punto el enfado nacía del deseo de ayudar a la causa de la discriminación o a quitar a Violette y a Betty del programa.

CAPÍTULO 36

EL DOCTOR KING ACUSA
A LA CAI DE DISCRIMINACIÓN

Edición especial de *The National Times*
Kansas City, Kansas, 22 de noviembre de 1957 — En mitad de las alegaciones de que dos de las nuevas mujeres astronautas no estaban cualificadas para el programa, un pastor negro del sur ha acusado a la Coalición Aeroespacial Internacional de discriminación. El comité de gobierno de las Naciones Unidas ha convocado una audiencia especial para debatir la verdad de las acusaciones. El director Norman Clemons ha declarado que las dos mujeres formaban parte de un programa piloto con el fin de comprobar si era posible formar a «especialistas de misión» para el programa espacial sin los estrictos requisitos de los primeros astronautas, algo que sería necesario para el establecimiento de las colonias.

La MASTIF era una alegría y una pesadilla a la vez, y no solo porque se trataba de otro acrónimo. La instalación de inercia de pruebas espaciales de múltiples ejes, o dispositivo de cardán, es un aparato gigante diseñado por un científico loco.

No estoy segura de que lo diga solo en broma.

Lo cierto es que parecía un instrumento de tortura de alguna guarida subterránea. En ese momento, Nicole estaba atada a la silla de plástico rígido que había en el centro. Era una réplica de los asientos de los astronautas del *Artemisa*, con la diferencia de que tenía la cabeza sujeta en una posición fija. Estaba rodeada de tubos de aluminio que formaban un dispositivo de cardán de tres ejes. Más que «tubos de aluminio», eran jaulas. Cada una se movía de manera independiente y hacía girar la silla sobre un eje distinto.

En ese momento, Nicole rotaba a quince revoluciones por minuto, pero esa cosa llegaba a las treinta. En teoría, nos daría una idea sobre el tipo de caídas que pueden darse durante una misión espacial, aunque si alguien caía a treinta revoluciones por minuto, algo habría salido muy mal. Me apoyé en la pared de la sala de control mientras esperaba con Jacira y Betty nuestro turno. Un científico controlaba la prueba, pero uno de los astronautas se encargaba de evaluarnos, por eso Parker estaba en el puesto de observación con un cronómetro en la mano.

Betty estaba a su lado e intentaba parecer relajada, pero, aunque llevaba demasiado maquillaje, no le servía para enmascarar las grandes ojeras bajo los ojos. Por la charla junto a la máquina de agua, deduje que declarar en las audiencias de la ONU por los cargos de discriminación había sido duro. Costaba no sentir lástima por ella.

Un chorro de gas nitrógeno silbó mientras Nicole intentaba detener la rotación. Parecía que primero buscaba controlar el eje exterior. El chorro restalló y disparó de nuevo.

Un montón de cámaras lo acompañaron. Me había dejado el Miltown en casa porque no quería arriesgarme a no estar a pleno rendimiento en la prueba. Tenía el estómago revuelto incluso antes de sentarme en la silla.

Por lo menos, habían conseguido que los periodistas dejaran de usar *flashes* aquí dentro, aunque se podría argumentar que el parpadeo de luces era una buena práctica de la desorientación en el espacio.

Agité la mano derecha mientras intentaba anticipar la cantidad de gas y el tiempo que Nicole necesitaría para ralentizar el giro.

Jacira se apartó el pelo de la nuca.

—Oiga, jefe, ¿se parece en algo al espacio?

Parker se encogió de hombros.

—No mucho.

—¿Y por qué lo hacemos?

Negó con la cabeza y se concentró en el cronómetro y la ventana.

—Vamos, Wargin. A por ello.

Poco después, la primera jaula se niveló y Nicole empezó a trabajar en la segunda. Era difícil, porque todavía tenía que controlar la anterior, pero cada vez iba más rápido.

Los chorros estallaron en pequeñas y rápidas ráfagas de gas mientras Nicole estabilizaba el giro. Parker asintió.

—Bien. ¿Veis que hace un toque doble?

Ladeé la cabeza mientras escuchaba y miraba los chorros.

—¿Es mejor que un soporte lento?

—Cuando se trata de medir cuánta fuerza se necesita, sin duda. —Cambió el peso del cuerpo para liberar la pierna izquierda y giró el tobillo—. El problema es que podría no ser suficiente para marcar la diferencia, y perderías mucho combustible sin darte cuenta.

Fuera, los chorros dispararon dos veces más y, luego, soltaron un siseo lento cuando Nicole controló el segundo eje de movimiento.

Parker bajó el pie y probó a cambiar el peso del cuerpo. Me aclaré la garganta y me acerqué un paso.

—¿Quiere que programemos una salida con el T-38?

Estuvo a punto de apartar la vista de la ventana, pero se contuvo y observó a Nicole dar vueltas y más vueltas.

—No será necesario.

Desde el primer viaje a la clínica, solo me había pedido ir una vez más. Mientras tanto, hacíamos otras pruebas y yo esperaba a que me delatase, pero, hasta el momento, se había limitado a ser el Parker condescendiente de siempre, excepto cuando enseñaba. Entonces, casi me caía bien.

—¿Por qué lo hacemos... —Betty le puso una mano en el brazo, un gesto demasiado íntimo que me inquietó—... si el cardán no es como el espacio?

—No se parece, encanto. Pero es lo que más se le acerca de todo el planeta. —Detuvo el cronómetro—. York, prepárese. Wargin ya ha hecho suficiente por hoy.

El corazón se me aceleró. Quise convencerme de que se debía a la emoción. En parte, así era. Me gustaba el dispositivo del cardán. Lo que no me gustaba era tener que pasar frente a los periodistas para llegar.

Parker fue hasta la puerta y le colocó la mano en el hombro al técnico.

—No ha estado mal. ¿Me preparas los registros?

—Sí, señor. —El técnico se puso firme, como si la mano de Parker le hubiera recargado la energía.

—Perdón. —Betty se llevó las manos a las caderas—. Es la tercera vez que venimos y nunca he subido.

Parker apenas la miró por encima del hombro.

—No me pagan para perder el tiempo ni los recursos del gobierno. Limítese a estar guapa y escribir artículos.

Justo cuando empezaba a pensar que no era tan malo... Y no es que no estuviera de acuerdo con él, pero no lo diría en voz alta.

Mentira. Ya había hablado mal de Betty. Por eso había tenido que declarar ante el Congreso. Suspiré y la miré. Se había puesto roja y sacado la libreta.

—¿Estás bien?

—¡Claro que sí! —Sonrió de oreja a oreja y empezó a escribir—. Solo tengo que describir cómo es la prueba. Será más fácil si lo observo desde aquí.

—Supongo.

—Date prisa o Parker te matará.

Me dirigí a la puerta y levanté el casco del banco. Uno de los técnicos ayudaba a Nicole a salir de la jaula del cardán mientras Parker hablaba con ella. Por los gestos que hacía con la mano, supuse que le daba consejos sobre las correcciones de giro que había hecho. Su paciencia como profesor era parte de lo que me despistaba cada vez que teníamos un enfrentamiento.

Me detuve a propósito delante de los periodistas para ponerme el casco. Al igual que entrenaba las demás habilidades de astronauta, intentaba insensibilizarme a la prensa. Me concentré en posar sin que lo pareciera. ¿Quién hubiera dicho que los astronautas tenían que hacer tantos pases de modelos?

—¡Elma! ¿Qué ha sido lo más emocionante del día?

Siempre estaba tentada a decir algo como «hacerme la manicura», pero me resistía, porque lo publicarían.

—Hoy hemos simulado maniobras de acoplamiento en la terminal y he intentado ajustar las entradas de RHC con una banda muerta demasiado holgada.

Aprenderse las siglas servía para algo.

Las cámaras sacaron fotos y zumbaron mientras me ponía el casco. No ocurrió nada. No eran una amenaza y sabía lo que querían. Quizá esa era la clave para controlar la ansiedad: averiguar lo que la gente esperaba de mí. Aunque, de haberlo tenido en cuenta, habría hecho que me adaptaran el traje de vuelo para que me destacase más la figura, como sospechaba que había hecho Nicole. Mientras caminaba hacia mí desde la plataforma, la cintura se le marcaba más de lo que debería ser posible con los trajes de cuerpo entero que llevábamos.

Parker la siguió mientras sonreía a los periodistas. No cojeaba tanto, solo tenía una ligera inclinación hacia la pierna izquierda que pasaba desapercibida si no te fijabas.

—¡Coronel Parker! ¿Cómo van las chicas?

—Son lo mejor de sus países. —Les dedicó su característica sonrisa de lameculos—. Estamos muy orgullosos.

Me dirigí al dispositivo de cardán, ansiosa por reducir el tiempo del último intento.

—¿Es cierto el rumor de que lo van a sustituir en el alunizaje?

La sala se quedó en silencio. Incluso el zumbido de los generadores pareció detenerse en mitad de la oscilación. Parker se puso pálido, pero no perdió la sonrisa.

—Me encantaría conocer sus fuentes, pero sí.

No le había dicho nada a nadie. Dios. ¿Qué había hecho Nathaniel?

La habitación se volvió a poner en movimiento. Todos los periodistas le gritaban preguntas a Parker. Levantó las manos y, de forma milagrosa, se callaron.

—Tengo una lesión de guerra que necesita atención, así que la agencia y yo hemos decidido que lo mejor es atenderla cuanto antes. —Sonrió—. Seguro que entienden que no especularé sobre quién me reemplazará. Ahora, si me disculpan, nos queda trabajo por delante. York, a la silla.

Parker se alejó. En lugar de volver a la cabina de observación, se marchó.

No lo había contado. Mierda. No se lo había dicho a nadie. Pero Parker no me creería. Le sonreí al técnico, que se levantó para atarme al dispositivo, y me encogí de hombros.

—Necesito ir al baño. Vuelvo enseguida.

Me apresuré a cruzar el laboratorio y salí por la misma puerta que Parker. Cuando se abrió, lo sorprendí mientras se apartaba de la pared, como si se hubiera apoyado en ella y se hubiera erguido al oír la puerta. Miró por encima del hombro con una sonrisa agradable.

Desapareció cuando me vio.

—Le he dicho que se suba a la silla.

—No se lo he contado a nadie. —Además de a Nathaniel, claro, pero me prometió que me avisaría antes de hacer nada.

Parker no mudó la expresión, pero miró al suelo.

—Yo sí.

Todavía estaba a unos tres metros de él, pero me detuve en seco.

—Pero...

—Tengo espolones óseos en el cuello, se ve que por las eyecciones cuando era piloto de pruebas. Me presionan la columna vertebral. —Se encogió de hombros, como si no fuera gran cosa—. Sé lo que opina de mí, pero, lo crea o no, me importa más el programa que mi puesto en él. Habría supuesto un peligro.

—Eh... —¿Qué podía decir?—. ¿Se recuperará?

—Voy a operarme. Mañana, de hecho.

—¿Hay algo que pueda hacer?

—Sí. Súbase a la puñetera silla. Ya se lo he dicho. —Levantó la cabeza y dio un paso hacia mí—. Y no nos insulte a los dos fingiendo que le importa.

—Sí que practica para ser ofensivo.

Curvó un lado de la boca.

—Fuera. Cuando vuelva, más vale que tenga dominada esa cosa.

—Sí, señor. —Durante un segundo, pareció humano. Me olvidé de con quién trataba.

—Que quede claro, todavía tiene que estar calladita y obedecer. Mientras no sea una amenaza para el programa, no abriré la boca. —Dio otro paso—. Se lo ha ganado, pero en cuanto considere que es un peligro, está fuera. ¿Queda claro?

Tragué y asentí. Por ironías de la vida, deseé no haberme dejado el Miltown en casa.

Corrían rumores de que, si Parker no se hubiera operado los espolones, se habría arriesgado a sufrir parálisis, lo que le quitaba bastante nobleza a todo eso de «me importa más el programa». Claro que también había rumores de que los alienígenas le habían implantado una sonda.

La reunión de personal del lunes por la mañana comenzó con Clemons y su clásica nube de humo de puro.

—Lo primero es informarles de que el coronel Parker ha superado la operación sin complicaciones. Si no hay cambios, lo tendremos de vuelta en un mes más o menos.

Debo admitir que lo primero que sentí fue un intenso alivio porque Parker no fuera a estar en todo un mes. De ese modo, pasaría todavía más tiempo desde la última cita con el médico y, si le contara a alguien lo del Miltown, quizá ya no parecería un problema. Nadie tenía por qué saber que aún guardaba pastillas para una emergencia.

—¿Cómo? ¿Ya se ha operado? —Lebourgeois arqueó las cejas, sorprendido—. Si acabo de enterarme de que estaba enfermo.

Clemons asintió y dio una calada.

—Había concertado la cita hace tiempo, pero no quiso decírselo a nadie para no distraernos. Un buen hombre.

Juraría que puse los ojos en blanco ante esa versión de la historia.

—¿Quién va a sustituirlo? —Betty, como buena periodista, se inclinó hacia delante en la mesa—. Me refiero al alunizaje.

—Malouf lo acompañaba siempre, así que lo hará él. —Clemons lo señaló con la carpeta—. Es adelantarse un poco en el orden del día, pero... Tendremos que quitar a Malouf de la próxima misión en *Lunetta* para que se prepare para el alunizaje. Benkoski y Terrazas ya están en la estación. Con todo esto, nos hemos percatado de que necesitamos más hombres.

Más hombres. Cómo no. ¿Por qué usar a las mujeres cualificadas y sentadas allí mismo cuando se podía traer a más hombres?

—Quiero dejar claro que esta no es una decisión de relaciones públicas. No tiene nada que ver con las audiencias de la ONU. Siempre habíamos planeado expandir el programa a medida que las cosas se asentasen, y la lesión del coronel Parker ha acelerado un poco los planes.

Claro que sí. Miré a Nicole, que retorcía la boca en un mohín de desagrado.

—Llevará un tiempo encontrar candidatos y ponerlos al día, así que será necesaria la paciencia y la colaboración de todos. Mientras tanto, creo que es hora de desplegar a una de las damas.

Sabiha se adelantó con la silla y miró a Clemons con los ojos como platos. Era muy fácil saber lo que pensaba, lo mismo que todas las demás. «Yo. Que sea yo. Por favor, que sea yo».

Me senté, tranquila, con las manos cruzadas sobre el regazo, tal y como me había enseñado mi madre. Bajo la camisa, el corazón me latía como loco y daba saltos de alegría. «Escógeme. Escógeme».

—La sugerencia de Parker, con la que estoy de acuerdo, es que enviemos a Jacira Paz-Viveiros. —Bajó el puro—. Enhorabuena.

¡Por fin! Una mujer iría al espacio. Las reuniones de asignación de tareas eran tranquilas y profesionales, pero incluso los hombres se emocionaron por Jacira. La felicité con una sonrisa tan grande que me dolía la cara.

Y lo dije de verdad.

Pero sentía una extraña mezcla de emociones. Jacira se lo merecía. Me alegraba por ella, porque sería la primera mujer en el espacio. Me alivió que no fuera Betty ni Violette, a las que habrían elegido solo por publicidad. Jacira era una piloto auténtica. También me sentí aliviada de no ser yo, pues la primera mujer en el espacio soportaría tal nivel de escrutinio que me destrozaría. Sobre todo sin recurrir al Miltown.

Sin embargo, muy en el fondo, tenía miedo, porque una parte de mi cerebro se preguntaba si Parker se las había arreglado para dejarme en tierra.

CAPÍTULO 37

LAS MUJERES ESTÁN PREPARADAS PARA EL ESPACIO

Por Robert Reinhold

Kansas City, Kansas, 16 de diciembre de 1957 — Si todo va según lo planeado, la semana próxima se alcanzará un nuevo hito en la historia espacial cuando Jacira Paz-Viveiros vaya al espacio durante casi seis días, convirtiéndose así en la primera mujer en hacerlo. La decisión de la Coalición Aeroespacial Internacional de enviar a la reina de la belleza de 32 años al espacio junto con dos tripulantes masculinos se ha tomado a pesar de muchas dudas y de lo que algunos considerarían prejuicios sobre la capacidad de las mujeres de soportar los rigores físicos y psicológicos de una experiencia tan dura.

Sentada en la mesa de comunicaciones, entendí por qué Parker siempre llevaba la maldita pelotita de tenis. Por supuesto, no era el enlace todavía; ese honor lo ostentaba Cleary. Solo lo acompañaba mientras Benkoski y Malouf terminaban el paseo espacial.

Cleary se entretenía haciendo garabatos. Había llenado una página entera con círculos unidos y, luego, una repentina línea irregular.

—Mierda.

Se incorporó en la silla y encendió el micrófono a la vez que conectaba la cápsula a los altavoces.

—¿Qué tipo de problema?

La voz de Benkoski llenó la habitación y el murmullo quedo de las conversaciones desapareció.

—La escotilla no se cierra.

Todo el mundo se movió a la vez. Nathaniel sacó el auricular y el teléfono al mismo tiempo. Me giré en la silla y alcancé la biblioteca que llenaba los estantes detrás de la mesa de comunicaciones. La CAI tenía un volumen entero dedicado a las escotillas y cómo cerrarlas.

—Recibido. Describe el fallo. —La voz de Cleary no daba ninguna indicación del tenso silencio que llenaba el Control de Misión. Su trabajo consistía en ser la única voz que les llegaba a los astronautas mientras los demás calculábamos todas las posibilidades.

—Se acerca a un centímetro del cierre y, después, se bloquea. Hemos buscado obstrucciones, pero no vemos nada. —Su aliento resonó en toda la sala.

Hice una mueca. Las cápsulas no tenían esclusas de aire, solo una escotilla lateral. Para los paseos espaciales, ambos astronautas llevaban trajes de presión. Si no cerraban la puerta, no represurizarían ni volverían a entrar en la atmósfera terrestre.

—¿Está bien alineada?

—Sí. No es un problema de alineación. —Por debajo de la voz zumbaba el silbido constante del oxígeno que fluía hacia el casco.

Nathaniel se acercó con un esquema.

—Dile que abra la escotilla del todo. Hay un tope que impide que se abra por completo, pero, si lo quitan, podrán hacerlo y verán mejor.

Cleary asintió y se lo repitió todo a Benkoski.

—Desbloqueo de la puerta confirmado. Estamos en ello.

Por los altavoces, lo oímos hablar con Malouf mientras trabajaban en el problema. Mejor dicho, escuchábamos al segundo trabajar. La cápsula era tan pequeña que, con los trajes puestos, solo uno de los dos podía estar cerca de la escotilla a la vez.

Mientras tanto, Nathaniel hablaba con el equipo mecánico. En algún momento, Clemons entró en la habitación, con el abrigo puesto. Exigió un informe de situación.

Me quedé al margen para no molestar.

—Kansas, ya hemos visto el problema. —La voz de Malouf interrumpió la charla—. Una arandela suelta está atascada en el cierre hermético cerca de la bisagra. Estamos intentanto sacarla.

—Me alegro de oírlo. —Cleary relajó un poco los hombros.

Yo también. Lo peor era no saber qué pasaba. Ya solo nos quedaba esperar a que lo solucionaran.

Nathaniel se inclinó hacia la mesa de comunicaciones y, como si nada, preguntó a Cleary:

—¿Se sabe algo del coronel Parker?

—Está bien, aunque lleva un collarín muy gracioso. —Sonrió—. A él no le hace ninguna gracia, claro. Creo que lo llama collarín de m... melancolía.

—¿Melancolía? —Lo miré—. ¿De verdad?

No sé si se sonrojó, pero, de repente, los círculos de la hoja le parecieron muy interesantes. Nathaniel intercambió una mirada conmigo y masculló «melancolía», acompañado de un gesto de mano que simulaba una masturbación.

Aclararme la garganta no fue la forma más sutil de disimular la risa.

—¿Alguna idea de cuándo podrá participar de nuevo en los lanzamientos? Seguro que le preocupa mucho.

—Sí. —Nathaniel asintió mientras contenía una sonrisa—. Los lanzamientos son muy importantes.

Menos mal que Cleary no se enteró de nada.

—Creo que pasará, al menos, un año hasta que los huesos terminen de soldarse, aunque volverá al trabajo mucho antes.

Qué pena. Me habría encantado pasar un año sin Parker.

—Kansas, no podemos sacar la arandela. Los guantes son demasiado gruesos para atraparla. Malouf quiere usar un destornillador para extraerla. ¿Comprometería el cierre? Por favor, respondan.

Mi marido se esfumó y el doctor Nathaniel York entró en escena.

—¿Cuánto oxígeno les queda?

Cleary frunció el ceño.

—Preguntan por los... —Sacudió la cabeza—. ¿Cuáles son los niveles de oxígeno de los trajes?

—Cuarenta y cinco minutos, con una variación de cinco minutos. —Como buen piloto, la voz de Benkoski mostraba una calma desconcertante, como si el tema de la conversación no fuera una posible muerte.

Nathaniel se frotó la boca.

—Hay que tomar una decisión. Si rompen el cierre hermético, no podrán represurizar.

—Si no cierran la escotilla, tampoco.

Nathaniel se volvió hacia las calculadoras.

—Basira, ¿cuál es el vector de estado actual de la plataforma *Lunetta*?

Sacó una hoja de papel y recitó las siete partes del vector: tres para la posición, tres para la velocidad y una para el tiempo. Estaba en una órbita más alta que la nave, lo que, gracias a la mecánica orbital, significaba que iba más lento. Tenían posibilidades de alcanzarla.

Clemons asintió al comprender la intención de Nathaniel.

—¿Podrán llegar a la estación antes de quedarse sin aire?

—En teoría. Tal vez. —Llamó a las calculadoras al otro lado de la sala—. Basira, necesito una trayectoria y los índices de combustión para un encuentro con la estación. Contacta con el módulo de mando allí. Quizá tengan que cambiar a una órbita más baja para el encuentro. —Me picaban las piernas por las ganas de ir a la mesa de Basira y Myrtle, mirar los números y hacer los cálculos, pero había mucha gente competente allí abajo; mi trabajo estaba en la sala de comunicaciones. Observar. Sentarme, aprender y no hacer nada a menos que se me pidiera.

—Una idea —dijo Clemons—. ¿Benkoski podría pilotar la nave hasta la estación mientras Malouf intenta arreglar la escotilla? Si lo consigue, bien. Si no, estarán más cerca de la estación.

Nathaniel negó con la cabeza.

—Si encienden los cohetes con la escotilla abierta, hay muchas probabilidades de que el impulso tuerza la bisagra hasta arrancarla. O la amarran para que no se mueva mientras Malouf trabaja o sacan la arandela. —Miró a Cleary—. Has estado en la cápsula, valora las consideraciones prácticas.

Cleary entrecerró los ojos y movió las manos como si probase las opciones.

—Con los guantes, tardarían demasiado en amarrarla.

Tiempo. Necesitarían diez minutos para acoplarse, en el mejor de los casos, lo que solo les dejaba media hora para el encuentro.

—Hay que iniciar la combustión ya.

Todos me miraron como si una planta en una maceta hubiera hablado. Menos Nathaniel, qu clavó los ojos azules en los míos como un láser de rastreo. Sin apartar la mirada, levantó la voz.

—Basira, necesito los vectores de estado en ambas naves. Ahora mismo.

No parpadeó, escogió la página correcta a la primera. Delante de ella, Myrtle rodeaba los números del teletipo y se los pasaba.

Era una buena matemática, y metódica, pero yo era más rápida. No sé bien de dónde saqué el lápiz, pero cuando Basira dijo los números, los anoté en la página de los círculos de Cleary para que me sirvieran de referencia.

Mientras trabajábamos, Nathaniel miró a Cleary.

—Dile a la tripulación que saque la arandela.

—¿Qué pasa con el cierre?

—Aunque la cápsula tenga una fuga, les será más fácil acoplarse que con ella abierta. En este punto, descartamos la reentrada a la atmósfera.

Clemons asintió.

—Dígales que vamos a enviarles la posición y los objetivos de combustión y que maniobren y carguen los objetivos en cuanto los tengan.

A veces, los números dibujan imágenes en mi cabeza. Combinado con mi cerebro de piloto, me mostraron el arco de la nave y los controles en las manos. De todos modos, comprobé dos veces los cálculos. Malouf y Benkoski tenían una oportunidad.

—Kansas, hemos sacado la arandela. El cierre se ha roto. Dos centímetros. ¿Intentamos represurizar?

De vuelta en su mesa, Nathaniel dijo:

—Negativo. Habrá que redirigir oxígeno a sus trajes.

El ambiente en la habitación crepitaba de intensidad. En algún lugar de la sala de apoyo, un equipo de ingenieros se puso en marcha para averiguar cómo conseguir lo que Nathaniel pedía. A pesar de todo, nuestro tono era el mismo que si estuviéramos charlando del tiempo.

Cleary podría haberles ofrecido una limonada.

—Ruptura del cierre confirmada. No, repito, no intenten la represurización. Les daremos la posición de combustión y los objetivos en breve.

—Confirmado, Kansas. Nos quedamos en los trajes.

Sin dejar de escribir, miré el reloj y se me retorció el estómago. 12:32. Por los pelos.

—Se necesita una combustión de cuarenta y tres segundos, comenzando a las 12.35.

Alguien maldijo al ver el poco margen que teníamos.

—La aproximación final a la estación de *Lunetta* debe empezar diez minutos, uno cero, después de la combustión. —Levanté el lápiz—. Contacta con la estación y diles que maniobren en posición de acople, que mantengan la orientación y que desplacen los paneles solares. —Si no, estos se interpondrían.

Nathaniel dio un paso hacia mí. Inhaló, como si quisiera preguntarme si estaba segura, y luego asintió. Miró el reloj. 12.33.

—Hazlo.

Cleary miró a Clemons, que dudó una fracción de segundo e hizo un gesto afirmativo.

—Controlador, active una cuenta atrás de diez minutos.

El controlador de tierra encendió uno de los relojes de la sala de control con una cuenta regresiva desde diez. Mientras lo hacía, Cleary transmitió los números a la cápsula.

Por la calma con la que hablaba, cualquiera diría que habíamos sacado la información de la biblioteca. Teníamos cientos de volúmenes de cálculos para posibles problemas en el trayecto a la Luna. Pero ¿llevar a cabo un encuentro en cuarenta minutos con una escotilla dañada? Nada de lo que teníamos contemplaba algo así.

Benkoski respondió con la misma calma que Cleary.

—Recibido, Kansas. Iniciando combustión.

La siguiente media hora se ralentizó y, al mismo tiempo, pasó volando. La espera se nos hizo eterna mientras los escuchábamos sin poder hacer nada excepto calcular los números a medida que se acercaban. Entonces, el tiempo se disparaba y consumía el oxígeno que les quedaba.

En algún momento, me acerqué a la mesa de las calculadoras y ayudé a Myrtle y Basira con el seguimiento de las dos naves.

Ingeniería les consiguió quince minutos al hacer que Benkoski purgara el oxígeno de una de las celdas de combustible, pero redujo el nivel de potencia del que disponían. Si tardaban más, los sistemas eléctricos de la cápsula fallarían.

La estación nos informó.

—Ya vemos la nave.

Todavía estaban a kilómetros de la estación. Si se equivocaban en la aproximación, pasarían de largo y perderían mucho tiempo en corregir el rumbo.

—1,12 kilómetros de distancia. Aproximación a 9,5 metros por segundo.

Todo dependía de Benkoski. No hablaba, porque el especialista médico les había ordenado guardar silencio para conservar el oxígeno.

—830 metros. 6 metros por segundo.

Estaban muy cerca. Por favor, que lo consiguieran.

—417 metros. 2,9 metros por segundo.

—Kansas. Lunetta. Estamos frenando. —La voz de Benkoski sonaba aguda. Intercambié una mirada con Cleary.

—Quince metros. Se mantiene la velocidad.

En la sala de control, nadie respiraba, como si todos tratáramos de conservar el aire para Benkoski y Malouf.

—Kansas. Los tenemos.

A mi alrededor, la habitación estalló en vítores y oraciones. Me desplomé hacia delante y apoyé la frente en la mesa. Había estado muy cerca.

Si hubiera pasado en la Luna, sin una estación espacial a la que retirarse, los habríamos oído morir.

En cuanto entramos en casa, Nathaniel dejó caer el maletín en el suelo y cerró la puerta de una patada. Me agarró por la cintura y me atrajo hasta que noté en la espalda que tenía toda su atención.

Su aliento me calentó el cuello al besarme.

—Eres un milagro.

—Soy calculadora.

—Y piloto. —Me besó en otro punto más alto del cuello—. Y astronauta.

—En formación.

Me mordió el cuello.

—¡Oye! —El piso estaba a oscuras salvo por la luz anaranjada de las farolas que se colaba por la ventana—. Alguien más se habría dado cuenta del problema de la combustión.

—Pero no a tiempo. —Me acarició la frente con una mano. Tenía los dedos fríos y ásperos—. Hemos tenido muchísima suerte y ha sido, en gran parte, gracias a ti, tu convergencia de experiencia y tu extraordinario, cautivador y maravilloso cerebro. Así que déjame decir que eres un milagro si quiero.

—No sé, lo de milagro suena a santa. —Encontré la hebilla de su cinturón.

Nathaniel giró las caderas y me dio la vuelta para que quedase con la espalda pegada a la pared. Me pasó las manos por los costados y se arrodilló delante de mí.

—Pues déjame venerarte.

Metió las manos entre mis piernas, bajo la falda, hasta que jadeé.

—Adoración confirmada.

Un mes después de enterarnos de la cirugía de Parker, entré en la reunión matutina del lunes y me lo encontré allí. Llevaba un collarín rígido. Estaba más delgado y parecía que le hubieran dado una paliza. Tenía sombras bajo los ojos, algo que no le había notado ni en los peores momentos con la pierna.

Pero, si solo observabas su comportamiento, ninguno de sus problemas era aparente. Entre risas, se inclinó hacia atrás en la silla y usó ese ángulo para mirar a la gente que lo rodeaba.

—Así que dije que, si querían ahorrar peso, tendrían que pedir a las señoritas astronautas que se dejaran los bolsos en casa.

Los chicos se rieron. Nicole levantó la taza de café y dijo:

—Pero entonces, ¿dónde guardarían ustedes las pelotas?

La adoraba.

—De acuerdo, gente. A trabajar. —Clemons entró seguido de una nube de humo como la de un motor mal calibrado—. Parker. Me alegro de que haya vuelto.

Me serví una taza de café y me senté con Nicole. Me incliné para susurrarle:

—Eres mi heroína.

—Cualquiera diría que es una herida de guerra, por cómo se comportan todos con él. —Abrió la carpeta y fingió que escuchaba a Clemons—. Se dice que lo han operado para sacarle el palo que tiene metido por el culo.

—Pues no ha funcionado.

—Qué razón tienes.

La reunión siguió al ritmo de siempre mientras organizábamos los planes de la semana. Cada uno tenía un área de la que informar. Durante la ausencia de Parker, había tenido la sensación de que las mujeres estaban más integradas en el departamento. Seguro que eso cambiaba ahora que había vuelto.

—Paz-Viveiros y Cleary, les alegrará saber que ya han reparado el simulador y podrán reanudar la preparación para la misión. —Clemons miró la carpeta—. Malouf, lo hizo bien con el asunto de la escotilla, pero ha puesto de manifiesto algunas áreas problemáticas de la misión y quiero hacer algunas reasignaciones. Voy a retirarlo del módulo de mando de la primera misión lunar y pasará a dirigir la segunda.

Hice una mueca por él. Debió de doler, pero como Parker había vuelto, supuse que daban por hecho que se habría recuperado para el lanzamiento. Parker arqueó las cejas y se adelantó, con la cabeza rígida.

—Señor, no estaré listo para salir hasta dentro de un año.

—Lo sé. —Clemons lo señaló con el puro—. York estará en el módulo de mando.

El aire me rugió en los oídos como si sintiera la fuerza de los 1600 kilómetros por hora de la rotación de la Tierra. Sacudí la cabeza para despejarme. El módulo de mando. No sería solo una calculadora, pilotaría la nave que orbitaría la Luna mientras el módulo de aterrizaje bajaba a la superficie.

Alguien dijo mi nombre. Más de una persona. La presión y el sonido volvieron a la normalidad cuando Nicole me abrazó. Malouf se acercó por detrás y me rodeó con sus largos brazos. Dijo algo amable. No sé el qué.

Al otro lado de la mesa, Parker estaba rojo de ira. Puso una mano en la mesa.

—¿Puedo hacer una pregunta?

No. Yo no había dicho nada. Apreté los puños hasta clavarme las uñas en las palmas y me obligué a respirar. Se me formó un nudo en el estómago tan grande que me dolía.

«3,1415...».

—Adelante.

—¿Por qué York?

—He comprendido que la misión a la Luna no saldrá bien sin una calculadora a bordo. El módulo de mando perderá el contacto con la Tierra cada vez que vuele hacia el lado oscuro de la Luna. —Clemons deslizó una hoja de papel hacia mí—. Esta es una lista de las calculadoras que trabajan para la CAI. Quiero que la revise e identifique a cualquiera que tenga aptitudes para entrenarse como piloto.

No me hacía falta la lista para saber quién iría la primera.

—Helen Liu. Ya es piloto y tiene experiencia con aviones a reacción. —Aun así, acepté la lista—. Estudiaré al resto.

—Quisiera ayudar a York. —Parker sonrió con sinceridad.

¿Quería ayudarme?

—¿Qué calmantes se ha tomado?

—¿Por qué? ¿Quiere uno? —Sonrió como si nada, una broma entre colegas, pero noté la amenaza que escondía. Que no molestara, me había dicho. Y ahora me vería hacer el primer alunizaje en su lugar—. Es importante tener en cuenta el temperamento de las candidatas. York tiene experiencia en la parte de los cálculos y confío en su capacidad como piloto, pero el espacio es algo muy diferente y nunca ha estado allí. Además, me gustaría sentirme útil.

Parecía muy razonable. Hasta me había hecho un cumplido. No obstante, ya lo había visto usar esa sonrisa sincera como arma. El papel con los nombres de las calculadoras me tembló en la mano.

Clemons asintió.

—De acuerdo. Quisiera asignarle las comunicaciones de un par de misiones, pero no es incompatible.

—De hecho, deberíamos aprovechar que nos acompañan algunas de las damas para hablar de los atributos que buscamos en una candidata, ya que las calculadoras son todas mujeres. —Levantó la mano—. Pero no quiero interferir con el orden del día nada más volver. Me muero por ponerme a trabajar.

Me tragué el miedo e intenté tomar el control de la conversación.

—Es una gran idea, Parker. ¿Por qué no hacemos una lista inicial y después se la presentamos al grupo? Así el director tendrá tiempo de añadirlo al orden del día.

—Por supuesto. —Ahí estaba la sonrisa de lameculos—. Hay algunos puntos fáciles de establecer desde el principio. Por ejemplo, las candidatas tienen que ser emocionalmente estables. Así que un punto negativo claro sería, por ejemplo, que tomasen Miltown.

«1, 3, 5, 7, 9, 11...».

Nicole soltó una risita de niña tonta.

—No sea ingenuo. Eso descalificaría a la mitad del país.

«No, Nicole. No sacrifiques tu oportunidad de ir al espacio».

«13, 17, 23...»

No sé cómo me las arreglé para imitar su risa.

—Cierto. Venga ya. Yo lo tomo.

Parker arqueó las cejas tan rápido que casi me creí que lo había sorprendido.

—Vaya. ¿Es lo que ha afectado a su velocidad de reacción en las pruebas?

Malouf resopló.

—Si York es así cuando piensa despacio, no quiero imaginarla a pleno rendimiento.

A su lado, Cleary asintió.

—Calculó la trayectoria, de cabeza, en menos de diez minutos y luego la repitió en papel por seguridad. —Levantó las manos y negó con la cabeza—. Jamás he visto nada igual.

Parker no se unió al asentimiento por el collarín, pero se adelantó en la silla.

—Y gracias a Dios por ello. —Se encogió de hombros con sinceridad—. Solo me preocupa cómo reaccionará en el espacio en una situación de mucha presión en la que no puede acceder al Miltown.

Intentaba encontrar las palabras para pararlo, pero se me trabó la lengua, como si quisiera darle la razón.

Benkoski se aclaró la garganta. Se levantó y miró a Parker muy serio.

—Todos sabemos que no la soportas y el porqué. También somos conscientes de lo que nos habría pasado a Malouf y a mí si no hubiera estado de guardia esa noche. —Lo señaló con el dedo y yo rechiné los dientes en la parte interior de mi mejilla para no echarme a llorar—. ¿Insinúas que salvarnos la vida no era una situación de mucha presión?

—La sala del control de misión es muy diferente al espacio.

Terrazas habló desde su puesto al fondo de la habitación.

—Como dato, el especialista médico me ofreció Miltown cuando volvimos a la Tierra. Lo rechacé porque me preocupaba que me apartasen del servicio. Por tanto, me gustaría ofrecerme como voluntario para valorar el «temperamento» adecuado para ser astronauta. Pero diré una cosa: York lo tiene.

Parker fue a añadir algo más, pero Clemons levantó la mano y lo cortó.

—Parker, usted no estaba. No tengo ninguna duda sobre la capacidad de York y no es el tema a tratar. Lo único que nos preocupa es qué calculadoras añadir a la lista.

—Por supuesto. —Parker se encogió de hombros ligeramente y miró a Betty un segundo—. Me encantaría ayudar a York con ello.

Clemons trazó una línea en el orden del día y dijo:

—Terrazas, ayude a York con la lista. De todos modos, ya van a trabajar juntos en la preparación del alunizaje.

No me lo creía. Iría a la Luna. Parker había intentado que me apartasen y había fracasado. Iba a ir a la Luna.

Esa noche, Nathaniel y yo disfrutaríamos de un lanzamiento legendario.

CAPÍTULO 38

UN INGENIERO PLANEA UN VIAJE A MARTE

Kansas City, Kansas, 8 de enero de 1958 — En el libro titulado *Das Marsprojekt*, publicado en Alemania, el doctor Wernher von Braun ha desarrollado un plan de viaje a Marte, que ha presentado a menudo en conferencias y en revistas muy populares aquí. Está convencido de que es técnicamente posible organizar y enviar una expedición de setenta personas a Marte.

En cuanto acabó la reunión, Nicole me arrastró del brazo al baño. Instantes después, Jacira y Sabiha nos siguieron. Sabiha se apoyó en la puerta, aunque dudo que alguno de los astronautas masculinos entrara en el baño de mujeres.

Quizá no era a los hombres a quienes quería dejar fuera. Betty y Violette no estaban. Nicole me apoyó en el lavabo como si fuera una flor delicada que se fuera a romper. Se dirigió a Sabiha y Jacira.

—¿Visteis cómo Parker miró a Betty?

El corazón, que por fin recuperaba un ritmo normal, se me aceleró de nuevo.

—Sí.

Jacira también asintió.

—Irá a toda prisa a enviar la historia del Miltown a *Life*.

Menos mal que Nicole me había dejado junto al lavabo para apoyarme, porque casi me fallan las rodillas en ese momento. No sería la primera vez que Betty me lanzaba a los periodistas para avanzar en su carrera. Y, en aquella otra ocasión, la historia no había sido tan jugosa. Si la prensa se enteraba de que una de las astronautas tomaba calmantes, las cosas se pondrían más difíciles para todas. Tendría que decirle a Clemons que no podía ir y hacer que eligiera a otra persona. Helen, por ejemplo. Tenía las mismas habilidades matemáticas que yo.

La diminuta parte racional de mi cerebro me gritaba desde muy lejos que había entrado en pánico.

Me agarré al borde del lavamanos hasta que la formica se hundió en mis dedos. «1, 2, 3, 5, 7...». Las voces de Nicole, Sabiha y Jacira me llegaban distorsionadas. «... 11, 13, 17, 19...». Tenía que hacer algo. No podía enfrentarme a esto sola. Si alguien investigaba nuestro historial médico, también afectaría a Nicole. Las miré y me obligué a abrir la boca.

—Betty.

—¿Qué? —Nicole se calló a media frase y se volvió hacia mí.

—Tengo que hablar con Betty. Parker no irá a la prensa por su cuenta, porque si se supiera que ha filtrado la noticia, afectaría a su reputación. —Si había algo que tenía claro sobre Stetson era que valoraba su propio legado. También se preocupaba de verdad por el programa espacial. No me gustaba su manera de demostrarlo, pero lo hacía—. Si la convenzo de que no lo publique...

Sabiha se apartó de la puerta.

—Vuelvo enseguida.

—Te harán falta refuerzos. —Jacira la siguió fuera del baño, con la cola de caballo balanceándose por el giro.

A mi lado, Nicole sacó unas toallas de papel del dispensador de la pared y las mojó.

—¿Estás bien?

Dejé caer la cabeza y apoyé la barbilla en el pecho.

—¿Sí?

—Lávate la cara. —Me pasó el fajo de toallitas húmedas—. Te sentirás mejor.

—Pareces mi madre —dije, pero acepté las toallitas, porque mi madre siempre tenía razón en esas cosas. El papel frío me calmó parte del calor de las mejillas y la frente—. ¿Cómo hemos llegado hasta aquí?

—Porque somos buenas.

—No, no es eso. Betty y yo éramos amigas y ahora... —Me encogí de hombros—. No debería haberme enfadado tanto por lo de las Girl Scouts.

Nicole resopló.

—Por favor. Se lo buscó solita.

—Yo también ayudé.

—Quizá, pero...

La puerta del baño se abrió. Jacira metió a Betty mientras Sabiha les pisaba los talones. La soltó y se colocó junto a la otra piloto delante de la puerta, con los brazos cruzados. Betty las miró por encima del hombro y luego se dirigió a mí.

—Me siento como en el instituto. —Esbozó una sonrisa sardónica—. ¿Ahora es cuando me llamáis zorra?

Todavía sujetaba la toallita húmeda en la mano y la dejé en la encimera.

—Quería disculparme.

—Querías.

—Quiero. Siento haberme enfadado tanto por lo de las Girl Scouts. Te he tratado mal. —Respiré hondo y me sequé las manos en los pantalones—. Quiero pedirte un favor.

—No es una disculpa de verdad si viene con condiciones.

—Tienes razón.

—Aunque no esperaría nada gratis de un judío.

A través de la efervescencia de mi rabia, vi a Nicole apartarse del lavamanos.

—Eso es ofensivo.

—¿Qué pasa? ¿Ahora eres judía?

—No hay que serlo para reconocer el lenguaje dañino. —Cruzó la habitación y miró a Betty—. Estabas en el WASP. ¿Has olvidado por qué luchamos en la guerra?

—No pasa nada. —Sí pasaba, pero tenía que fingir que no, así que me separé del lavamanos. De esa forma, no arreglaríamos nada, quizá hasta lo empeoraríamos—. Betty, lo siento. Solo quería hablar contigo. ¿Te parece bien?

Apretó los labios un segundo y luego asintió.

—Adelante.

—¿Podrías no contar a *Life* que tomo Miltown? —Se me formó un nudo en el pecho por la tensión—. Por favor.

Negó con la cabeza, despacio.

—Lo siento, es mi carrera.

—También es la nuestra. —Nos señalé a todas—. La situación de las mujeres en el programa espacial ya pende de un hilo. ¿Qué crees que pasará si se sabe que una de ellas toma calmantes?

—Si no vas al espacio, puedes volver al departamento de informática. Tu marido trabaja en el programa. Si se funda una colonia, será solo cuestión de tiempo que te permitan ir, aunque publique el artículo mañana. A mí nunca me dejarán. No tengo otra carrera, solo el trabajo en la revista. —Apoyó las manos en sus caderas y miró al suelo—. Lo siento. De verdad que lo siento.

Jacira ladeó la cabeza.

—¿Acaso quieres ir al espacio?

—¡Sí! —A Betty se le quebró la voz y apretó los puños—. Dios. ¿Por qué todo el mundo piensa que no me importa? Parker no deja de decir que no soy una piloto de verdad, pero sí lo soy y... Da igual.

—Te enseñaré matemáticas. —La oferta me salió antes de que me llegara al cerebro.

—¿Qué?

—Daba clases particulares en la universidad. No solo de aritmética, también de temas más avanzados. —Recordé cuando Parker me ofreció una certificación para pilotar el T-38 si no le contaba a nadie lo de su pierna. ¿Se había sentido igual de desesperado cuando habló conmigo? Suspiré y enterré el ego para seguir adelante—. Quieren más calculadoras. Déjame ayudarte a ser una.

—¿Y si digo que no?

Detrás de mí, Nicole avanzó un paso y suspiró.

—Pues volvemos al instituto. Sé lo de Parker. Y sé lo de su mujer.

Betty se puso pálida. ¿Se acostaba con Parker? No se me ocurría qué era lo de su mujer, pero no me importaba. No era como él.

—No. —Me volví para enfrentar a Nicole—. No vamos a jugar a ese juego. Si Betty no quiere ayudarnos, es su decisión.

Lo respetaremos y ya se me ocurrirá otra solución. —Nicole tensó la mandíbula, dispuesta a llevarme la contraria.

En el espejo sobre el lavabo vi a Betty fruncir el ceño, inquieta, como si quisiera huir. Detrás de ella, Jacira y Sabiha custodiaban la puerta. Todas me miraban.

También vi en lo que podía convertirme. En Parker, en alguien que pisotea a quien haga falta para ir al espacio.

Respiré hondo y repasé la secuencia de Fibonacci.

—Lo siento, Betty. Lamento haberte tratado mal y haber intentado intimidarte para que no publiques la historia. —Me di la vuelta y me froté la frente—. La oferta de darte clases sigue en pie.

Parpadeó y, para sorpresa de todas, diría que incluso de ella misma, se echó a llorar. Durante unos segundos, todas nos quedamos donde estábamos, sorprendidas. No sé quién se movió primero. Quizá Nicole. Quizá Jacira. Quizá yo. Solo sé que, al instante, la rodeamos y nos abrazamos.

Ahí fue cuando entendí que lo que teníamos era real. Éramos mujeres astronautas. Todas nosotras. E iríamos al espacio.

No fui la primera mujer en el espacio. Tampoco sería la primera en la Luna. Mi papel era pilotar el módulo de mando mientras mis colegas masculinos bajaban a la superficie.

La noche antes de que nos pusieran en aislamiento (no era conveniente enfermar durante los ocho días que pasaríamos en el espacio), Nathaniel y yo dimos una fiesta. Nicole nos prestó su casa, dado que nuestro piso era demasiado pequeño.

Se me hacía raro pensar que, al cabo de poco más de una semana, estaría atada a una bomba de cuatro megatones que me llevaría al espacio. Cada vez que hablaba con alguien, me era imposible no pensar que podía ser la última vez.

Pero al menos me habían concedido una segunda oportunidad con la tía Esther. Estaba a mi lado en el sofá del salón de Nicole, con un ron con cola en las rodillas. La fiesta sería en mi honor, pero era ella la que le daba vida.

—Lo peor fue que perdí el carné sindical de mamá debajo de la montaña rusa. Estaba en una encrucijada.

Eugene Lindholm se arrodilló sobre una rodilla para escuchar a la tía Esther, mientras que Myrtle se posó en el brazo del sofá. Parecía encontrar a mi tía infinitamente encantadora.

—¿Y qué hizo?

Me había preocupado un poco cuando le presenté a los Lindholm. ¿Qué pensaría una anciana sureña de nuestros amigos negros? No tendría que haberlo hecho.

Puso la mano en el brazo de Eugene.

—Buena pregunta. Sabía que, si no encontraba la tarjeta, mamá se daría cuenta de que me había escapado a la feria y, lo que es peor, no podría trabajar, así que Rose y yo nos escabullimos detrás de la montaña rusa. Me remangué la falda hasta los muslos y me arrastré por debajo. Si mamá hubiera sabido cuánta pierna se me veía, se habría enfadado más por eso que por haber perdido la tarjeta. Pero la encontré. Sí, señor, la encontré.

Hershel estaba en la silla a mi derecha, con las muletas apoyadas en el costado. Se inclinó hacia mí y señaló a la tía Esther.

—En casa es igual. Si conseguimos que nos cuente historias de cuando era niña, no para. Pregúntate qué ha desayunado. Apenas habla.

—¿Va todo bien?

Sonrió.

—De maravilla. No es perfecto, pero los niños la adoran, y ayuda a Doris con la cocina, así que nos va bastante bien. Ahora que menciono a los niños... ¡Tommy!

—He hablado tanto que no he bebido ni una gota. ¿Por qué no me cuenta algo de usted, joven? —La tía Esther dio un sorbo del ron con cola y miró a Eugene con ojos brillantes.

Admiré su habilidad para disimular que no se acordaba del nombre de Eugene. Tomé nota para probar esa misma táctica la próxima vez que fuera a una rueda de prensa.

Tommy llegó junto a su padre.

—¿Qué?

—Ve a por el regalo que le hemos traído a la tía Elma.

Asintió y salió corriendo. Sacudí la cabeza.

—Ha crecido unos treinta centímetros desde el año pasado.

—No ganamos para ropa.

—... así que voy a hacer las pruebas de astronauta.

Me giré hacia Eugene.

—¿Cómo? ¿Cuándo ibas a decírmelo? ¡Felicidades!

—Acaban de enviar las cartas. —Se encogió de hombros con timidez—. Has estado muy ocupada.

—Lo cual es comprensible. —Myrtle le puso una mano en el hombro con orgullo—. Ya ha pasado las pruebas antes, así que espero que esta vez tengan el buen juicio de aceptarlo.

—A Parker le gustas, eso te ayudará. —Ignoré nuestra continua enemistad. A veces, parecía que nos llevásemos mejor, pero nunca me dejaba olvidar lo del Miltown—. ¿Qué has dicho de las cartas...? Perdonad.

Me levanté y fui a buscar a Helen. La encontré con Ida e Imogene cerca de la ponchera, riéndose con Betty.

—Todavía no me lo creo. ¡Silencio!

—¿Silencio? —Me detuve a su lado y arqueé una ceja—. O acabas de echarle vodka al ponche o has recibido una carta de la que ninguna me ha hablado.

Helen dio saltos con una sonrisa deslumbrante.

—¡Voy a las pruebas!

—¡Nosotras también! —Ida brindó con Imogene y Helen. Se las veía tan felices como a niñas el primer día de vacaciones.

Betty me sonrió.

—Las ayudaré con las pruebas físicas.

—Y yo me encargaré de las clases de matemáticas mientras estés en el espacio. —Helen me dio un puñetazo en el hombro—. Nunca me canso de decirlo.

Nathaniel se me acercó por detrás y me rodeó los hombros con el brazo.

—No hay duda de que son tus amigas, se emocionan por hacer pruebas. —Me besó la mejilla y levantó la copa—. Felicitaciones, señoras. Brindemos por las estrellas.

Entre risas, alcé la copa junto a mis amigas.

—Mejor aún, brindemos por el Club de las Mujeres Astronautas.

CAPÍTULO 39

TRES ASTRONAUTAS, DOS HOMBRES Y UNA MUJER, SE PREPARAN PARA LA LUNA

Kansas City, Kansas, 20 de julio de 1958 — Los primeros dos hombres que pisarán la Luna el lunes a primera hora quizá descubran que caminar no es la mejor manera de moverse allí. Lo conveniente es, más bien, un «salto de canguro». Mientras exploran la superficie, la mujer astronauta, la doctora Elma York, mantendrá todo en funcionamiento desde la cápsula que orbitará la Luna, a la espera de su regreso.

Hoy voy a ir al espacio.

Todo adquiere una viveza incomparable. La boda con Nathaniel se ha reducido con el tiempo a una serie de instantáneas y momentos capturados envueltos en una neblina de felicidad.

Pero hoy, la luz que se refleja en la yema del huevo que desayuno me parece del naranja más vibrante que he visto. Es lo último que comeré antes de ir al espacio. Lebourgeois y Terrazas están sentados frente a mí y hablamos de los detalles antes de la misión. Hay un fotógrafo en la habitación que ha pasado un examen médico de la CAI, pero no nos importa.

Hoy vamos a ir al espacio.

Es la quinta expedición de Terrazas y la séptima de Lebourgeois. Soy la única novata. La única mujer.

Un hombre alto, de hombros anchos, pelo gris y papada, entra en la habitación. Tardo unos segundos en reconocer a Clemons. No fuma, aunque el olor todavía lo acompaña.

—¿Han hecho las maletas?

Asiento y aparto mi silla de la mesa.

—He dejado las cosas para la vuelta en mi habitación. Hay una nota.

—La guardaré. —Clemons asiente y se mete las manos en los bolsillos, como si no supiera qué hacer con ellas sin un puro.

Recorremos el pasillo hasta los vestuarios. Quizá sea la última vez que lo haga. El fotógrafo nos sigue, pero se separa para ir con los hombres. Es la primera vez que agradezco ser la única mujer de la misión. Pero cambio de idea en cuanto entro en el vestuario, porque los otros dos astronautas se hacen compañía mientras los preparan. Conozco al equipo que va a vestirme, por supuesto, ya que parte de la formación incluía simulacros de este momento, pero me percato de que no sé decir nada más que una sola frase: hoy voy a ir al espacio.

En relativo silencio, me desnudo y me pongo la ropa interior larga que se mantendrá pegada a mi piel la mayor parte del viaje. La llevaré en el espacio.

Ya han vestido a otros astronautas, así que no me obligan a hablar. Menos mal que son profesionales. Hacen falta tres personas para meterme en el traje presurizado. Está diseñado para ajustarse al cuerpo y protegerme de los elementos, o de la ausencia de ellos, en el espacio. Donde voy a ir hoy.

Me siento en la silla y miro la pared de hormigón mientras me ponen el casco en la cabeza. Es la última vez que respiro aire de la atmósfera terrestre en los próximos ocho días. Alguien lleva una colonia de White Shoulders. Reconozco la fragancia porque mi abuela la usaba.

El casco encaja a la perfección y el sonido de la habitación cambia. No se amortigua como con el de un avión a reacción. Refleja los sonidos de mi propio cuerpo, y el hedor metálico del oxígeno enlatado flota a mi alrededor. Inhalo, despacio y con cuidado. Luego, levanto los dos brazos rígidos del traje para enseñar los pulgares. Todo bien. Asienten con la cabeza y me hacen la señal de «correcto».

El mundo exterior me parece lejano. No lo escucharé hasta que me conecte al sistema de la nave. Ahora tengo que esperar a que el nitrógeno salga de mi torrente sanguíneo. Si no, podría sufrir descompresión cuando vayamos al espacio. La atmósfera de la Tierra es de 14,7 psi, pero la cápsula solo está presurizada a 5,5 psi.

Hay un conjunto de imperfecciones en la pared de cemento que parece una cabeza de un dragón. Me pregunto qué pensarían los psicólogos de las pruebas iniciales. Incómoda con el traje, me doy la vuelta y saludo con la mano para llamar la atención de una de las ayudantes. Cuando me mira, hago el gesto de abrir un libro.

Sonríe y busca en el armario el material de lectura que he seleccionado para la espera. Es el regalo que mi hermano me dio en la fiesta de despedida.

El número 11 de *Superman*. La joya de la corona de su colección de cómics. Llorar sería desafortunado. Soy astronauta. Estoy dentro de un traje espacial. Y hoy voy a ir al espacio.

El ascensor que baja desde la sala de aislamiento de astronautas solo recorre tres pisos, pero es lento. La unidad de oxígeno portátil es pesada, pero cuando alguien se ofreció a llevarla por mí, me negué. Si los hombres lo hacían, yo también. Sin embargo, me arrepiento de la decisión cuando el ascensor por fin llega abajo.

Nos acompañan dos técnicos de ascensor, por si acaso. Sería un comienzo poco propicio que nos quedáramos atascados en uno de camino a la Luna. Lebourgeois cambia el peso del cuerpo de un pie a otro. Nunca lo había visto nervioso.

Las puertas se abren. Fuera nos espera una multitud de periodistas. Ya nos lo habían advertido, así que, al salir, los tres hacemos una pausa de un minuto para que nos hagan fotos. Respiro hondo el oxígeno enlatado y sonrío.

Tengo el corazón acelerado, más que de costumbre, pero mi traje espacial me protege de las preguntas. ¿Qué pensará la gente al ver las fotos de tres astronautas con sus trajes de papel de aluminio?

Dentro del edificio, mi hermano, su familia y la tía Esther esperan al lanzamiento. Ahora mismo estarán en la sala de observación del control de misión. Nathaniel estará en el control, de pie, junto a su mesa, en vez de sentado como una persona normal.

Nos alejamos de los periodistas y subimos a la furgoneta que nos llevará al cohete. Se erige como un vasto monolito; un testimonio de la persistencia humana. Eso. Voy a montar en eso.

Existe, por supuesto, la posibilidad de que no despeguemos hoy. Los lanzamientos se retrasan constantemente. Un cable defectuoso. El tiempo. Un hombre con una bomba. Quizá tengamos que repetirlo todo mañana. He estado en el control de misión muchas veces en las que ha habido que postergarlo todo.

Cuando salimos de la furgoneta, los técnicos nos esperan al pie del ascensor que sube por el puente. Terrazas me pone una mano en el brazo y señala hacia arriba.

Me inclino hacia atrás, la única manera de mirar arriba con el traje. El jadeo rebota por todo el casco. El *Artemisa 9* destella bajo el sol de la mañana como una bestia viva.

Sé que se debe al oxígeno ultracongelado, pero es precioso.

Cuando bajo la vista, Terrazas todavía mira hacia arriba, igual que Lebourgeois. Los dos hombres sonríen cuando, por fin, terminamos de observar boquiabiertos como turistas y entramos en el ascensor, que se sacude y tiembla mientras subimos, y las vastas praderas de Kansas se extienden a nuestros pies.

Sin que me lo digan, me detengo en el puente antes de pasar a la cápsula. Todos lo hacemos. En el interior, las ventanas apuntan hacia arriba. Será la última vez que vea la Tierra hasta que esté en el espacio.

El cielo plateado se extiende como un manto. A lo lejos, un par de T-38 rodean el perímetro de la CAI para mantener la ruta de vuelo despejada. Una vez tuvimos que retrasar un lanzamiento porque un turista se acercó a ver el lanzamiento desde el aire.

Los pastos reverdecen después de un invierno demasiado corto y sin apenas nieve. Un parche de color rosa se agita con la brisa donde las flores silvestres tempranas saludan al amanecer. Inhalo, como si pudiera respirar la fragancia de la Tierra por última vez, pero lo que obtengo es más oxígeno enlatado. Me vuelvo hacia la nave. Terrazas se pone de rodillas y se arrastra dentro.

Le doy tiempo a la tripulación para que se instale, y luego me toca a mí. Iré en el banco central durante el viaje. Lebourgeois irá a la izquierda, como suele hacer el comandante de una misión. Me acomodo en el asiento con las piernas en el aire. La tripulación ajusta las correas que me sujetarán mientras despegamos y me cambian el oxígeno a la fuente de la nave.

Todavía es metálico, pero menos que la pequeña bomba. Aunque quizá sean imaginaciones mías.

Lebourgeois ya está instalado y, entonces, el mundo vuelve a tener sonido cuando se conectan las comunicaciones.

—*Artemisa 9* a Kansas. Estamos en posición —dice Lebourgeois.

La voz de Parker me cruje en el oído desde la mesa de comunicaciones.

—Recibido. Bienvenidos a bordo.

La escotilla se cierra y desaparece la última imagen de la Tierra. Ya solo vemos el cielo plateado sobre nosotros. Los tres tenemos listas de verificación que revisar y me pongo a ello: me aseguro de que todos los medidores e interruptores de los que soy responsable están en la posición correcta. Durante el viaje, tendré muy poco que hacer. Soy una pasajera, Lebourgeois es el piloto. E incluso lo suyo es poco más que el nombre, porque solo tomará los controles antes de que estemos en el espacio si algo sale mal.

De todas maneras, la lista de errores a los que se puede sobrevivir es corta. Cuando lleguemos a la órbita, solo tenemos dos horas para preparar la transición a la inserción translunar. En teoría. Todo lo que hagamos ahora para organizar la inserción nos hará ganar tiempo, por eso practicamos hasta que nos sabemos la lista de memoria.

No sé por qué tener las piernas por encima de la cabeza da ganas de orinar. No se publica en los comunicados de prensa, pero todos los astronautas lo comentan. Los hombres llevan unos extraños condones y bolsas. Yo llevó un pañal.

A las dos horas de la espera, que dura tres, lo uso, segura de que la orina se desbordará y se extenderá por la parte trasera del traje. No lo hace, pero, una vez más, me cautiva el glamur de ser astronauta.

De repente, quedan seis minutos para el lanzamiento. He repasado la lista de verificación cuatro o cinco veces, convencida de que he pasado algo por alto. Fuera de la pequeña cápsula, mi familia sube a la azotea de la CAI para ver el despegue.

Antes de que me asignaran una misión, pensaba que era un gesto de cortesía para que disfrutaran de una vista espectacular. Lo creía hasta que me pidieron que eligiera una escolta para mi familia de entre los astronautas. La esposa de Benkoski una vez bromeó con que era su «escolta a la viudedad». Las familias estaban en el tejado, aisladas de la prensa, por si algo salía mal.

Si moríamos durante el lanzamiento, la CAI los tendría controlados. La prensa no conseguiría fotos del momento del duelo.

Se proyectaba una apariencia de triunfo.

La voz de Parker cruje en mi oído.

—York. El departamento de ingeniería dice que recuerde los números primos.

El departamento de ingeniería. ¿No podía decir «tu marido» o dejarle los auriculares un momento a Nathaniel? Por otra parte, Nathaniel debería oírme en este momento.

—Por favor, dele las gracias a ingeniería y dígale que seguiré trabajando en el teorema sobre la divisibilidad cuando volvamos. Queda pendiente un lanzamiento.

—Mensaje confirmado. —Sin hacer una pausa, sigue con la jerga técnica—. Prueba del motor correcta.

La nave se sacude y se tambalea sobre los pernos. Debajo de nosotros, los dos gigantescos motores del Sirius giran para comprobar su rango de movimiento. Nos lo habían explicado, pero era imposible hacer que el simulador imitara el momento en que los motores se encienden por primera vez.

—Sesenta segundos. Superada la marca de los sesenta segundos. Cincuenta y cinco segundos.

—Gracias, control de misión, por la cuenta atrás sin complicaciones —dice Lebourgeois.

—Recibido. Pasada la marca de los cincuenta y dos segundos. Transferencia de energía completa.

El último de los medidores se activa y las agujas revolotean.

Lebourgeois asiente al mirar los indicadores.

—Potencia interna confirmada.

—Cuarenta segundos para el despegue del *Artemisa 9*. Todos los tanques de la primera etapa están presurizados.

—Presurización confirmada. —Lebourgeois es el sacerdote francés de nuestra pequeña capilla, y recita la letanía del espacio.

—Treinta y cinco segundos. Todo correcto en el *Artemisa 9*. Treinta segundos.

—Todo bien por aquí.

—Veinte segundos. Quince segundos. Orientación interna lista.

—Orientación interna confirmada. —Lebourgeois levanta la mano para apoyarla sobre el cuentakilómetros, a la espera.

Aprieto los brazos contra el asiento y cuento en silencio.

—Doce, once, diez, nueve. Comienza la secuencia de encendido.

El motor ruge debajo de nosotros y todo el cohete se sacude como una cabaña en un terremoto. Siempre hay silencio en el control de misión en este momento, pero, ahora, sentada dentro de la cápsula del cohete, el sonido llega inmediatamente después del encendido.

—Cinco, cuatro, tres, dos, uno, cero. Motores encendidos. ¡Despegue!

El cohete atruena y me hundo en el asiento. La aceleración me hace retroceder, como si la Tierra quisiera impedir que nos fuéramos.

Lebourgeois activa el cuentakilómetros.

—Recibido. Cuentakilómetros encendido.

—Torre despejada.

—Recibido. Programa de rotación listo.

Las nubes giran fuera de las ventanas mientras rotamos hacia la posición correcta para la órbita.

—Rotación confirmada.

De repente, al atravesar la barrera de sonido, el traqueteo desaparece y el rugido del cohete se queda atrás más rápido de lo que nos movemos. Estamos solos. El Control de Misión no podrá hacer nada hasta que entremos en órbita.

—Kansas a *Artemisa 9*. Etapas preparadas.

Ahora, la voz de Lebourgeois suena tensa por las fuerzas *g* que nos clavan a los asientos.

—Corte interior.

—Corte interior confirmado.

El azul del cielo se vuelve más profundo y aterciopelado y, después, se oscurece hasta el negro. No es un color, sino la ausencia de él. Tinta. Terciopelo. Oscuridad. Ninguna palabra hace justicia a la profundidad del espacio.

—Primera etapa. —Lleva las manos a los controles y acciona los interruptores.

La carga g se desvanece y vuelo hasta que los arneses me detienen. Más allá de las ventanas, el cielo oscuro se ilumina de rojo y oro. Los pedazos de la cápsula flotan entre chispas.

—Ignición.

Y silencio.

El motor más pequeño nos empuja hacia arriba, lejos de la influencia de la Tierra. Sin embargo, a causa de la falta de atmósfera, es un proceso silencioso, que nos indica que estará ocurriendo a través de las vibraciones de la nave. En teoría, ya estamos en el espacio, pero si Lebourgeois y el control de misión no alcanzan la órbita correcta, caeremos de nuevo a la Tierra.

Un cabo suelto del arnés flota delante de mí. Sube. Me fijo en él y observo los indicadores para empezar la primera tarea de navegación que me tendrá ocupada los próximos ocho días.

—Motor de segunda etapa apagado. Estamos en 101,4 sobre 103,6.

Parker me responde con la misma calma que usa con todos los demás. Seguro que está lanzando la pelota de tenis al aire.

—Recibido. Motor apagado. 101,4 sobre 103,6.

La cápsula está en silencio, salvo por mi respiración y el silbido de los ventiladores de oxígeno. Ciento sesenta y dos kilómetros hacia abajo, las estaciones de rastreo siguen nuestra ruta de vuelo y envían los números por el teletipo hasta una mesa en Kansas City. Allí, dos calculadoras, Basira y Helen, convertirán esos números en elegantes ecuaciones.

—Kansas a *Artemisa 9*. Entrada en órbita confirmada.

Lebourgeois gira la cabeza y me sonríe desde dentro del casco.

—Enhorabuena. Eres oficialmente una astronauta.

Me duele la cara. Sonrío tanto que me tiran las mejillas.

—Tenemos trabajo, ¿no?

—No nos falta. Pero, antes, espera un segundo. —Terrazas me pone una mano en el brazo y señala hacia las ventanas—. Mira.

No hay nada que ver salvo la vasta oscuridad. Si pienso de manera racional, sé que hemos pasado al lado oscuro de la Tierra. Nos deslizamos por la sombra y, entonces, el cielo se llena de magia. Las estrellas aparecen. Millones de ellas, en todo su esplendor.

No son las estrellas que recuerdo de antes del meteorito. Son claras y estables, sin una atmósfera que las haga brillar.

¿Recuerdas la primera vez que volviste a ver las estrellas?

Yo estoy en la cápsula de un cohete, de camino a la Luna.

AGRADECIMIENTOS

Este libro está plagado de los conocimientos de cerebros ajenos. Dejen que les hable de algunos.

Casi al principio, Brandon Sanderson me comentó los problemas de la trama cuando me di cuenta de que no tenía un libro, sino dos. La existencia de Stetson Parker es enteramente culpa suya.

Liz Gorinsky, mi editora, y Jennifer Jackson, mi representante, se dejaron llevar cuando me acerqué a ellas y les dije que serían dos libros.

Muchas gracias a Diana Rowland. Las dos teníamos plazos muy ajustados y es una gran animadora.

Mi suegro, Glenn Kowal, fue piloto de combate de la época de Vietnam y también piloto de pruebas en los días del Apolo. Le doy las gracias por la detalladísima información sobre la colisión de aves y los aterrizajes en la nieve.

Gracias a Derek «Wizard» Benkoski. Sí, ese mismo. En la vida real, es piloto de las Fuerzas Aéreas y sabe mucho de historia de la aviación. Me ayudó con la jerga de los pilotos. De hecho, escribió parte de ella. Yo dejaba un paréntesis en el texto que ponía «(meter jerga de pilotos)» y él lo cambiaba por algo como «Cessna 4-1-6 Baker a ocho mil quinientos pies a Torre Wright-Patterson. Solicitamos permiso para aterrizar».

Además, también hubo dos astronautas que me ayudaron a rellenar espacios en blanco porque la jerga de la NASA es, cuanto menos, enrevesada.

Kjell Lindgren, astronauta, especialista en medicina aeroespacial, enlace de comunicaciones aeroespaciales y un lector beta voluntario. No solo me proporcionó frases como: «Hoy hemos simulado maniobras de acoplamiento en la terminal y he intentado ajustar las entradas de RHC con una banda muerta demasiado holgada». Se leyó todo el libro y me salvó de incluir siglas de la época del transbordador en una historia ambientada de la época del Apolo. También me llevó al aeródromo de Ellison, donde me dejó ver los T-38 y probarme su equipo de vuelo. Reescribí muchas cosas tras esa visita y añadí una tonelada de detalles sensoriales.

Otro astronauta, Cady Coleman, también fue de gran ayuda a la hora de rellenar espacios en blanco. Me salvó de errores garrafales en la escena de la caminata espacial, cuando la escotilla no se cerraba. Ese momento lo reescribí por completo gracias a su aportación. Menos mal.

Stephen Granade, ingeniero aeroespacial, se portó de maravilla. Se leyó la novela y me indicó casi todos los cálculos que hace Elma. Yo no entiendo ninguno.

Jessica Márquez me facilitó multitud de recursos sobre los vuelos espaciales tripulados y fue una lectora beta muy inteligente.

Stacey Berg también es escritora y, además, investigadora médica. Fue fantástico contar con ella.

Sheyna Gifford, especialista en medicina aeroespacial y marciana virtual, me ayudó con algunos detalles médicos de esta novela, pero donde de verdad brillará es en el próximo libro. ¡No diré nada más al respecto!

Andrew Chaikin (lean su libro, *A Man on the Moon)* saltó al campo en el último minuto y me ayudó a rehacer algunos detalles de la época del transbordador.

Chanie Beckman me guio en los aspectos del judaísmo de la vida de Elma, con la ayuda de David Wohlreich, cuya familia procede de Charleston. Hablaré más al respecto en la nota histórica.

Lucianne Walkowicz es astrónoma en el planetario Adler y es la causante de que el meteorito impactase en el agua, después de explicarme lo grave que sería. Sin los cafés que compartimos, el desbocado efecto invernadero no habría formado parte de la novela. Muchas gracias a Vicky Hsu y Yung-Chiu Wang por ayudarme con unas cuantas expresiones taiwanesas. No me queda más remedio que confiar en que no me hayan colado ningún chiste verde. Yung-Chiu y yo nos conocimos en un evento de la

NASA en el que nos alojamos juntas para ver un lanzamiento en el Centro Espacial Kennedy. Tuvo mucha paciencia conmigo al escucharme hablar de detalles sensoriales.

Mis ayudantes, Beth Pratt y Alyshondra Meacham, me mantuvieron cuerda y me despejaron el calendario para que trabajara tranquila.

También le doy las gracias a mis maravillosos lectores beta, sobre todo a aquellos que aguantaron hasta el final de la novela: Chanie Beckman, Hilary Brenum, Nicholas Conte, Peter Hentges, Amy Padgett, Julia Rios, Branson Roskelly y Eva VonAllmen.

Y, por supuesto, a mi familia, pero quiero destacar a dos personas en particular: a mi marido, Rob, por ser un santo y dejarme divagar sobre la historia en momentos aleatorios, y a mi hermano, Stephen K. Harrison, que es historiador y me ayudó a pincelar la forma en que se alteró el mundo tras la caída del meteorito.

Denles las gracias por aquello que está bien en el libro y escríbanme para indicarme aquello que esté mal a anachronisms@maryrobinettekowal.com.

Pero antes, lean la nota histórica, porque sé que he hecho trampa en algunos momentos.

NOTA HISTÓRICA

¿Hablamos de los cambios de esta línea temporal? El primero, evidentemente, es la victoria de Dewey frente a Truman, antes del comienzo del libro. Lo hice porque necesitaba un presidente que probablemente hubiera iniciado el programa espacial un poco antes.

Esto se debe a que me había atrapado a mí misma entre varias líneas temporales con el relato *La señora astronauta de Marte*, del que este libro es una precuela. He escrito otras tres historias cortas de mi universo *punchcard punk*, la primera de las cuales, *We Interrupt This Broadcast*, se centra en el impacto del asteroide. Al tratarse de historias cortas, solo realicé una investigación superficial, y no me detuve a pensar en el hecho de que, en 1952, todavía faltaban cinco años para que se pusiera algo en órbita.

Cuando empecé a investigar para esta novela, comprendí que solo necesitaba hacer un par de pequeños ajustes en la línea temporal para que la tecnología necesaria para poner los satélites en órbita existiera antes. Por ejemplo, en el mundo real, cuando Wernher von Braun y su equipo llegaron a los Estados Unidos, pasaron un par de años antes de que se les permitiera comenzar a trabajar en ingeniería aeroespacial. Durante ese tiempo, Von Braun escribió *Mars: A Technical Novel*, donde proponía una misión tripulada a Marte.

La novela es muy técnica. Está llena de gráficos y tiene una tabla de ecuaciones en la contraportada. Demuestra que Von Braun era un científico brillante y muy útil para los detalles de la investigación. ¿He mencionado los gráficos?

El caso es que, si lo hubieran financiado en 1945, Von Braun habría tenido un plan para llevar a la gente a Marte. Así que le concedí el cargo a un presidente que le habría dado esos fondos y, después, dejé caer un asteroide en D. C.

Si quieren más información sobre los primeros días de la industria aeroespacial, les recomiendo encarecidamente el libro de Amy Shira Teitel, *Breaking the Chains of Gravity,* que presenta una visión de los vuelos espaciales anteriores a la NASA.

La mayoría de los titulares y artículos de esta novela son reales y están sacados del *New York Times.* He retocado algunos por motivos de continuidad histórica, pero muchos los he dejado igual. Uno que vale la pena señalar en particular es el titular sobre la participación de las mujeres en las pruebas para astronautas. Esto ocurrió de verdad. Había unas doce o trece, según cómo se cuente. Se las invitó a realizar las pruebas como una manera de recopilar datos, hasta que las maquinaciones políticas le pusieron fin. Sin embargo, antes de que lo hicieran, se demostró que las mujeres soportaban niveles de fuerza g más altos y obtenían mejores resultados en las pruebas de estrés. Dado que una de las mujeres tenía ocho hijos, sospecho que estas últimas le parecieron un paseo.

Echen un vistazo a *Promised the Moon,* de Stephanie Nolen. Muchas de las mujeres que aparecen en la escena de las pruebas fueron pilotos en el mundo real. En concreto, podrían investigar sobre Jackie Cochran y Jerrie Cobb. Si lo hacen, les parecerá que Elma y Nicole están inspiradas en ellas. No tuve esa intención al crear a los personajes, pero después de leer sobre ellas y advertir los paralelismos, los aproveché al máximo.

Ya que hablamos de Jackie Cochran, cabe mencionar que ella creó las WASP y fue miembro fundador de las 99. Sin ella, las mujeres lo habrían tenido todavía más difícil para convertirse en pilotos comerciales. Fue una mujer extraordinaria y complicada.

Las WASP eran pilotos expertas, y todas las estadísticas que he citado sobre ellas son completamente ciertas, incluido el hecho de que a la única mujer negra piloto que se presentó se le pidió que retirara su solicitud.

Por aquella época, los clubs de vuelo y los espectáculos aéreos negros eran muy populares. Quiero mencionar a Bessie Coleman, quien no consiguió una licencia de piloto en los Estados Unidos debido a las leyes discriminatorias, así que aprendió por su cuenta y viajó a París para sacarse la licencia. Si quieren saber más sobre la señorita Coleman y otros aviadores y astronautas afroamericanos, consulten *Black Wings,* de von Hardesty.

¿Les interesan las calculadoras? Hay tres libros que deberían leer. *Rise of the Rocket Girls,* de Nathalia Holt; *Figuras ocultas,* de Margot Lee Shetterly y *El universo de cristal,* de Dava Sobel. Los tres libros hablan de las mujeres matemáticas, las «calculadoras», que impulsaron la astronomía y la ingeniería aeroespacial. Hicieron los cálculos a mano, con un lápiz y una regla de cálculo, mucho antes de la existencia de los ordenadores analógicos. ¿Habríamos llegado a la Luna sin estos aparatos? Las mujeres ya hacían estos cálculos antes de que las máquinas aparecieran. Los ordenadores eran más rápidos, una vez empezaban a funcionar, pero no diseñaban las ecuaciones. Estas se escribieron a mano al principio. Aunque hayan visto la película *Figuras ocultas,* compren el libro. Relata de manera muy exhaustiva todo lo que hicieron estas mujeres. Asimismo, *Rise of the Rocket Girls* demuestra la participación de las mujeres en el Jet Propulsion Laboratory (JPL, Laboratorio de Propulsión a Reacción) desde el principio. De hecho, la política era de no contratar hombres para el departamento de informática.

Escribí esta novela en 2016, antes de que se publicara *Figuras ocultas* y, cuando vi el tráiler de la película, di saltos de alegría por la habitación, pues eran las mujeres sobre las que yo escribía. También supuso un gran alivio, ya que la idea que más entorpecía la «suspensión voluntaria de la incredulidad» de mis lectores beta era la inclusión de mujeres de color en el departamento de informática. Estaban allí. De hecho, Helen está basada muy vagamente en Helen Yee Chow Ling. La trayectoria profesional de Ida Peaks está inspirada en Janez Lawson. Así que me sentí aliviada cuando se estrenó *Figuras ocultas,* porque era un paso adelante para devolver a estas mujeres a las historias de las que fueron borradas.

En los años cincuenta, un hombre con un título superior en matemáticas era un ingeniero. Una mujer era solo una calculadora. La discrepancia salarial entre los dos puestos de trabajo era enorme, a pesar de que las mujeres eran quienes diseñaban los algoritmos que impulsaron gran parte de la industria aeroespacial. Del mismo modo, los trabajadores blancos cobraban más que los negros. Ojalá estas batallas históricas no se librasen todavía, pero ninguna de las dos estadísticas ha cambiado.

Así que, ¿habríamos llegado a la Luna sin ordenadores analógicos? Es probable. Este es el aspecto donde me tomo mayor libertad. En el mundo real, la mayoría de las primeras órbitas bajas terrestres se calcularon a mano. Había numerosos equipos de calculadores humanos que trabajaban juntos en las operaciones necesarias para cada aspecto del programa espacial. Cuando los ordenadores analógicos fueron fiables, todo se volvió más rápido y, lo que es más importante, ya no se requería la misma cantidad de mano de obra cualificada que en los departamentos de informática humanos. Los ordenadores analógicos también permitían la transmisión binaria de imágenes visuales. Las cápsulas Apolo usaron la UNIVAC para rastrear la nave espacial y decodificar las señales que se enviaban de vuelta a la Tierra.

En realidad, en la línea temporal de la mujer astronauta hay ordenadores analógicos, aunque más limitados que los del mundo real. ¿Habríamos llegado a la Luna con solo un informático humano? Tal vez. Pero no habríamos rastreado la nave y, probablemente, ni siquiera comunicarnos con ella durante el viaje. Por lo demás, he intentado que la ciencia del libro sea auténtica.

Estos son algunos incidentes del mundo real que «tomé prestados» y ajusté para el libro:

Mr. Wizard fue un piloto de verdad en la Segunda Guerra Mundial. Aunque nunca hubo una astronauta en la serie, al ver los episodios me llamó la atención el hecho de que las niñas hacían el mismo tipo de ciencia que los niños. No los separaba por género y las trataba con respeto intelectual. Me inspiré en ello para desarrollar los episodios de la mujer astronauta.

El cohete que explotó y cayó en la granja de los Williams está basado en el *Mariner 1*, aunque, en ese caso, el oficial de seguridad hizo su trabajo y voló el cohete por los aires. Sin embargo, los detalles sobre el guion que faltaba por un error de transcripción son completamente ciertos. En el mundo real, el hombre que cometió el error consiguió un ascenso.

Michael Collins, que estuvo en el módulo de mando cuando se lanzó el *Apolo 11* y se suponía que lo estaría en el *Apolo 8*, tenía espolones óseos en el cuello. El proceso y la recuperación por la que pasó están documentados en su excelente autobiografía *Carrying the Fire*. Confieso que robé esta historia y se la di a Stetson Parker.

También habla de lo difícil que resulta enganchar la escotilla de una cápsula después de una caminata espacial. Yo fui un poco más allá, pero él fue mi inspiración.

El espacio es fascinante. Nos centramos en los astronautas, pero hay miles de personas que se dedican a la exploración espacial. Cuando visito la NASA, siempre me llama la atención que todas las personas que conozco allí creen que tienen el mejor trabajo del mundo y que hacen algo importante. Llevan razón. En nuestra línea temporal, no ha habido ningún desastre que nos haya obligado a acelerar el programa espacial, pero la exploración del espacio todavía es importante. Muchos aspectos de la vida cotidiana provienen de la investigación para la industria aeroespacial. Los ordenadores, los satélites, los GPS, los taladros inalámbricos o las llamadas telefónicas, todo ello lo crearon trabajadores de la NASA y de otros programas espaciales de todo el mundo. Siempre vemos a los astronautas, pero son solo la punta del cohete.

BIBLIOGRAFÍA

Chaikin, Andrew. *A Man on the Moon: The Voyages of the Apollo Astronauts*. Publicado por Penguin Books (2007).

Collins, Michael. *Carrying the Fire: An Astronaut's Journeys*. Publicado por Farrar, Straus and Giroux (2009).

Hadfield, Chris. *Guía de un astronauta para vivir en la Tierra: lo que viajar al espacio me enseñó sobre el ingenio, la determinación y cómo estar preparado para todo*. Publicado por Ediciones B (2014).

Hardesty, Von. *Black Wings: Courageous Stories of African Americans in Aviation and Space History*. Publicado por Smithsonian (2008).

Holt, Nathalia. *Rise of the Rocket Girls: The Women Who Propelled Us, from Missiles to the Moon to Mars*. Publicado por Back Bay Books (2017).

Nolen, Stephanie. *Promised the Moon: The Untold Story of the First Women in the Space Race*. Publicado por Basic Books (2004).

Roach, Mary. *Packing for Mars: The Curious Science of Life in the Void*. Publicado por W. W. Norton & Company (2010).

Scott, David Meerman y Jurek, Richard. *Marketing the Moon: The Selling of the Apollo Lunar Program*. Publicado por The MIT Press (2014).

Shetterly, Margot Lee. *Figuras ocultas: el sueño americano y la historia jamás contada de las mujeres matemáticas afroamericanas que ayudaron a ganar la carrera espacial*. Publicado por Harper Collins Ibérica (2017).

Sobel, Dava. *El universo de cristal: la historia de las mujeres de Harvard que nos acercaron a las estrellas*. Publicado por Capitán Swing (2017).

Teitel, Amy Shira. *Breaking the Chains of Gravity: The Story of Spaceflight before NASA*. Publicado por Bloomsbury Sigma (2016).

Von Braun, Wernher. *Project MARS: A Technical Tale*. Publicado por Collector's Guide Publishing, Inc (2006).

Sigue a Oz Editorial
en www.ozeditorial.com
en nuestras redes sociales
y en nuestra newsletter.

Acerca tu teléfono móvil a los códigos
QR y empieza a disfrutar de información
anticipada sobre nuestras novedades y
contenidos y ofertas exclusivas.